王曉平 編著

日藏詩經古寫本刻本彙編

（第一辑）

第五册

中華書局

毛詩輯疏（上）

卷一——卷六

目録

毛詩輯疏卷五

齊雞鳴詁訓傳第八

國風（十一篇）

魏葛屨詁訓傳第九

國風（七篇）

唐蟋蟀詁訓傳第十

國風（十二篇）

毛詩輯疏卷六

秦車鄰詁訓傳第十一

國風（十篇）

陳宛丘詁訓傳第十二

國風（十篇）

檜羔裘詁訓傳第十三

國風（四篇）

毛詩輯疏卷七

曹蜉蝣詁訓傳第十四

國風（四篇）

毛詩輯疏研究序説

王曉平

一　安井息軒及其學術

安井息軒（一七九九—一八七六），名衡，字仲平，號清瀧、足軒、息軒。日向（今宮崎縣）人。江户末期儒學學者。

一八二〇年，安井息軒離家赴大阪，與儒者、書法家篠崎小竹（一八七一—一八五一）交遊，後因兄長故去，返回故鄉，繼承父業。一八二四年，他再向江户入昌平黌，師事松崎慊堂（一七七一—一八四四），松崎慊堂爲一世宿儒，於人不輕易贊許，然對其生徒曰：「安井生，古人也，吾豈可視爲弟子乎？」考訂石經時，多詢於息軒。一八二六年飫肥侯東覲，息軒爲侍讀。一八三〇年飫肥藩校創立。息軒父滄州任教授，息軒任助教，時年三十二歲，後受命巡覽九州，著《觀風鈔》，藩侯知其可用，引以參與機務，欲革除舊弊，他卻不爲權要所喜。以父憂，決意告假，東行再入昌平黌，廣交名士。其後任新開設的飫肥藩校助教。一八六二年與鹽谷宕陰、芳野金陵同任昌平黌教授。老年專事著述。曾開設「三計塾」專注培養人才，塾名取「一日之計在於晨，一年之計在於春，一生之計在於少年」之意，前後生徒達兩千人。

安井息軒是位個性鮮明的學者，《近世先哲叢談》這樣記述他的外貌、抱負與才華：

息軒長不滿六尺，面有痘疤，貌寢而識明，色温而氣剛。飫肥僻在西南海隅，士習樸陋，不喜文事。息軒獨發奮讀書，矻矻匪懈，曰：「吾治六經，欲開物成務。不幸吾道不行，託之文字，則當求知己於天下後世。若夫區區毀譽，不足以置齒牙。」年甫踰冠，東遊大阪，見篠崎小竹。小竹與語，大驚，賦詩贈之。

關於息軒的學問和爲人，《近世先哲叢談》記述道：

息軒篤信好古，鑽研經史，尤用力漢唐注疏，參以衆説，考據精核，能發先儒所未發。作文取法唐宋，上溯秦漢，古色蒼然，筆力扛鼎，旁曉算數。嘗曰：「聖門六藝，數居其一。經國行軍，莫不由焉。近世學者高談性命，曾不解二五爲十，沿流討源，宋儒不得不任其責。門人有問洋教是非者，爲撰《辨妄》一卷。然至天文、地理、工技、算數，則參取洋説，可以見其持論之公矣。

息軒性淡泊，儉素自奉。殊嗜圍棋，客至則默坐下子，忘機於輸贏之外。其宰白河也，吏胥來賀，粲然華服，各齎酒饌至。息軒垢衣弊袴，延與對局，饗以疏糲，乃愧赧（赧）去。更相告誡。未赴任，而邑俗去奢趨儉云。〔一〕

這裏説息軒好圍棋，《偉人豪傑言行録》一七〇則載《安井息軒、藤森天山之圍棋仿佛寒山、拾得》頗有趣味，譯録如下：

安井息軒、藤森天山於文會之席，相與圍棋。息軒痘皰滿面，其身脊反而如倒；天山近視，俯而如舐楸枰（楸枰，棋盤。古時多用楸木製作，故名。——筆者注）。旁人評之，二先生之圍棋之狀，仿佛寒山、拾得也。〔二〕

〔一〕〔日〕松村操編《近世先哲叢談》，第四册，武田傳右門刊，再版，一八九八年，四一—四四頁。
〔二〕〔日〕南梁居士編《偉人豪傑言行録》，東京：求光閣書店，一九一一年，一六四—一六五頁。

安井息軒之師松崎慊堂是江户時代考據學派的名家，該覽博通，於經義造詣頗深。年五十有所發明，嘗謂經訓簡易，炳如日星，箋注茅塞，大道乃荒，欲復之於古，莫如但知經與古，主張鑽研訓詁則原之於《説文》，參之於漢注唐疏，以餘力及於三史，《文選》則無不成。安井息軒繼承先師學風，篤信好古，鑽研經史，尤用力於漢唐注疏，參以衆説，專注考據，兼通算術，所撰多爲經注。安井被視爲江户儒學集大成者，明治時代的外務大臣陸奥宗光（一八四四—一八九一）、政治家井上毅（一八四四—一八九五）等爲其門生。息軒著述，有《管子纂詁》十二卷、《左傳輯釋》十一卷、《周禮補疏》十一卷、《書説摘要》四卷、《戰國策補正》二卷、《辨妄》一卷、《毛詩輯疏》十一卷。《孟子定本》六卷、《論語集説》六卷、《讀書餘適》、《息軒遺稿》等。幕府末年，著《海防私議》，主張加强國家防務，又致力於推廣養蠶繅絲技術。他還撰有《辨妄》，從儒家立場駁斥基督教的妄誕。[一]

安井息軒是較早爲中國學者所知的日本學者之一。一八七〇年他所著《管子纂詁補》刊行，江蘇蘇松太兵供備道浙江應寶時撰寫的序文稱：「余受而讀之，作而曰：偉哉！仲平！人人苦其龐雜無序之書，而竟能釐正于東海之邦耶！」讚歎説：「世有讀仲平之註，平心和氣，屢舉衆説，互相印證，而以講求文字者，講求典章制度、禮樂韜鈐、政刑法律，而刪其繁蕪，擷其菁英，經之以經、緯之以孔孟之訓，其有裨於世，詎淺鮮乎！」[二]

給予安井息軒最高評價的當數黄遵憲。黄遵憲在爲安井息軒所著《讀書餘適》撰寫的序言中説自己未渡東海，即聞安井息軒之名，逮來江户，則安井歿既二年，不及相見。他説：「余讀其著作，體大思精，殊有我朝諸老之風，信爲日本第一儒者。物茂卿、賴子成輩，恐不足比數也。」甚至認爲安井的學問超過了荻生徂徠和賴山陽輩。又稱道《讀書餘適》：「余受而讀之，紀事必核，擇言必雅，譬如獅子搏兔，雖曰遊戲，未嘗不用全力；又譬之畫龍者，煙雲變滅，不得睹其全體，而一鱗一甲，亦望而知其爲龍也，學問之道，固視其根柢何如，能者不能以自揜，不能

[一]〔日〕中村幸彦、岡田武彦校注《近世後期儒家集》，東京：岩波書店，一九七二年，二四五—二七四頁。
[二] 王寶平編著《日本典籍清人序跋集》，上海：上海辭書出版社，二〇一〇年，九六頁。

者亦不能以襲取，信哉。」[一]

黄遵憲對其文章評價甚高，對所作《送田子家序》一文評曰：「借水喻學，妙在得子實歷。有倜儻氣，而無冗漫，如此方稱老手。」深惜其才，對其所作《送釋文亮》評曰：「安井息軒議論，長於文章。此經世之才，可大用。惜乎！」[二]感歎其才能未能爲世所用。文章得到黄遵憲這様高評價的日本文人，是不多的，在對息軒《鬼神論》的批語中，他甚至説：「扶桑近世文章，最以息軒爲巨擘。其論事皆切中肯綮，而深入奧窾。無儒生迂腐之譚，無策士縱横之習，真若可坐而言，起而行者，理足故也。」[三]黄遵憲對息軒的《性論》《鬼神論》等文章都曾予以肯定。

息軒所著《管子纂詁》，清末傳入中國，俞樾《春在堂隨筆》卷七記述一八七七年竹添光鴻前來杭州，兩人對話中有如下一節：

> 余因問：「貴國昔年有安井平仲著《管子纂詁》者，亦識其人否？」曰：「此僕所師事也。客歲九月以病卒。此翁死而吾國讀書種子絶矣。治古文者則尚有之。」其餘所言尚多，不能盡録。[四]

二　《毛詩輯疏》的版本

《毛詩輯疏》十二卷以《毛傳》、《鄭箋》爲基礎，引清人陳啓源之説解詩，收入一九三二年刊行的崇文叢書十一册。國會圖書館尚藏有息軒所著《毛詩集説》六卷寫本，别爲一書。《輯疏》乃爲《集説》基礎上所著，卻未盡而終，只至《小雅》。

[一] 王寶平編著《日本典籍清人序跋集》，上海：上海辭書出版社，二〇一〇年，九九頁。
[二] 〔日〕石川鴻齋批撰，沈文熒、黄遵憲合評《再刻日本文章軌範》，明治時期刻本，卷之二，二〇頁。
[三] 郭真義、鄭海麟編著《黄遵憲題批日人漢籍》，北京：中華書局，二〇〇九年，九頁。
[四] 〔清〕俞樾《春在堂叢書》卷七十六、《春在堂隨筆》卷七。

息軒於一八七五年在爲子孫所寫的《睡餘漫筆》（收於《日本儒林叢書》第二卷）中説，《詩經》舍《序》、《傳》則難讀，但《序》、《傳》古奥，假借字尤多，初學難懂，應助之以清人之著述。自己著《毛詩輯疏》只寫到《小雅》，就因爲眼疾而未能竟其業，希望自己的子孫將來能够繼續完成此書。

三　《毛詩輯疏》的《詩經》研究

《毛詩輯疏》以《毛詩正義》爲中心，搜集其他注釋，加上息軒的案語。《毛詩集説》少引《毛詩正義》，多引陳啓源等清儒之説，重點在釋詞，而《毛詩輯疏》則注重詩篇的解釋，以詩序爲線索，辨明詩意。此書通過《毛詩正義》來理解《詩經》，對詩意的解釋没有脱離經學的束縛，很少新説。

國會圖書館所藏《息軒先生文集》三卷寫本中有《詩亡然後春秋作説》一文，談到：「《詩》則多出於田畯紅女之口，其辭繁，其事雜，又時有不可爲訓者。讀之若遊百貨之市，珍怪炫目，而無知所適從也。」這或許就是《詩經》研究吸引他的原因。由於痛感前人之説不足以説清詩句的本來意義，安井很注意從搞懂每一字的本義入手，去突破對全詩的認識。其中對字句的解説，多引清人考據學家之説。《狡童》：「維子之故，使我不能息也」，《傳》：「憂不能息也」，衡案：「憂讀爲嚘。嚘，氣逆也。息，喘也。言氣逆不能呼吸，憂之甚也。」劉台拱、段玉裁、馬瑞辰皆以爲此處「憂」讀爲「嚘」。安井有時還能聯繫日本的情況，補充説明詩意所在。《揚之水》：「揚之水，不流束蒲」，《傳》：「蒲，草也」，《箋》：「蒲，柳也」，《正義》：「以首章言薪，下言蒲楚是薪之木名，不宜爲草，故鄭易《傳》爲柳。」安井表示贊成焦循等人維護《傳》説的看法，並以日本爲例：「蓋古遠山林之地，皆以草爲薪，今我澤國，往往亦然。」

安井始終把廓清《鄭箋》和《正義》中誤解《傳》意的内容，視爲自己的使命。爲此，他對《鄭箋》讀得格外細心。《氓》：「三歲爲婦」，《箋》：「有舅姑爲婦」，衡案：「婦，夫婦之婦，謂爲之妻，不必言舅姑有無。」顯然《鄭箋》之説有些節外生枝，不如「衡案」簡明直截。

從《毛詩輯疏》一書看，安井息軒對清儒的《詩經》研究，相當熟悉，也鑽研頗深。所引諸説，以陳啓源、李黼平、戴震、段玉裁等最多，此外王念孫、王引之、惠棟、惠周惕、臧鏞堂（臧庸）、毛奇齡、盧文弨、焦循、阮元等皆多引述。不僅如此，有些今人很少注意的清人的著述，安井息軒也多引其説。例如廣東南海人曾釗（一八二一—一八五四），道光五年拔貢生，調欽州學正，積書萬卷，好講經濟之學。一説生於乾隆末，享年六十以上（見《清史列傳》卷六九，《碑傳集補》卷四一）。所著《詩毛鄭異同辯》，《毛詩輯疏》中多次引述其説。又如臧庸（一七六七—一八一一），本名鏞堂，江蘇武進人，學術精審，阮元編纂《經籍纂詁》多賴其力。一生未仕，以諸生終。有《拜經日記》、《拜經堂文集》（見《清史列傳》卷六六，《國朝先正事略》卷三三）。安井息軒也多次引用其説。臧庸、曾釗等人，距安井不遠，屬於當時的當代學術。從這些情況來看，一方面説明安井息軒對清人最新的研究成果是何等留意，一方面也可以看出當時中國書籍傳入日本是何等迅速及時。

書中多處引用「倅頤炫」之説。「倅頤炫」，或爲「洪頤煊」之誤。洪頤煊（一七六五—一八三三），字旌賢，號筠軒，晚號倦舫老人，浙江臨海人，精經訓，貫穿子史，有多種考據學著述。其《古文敘録》三卷，謂漢賈、鄭諸儒所注群經皆古文，自魏王肅始變古。晉宋六朝鄭學雖存，往往乖其師法，因以西漢爲斷，詳載其原委。《毛詩輯疏》原以寫本流傳，收入「崇文叢書」時方據寫本整理，疑「倅」與「洪」草書形近而訛，「炫」通「煊」，故「洪頤煊」在全書都被誤作「倅頤炫」。

對於詩中字詞，安井廣采清儒諸説，而以「衡案」表述自己的訓解，對於詩句之意，在列出相關見解之後，往往以「衡謂」申述己見。其中不乏明快通達之説。如《關雎》：「窈窕淑女，寤寐求之」，《毛傳》解「寤」爲「覺」，即醒來的意思，解「寐」爲「寢」，是睡覺的意思，而《鄭箋》説：「后妃覺寐，則常求此賢女欲與之共己職也」，安井則説：「寐，眠也。《傳》訓『寢』者，以眠中不能求也。然則『寤寐』猶言起卧，《傳》意當然。」而《鄭箋》之説，「其意反淺」，主張將「寤寐」當作一詞，而不作割裂之訓，其言甚確。有些説法，不同於傳統説法，也可備爲一説。如同《詩》「寤寐思服」，安井謂「服」亦爲「思」意，引《莊子》「吾服女也甚忘」注：「服者，思存之謂也。」《中庸》曰：「得一善，拳拳服膺」，而推論説：「蓋服如服衣、服藥，凡著用身心者，皆謂之服。思人者，服之心而不忘，故云『服，思之也』。」

清人對詩意理解的推進，多得益於對古代文字語音的新認識。安井息軒在解詩時，也處處嘗試運用以聲求意的方法。如《終風》：「寤言不寐，願言則懷。」《毛傳》：「懷，傷也」，陳啓源謂此「蓋言及此則傷心也」。安井認爲「陳説迂甚，不可從也」，而提出「懷、壞，皆乎乖切，壞、傷皆訓毀，音同則義通。」類似的説解，後來多爲竹添光鴻《毛詩會箋》所引用。安井也多利用《毛詩》異文之間的音同音近關係，來輔助對詩意的探究。《樛木》：「樂只君子，福履綏之」，其中的「只」字之解，陳啓源引《説文》：「只，語已詞，從口，衆氣下引。」安井就進一步解釋説：「只，語已詞，本無意義，故《左傳》引《詩》『只』作『旨』，可見特取其聲而已。而鄭《箋》詩訓『是』，杜解傳訓『美』，皆非也。」至於後面還加上「樂只君子，謂君子心恒樂易，言后妃和諧衆妾，閨門輯睦，故君子之心，恒能樂易，而福禄安之也」，則是按照《小序》説法敷衍其説，終究不能看透漢儒給詩意解釋注入的「添加劑」。

安井息軒博覽清人《詩經》研究之書，而解詩時博采衆説，斟酌考定。以己意裁斷。取捨標準，不問其説出自何人，其人著述多寡，文名大小，言説輕重，一以自己是否認爲符合詩意。例如，對於《鵲巢》：「維鵲有巢，維鳩方之」中的「方」字，戴震讀爲「房」，訓爲「居」，段玉裁讀爲「甫」，王引之讀爲「放」，訓「依」，安井以爲皆未得經傳之意，唯倅頤炫訓「並」，《傳》：「方，有之也」爲一句，尤爲穩當。焦循亦訓「方」爲「並」，而釋之曰：「就與國君相偶言也」，《傳》意當然。倅頤炫引《荀子・致仕篇》：「莫不明通方起」，楊倞注：「方起，並起。」《淮南子・氾論訓》乃爲「窬丈方版」。在清人《詩經》研究著述中，戴、段、王等人名氣都很大，而倅頤炫的書則知者略少。身居異國的安井息軒對於各種非學術因素所知甚少，也就只有就其説論高下，倒是更便於做到平心而論。就是對於引用最多的陳啓源的説法，安井息軒也多有批評。有些書在中國流傳並非很廣，但在日本有傳，安井也不棄其説，例如漢儒李巡、宋人胡一桂等人的説法，安井也時有引用，這實際上採取的是折衷學派的治學態度，可以説是江户後期類似百科全書式的兼收並蓄學風在《詩經》研究中的反映。

安井息軒雖然對於詩篇的解釋没有跳出清人藩籬，但對各家之説，特别是文字考據，是經過嚴肅認真的獨立思考的。特别是對於日本所藏古本和山井鼎《七經孟子考文》尤爲看重。《相鼠》：「相鼠有齒，人而無止」，《鄭箋》有「《孝經》：容止可觀」等十字，安井謂：「閔本、監本、毛本『可觀』下有『無止則雖居尊無禮節也』十字，山井鼎云：『此亦釋文混入於注者也』，今從足利本、小字本、相臺本。」

阮元認爲足利本不過是據宋本所抄録，故往往不予信從，而以孔穎達《毛詩正義》爲據否定足利本。《破斧》：「既破我斧，又缺我斨」，《毛傳》：「隋銎曰斧」，足利學校古本曰：「斧下有『方銎曰斨』四字」，與《毛詩正義》所引合。而阮元《校勘記》卻認爲這是古本受《毛詩正義》影響而導致的錯誤。安井對此甚爲不滿。在《破斧》注中，他説：

> 《校勘記》以《七月》《正義》爲誤，謂古本采彼《正義》而致誤。不知我古本傳自隋初，歷世寶守，不敢移易一字，不類朱明以後，任意增損經傳，豈能采孔穎達《正義》而補之哉！足利學又有宋板《注疏》，其《書》、《易》、《戴記》板心，有剞劂氏李忠、王定名氏。此二人亦見淳熙板《荀子》及《東坡集》。則此三經爲淳熙中所刻，而《周易》第十三卷，有陸子遹手書跋，云：「端平二年正月十日，鏡陽嗣隱陸子遹，遵先書手標，以手點傳之，時大雪始晴，謹記。」子遹，陸務觀第六子，先書手標，謂務觀。此最可寶重。其餘雖係附《釋文》本，據板式書樣，亦皆純然宋板。而《校勘記》以爲朱明嘉靖間所翻刻，肆其醜詆。[一]

安井息軒還特别對《校勘記》存在問題的原因，按照自己的分析作了説明：

> 阮元著《校勘記》，選生員有才學者，各付一經。《毛詩》乃嘉應李恒春所校。就其所言而視之，其人敖（傲）很自用，

[一]〔日〕安井息軒著《毛詩輯疏》，東京：崇文院，一九三五年，卷七，二十五—二十六頁。

不能潛心求至當，性又偏僻，有意於抑我所傳諸善本，以故謬誤最多。阮元晚年欲廢《校勘記》，良有以也。〔一〕

關於唐代以前寫本的情況，學者多有不明之處，有些也就不甚在意。安井對於那些細節往往多想一步。例如，段玉裁曾説各本章句在篇後，而安井看到孔穎達説過定本章句在篇後，那麽孔氏《正義》本章句在前可知，又聯想到杜甫《曲江三章章五句》爲題書於前，知唐本多如此，因而他的《輯疏》，也就採用章數句數注在前面的做法。這其實也是按照日本所傳古寫本多見的形式來處理的。安井在字句考訂上，多從足利古本，這和阮元等學者斟酌參照的態度不盡相同。事實上，阮元對於山井鼎所考，也是相當重視的，在《校勘記》中已經吸收其説頗多。

櫻井宏行認爲：「合理主義、理想主義者息軒，通過《毛詩》理解《詩經》是詩，但仍不能不認爲它是『經』的一部分，在《詩序》得不到合理解釋的情況下，依然作爲『經』而加上按語。如果能夠回到『詩』上來的話，或許也會作出不同的解釋，看看經書以外注釋的尖鋭，更新自己的想法。」〔二〕《詩經》研究不僅需要技術層面的操作，也需要感動、妙悟和藝術鑒賞。江户時代的儒官儘管孜孜不倦，然而似乎在技術操作層面才力用盡，輪到「藝術」層面便如强弩之末。這並不是安井息軒個人的缺陷，作爲江户時代最後的《詩經》研究著論之一，《毛詩輯疏》仍有許多地方可圈可點。《毛詩輯疏》對明治時代竹添光鴻的《毛詩會箋》影響顯著。文學家森鷗外於一九一四年在《太陽》雜誌上發表的短篇小説《安井夫人》以安井息軒及其夫人佐代爲主人公。近年來，安井息軒的學術成就復引起學界關注。在江户末年的儒學史與思想史上，安井息軒都是不能不提到的人物，而他的《毛詩輯疏》可以説是繼龜井昭陽（一七七三—一八三六）《毛詩考》、仁井田好古（一七七〇—一八四八）《毛詩補傳》之後的最後一部考據學派《詩經》研究的代表作。

〔一〕〔日〕安井息軒著《毛詩輯疏》，東京：崇文院，一九三五年，卷七，二十六頁。
〔二〕詩經學會編《詩經關系書目解題（六）》，《詩經研究》第十二號，第二十七—二十八頁。

參考文獻

〔日〕安井息軒《毛詩輯疏》,東京:崇文院,一九三五年。
〔日〕中村幸彦、岡田武彦校注《近世後期儒家集》,東京:岩波書店,一九七二年。
〔日〕安井息軒《左傳輯釋》,彦根:彦根藩學校,一八七一年。
〔日〕安井息軒《管子纂詁補正》,東京:山城屋佐衛門,一八七〇年。
〔日〕安井息軒《救急或問》,東京:成章堂,一九〇二年。
〔日〕安井息軒《息軒遺稿》,東京:石川治兵衛,一八七八年。
〔日〕清武町教育委員會展覽會圖録《安井息軒 その学問と真髄と生涯》,東京:清武町,一九九九年。
〔日〕松村操編述《近世先哲叢談》(正續編),再版,東京:武田傳右衛門,一八九八年。
〔日〕南梁居士編《偉人豪傑言行録》,東京:求光閣,一九一一年。
〔日〕村山吉廣、江口尚純主編《詩經研究文獻目録》,東京:汲古書院,一九九二年。
〔日〕市川本太郎《日本儒教史(五)近世篇》,東京:汲古書院,一九九五年。
〔日〕町田三郎《江户の漢學者たち》,東京:研文出版,一九九八年。
〔清〕陳奂撰《詩毛氏傳疏》,北京:中國書店,一九八四年。
〔清〕馬瑞辰撰《毛詩傳箋通釋》,北京:中華書局,一九八九年。
〔清〕孫詒讓遺書、雪克輯點《十三經著述校記》,濟南:齊魯書社,一九八三年。
〔清〕俞樾編、佐野正巳解説《東瀛詩選》,東京:汲古書院,一九八四年。
黄焯撰《毛詩鄭箋平議》,上海:上海古籍出版社,一九八五年。
林慶彰主編《日本研究經學論著目録》,臺北:「中研院」中國文學哲學研究所,一九九三年。

寇淑慧編《二十世紀詩經研究文獻目録》，北京：學苑出版社，二〇〇一年。
《十三經注疏》，北京：中華書局影印，一九七九年。
十三經注疏小組編《十三經注疏分段標點》，臺北：臺灣新文豐出版公司，二〇〇一年。
錢基博著《經學通志》，北京：中華書局，一九三六年。
王寶平編著《日本典籍清人序跋集》，上海：上海古籍出版社，二〇一〇年。
郭真義、鄭海麟編著《黄遵憲批日人漢籍》，北京：中華書局，二〇〇九年。
〔日〕古賀勝次郎著《安井息軒と中村敬宇——安井息軒研究序説》，《早稲田社科學總合研究》第八巻第一號。
〔日〕古賀勝次郎著《安井息軒の學問觀》，日本地域文化ライブラリ—，日向の歴史と文化，二〇〇五年。
〔日〕古賀勝次郎著《安井息軒の生涯——安井息軒研究（二）》，《早稲田大學社會科學総合研究》第八巻第二號，二〇〇七年十二月。
〔日〕古賀勝次郎著《安井息軒をめぐる人々——息軒學の形成、繼承の一斷面》，《早稲田社會科學総合研究》第七巻第三號，二〇〇七年三月。
〔日〕古賀勝次郎著《安井息軒の著作（上）——安井息軒研究（三）》，《早稲田社會科學総合研究》第八巻第一號。
〔日〕古賀勝次郎著《安井息軒の著作（中）——安井息軒研究（四）》，《早稲田社會科學総合研究》第九巻第一號，二〇〇八年七月。
〔日〕古賀勝次郎著《安井息軒の著作（下）——安井息軒研究（五）》，《早稲田社會科學総合研究》第十巻第一號，二〇〇九年。
〔日〕古賀勝次郎著《安井息軒の門生たち——井上毅》，《早稲田社會科學総合研究》第十巻第二號，二〇〇九年。
〔日〕古賀勝次郎著《安井息軒の門生たち——重野成齋と川田甕江》，《早稲田社會科學総合研究》第十巻第三號，二〇一〇年。

毛詩輯疏

卷一、二

四庫全書提要曰。毛詩正義四十卷。漢毛亨傳。鄭玄箋。唐孔穎達疏。案漢書藝文志。毛詩二十九卷。毛詩故訓傳三十卷。然但稱毛公。不著其名。後漢儒林傳始云。趙人毛長傳詩。是爲毛詩。其長不從艸。隋書經籍志載。毛詩二十卷。漢河閒大守毛萇傳。鄭氏箋。於是詩傳始稱毛萇。鄭玄詩譜曰。魯人大毛公爲詁訓。傳於其家。河閒獻王得而獻之。以小毛公爲博士。陸機毛詩草木蟲魚疏亦云。孔子刪詩授卜商。商爲之序。以授魯人曾申。申授魏人李克。克授魯人孟仲子。仲子授根牟子。根牟子授趙人荀卿。荀卿授魯國毛亨。毛亨作詁訓傳。以授趙國毛萇。時人謂亨爲大毛公。萇爲小毛公。據是二書。則作傳者乃毛亨。非毛萇。故孔氏正義亦云。大毛公爲其傳。由小毛公而題毛也。隋志所云。殊爲舛誤。而流俗沿襲。莫之能更。朱彝尊經義考。乃以毛詩二十九卷題毛亨撰。注曰佚。毛詩詁訓傳三十卷。題毛萇撰。注曰存。意主調停。尤爲於古無據。今參稽衆說。定作傳者爲毛亨。以鄭氏後漢人。陸氏三國吳人。併傳授毛詩。淵源有自。所言必不誣也。鄭氏發明毛義。自命曰箋。博物志曰。毛公嘗爲北海郡守。康成是此郡人。故以爲敬推。張華所言。蓋以爲公府用記。郡將用箋之意。然康成生於漢末。

乃修敬於四百年之大守。殊無所取。案說文曰。箋表識書也。鄭氏六藝論云。注詩宗毛爲主。毛義若隱略則更表明。如有不同。卽下己意。使可識別。然則康成特因毛傳而表識其偏。如今人之簽記。積而成帙。故謂之箋。無庸別曲說也。自鄭箋既行。齊魯韓三家遂廢。然箋與傳義亦時有異同。魏王肅作毛詩注毛詩議駁毛詩奏事。毛詩問難諸書。以申毛難鄭。歐陽修引其釋衛風擊鼓五章。謂鄭不如王。王基又作毛詩駁。以申鄭難王。王應麟引其駁芣苢一條。王不及鄭。晉孫毓作毛詩異同評。復申王說。陳統作難孫氏毛詩評。又明鄭義。袒分左右。

垂數百年。至唐貞觀十六年。命孔穎達等。因鄭箋爲正義。乃論歸一定。無復岐塗。毛傳二十九卷。隋志附以鄭箋。作二十卷。疑爲康成所併。穎達等以疏文繁重。又析爲四十卷。其書以劉焯毛詩義疏。劉炫毛詩述義。爲稾本。故能融貫羣言。包羅古義。終唐之世。人無異詞。惟王讜唐語林記劉禹錫聽施士匄講毛詩所說惟鵜在梁陟彼岵兮。勿翦勿拜。維北有斗。四義。稱毛未注。然未嘗有所詆排也。至宋鄭樵。恃其才辯。無故而發難端。南渡諸儒。始以掊擊毛鄭爲能事。元延祐科舉條制。詩雖兼用古注疏。其時門戶已成。講學者訖不遵用。沿及明代。

胡廣等竊劉瑾之書。作詩經大全。著爲令典。於是專宗朱傳。漢學遂亡。然朱子從鄭樵之說。不過攻小序。至於詩中訓詁。用毛鄭者居多。後儒不考古書。不知小序自小序。傳箋自傳箋。鬨然佐鬬。遂併毛鄭而棄之。是非惟不知毛鄭爲何語。殆併朱子之傳。亦不辨爲何語矣。我國家經學昌明。一洗前明之固陋。乾隆四年。皇上特命校刊十三經注疏。頒布學宮。鼓篋之儒。皆駸駸乎研求古學。今特錄其書與小序。同冠詩類之首。以昭六義淵源。其來有自。孔門師授。端緒炳然。終不能以他說掩也。

毛詩輯疏目録

卷三　國風

邶風

栢舟　綠衣　燕燕　日月　終風　擊鼓　凱風　雄雉　匏有苦葉　谷風　式微　旄丘　簡兮　泉水　北門　北風　靜女　新臺　二子乘舟

鄘風

柏舟　牆有茨　君子偕老　桑中　鶉之奔奔」定之方中　蝃蝀　相鼠　干旄　載馳

衛風

卷五 國風

齊風

魏風

唐風

卷六　國風

羔裘　素冠　隰有萇楚　匪風

卷七　國風

曹風

蜉蝣　候人　鳲鳩　下泉

豳風

七月　鴟鴞　東山　破斧　伐柯　九罭　狼

跋

卷八　小雅

鹿鳴之什

鹿鳴　四牡　皇皇者華　常棣　伐木　天保」

采薇　出車　杕杜　南陔

白華之什

白華　華黍　魚麗　由庚　南有嘉魚　崇丘

南山有臺　由儀　蓼蕭　湛露

彤弓之什

彤弓　菁菁者莪　六月　采芑　車攻　吉日

卷九　小雅

鴻雁　庭燎　沔水　鶴鳴

祈父之什

祈父　白駒　黃鳥　我行其野　斯干　無羊」

卷十一　小雅

魚藻　采菽　角弓　菀柳

都人士之什

都人士　采綠　黍苗　隰桑　白華　緜蠻

瓠葉　漸漸之石　苕之華　何草不黄

卷十二　大雅

文王之什

文王　大明　緜　棫樸　旱麓　思齊　皇矣

靈臺　下武　文王有聲二章以下欠

文王有聲以下未成而先生易簀

毛詩輯疏目録 終

毛詩輯疏卷一

日南　安井　衡著

周南關雎故訓傳第一　國風

周南之國十一篇。三十四章。百五十九句。段玉裁云。章句既移篇前。則都數宜在此。今從之。

關雎三章。一章四句。二章章八句。段玉裁云。各本章句在篇後。今案孔穎達云。定本章句在篇後。然則孔氏正義本。章句在前可知也。杜甫以曲江三章章五句爲題。書於前。知唐本多如此。今又從之。

關雎后妃之德也。釋文。關雎舊解云。三百一十一篇詩。並是作者自爲名。舊說云。起此至用之邦國焉。名關雎序。謂之小序。自風風也訖末。名爲大序。沈重云。案鄭詩譜意。大序是子夏作。小序是子夏毛公合作。卜商意有不盡。毛更足成之。或云。小序是東海衛敬仲所作。今謂此序止是關雎之序。

總論詩之綱領。無大小之異。解見詩義序。並是鄭注。所以無箋云者。以無所疑亂。故也。段玉裁云。周南爲王者之風。故曰后妃。召南爲諸侯之風。故曰夫人。衡案。陸以此爲關雎之序。觀其以關雎后妃之德也起之。是關雎之義也結之。其說是也。特以其爲篇義之首。中間論及六義。因以明聖人所以託始之意也。大序小序沈說是也。稱此爲大序者。以其并論六義耳。周頌絲衣序曰。絲衣繹賓尸也。高子曰。靈星之尸也。高子以下。斷非子夏所作。蓋子夏序大略。當世唯如此而足。去聖益遠。至毛公作傳。恐後世不能達其意。故述師傳以補之也。

風之始也。所以風天下而正夫婦也。故用之鄉人焉。

箋。風之始。此風謂十五國風。風是諸侯政教也。下云所以風天下。論語云。君子之德風。並是此義。

用之邦國焉。風風也。教也。風以動之。教以化之。

正義。風訓諷也。諷謂微加曉告。敎謂殷勤誨示。陳啓源云。風雅頌之名。其來古矣。不獨大序言之也。見周禮大師之職。又見樂記師乙答子貢之言。又見荀子儒效篇。歷歷可據也。宋程大昌謂。詩有南雅頌。而無國風。自邶至豳十三國詩。皆不入樂。豈非妄說。彼特見蘇氏釋鼓鐘篇以雅以南。誤以爲二雅二南。故生此說耳。程又謂。季札觀樂。自邶以下。左傳但紀國。而不言風。故知無國風之名。殊不知二南之詩。不盡得於境內。兼得之於南國。周召之名。不足以盡之。故言南。南指其地。非以爲詩名也。十三國之詩。皆得於境內。自應舉國名以槩之。言國言南。皆據實而言。其爲風一而已。

且季札聞邶鄘衛。則云是其衛風。聞齊則云泱泱乎大風。風之名較然。程獨不見乎。衛案。左傳隱三年。載君子之言。曰風有采蘩采蘋。雅有行葦泂酌。此亦二南爲風之一證也。

詩者志之所之也。在心爲志。發言爲詩。情動於中。而形於言。言之不足。故嗟歎之。嗟歎之不足。故永歌之。永歌之不足。不知手之舞之。足之蹈之也。情發於聲。聲成文。謂之音。箋。發猶見也。聲謂宮商角徵羽也。聲成文者。宮商上下相應。正義。情發於聲。謂人哀樂之情。發見於言語之聲。於時雖言哀樂之事。未有宮商之調。唯是聲耳。至作詩之時。則次序清濁節奏高下。使五聲爲曲。似五色成文。樂記注。雜比曰音。單出曰聲。記又曰。審聲以知音。審音以知樂。則聲音樂三者不同矣。

治世之音安以樂。其政和。亂世之音怨以怒。其政乖。亡國之音哀以思。其民困。故正得失。動天地。感鬼神。莫近於詩。正義。人君誠能用詩人之美道。聽嘉樂之正音。使賞善伐惡之道。舉無不當。則可使天地效靈。鬼神降福也。衛案。所安益勉之。所怨哀則改之。民必悅服。天之所視聽。從民之所視聽。民既如此。則寒暑從節。風雨以時。而五穀豐熟。山川無崩竭災。是能動天地也。其感鬼神。大司樂論之詳矣。先王以是經夫婦。成孝敬。厚人倫。美教化。移風俗。故詩有六義焉。一曰風。二曰賦。三曰比。四曰興。五曰雅。六曰頌。正義。六義次第如此者。以詩之四始以風爲先。故曰風。風之所用。以賦比興爲之辭。故於風之下。卽次賦比興。然後次以雅頌。雅頌亦以賦比興爲之。既見賦比興於風之下。明雅頌亦同之。鄭司農云。比者比方於物。諸言如者。皆比辭也。陳啓源云。比興雖皆託喩。但興隱而比顯。興婉而比直。興廣而比狹。劉舍人論比體。以金錫圭璋瀞衣席卷之類當之。然則比者以彼況此。猶文之譬喩。與興絕不相似也。又云。興比皆喩。而體不同。興者興會所至。非卽非離。言在此。意在彼。其詞微。其詞遠。比者一正一喩。兩相譬況。其詞決。其旨顯。且與賦交錯而成文。不若興語之用以發端。多在首章也。如我心匪石。螓首蛾眉。毳衣如菼。如山如阜。金玉爾音。如跂斯翼。价人維藩。敦琢其旅之類。皆比也。焦循云。比當如春秋決事比之比。比猶例也。歌詩必類。相維辟公。天子穆穆。奚取於三家之堂。列國賦詩。擧以相貺。此之謂也。賦詩者有此義。作詩者亦有此義。夫婦可例於君臣。田野可通之都邑。陳古卽以例今。寫好反以見惡。庶幾其用神而其義廣也。識者參之。衡案。周禮大師職敎六詩。曰風。曰賦。曰比。曰興。曰雅。曰頌。鄭康成注云。比見今之失。不敢斥言。取比類以言之。此說洵是。求之毛詩。如魏風碩鼠。小雅雨無正。大雅蕩。瞻卬之屬。皆比也。孔能引大師職。而嫌比亦應有美刺。遂復引鄭司農諸言如者爲比。比義遂晦焉。清人研究古學。然亦未有明說。陳所述卽司農說也。焦以爲春秋決事比之比。而其所說則詩可以興之興。與朱晦庵比說粗相類似。皆未若康成氏之確也。或曰。鄭注禮時。未得毛詩。則所云不敢斥言者。乃韓詩之義。非毛意也。不知毛注瞻卬曰。昊天斥王。不敢斥言王。稱之以昊天。非比而何。是毛韓二家。皆以不敢斥言。取比類以言之爲比。益信其爲古義也。

上以風化下。下以風刺上。主文而譎諫。言之者無罪。聞之者足以戒。故曰風。箋。風化風刺。皆謂譬喻不斥言也。主文。主與樂之宮商相應也。譎諫。詠歌依違不直諫。

至于王道衰。禮義廢。政教失。國異政。家殊俗。而變風變雅作矣。國史明乎得失之迹。傷人倫之廢。哀刑政之苛。吟詠情性。以風其上。達於事變。而懷其舊俗者也。故變風發乎情。止乎禮義。發乎情。民之性也。止乎禮義。先王之澤也。是以一國之事。繫一人之本。謂之風。言天下之事。形四方之風。謂之雅。正義。一人者作詩之人。其作詩者。道己一人之心耳。要所言一人之心。乃是一國之心。詩人覽一國之意以爲己心。故一國繫此一人。使言之也。風之與雅。各是一人所爲。風言一國之事。繫一人。雅亦天下之事。繫一人。雅言天下之事。謂一人言天下之事。風亦一人言一國之事。序者逆順立文。互言之耳。衡案。一人與四方相對成文。蓋指諸侯言之。一國之治亂。繫乎人君所行。邶以下所詠皆是也。故云。繫一人之本。言諸侯爲一國之本也。下文又云。故繫之周公。明一人不指詩人。爲宣王修政。荊蠻來威。幽王淫亂。下國構禍。故云形四方之風也。雅正也。言王政之所由廢興也。政有小大。故有小雅焉。有大雅焉。頌者美盛德之形容。以其成功告於神明者也。是謂四始。詩之至也。始者王道興衰之所由。然則關雎麟趾之化。王者之風。故繫之周公。南言化自北而南也。鵲巢騶虞之德。諸侯之風也。先王之所以教。故繫之召公。箋。自從也。從北而南。謂其化從岐周被江漢之域也。先王斥大王王季。周南召南。正始之道。王化之基。正義。文王正其家。而後及其國。是正其始也。

是以關雎樂得淑女以配君子。憂在進賢。不淫其色。哀窈窕。思賢才。而無傷善之心焉。是關雎之義也。箋。哀蓋字之誤也。當爲衷。衷謂中心恕之。無傷善之心。謂好逑也。正義。女有美色。男子悅之。故經傳之文。通謂女人爲色。淫者過也。過其度量。謂之爲淫。男過愛女。謂淫女色。女過求寵。是自淫其色。此言不淫其色者。謂后妃不淫恣己身之色。衡案。男女相配。各悅其有美色。特男悅女色尤甚。故經傳恒言。稱女爲色。此自后妃立文。則不淫其色。蓋謂后妃無專房之念也。哀憐也。

關關雎鳩。在河之洲。興也。關關和聲也。雎鳩王雎也。鳥摯而有別。水中可居者曰洲。后妃說樂君子之德。無不和諧。又不淫其色。愼固幽深。若關雎之有別焉。然後可以風化天下。夫婦有別。則父子親。父子親。則君臣敬。君臣敬。則朝廷正。朝廷正。則王化成。箋。摯之言至也。謂王雎之鳥。雌雄情意至。然而有別。釋文。摯本亦作鷙。正義。雎鳩王雎也。釋鳥文。郭璞曰。鵰類也。今江東呼之爲鶚。好在江邊沚中。亦食魚。陸機疏云。雎鳩大小如鴟。深目。目上骨露。幽州人謂之鷲。而楊雄許愼皆曰。白鷺似鷹。尾上白。戴震云。古字鷙通摯。春秋傳郯子言。少皞以鳥名官。雎鳩氏司馬也。說曰。鷙而有別。故爲司馬。主法正。義本毛詩。不得如箋所言明矣。後儒亦多有疑猛鷙之物。不可以興淑女者。考詩中比興。如螽斯。但取於衆多。雎鳩取和鳴及有別。皆不必泥其物類也。焦循云。郭璞以雎鳩爲江東之鶚。因以爲雕類。乃江東食魚之鶚。非雕鷲之鶚也。然則江東之鶚何鶚也。嘗求之大江南北。有好居渚沚食魚者。正呼爲鶚。爲五各反。卽王之入聲。蓋緩呼之爲王雎。急呼之爲鶚。此古之遺稱。尚可求諸土語者。宋王性之默記云。李公輔初任大名府。檢驗村落。見所謂魚鷹者。飛翔水際。問小吏。曰此關雎也。仲修使探取其窠。皆一窠二室。蓋雌雄各異居也。衡案。雕鷲之鷲。展翼六七尺。陸云。大小如鴟。則亦不謂鵰鷲之鷲。以其擊魚食之。或謂之鶚。或謂之鷲。或謂之魚鷹。詳其所說。蓋皆同物也。戴據春秋傳。以雎鳩爲鷙鳥。陳啓源亦云。江淮之鳥。未可以證周南。然雕鷲之屬。率居深山。未嘗在河洲和鳴。况陸所云鷲。非雕鷲之鷲者。蓋以其能捕魚耳。戴說非也。王雎我邦所至江海皆有焉。扇波出魚。擊以食之。陳云。江淮之鳥。未可以狀周南。駁朱傳狀類鳧鷖也。然江淮食魚之鳥。不妨其亦在河洲食魚。未得遽以此相難也。足利古本。小字本。岳珂本。興也上無傳字。箋云。外不加黑圍。山井鼎云。傳字後人加也。箋云。二字。鄭氏之舊。所以別毛氏傳也。而後世諸本加黑圍者。亦失古意矣。今從之。

窈窕淑女。君子好逑。窈窕幽閒也。淑善。逑匹也。言后妃有關雎之德。是幽閒貞專之善女。宜爲君子之好匹。箋。怨耦曰仇。言后妃之德和諧，則幽閒處深宮，貞專之善女，能爲君子和好衆妾之怨者，言皆化后妃之德，不嫉妒，謂三夫人以下。陳啓源云：幽閒指德而言，非謂所處之宮。也。韓詩薛君章句云：窈窕，貞專貌。正與毛同意。段玉裁云：幽釋窈，閒釋窕，說文：窈，深遠也。爾雅釋言：窕，閒也。衡案：傳必兼妃言之者，有關雎之德者，不獨大姒一人也，故上傳亦云：無不和諧，或謂雎雄和鳴失之。上二句興后妃之德，此二句述其事，凡傳言興者皆然。集傳謂以雎鳩興淑女，趣味索然。

參差荇菜，左右流之。

荇，接余也。流，求也。后妃有關雎之德，乃能共荇菜，備庶物，以事宗廟也。箋：左右，助也。言后妃將共荇菜之葅，必有助而求之者。言三夫人以下，皆樂后妃之事。陳啓源云：荇蕁相類，實二草也。蕁葉圓，荇稍銳而長。字本作莕，荇乃重文。爾雅莕接余，其葉荇是也。流訓求，爾雅毛傳同，古字義本如此。后夫人助祭薦葅，不設羹，故箋云：后妃供荇菜之葅。而傳亦訓芼爲擇，宋董氏云：熟而薦之曰芼，則直是羹矣。葅生釀之，不用熟也。集傳以荇菜爲興，故從董說，亦無害。但王后采荇，夫人采蘩，大夫妻采蘋藻，皆實事也。召南爲賦，而周南爲興，恐非詩旨。段玉裁云：毛意謂流猶求也，沿流而求之。衡案：流猶趣也。凡人意趣所好，趣必求之，是流有求義也。共荇菜，備庶物，非一人所能。后妃有關雎之德，和諧衆妾，皆樂爲之。箋訓左右爲助，深得經傳之意矣。

窈窕淑女。寤寐求之。寤覺。寐寢也。箋。言后妃覺寐。則常求此賢女。欲與之共己職也。衡案。寐眠也。傳訓寢者。以眠中不能求也。然則寤寐猶言起臥。傳意當然。箋云。覺寐則常求。蓋謂寐覺則常求之。其意反淺。

求之不得。寤寐思服。服思之也。箋。服事也。求賢女而不得。覺寐則思己職事當誰與共之乎。衡案。莊子吾服女也甚忘。注服者思存之謂也。中庸曰。得一善。拳拳服膺。蓋服如服衣服藥之服。凡著用身心者。皆謂之服。思人者。服之心而不忘。故云服思之也。

悠哉悠哉。輾轉反側。悠思也。箋。思之哉。思之哉。言己誠思之。臥而不周曰輾。正義。反側猶反覆。輾轉猶婉轉。俱是迴動。大同小異。衡案。說文悠憂也。憂則思之。故引伸訓思耳。

參差荇菜。左右采之。箋。言后妃既得荇菜。必有助而采之者。

窈窕淑女。琴瑟友之。宜以琴瑟友樂之。箋。同志爲友。言賢女之助后妃。共荇菜。其情意乃與琴瑟之志同。共荇菜之時樂必作。正義。毛氏於序不破哀字。則此詩所言。思求淑女而未得也。衡案。經意謂后妃能和諧羣妾。與之采荇菜。以事宗廟。若又得窈窕淑女。當鼓琴瑟以友愛之。參差荇菜。左右芼之。芼擇也。箋。后妃既得荇菜。必有助而擇之者。陳啓源云。關雎二三章。毛皆以未得時言。故求是未得。而求友樂。則預計初得時事也。鄭皆以已得時言。故求是追溯其初。而友之樂之。正助祭時也。如毛意。則琴瑟鐘爲淑女而設。如鄭意。則爲神。毛義勝矣。段玉裁云。傳樂字如字。窈窕淑女。鐘鼓樂之。德盛者宜有鐘鼓之樂。箋。琴瑟在堂。鐘鼓在庭。言共荇菜之時。上下之樂作。盛其禮也。

葛覃三章。章六句。

葛覃。后妃之本也。后妃在父母家。則志在於女功之事。躬儉節用。服澣濯之衣。尊敬師傅。則可以歸安父母。化天下以婦道也。箋。躬儉節用。由於師傅之教。而後言尊敬師傅者。欲見其性亦自然。可以歸安父母。言嫁而得意。猶不忘孝。段玉裁云。序意蓋謂歸寧父母。

爲嫁而事舅姑。詩多言后妃在父母家之德、而及于歸善事舅姑、化天下以婦道。故云后妃之本也、本其婦道之基於女道也、

葛之覃兮。施于中谷。維葉萋萋。興也。覃延也。葛所以爲絺綌。女功之事煩辱者。施移也。中谷谷中也。萋萋茂盛貌。箋。葛者婦人之所有事。此因葛之性以興焉。興者葛延蔓于谷中。喩女在父母之家形體浸浸日長大也。葉萋萋然喩其容色美盛也。正義、王肅云、葛生於此、延蔓於彼、猶女之當外成也、**黄鳥于飛。集于灌木。其鳴喈喈。**黄鳥摶黍也。灌木叢木也。喈喈和聲之遠聞也。箋。葛延蔓之時則摶黍飛鳴。亦因以興焉。飛集叢木。興女有嫁于君子之道。和聲之遠聞。興女有才美之稱達於遠方。正義、爾雅釋木云、木族生爲灌。孫炎云。族叢也、是灌爲叢木也、焦循云。此詩之興、正在於重葛之覃兮施于中谷。與黄鳥于飛集于灌木、同興女之嫁。葛移于中谷。其葉萋萋。興女嫁于夫家。而茂盛也、鳥集灌木。其鳴喈喈、興女嫁于夫家。而和聲遠聞也。盛由於和。其意似疊、而實變化。誦之氣穆而神遠、爾雅皇黄鳥此一物也。爾雅倉庚商庚鵹黄楚雀。又云、

倉庚黧黃也。此別一物也。毛傳於黃鳥訓摶黍。於倉庚訓離黃。不以倉庚爲摶黍。卽不以黃鳥爲倉庚也。說文離黃倉庚也。鳴則蠶生。又云鵹鵹黃也。一曰楚雀。其色黧黑而黃。未嘗以爲黃鳥。鄭氏注月令。倉庚爲離黃。而小雅黃鳥黃鳥。毋啄我粟。箋云。黃鳥宜食粟。今不聞倉庚食粟也。小雅綿蠻黃鳥傳云。綿蠻小鳥貌。是毛以黃鳥爲小鳥。特牲饋食禮云。佐食摶黍授祝。呂氏春秋異寶篇云。以百金與摶黍以示兒子。兒子必取摶黍也。小鳥之狀與色。有如摶黍。故以名之。黍色黃。不雜以黧黑。斯黃鳥似之。直名爲黃。皇爲黃白。非鵹黃之所可混矣。嘗以此詢之金壇段君玉裁。君以爲然。且贊之曰。黃鳥卽黃雀。國策黃雀俯啄白粒。是可以證。後見姚彥暉詩識名解於小雅黃鳥。引其世父九經通論云。此黃鳥雀也。非黃鶯。黃鶯不啄粟。可以信余說爲不孤。衡案。此章先述后妃嫁後。宜其家人之事。然其所以宜其家人。乃以其在父母之家。志女功之事也。葛婦人之所有事。故以葛施于中谷。興其歸于夫家。而傳以女功之事煩辱者解之。皆本其初也。其鳴喈喈。興夫婦和諧。能以婦道化天下。故傳云。和聲之遠聞。箋云。興女有才美之稱。達於遠方。蓋鄭以此章爲未嫁之時。故云。女有才美之稱。非經傳之意也。況女當以德稱。才非其所貴。於義又非。焦辨黃鳥非倉庚鑿鑿有據。可以破陸郭之妄矣。

葛之覃兮。施于中谷。維葉莫莫。莫莫成就之貌。箋。成就者。其可采用之時。衡案。毛以首章上三句爲興。則此三句亦興也。廣雅曰。莫莫茂也。此喻於女子外成。故云成就之貌。成就則其茂可知矣。以此下說女功。或以爲賦。不知三句興也。下因言其事。固不妨其爲興也。首章不言女功。而傳云女功之事煩辱者。傳意蓋謂首章當言女功。特以兩興未暇及治葛。故言女功。以明經意。以此言之。傳以二章爲興益明。是刈是濩。爲絺爲綌。服之無斁。

濩煮之也。精曰絺。麤曰綌。斁厭也。古者王后織玄紞。公侯夫人紘綖。卿之内子大帶。大夫命婦成祭服。士妻朝服。庶士以下、各衣其夫。箋。服整也。女在父母之家。未知將所適。故習之以絺綌煩辱之事。乃能整治之無厭倦。是其性貞專。正義。自王后織玄紞以下。皆魯語敬姜之言也。紞縣瑱之物。織五采爲之。獨言玄者。以玄爲尊。紘者纓之無緌。從下而上者也。濩者冪上覆。玄表纁裏。阮元云。爾雅作是乂是鑊。鑊煮之也。衡案。煮葛於鑊。卽謂煮爲鑊。古文之常耳。濩當定爲鑊假借字。傳不解服字。則讀之如字。序云。躬儉節用。亦其事也。鄭訓服爲整。蓋以此章爲志在於女功。以下章爲躬儉節用耳。恐非毛意。言告師氏。言告言歸。言

我也。師女師也。古者女師教以婦德。婦言。婦容。婦功。祖廟未毀。教于公宮三月。祖廟既毀。教于宗室。婦人謂嫁曰歸。箋。我告師氏者。我見教告於女師也。教告我以適人之道。重言我者。尊重師教也。公宮宗室。於族

人皆爲貴。正義：此女師至婦功，皆昏義文也。彼注云：婦德貞順，婦言辭令，婦容婉娩，婦功絲枲。祖廟至宗室，昏禮文也。衡案：三我皆我其身。蓋分言告歸以婉娩其辭，故告歸上皆言我。正義以中我爲我其師，非經傳之意也。薄汙我私，薄澣我衣。汙，煩也。私，燕服也。婦人有副褘盛飾，以朝事舅姑，接見于宗廟，進見于君子。其餘則私也。箋：煩，煩撋之，用功深。澣謂濯之耳。衣謂褘衣以下至褖衣。釋文：阮孝緒字略云：煩撋，猶挼莎也。害澣害否，歸寧父母。害，何也。私服宜澣，公服宜否。寧，安也。父母在，則有時歸寧耳。箋：我之衣服，今者何所當見澣乎？何所當否乎？言常自潔清以事君子。陳啓源云：害澣害否，毛以爲問詞，鄭以爲無所偏否，皆當澣之。竊謂毛說勝也。上以汙澣對言，此以澣否對言，意各有當。如鄭說，則詞複矣。孔疏右鄭，以爲有問詞而無總結，殆非文勢，故不從傳。殊不知澣濯細事，不敢自專，必訪師氏，正見其尊敬師傳。詩人設爲商度之詞，以形容后妃之心耳，何必有答詞方見其爲問哉？毛云私服宜澣，公服宜否，自論澣否之常，非代詩人答也。疏語未當。衡案：私服宜澣，公服宜否，自是澣否之常，人無不知，而尙且問之，所以深見其尊敬師傳也。故傳言此以明經意。澣否一事，歸寧又一事，本不相蒙。此章始終言在家女師所敎。或謂將歸寧父母，故問澣否，非古義。

也。傳害字。俗本作曷。今從宋小字本。岳珂本。十行本。段玉裁云。害本不訓何。而曰何也。則可以知害爲曷之假借也。

卷耳四章。章四句。

卷耳。后妃之志也。又當輔佐君子。段玉裁云。玩又當二字。可知古各序合爲一篇。故蒙上而言。求賢審官。知臣下之勤勞。內有進賢之志。而無險詖私謁之心。朝夕思念。至於憂勤也。箋。謁請也。陳啓源云。今以卷耳詩爲后妃思念君子。恐不然。婦人思夫之詩。如伯兮。葛生。采綠諸作。見於變風變雅。所以閔王道之衰。征役不息。室家怨曠。刺時也。義不繫於思者也。若如今說。則卷耳當爲商紂刺詩。不得爲周南正風矣。況民家婦女思念其夫。形諸怨歎。不足異也。后妃身爲小君。母儀一國。且年已五六十。乃作兒女子態。自道其傷離惜別之情。發爲詠歌。傳播臣民之口。不已媟乎。至於登高極目。縱酒娛懷。雖是托諸空言。終有傷於雅道。汝墳殷其靁兩詩。閔其君子。猶能勉之以正。勸之以義。故列於正風。曾后妃而反不若哉。

采采卷耳。不盈頃筐。憂者之興也。采采事采之也。卷耳苓耳也。頃筐畚屬。易盈之器也。箋。器之易盈而不盈者。志在輔佐君子。憂思深也、正義。傳不云興也。而云憂者之興。明有異於餘興也。餘興言采菜。卽以采菜喻。言生長。卽以生長喻。此言采菜。而取憂爲興。故特言憂者之興。言興取其憂而已。不取其采菜也。衡案。憂者之興者。言喻憂者也。采易得之菜。而不盈易盈之器。是憂深者之事。故云憂者之興也。嗟我懷人。寘彼周行。懷思。寘置。行列也。思君子官賢人。置周之列位。周之列位謂朝廷臣也、衡案。周之列位。不問內外。凡事周者皆是也。箋云。謂朝廷臣。傳意恐不然。陟彼崔嵬。我馬虺隤。陟升也。崔嵬土山之戴石者。虺隤病也。箋。我我使臣也。臣以兵役之事行出。離其列位。身勤勞於山險。而馬又病。君子宜知其然、正義。釋山云。石戴土謂之崔嵬。土戴石爲砠。此及下傳云。石山戴土曰砠。與爾雅正反者。或傳寫誤也。陳啓源云。案說文釋名。玉篇。廣韻之釋岨。皆與毛同。而崔嵬無訓。惟玉篇砠岨二字並載。岨解同毛。砠解同爾雅。則兩存其說焉。劉許皆漢人。詩毛學未盛。而二書之釋岨。皆合於傳。則傳寫之誤。當在爾雅。若岨岵。則定是傳誤。孫炎云。虺隤馬罷不能升高之病。衡案。虺隤雙聲。不必求之字義焉。我姑酌彼金罍。維以不永懷。姑且也。人君黃金罍。永長也。箋。我我君也。臣出使。功成而反。君且當設饗燕之禮。與之飲酒以勞之。我則以是不復長憂思也。言且者。君賞功臣。或多於此。正義。司尊彝云。皆有罍。諸臣之所酢。注云。罍亦刻而畫之。爲山雲之形。言刻畫。則用木矣。故禮圖依制度云。刻木爲之。韓詩說言。士以梓。士無飾。言其木體。則以上同用梓。而加飾耳。焦循云。傳不解我字。以我字無庸解。且兩我字緊相貫。而謂一我臣。一我君。非傳義。衡案。我皆我使臣也。此后妃代使臣序其勞與情。欲反役之後。君子厚賞之也。言山險馬病。我役亦勞矣。然功成而反。君將設饗燕之禮以賞我。我且酌君之金罍。其榮亦至矣。維以是之故。不長憂思也。首章我我后妃。下三章我我我使臣。經意本明。故傳並不解。我若以此我爲人君。是人君以反役之後。設饗燕之禮以勞之。不復永懷其勞。情義甚淺。恐非溫柔敦厚之旨矣。

陟彼高岡。我馬玄黃。我姑酌彼兕觥。維以不永傷。

山脊曰岡。玄馬病則黃。兕觥角爵也。傷思也。箋。此章爲意不盡申殷勤也。觥罰爵也。饗燕所以有之者。禮自立司正之後。旅醻必有醉而失禮者。罰之亦所以爲樂。

正義。釋獸云。兕似牛。郭璞云。一角青色。重千斤者。以其言兕必以兕角爲之。特牲二爵二觚四觶一角一散。不言觥之所用。是正禮無觥。不在五爵之例。禮圖云。觥大七升。以兕角爲之。衡案。兕觥罰爵。若下我我人君。是人君豫以失禮待使臣。雖則曰爲樂。於義終不可。出使臣之口。以盡歡爲度。不復顧失禮受罰。其情反渥。益信我皆我使臣矣。陟彼砠矣。我馬瘏矣。我僕痡矣。云何吁矣。石山戴土曰砠。瘏病也。痡亦病也。吁憂也。箋。此章言臣既勤勞於外。僕馬皆病。而今云何乎。其亦憂矣。深閔之辭。釋文。痡病也。一本作痡亦病也者非。正義。孫炎曰。痡人疲不能行之病。瘏馬疲不能進之病也。段玉裁云。此謂吁卽忓之假借。說文曰。忓憂也。何人斯。都人士盱同。衡案。鄭注小雅何人斯云。何其盱。云於女亦何病乎。注都人士云何盱矣云。云何乎。我今已病也。參之此注。鄭蓋訓云何爲如何也。史汲黯傳。武帝曰。吾欲云云。注。猶言如此如此也。是古云字有如義。傳不解云。何則讀如字。蓋謂使臣自云。何憂之甚也。箋何乎。本多作何吁。今從足利古本小字本岳本。

樛木三章。章四句。

樛木。后妃逮下也。言能逮下。而無嫉妬之心焉。箋。后妃能和諧衆妾。不嫉妒其容貌。恒以善言逮下而安之。衡案。今本此序下。有后妃能和諧衆妾。不嫉妬其容貌。恒以善言逮下而安之。二十三字。箋。釋文云。崔集注本。此序有鄭注。檢衆本並無。是陸本無此注。正義不釋箋。則孔本亦無。且文意繆戾。與序義相乖。今刪之。

南有樛木。葛藟纍之。興也。南南土也。木下曲曰樛。南土之葛藟茂盛。箋。木枝以下垂之故。故葛也藟也。得纍而蔓之。而上下俱盛。興者。喻后妃能以意下逮衆妾。使得其次序。則衆妾上附事之。而禮義亦俱盛。南土謂荊揚之域。正義。藟與葛異。亦葛之類也。陸機云。藟一名巨荒。似燕薁。亦延蔓生。葉艾白色。其子赤。亦可食。酢而不美。是也。

樂只君子。福履綏之。履祿。綏安也。箋。妃妾以禮義相與和。又能以禮樂樂其君子。使爲福祿所安。陳啓源云。說文。只語已詞。从口。象氣下引。衡案。只語已詞。本無意義。故左傳引詩。只作言。可見特取其聲而已。而鄭箋詩訓是。杜解傳訓美。皆非也。樂只君子。謂君子之心恒樂易。言后妃和諧衆妾。閨門輯睦。故君子之心恒能樂易。而福祿安之也。

南有樛木。葛藟荒之。樂只君子。福履將之。荒奄。將大也。箋。此章申殷勤之意。將猶扶助也。

南有樛木。葛藟縈之。樂只君

子。福履成之。縈旋也。成就也。

螽斯三章。章四句。

螽斯。后妃子孫衆多也。言若螽斯不妬忌。則子孫衆多也。箋。忌有所諱惡於人。正義。思齊云。大姒嗣徽音。則百斯男。傳云。大姒十子。衆妾宜百子。是也。陳啓源云。叙云。言若螽斯不妬忌。箋疏讀爲一句。故朱子譏之。謂以不妬忌歸之螽斯。乃叙者之誤。通義謂此序當於言如螽斯絶句。連上文讀。而以不妬忌屬下文。文義最穩得之矣。然羣和集便是不妬忌之驗。即如舊讀。義自通。衡案。段玉裁焦循皆以螽斯句絶。不妬忌下屬。蓋避朱子之譏也。然漢儒謂小序是子夏毛公合作。以諸序例推之。螽斯至多也是子夏作。言若以下。乃毛亨續成。若以言若螽斯上屬。此序子夏全作。與他序相乖。於文又未見最穩。陳以羣和集爲螽斯不妬忌之驗。得之。

螽斯羽。詵詵兮。螽斯蚣蝑也。詵詵衆多也。箋。凡物有陰陽情欲者。無不妬忌。唯蚣蝑不耳。各得受氣而生子。故能詵詵然衆多。后妃之德能如是。則宜然。正義。此以螽斯之多。喻后妃之子。而言羽者。螽斯羽蟲。故舉羽以言多也。釋蟲云。蜇螽蚣蝑。舍人云。今所謂春黍也。陸機云。幽州人謂之春箕。即春黍蝗類也。長而青。長角長股。股鳴者也。此實興也。傳不言興者。鄭志答張逸云。若此無人事。實興也。文義自解。故不言之。凡說不解者耳。衆篇皆然。段玉裁云。爾雅釋文蜇本又作蟴。詩作斯。案蟴蜇同在第十六部。猶斯析同在第十六也。螽蟴亦稱蟴螽。非如鷽斯之斯。不可加鳥。衡案。序云。言若螽斯不妬忌。其爲興可知。故傳不言興。是傳與續序出於一人之證。

宜爾子孫振振兮。振振仁厚也。箋。后妃之德。寬容不嫉妬。則宜女之子孫使其無不仁厚。

螽斯羽。薨薨兮。宜爾子孫。繩繩兮。薨薨衆多也。繩繩戒愼也。段玉裁云。下武傳云。繩戒也。爾雅。兢兢繩繩戒也。

螽斯羽。揖揖兮。宜爾子孫。蟄蟄兮。揖揖會聚也。蟄蟄和集也。釋文。揖子入測立二反。蟄尺十反。徐又直立反。段玉裁云。揖蓋輯字之假借。說文。輯車和輯也。陳啓源云。此詩每上二句言螽斯。下二句言后妃。爾者爾后妃也。振振繩繩。蟄蟄。正言子孫之賢。毛分釋三義甚優。而韓詩外傳引此亦云。賢母使子賢也。意與毛同矣。今以爲螽斯之多子。殊少義趣。

桃夭三章。章四句。

桃夭。后妃之所致也。不妬忌則男女以正。昏姻以時。國

無鰥民也。箋。老而無妻曰鰥。

桃之夭夭。灼灼其華。興也。桃有華之盛者。夭夭其少壯也。灼灼華之盛也。箋。興者喻時婦人皆得以年盛時行也。段玉裁云。說文曰。枖木少盛貌。然則毛謂夭夭卽枖枖之假借也。灼灼卽焯焯之假借。焯明也。之子于歸。宜其室家。之子嫁子也。于往也。宜以有室家。無踰時者。箋。宜者謂男女年時俱當。正義。桓十八年傳。女有家男有室。室家謂夫婦也。李黼平云。傳云。宜以有室家。無踰時者。傳指春時。卽序昏以時也。箋云。宜者謂男女年時俱當。補出年字。卽序男女以正也。傳箋俱指春時。正義泥東門之楊傳不逮秋冬之語。述毛此傳。亦以爲秋冬而嫁。詩人見桃華起興。何因遠指秋冬。殊非毛意。衡案。東門之楊傳云。不逮秋冬。則毛固以秋冬爲昏姻正時矣。然此傳言無踰時者。謂男昏女嫁之時。非時月之時也。東門之楊傳。男女失時之時亦然。詩人之寄興。但取其類相譬。不必見其物而後起興。若必見其物而賦之。則樛木必作於荆楊之域。此篇首章灼灼其華。三月賦之。次章有蕡其實。六月賦之。三章其葉蓁蓁。實亦既落。又在其後。此又何說也。

桃之夭夭。有蕡其實。蕡實貌。非但有華色。又有婦德。段玉裁云。蕡實之大也。方言。墳地大也。說文。頒大頭也。苕之華傳。墳大也。靈臺傳。賁大鼓也。韓奕傳。汾大也。合數字音義攷之可見。之子于歸。宜其家室。家室猶室家也。桃之夭夭。其葉蓁蓁。蓁蓁至盛貌。有色有德。形體至盛也。之子于歸。宜其家人。一家之人。盡以爲宜。箋。家人猶室家也。正義。家猶夫也。人猶婦也。以異章而變文耳。故云。家人猶室家也。陳啓源云。桃夭一篇。三言宜。本一義也。毛傳於末章云。一家之人。盡以爲宜。則上二章宜字。義亦應爾。首章傳乃云。宜以有室家。無踰時者。不如末章義優矣。康成反據前解。以易後傳。殊失去取之當。衡案。易家人亦謂一家之人。古未有稱夫婦爲家人者。宜其室家。世以其以有家有室爲宜也。無踰時者。釋世所以爲宜也。言德化大行。淫風止息。男昏女嫁。無踰時者。故世以爲宜也。宜其家人。一家之人。以其來歸爲宜也。上二章從夫婦上立言。不可言夫婦自以爲宜。且夫婦自以爲宜。則是淫奔之流。非德化之所致。故傳云。宜以有室家。末章從家人立言。故傳云。盡以爲宜。三宜字本同。但所從言不同。故傳不得不異其文。無須多辯也。後儒或據大學所引。解宜字爲婦德。不知大學斷章取義。若詩本義。華以興婦色。實以興婦德。葉以興形體。女美備矣。下二句則述后妃德化之所致。凡興體之詩。大略皆然。若又解宜字爲婦德。不牀下架牀乎。序傳之說。不可易耳。

兔罝三章。章四句。

兔罝，后妃之化也。關雎之化行，則莫不好德，賢人衆多也。正義：以關雎求賢之事，故言關雎之化行。衡案：關雎思得淑女，共事君子，是有德之事也。及世化之，則不復分男女，人皆好德，而賢人衆多也。李黼平謂：關雎求賢，亦是實事，特假淑女以見意。因引離騷哀高邱之無女以證之，未是。

肅肅兔罝，椓之丁丁。肅肅，敬也。兔罝，兔罟也。丁丁，椓杙聲。箋：罝兔之人，鄙賤之事，猶能恭敬，則是賢者衆多也。釋文：丁，陟耕反。赳赳武夫，公侯干城。赳赳，武貌。干，扞也。箋：干也、城也，皆以禦難也。此罝兔之人賢者也，有武力，可任爲將帥之德，諸侯可任以國守，扞城其民，折衝禦難於未然。段玉裁云：干本不訓扞，以干爲扞，此之謂假借，依聲託事也。爾雅之例，有言轉注者，有言假借者，毛傳亦兼之。如干，扞也；輈，朝也，皆謂假借。左氏傳：公侯之所以干城其民也。故詩曰：赳赳武夫，公侯干城。蓋讀如干掫之干。焦循云：按此箋申明傳義，殊無異同。正義言鄭惟干城爲異，非也。

肅肅兔罝，施于中逵。逵，九達之道。正義：釋宮云：九達謂之逵。郭璞云：四道交出，復有旁通。衡案：逵有九達之訓，故傳取以解之。然此謂野徑多岐者。乃兔所由。邦俗謂之兔徑。非官道通名邑大都者也。李黼平據此傳。以施于中逵。爲謂仕於朝。粗笨可笑。赳赳武夫。

公侯好仇。箋。怨耦曰仇。此兔罝之人。敵國有來侵伐者。可使和好之。

亦言賢也。正義。仇匹也。可配匹公侯。以衛國安民也。肅肅兔罝。施于中林。中林林中。

赳赳武夫。公侯腹心。可以制斷公侯腹心。箋。此罝兔之人。於行

攻伐。可用爲策謀之臣。使之無慮。亦言賢也。正義。言公侯有腹心之謀事。能制斷其是非。焦循云。案制

公侯之腹心。則是策謀無慮。箋。申傳非易傳也。正義强分別之。衡案。箋罝兔今本多作兔罝。今從小字本岳本。

芣苢三章。章四句。

芣苢。后妃之美也。和平。則婦人樂有子矣。箋。天下和。政教

平也。陳啓源云。周南八篇序。皆言后妃。而文王之德自見。至江漢汝墳二詩。化行南國。則云文王之化。義各有攸當也。晦翁譏之。以爲一以后妃爲主。不復知

有文王。至於化行國中。三分天下。皆以爲后妃所致。則是禮樂征伐皆出婦人之手。文王徒擁虛器。爲寄生之君也。吁。序之言安有是哉。前五篇序止言后妃一身。不及

梱外。求賢審官者。以勸君子耳。非自爲之也。桃夭兔罝芣苢三序。則及國中矣。然宜室家樂有子皆婦人事也。賢才衆多。與關雎憂在勸賢。理亦相通。且此三詩序。一云所致。一云化。一云美。孔疏釋之云。三者義通。總是美化所致耳。是序止言化。不言政也。化者德修於身。而聞者興起。後世匹婦庶女。孝義感人。尚能厚人倫美風俗。況以國母之尊。可謂必無其理哉。若晦翁所云。禮樂征伐者政也。序無是言也。至后妃之賢。是文王刑于所致。美后妃。正所以美文王。舉此以見彼足矣。如必篇篇並舉而言之。古人文字。安得蕪冗如此。衡案王者之道。自身而家。自家而國。自國而天下。詩云。刑于寡妻。至于兄弟。以御于家邦。乃其序也。故周南首五篇。專言后妃之德。次三篇。言國人化之。江漢以下。言文王德化及他邦。聖人編詩之至意。正在於斯。序者因詳言之。示後人以德敎政治所先後。朱子平生議論。亦主此意。至辨說詩序之爲僞。遂與恒言反。極其掊擊。蓋其意急於立異。面前三尺。不復能見。讀書固貴和氣平心哉。

采采芣苢。薄言采之。采采

非一辭也。芣苢馬舄。馬舄車前也。宜懷妊焉。薄辭也。采取也。箋。薄言。我薄也。

正義。郭璞曰。今車前草大葉長穗。好生道邊。江東呼蝦蟆衣。陸璣云。芣苢子治婦人難產。段玉裁云。辭當作詞。說文作䛐。意內而言外也。說文凡文辭作辭。辭說也。凡形容及語助發聲作䛐。薄見葛覃矣。於此始爲傳者。漢人傳注。不限於首見也。衡案蝦蟆死以芣苢葉包之卽蘇矣。我俗謂之蝦蟆葉。江東呼蝦蟆衣。蓋亦以此。薄少也。猶言聊。時邁有客訓甫者。以甫薄同音耳。然未若訓少之爲允當也。

采采芣苢。薄言有之。有藏

之也。王念孫云。詩之用詞。不嫌於複。有亦取也。首章泛言取之。次則言取之之事。卒乃言既取而盛之以歸耳。若既言藏之。而次章復言掇將之。則非其次矣。大雅瞻仰篇曰。人有土田。女反有之。人有民人。女覆奪之。是爲取也。衡案。有有保持之義。亦可訓取。但此篇序曰。和平則婦人樂有子矣。婦人樂有子。天下同有此情。故上傳云。采采非一辭。言衆婦人皆采之也。正義釋之曰。首章言采之有之。采者始往之辭。有者已藏之稱。總其終始也。又曰。六者本各見其一。採掇事殊。袺襭用別。明非一人而爲此六事而已。其說洵是。且經六事皆以釆采芣苢起之。不避複文累句。其非一人所爲甚明。王以六事爲一人所爲。因欲以破傳。妄甚。采采芣苢。薄言掇之。掇拾也。釋文。掇都奪反。采采芣苢。薄言捋之。捋取也。采采芣苢。薄言袺之。袺執衽也。釋文。袺音結。采采芣苢。薄言襭之。扱衽曰襭。釋文。襭戶結反。正義。釋器云。執衽謂之袺。孫炎云。持衣上衽。又云。扱衽謂之襭。李巡云。扱衣上衽於帶。衽者裳之下也。置袺謂手執之而不扱。襭則扱於帶中矣。衡案。衽衣襟也。服則左右合於前。合而在上者爲上衽。袺襭者。反上衽之裔。置芣苢於其中。或手執之。或扱之於帶也。凡婦人之服。聯衣裳而爲之。制如中衣。

漢廣三章。章八句。

漢廣。德廣所及也。文王之道。被於南國。美化行乎江漢之域。無思犯禮。求而不可得也。箋。紂時淫風徧於天下。維江漢之域。先受文王之教化。正義。言文王之道。初致桃夭芣苢之化。今被於南國。美化行於江漢之域。故男無思犯禮。女求而不可得。此由德廣所及然也。此與桃夭。皆文王之化。后妃所贊。於此言文王者。因經陳江漢。指言其所爲遠辭。遂變后妃。而言文王。爲遠近積漸之義。序於此既言德廣。汝濆亦廣可知。故直云道化行耳。此既言美化。下篇不嫌不美。故直言文王之化。不言美也。陳啓源云。序云德廣所及也。前三詩化及國中。此詩方及南國。故云廣。與漢廣字偶同耳。非謂漢廣爲德廣也。辨說譏之。無乃苛乎。衡案。芣苢以上。言化自家及國。故云后妃之化。此以下乃自國而天下。非后妃所能及。故云文王之道。說又見于上。

南有喬木。不可休息。漢有游女。不可求思。興也。南方之木美。喬上竦也。思辭也。漢上游女。無求思者。箋。不可者本有可道也。木以高其枝葉之故。故人不得就而止息也。興者。喻賢女雖出游流水之上。人無欲求犯禮者。亦由貞絜使之然。正義。經求止之文。在游女之下。傳解喬木之下。先言思辭。然後始言漢上。疑休求字爲韻。二字俱作思。但未見如此之本。不敢輒改耳。又云。所以女先貞。而男始息者。以姦淫之事。皆男唱而女和。由禁嚴於女。法緩於男。故男見女不可求。方始息。其邪意。召南之篇。女既貞信。尙有强暴之男。是也。段玉裁云。思作息者。譌字也。葛生民勞傳皆曰。息止也。此若作息。則當有傳。衡案。休息蓋與箋止息相涉而誤。然則思之譌息。在鄭箋詩之後。

漢之廣矣。不可泳思。江之永矣。不可方思。

潛行爲泳。永長。方泭也。箋。漢也。江也。其欲渡之者。必有潛行乘泭之道。今以廣長之故。故不可也。又喩女之貞絜。犯禮而往。將不至也。陳啓源云。正義游女之解甚平正。集傳則云。江漢之俗。其女好游。漢魏以後猶然。如大堤曲可見。噫誤矣。女子無故出游。不過冶容誨淫耳。非美俗也。被文王之化者。尙有此乎。大隄曲作於劉宋時。六朝綺靡之習。豈成周盛時所宜見。風俗隨時而變。自周至宋千五六百年。安得相同。況大隄所咏。乃狹斜倡女。引彼證此。尤爲不類。段玉裁云。說文永字注。引詩江之永矣。羕字注水長也。引詩江之羕矣。案永古音養。或假借養字爲之。如夏小正。時有養日。時有養夜。卽永日永夜也。

翹翹錯薪。言刈其楚。

翹翹薪貌。錯雜也。箋。楚雜薪之中尤翹翹者。我欲刈取之。以喩衆女皆貞絜。我又欲取其尤高絜者。正義。楚木名。故學記注。以楚爲荆。王風鄭風並云。不流束楚。皆是也。

之

子于歸。言秣其馬。秣養也。六尺以上曰馬。箋。之子是子也。謙不敢斥其適己。於是子之嫁。我願秣其馬。致禮餼。示有意焉。李黼平云。箋云。我願秣其馬。致禮餼。正義云。餼謂牲也。昏禮不見用牲文。鄭以時事言之。或亦宜有也。案說文氣云。饋客芻米也。从米气聲。春秋傳曰。齊人來氣諸侯。或作槩。或作餼。如說文。則餼乃氣之或體。箋意言願致芻米以養馬耳。正義用牲。恐不然。衡案。經云言秣其馬。康成恐人以爲欲自飼其馬。故云致禮餼。李說洵是。

漢之廣矣。不可泳思。江之永矣。不可方思。翹翹錯薪。言刈其蔞。蔞草中之翹翹然。正義。陸機疏云。蔞葉似艾。白色。長數寸。高丈餘。好生水邊澤中。正月根牙生。旁莖。正白。生食之。香而脆美。其葉又可蒸爲茹是也。

之子于歸。言秣其駒。五尺以上曰駒。焦循云。說文馬高六尺爲驕。詩曰。我馬維驕。釋文。株林乘驕作乘驕。云音駒。沈云。或作駒字。是後人改之。皇皇者華篇同。又乘馬下云。下乘驕注。君乘驕。然則株林皇皇者華兩詩中之駒。皆作驕。即鄭箋亦作驕。因經文是乘我乘驕。故箋以六尺以下解之。此傳五尺以上。與株林箋六尺以下義同。則此駒亦是驕。若是駒則馬三歲曰駣。駣二歲曰駒。六尺者固不名駒也。衡案。此駒釋文不言作驕。且求之韻理。依原文似長。

漢之廣矣。不可泳思。江之永矣。不可方思。

汝墳三章。章四句。

汝墳。道化行也。文王之化。行乎汝墳之國。婦人能閔其君子。猶勉之以正也。箋。言此婦人被文王之化。厚事其君子。衡案。正義解道化行。爲文王道德之化行。然嘗聞德化。未聞道化。漢廣繼序云。文王之道。行於南國。美化行乎江漢之域。蓋據此序而分言之。則道化謂道與化耳。

遵彼汝墳。伐其條枚。遵循也。汝水名也。墳大防也。枝曰條。幹曰枚。箋。伐薪於汝水之側。非婦人之事。以言己之君子賢者。而處勤勞之職。亦非其事。正義。枝曰條。幹曰枚。無文也。以枚非木。則條亦非木。明是枝幹相對爲名耳。木大不可伐其幹。取條而已。枚細者可以全伐之也。周禮有銜枚氏。注云。枚狀如箸。是其小也。衡案。此詩傳蓋以爲賦。伐其條枚者。婦人自伐之。箋以爲比。未是。漢書地理志。汝南郡定陵。注云。高陵山汝水出。東南至新蔡入淮。是汝在江北。近紂都。此汝墳所以次漢廣也。

未見君子。惄如調飢。惄飢意也。調朝也。箋。惄思也。未見君子之時。如朝飢之思食。正義。釋詁云。惄思也。舍人云。惄志而不得之思也。釋言云。惄飢也。李巡云。惄宿不食之飢也。然則惄之爲訓，本爲思耳。但飢之思食，意又惄然，故又以爲飢。惄是飢之意，非飢之狀，故傳云飢意。箋以爲思義，相接成也。段玉裁云：傳調朝也，言詩假借調字爲朝字也。調周聲，朝舟聲。

遵彼汝墳，伐其條肄。 肄，餘也。斬而復生曰肄。

既見君子，不我遐棄。 既，已。遐，遠也。箋：已見君子，反也。於已反得見之，知其不遠棄我而死亡。於思則愈，故下章勉之。正義：鄭知不直遠棄已而去，不爲王事死亡者，以閔其勤勞，豈爲棄已而憂也。衡案：正義不爲作知爲，不可通，今以意改之。

魴魚赬尾，王室如燬。 赬，赤也。魚勞則尾赤。燬，火也。箋：君子仕於亂世，其顏色瘦病，如魚勞則尾赤。所以然者，畏王室之酷烈。是時紂存。正義：燬，火，釋言文也。李巡曰：燬一名火。孫炎曰：方言有輕重，故謂火爲燬也。陳啓源云：燬字爾雅、毛傳、說文皆訓火。韓詩薛君章句訓烈火。說文燬又作焜，亦義音同。獨朱傳訓爲焚，未詳字訓所出。段玉裁云：古火讀如燬，在第十五部。焜、燬皆即火字之異。衡案：魴，鮏類也。嘗聞之漁者，鮏將產子，從流而泝，擇緩流細沙之地，雄掉尾鑿之，雌既產，則復掉尾掩之。故既產之鮏，身瘦尾赤，其價減半。於是益服古人之博物也。

雖則如燬，父母孔邇。 孔，甚。邇，近也。箋：辟此勤勞之處，或時得罪，父母甚近。當念之以免於害。不能爲疏遠者計也。陳啓源云。父母孔邇者。勸其君子。當勤勞王事。無貽父母憂。序所謂勉之以正也。箋疏及列女傳俱作此解。集傳從張氏說。以父母斥文王。義亦可通。但不如古注主勸勉君子。義尤長。且合序。衡案。此章比也。箋云。顏色瘦病。如魚勞則尾赤。亦以爲比也。

麟之趾三章。章三句。

麟之趾。關雎之應也。關雎之化行。則天下無犯非禮。雖衰世之公子。皆信厚如麟趾之時也。箋。關雎之時。以麟爲應。後世雖衰。猶存關雎之化者。君之宗族。猶尚振振然。有似麟應之時。無以過也。正義。鄭志云。衰世者。謂當文王與紂之時。而周之盛德。關雎化行之時。公子化之。皆信厚與禮合。古太平致麟之時。不能過也。是也。但箋序云。關雎之時。以麟爲應。是以關雎爲上古致麟之時。關雎周南首篇之名。序豈取此以爲上古太平之稱哉。釋文本或直云麟趾。無之字。趾本亦作止。兩通之。衡案。此箋大謬。當以正義所引鄭志爲正說。

麟之趾。振振公子。興也。趾足也。麟信而應禮。以足至者也。振振信厚也。箋。興者喻今公子亦信厚。與禮相應。有似於麟。釋文。麟瑞獸也。草木疏云。麕身牛尾。馬足黃色。圓蹄一角。角端有肉。音中鐘呂。行中規矩。王者至仁則出。正義。三章皆以麟爲喻。先言麟之趾。次定次角者。麟是走獸。以足而至。故先言趾。因從下而上。次見其額。次見其角也。段玉裁云。傳麟信。當云麟信獸。恐有奪字。以騶虞傳知之。衡案。趾在體下。於身最賤。而經先言之。故傳釋其義曰。以足至者也。李黼平因謂傳意時實致麟。與鄭箋異。不知傳與繼序。皆孔門相傳之說。而俱出於一人之手。故繼序所既言。則傳節略之。序云。如麟趾之時。則時未致麟。傳云以足至者。釋經所以先言趾。非謂實致麟也。

于嗟麟兮。于嗟歎辭。正義。此承上信厚。歎信厚也。陳啓源云。麟趾取興。不過謂公子之信厚如麟耳。集傳以麟興文王后妃。以趾興公子。不大分析乎。至易信厚爲仁厚。於義無礙。然傳之信而應禮較有本矣。衡案。言于嗟此公子即麟兮。又案。詩有獨韻收之法。如此篇及騶虞。大雅文王有聲之屬。皆是也。

麟之定。振振公姓。定題也。公姓公同姓。釋文。定都佞反。字書作頌。陳啓源云。集傳取王安石之說。曰公姓公孫也。稱子爲姓。古有之矣。稱孫爲姓。未之前聞。王又自申之曰。孫傳姓者也。此語亦不可解。豈以春秋公子之孫輒氏其祖之字與。然此公子之孫。非公孫也。又傳氏非傳姓也。

于嗟麟兮。麟之角。振振公族。麟角

所以表其德也。公族。公同祖也。箋。麟角之末有肉。示有武而不用。衡案。襄十二年左傳曰。同姓於宗廟。同宗於祖廟。同族於禰廟。彼同族謂兄弟。毛傳杕杜云。同姓同祖。而此又傳公族。爲公同祖者。蓋謂公家同祖。義與同姓同。于嗟麟兮。

毛詩輯疏卷一終

毛詩輯疏卷二

日南　安井　衡著

召南鵲巢故訓傳第二

召南之國十四篇。四十章。百七十七句。

鵲巢三章。章四句。

鵲巢。夫人之德也。國君積行累功。以致爵位。夫人起家而居有之。德如鳲鳩。乃可以配焉。箋。起家而居有之。謂嫁於諸侯也。夫人有均壹之德。如鳲鳩。然而後可配國君。段玉裁云。夫人謂大任大姜及大姒。文王未受命時。大姒亦諸侯夫人也。關雎序云。鵲巢騶虞之德。諸侯之風也。先王之所以教。鄭云。先王斥大王王季。文王也。俗本刪文王字。蜀石經文選注有之。

維鵲有巢。維鳩居之。興也。鳩鳲鳩。秸鞠也。鳲鳩不自爲巢。居鵲之成巢。箋。鵲之作巢。冬至架之。至春乃成。猶國君積行累功。故以興焉。興者。鳲鳩因鵲成巢而居有之。而有均壹之德。猶國君夫人來嫁居君子之室。德亦然。室燕寢也。李黼平云。室字見於箋。而又自釋之云室燕寢也。殊爲不類。疑此四字魏晉六朝間釋箋之語。誤混鄭箋。孔沖遠不察。遂并釋之。後人因不能喻耳。衡案。鳲鳩諸說紛然。歐陽修以爲拙鳥。崔豹以爲鴝鵒。而嚴粲毛奇齡從之。焦循謂鴝鵒即鳲鳩。八哥拙鳥皆同物。自云得之目驗。然鴝鵒穴居。聖人以其來巢爲異。書之麟經。今鳲鳩以居鵲巢爲常。斷非鴝鵒也。唯郭璞以爲布穀。姑從之可也。之子于歸。百兩御之。百兩百乘也。諸侯之子嫁於諸侯。送御皆百乘。箋。之子是子也。御迎也。是如鳲鳩之子。其往嫁也。家人送之。良人迎之。車皆百乘。象有百官之盛。正義。迓之云者。夫自以其車迎之。送之則其家以車送之。故知壻車在百兩迎之中。婦車在百兩將之中。明矣。維鵲有巢。維鳩方之。方有之也。倅頤煊云。毛傳方有之也。案方並也。荀子致仕篇。莫不明通方起。楊倞注。方起並起。淮南汎論訓。乃爲簥木方版。高誘注方並也。衡案。方字戴震讀爲房。訓爲居之。段玉裁讀爲甫。王引之讀爲放。訓依。皆未得經傳之意。唯倅訓並。讀傳方有之也。爲一句。尤爲穩當。焦循亦訓方爲並。而釋之曰。就與國君相偶言也。傳意當然。之子于歸。百兩將之。將送也。維鵲有巢。維鳩盈之。盈滿也。箋。滿者言衆媵姪娣之多。釋文。國君夫人有左右媵。兄女曰姪。謂吾姑者。吾謂之姪。衡案。諸侯一娶九女。同姓之女往媵之。其姪娣特被是名耳。不必以兄女與女弟也。之子于歸。百兩成之。能成百兩之禮也。箋。是子有鳲鳩之德。宜配國君。故以百兩之禮。送迎成之。正義。傳言夫人有鳲鳩之德。故能成此百兩迎之禮。箋以迓之謂迎夫人。將之謂送夫人。成之謂成夫人。故易以百兩之禮送迎成之。段玉裁云。傳首當脫成之二字。衡案。首章傳云。諸侯之子。嫁於諸侯。送御皆百乘。則能成百乘之禮。謂成昏禮。成昏禮。則是子亦成爲夫人矣。蓋讀之字。如春秋日有食之之之。傳文簡奧。故鄭申之。非易之也。

采蘩三章。章四句。

采蘩。夫人不失職也。夫人可以奉祭祀。則不失職矣。箋。

奉祭祀者。采蘩之事也。不失職者。夙夜在公也。

于以采蘩。于沼于沚。蘩皤蒿也。于於。沼池。沚渚也。公侯夫人。執蘩菜以助祭。神饗德與信。不求備焉。沼沚谿澗之草。猶可以薦。王后則荇菜也。箋。于以猶言往以也。執蘩菜者。以豆薦蘩菹。正義。知蘩不爲羹者。祭統云。夫人薦菹。九嬪職云。贊后薦徹豆籩。卽王后夫人。以豆爲重。故關雎箋云。后妃供荇菜之菹。亦不爲羹。陳啓源云。近世李時珍本草綱目始言。白蒿有水陸二種。而以苹爲陸生。蔞爲水生。似屬有據。今錄其說。云白蒿有水陸二種。爾雅通謂之蘩。曰蘩皤蒿者。卽今陸生艾蒿也。辛薰不美。曰蘩由胡者。卽今水生蔞蒿也。辛香而美。曰蘩之醜秋爲蒿者。通指水陸二種。曰蕭曰萩。皆老蒿之通名。本草所用。蓋取水生者。詩鹿鳴之苹。卽陸生皤蒿。鹿食九種解毒之草。此其一也。詩于以采蘩。左傳蘋蘩薀藻之菜。並指水生白蒿。言蔞蒿生陂澤中。二月發苗。葉似嫩艾。而岐細。面靑背白。其莖或赤或白。其根白脆。采其根莖。生孰菹曝皆可食。蓋嘉蔬也。案。李詮釋蔞蒿性狀。可補漢廣詩疏之未及。又采蘩詩疏。以蘩是陸草。解沼沚爲水旁。澗中爲曲內。頗費回護。況王后薦荇。大夫妻薦蘋藻。皆水草。不應夫人獨異。左傳蘋蘩薀藻。皆指爲澗谿沼沚之毛。不應雜一陸草於其中。陶隱居云。白蒿生於川澤。二月采。生於川澤。正與詩沼沚澗中相合。不必作水旁曲內解矣。其解良是。但謂與蔞一草。未知果否耳。至以陸生者爲苹。案草木疏，蘩色白而苹色青。白蘩至秋始可食，而苹始生卽可食，色性不同。定別草也。焦循云：傳訓于爲於，在訓蘩爲白蒿之下，明所訓是于沼于沚二于字也。然則于以之于何訓？故申言于以猶言往以，訓在蘩字之上。正義云：經有三于，傳訓爲於，不辨上下，傳明示于在蘩下，何爲不辨乎？衡案：傳云沼沚溪澗之草，猶可以薦，依左傳立文，則亦以蘩爲水草矣。李以皤蒿爲陸草者，古今異稱耳。

于以用之？公侯之事。 之事，祭事也。箋：言夫人於君祭祀而薦此豆也。陳啓源云：古以祀與戎爲大事，春秋書有事，皆言祭也。詩公侯之事，傳以爲祭祀，而以下之宮爲廟，意亦同。

于以采蘩？于澗之中。 山夾水曰澗。

于以用之？公侯之宮。 宮，廟也。

被之僮僮，夙夜在公。 被，首飾也。僮僮，竦敬也。夙，早也。箋：公，事也。早夜在事，謂視濯溉饎爨之事。禮記主婦髲鬄。正義：知非祭服者，郊特牲曰：王皮弁以聽祭報。又曰：祭之日，王服袞以象天。王非正祭不服袞，夫人非正祭不服狄衣明矣。且狄首服副，非被所當配耳。早謂祭日之晨，夜謂祭祀之先夕之期也。先夙後夜，便文耳。夜在事，謂先夕視濯溉；早在事，謂朝視饎爨。在事者，存在於此，視濯溉饎爨之事，所謂不失其職也。此主婦髲鬄，在少牢之經，箋云禮記曰者，誤也。衡案：在，察也。引伸有視義。鄭蓋以視訓在，非爲存在也。公訓事者，夫人常在公宮，不必言在公也。然此鄭義耳。傳則以爲正祭矣，故未嘗一言及濯溉饎爨。

之事。而釋僮僮曰。竦敬。竦敬。非正祭而何。序又云。夫人可以奉祭。則不失職。而經徵言視濯溉饎爨。有此理乎。然則夙夜亦祭日朝暮。非謂視濯也。鄭爲非正祭者。特唯之被而已。然禮制成於成王七年。以此決文王末年之祭。不亦迂乎。說又互詳於下。

被之祁祁。薄言還歸。祁祁舒遲也。去事有儀也。箋言我也。祭事畢。夫人釋祭服而去髲鬄。其威儀祁祁然而安舒。無疲倦之失。我還歸者。自廟反其燕寢。正義。知祭畢釋祭服者。以其文言被與上同。若祭服卽副矣。故知祭畢皆釋祭服矣。陳啓源云。宋曹氏謂詩作於商時。與周禮異。故服次以祭。斯特懸想之談耳。而呂記朱傳從之。李黼平云。如鄭孔說。則此祭服狄衣配副。釋狄衣。而又服被。何經文始終言被。不一反副邪。毛則依經爲傳。在事去事。俱服被。未嘗有服副之文。正義述經不別。非也。衡案。鄭意蓋謂祭前悚敬。祭畢安舒。則正祭不失禮可知矣。故經文始終不言正祭。遂據正祭服副。證成其說。然祭前服被可也。未知祭畢釋祭服於何處。孔子之去魯。不脫冕而行。是臣祭於公。不脫冕還家。況夫人自廟反燕寢。同在公宮之內。不釋祭服於廟中明甚矣。此亦可以喻鄭箋之非。

草蟲三章。章七句。

草蟲。大夫妻能以禮自防也。

喓喓草蟲。趯趯阜螽。興也。喓喓聲也。草蟲常羊也。趯趯躍也。阜螽蠜也。卿大夫之妻。待禮而行。隨從君子。箋。草蟲鳴。阜螽躍而從之。異種同類。猶男女嘉時。以禮相求呼。正義。釋蟲云。草蟲阜蠜。郭璞云。常羊也。陸璣云。小大長短如蝗也。奇音青色。好在草茅中。釋蟲又云。阜螽蠜。李巡曰。蝗子也。未見君子。憂心忡忡。忡忡猶衝衝也。婦人雖適人。有歸宗之義。箋。未見君子者。謂在塗時也。在塗而憂。憂不當君子。無以寧父母。故心衝衝然。是其不自絕於其族之情。正義。婦人雖適人。若不當夫意。爲夫所出。還來歸宗。有此之義。故已所以憂。歸宗謂被出也。亦既見止。亦既覯止。我心則降。止辭也。覯遇。降下也。箋。既見謂同牢而食也。既覯謂既昏也。始者憂於不當。今君子待己以禮。庶自此可以寧父母。故心下也。易曰。男女覯精。萬物化生。正義。昏義曰。壻親受之於父母。則在家已見矣。今在塗言未見者。謂未見君子接待之禮。而心憂。非謂未見其面目而已。陳啓源云。箋以見止爲同牢之時。以觀止。爲初昏之夕。因引易覯精語證之。後儒多笑其鑿。然古詩簡貴。不應一事而重復言之。鄭分爲兩義。亦非無見。焦循云。易姤遇也。姤一作遘。與覯通。故傳訓覯爲遇。無男女覯精之義也。衡案。以昏禮次第言之。洵有如箋所云者。然牀第不出門。覯精何等之事。而播之歌謠。被文王之化者。恐不當如此。蓋見初見。遇者偶也。因與君子相偶而言之義。本不復也。

陟彼南山。言采其蕨。南山周南山。蕨鼈也。箋。言我也。我采者。在塗而見采鼈。采者得其所欲得。猶己今之行者欲得禮。以自喻也。釋文。其初生似鼈脚。故名焉。郭璞云。初生無葉。可食。

未見君子。憂心惙惙。惙惙憂也。

亦既見止。亦既覯止。我心則說。說服也。

陟彼南山。言采其薇。薇菜也。正義。陸璣云。山菜也。莖葉皆似小豆。蔓生。其味亦如小豆藿。可作羹。亦可生食。今官園種之。以供宗廟祭祀。定本云。薇草也。陳啓源云。嚴緝引項氏云。薇卽今之野豌豆。葉蜀人謂之巢菜。東坡改名曰元修菜。巢元修東坡故人。嗜此菜。故以名之。

未見君子。我心傷悲。嫁女之家。不息火三日。思相離也。箋。維父母思己。故己亦傷悲。正義。曾子問曰。嫁女之家。三夜不息燭。思相離。注云。親骨肉。

亦既見止。亦既覯止。我心則夷。

夷平也。衡案。爲君子所禮待。父母必說。故我心亦平也。

采蘋三章。章四句。

采蘋。大夫妻能循法度也。能循法度。則可以承先祖。共祭祀矣。箋。女子十年不出。姆教婉娩聽從。執麻枲。治絲繭。織紝組紃。學女事。以共衣服。觀於祭祀。納酒漿籩豆菹醢。禮相助奠。十有五而笄。二十而嫁。此言能循法度者。今既嫁爲大夫妻。能循其爲女之時。所學所觀之事。以爲法度。正義。從二十而嫁以上。皆內則文也。序。謂已嫁爲大夫妻。能循其爲女時事也。經所陳在父母之家。作教成之祭。經序轉互相明也。織紝組紃者。紃也。組也。紃也。三者皆織之。服虔注左傳曰。織紝治繒帛者。則紝謂繒帛也。內則注云。紃絛也。組亦絛之類。大同小異耳。獻無漿。而言之者。所以協句也。籩豆菹醢。菹醢在豆。籩盛脯羞。皆薦所用也。籩不言所盛。文不備耳。

于以采蘋。南澗之濱。于以采藻。于彼行潦。蘋大萍也。濱厓也。藻聚藻也。行潦流潦也。箋。古者婦人先嫁三月。祖廟未毀。教于公宮。祖廟既毀。教于宗室。教以婦德。婦言。婦容。婦功。教成之祭。牲用魚。芼用蘋藻。所以成婦順也。此祭女所出祖也。法度莫大於四教。是又祭以成之。故舉以言焉。蘋之言賓也。藻之言澡也。婦人之行。尚柔順自絜清。故取名以爲戒。陸璣云。藻水草也。生水底。有二種。其一種葉如雞蘇。莖大如箸。長四五尺。其一種莖大如釵股。葉如蓬蒿。謂之聚藻。陳啓源云。毛以藻爲聚藻。正陸璣所謂葉如蓬蒿。莖大如釵股者也。又名薀藻。薀藻之菜。見左傳。李氏本艸注云。葉如絲及魚鰓狀。節節相生。卽水薀是也。荇蓴與蘋三草相似。李氏綱目。辨之甚詳。葉徑一二寸。有一缺。而形圓如馬蹄者蓴也。葉似蓴。而稍銳長者荇也。華並有黃白二色。四葉合成一葉。如田字形者蘋也。夏秋間開小華。白色。又稱白蘋。段玉裁云。行當作洐。洐溝水行也。

于以盛之。維筐及筥。于以湘之。維錡及釜。

方曰筐。圓曰筥。湘亨也。錡釜屬。有足曰錡。無足曰釜。箋。亨蘋藻者。於魚湆之中。是鉶羹之芼。段玉裁云。郊祀志云。鬺亨上帝鬼神者。謂煮而獻之也。亨讀如饗。史記作亨鬺。文倒。當從漢書。師古注引韓詩于以鬺之。即說文之鬺字。煮也。毛詩湘字。當爲鬺之假借。

于以奠之。宗室牖下。奠置也。宗室大宗之廟也。大夫士祭於宗廟。奠於牖下。箋。牖下。戶牖間之前。祭不於室中者。凡昏事於女禮。設几筵於戶外。此其義也與。宗子主此祭。維君使有司爲之。陳啓源云。宗室牖下。毛以爲室中。鄭以爲戶外。衡案。毛解宗室爲大宗。祭必於廟。故云。大宗之廟。解牖下。云。奠於牖下。未嘗言室中戶外。故鄭補成之。曰。戶牖之前。陳說未是。箋。維君使有司爲之。謂祖廟未毀者。

誰其尸之。有齊季女。尸主。齊敬。季少也。蘋藻薄物也。澗潦至質也。筐筥錡釜陋器也。少女微主也。古之將嫁女者。必先禮之於宗室。牲用魚。芼之以蘋藻。箋。主設羹者季女。則非禮也。女將行。父禮之而俟迎者。蓋母薦之。無祭事也。祭事主婦設羹。教成之祭。更使季女者。成其婦禮也。季女不主魚。魚俎實。男子設之。其粢盛蓋以黍稷。正義。蓋母薦之者。士昏禮云。饗婦姑薦。明父禮女。母薦之可知。季女不主魚。解經不言魚。知俎實男子設之者。以特牲少牢。俎皆男子主之。故也。又魚菜不可空祭。必有其饌。而食事不見。故因約之。其粢盛蓋以黍稷耳。知者特牲少牢。止用黍稷。此不得過也。陳啓源云。采蘋篇。毛鄭皆訓以爲教成之祭。其合於經文者有三焉。蘋藻二菜與禮記昏義同。一也。宗室牖下。與教之宗室之文同。二也。不稱婦而稱季女。三也。王肅釋此詩。是大夫妻助祭於夫氏之事。故謂蘋藻爲菹牖下爲奧。孔疏駁之。而朱子從之。李黼平云。案昏禮。父禮女而俟迎者。云俟迎則嫁日之事。毛云。古之將嫁女者。又云必先禮之。非嫁日事也。昏義云。教成之祭。牲用魚芼用蘋藻。昏義七十子後人所作。毛亦七十子後人。同記禮文。彼云教成之祭。此云禮之于宗室。一耳。祭以行禮。故云禮之。毛未嘗有禮女之意。箋疏俱誤會毛意。衡案。昏義云。祖廟既毀。教于宗室。鄭注若其祖廟已毀。則爲壇而告焉。此經云。宗室牖下。則祖廟既毀者也。經云牖下。則仍祭於廟。不爲壇而告也。此箋云。祭女所出祖。然大夫二廟。祭其祖。卽所以告其所出之祖也。經云。誰其尸之。有齊季女。傳云。少女微主也。則此祭季女實爲之主。宗子主其事而已。箋以尸之緊承奠之。謂季女特設奠。顯與經傳乖。非也。昏義云。教成之祭。傳云。禮之于宗室。教成使之祭。而宗子主其事。是卽禮之。其言似異。而實同。非禮下。正義有女字。惠棟據補箋。而阮元非之。云正義自以爲文。不可據以改箋。今案。無女字可通。然頗艱澁。不與他箋相類。疑箋脫女字耳。魚俎實句。或以魚俎句非也。

甘棠三章。章三句。

甘棠。美召伯也。召伯之教。明於南國。箋。召伯姬姓。名奭。食采於召。作上公。爲二伯。後封于燕。此美其爲伯之功。故言伯云。正義。鄭志張逸以行露箋云。當文王與紂之時事。故問之云。詩傳及樂記。武王卽位。乃分周公左。召公右。爲二伯。文王之時。不審召公何得爲伯。答曰。甘棠之詩。召伯自明。誰云文王與紂之時乎。是鄭以此篇所陳巡民決訟。皆是武王伐紂之後。爲伯時事。又云。因詩繫召公。故錄之在召南。論卷則總歸文王。指篇卽事美召伯也。爲伯分陝。當云西國。言南者以篇在召南。爲正耳。衡案。武王伐紂。在文王崩後七年。既伐紂。分陝置二伯。則召公爲伯。距文王之時。不過七八年。蓋此事在文王之時。而此詩作於召公爲伯之後。經言召伯。明詩作於召公爲伯之後也。序云。明於南國。明事在文王之時也。必作於召公爲伯之後者。其澤入民深。久而益思之也。

蔽芾甘棠。勿翦勿伐。召伯所茇。蔽芾小貌。甘棠杜也。翦去伐擊也。茇舍也。箋。召伯聽男女之訟。重煩勞百姓。止舍小棠之下。而聽斷焉。國人被其德。說其化。思其人。敬其樹。阮元云。小字本。相臺本。十行本。箋云在茇上。正義云。定本集注。於注內並無箋云。臧鏞堂云。按毛傳本作茇舍也。故箋申之云。止舍甘棠之下。是毛鄭皆以茇爲废之假借。段玉裁云。說文废舍也。引詩召伯所废。茇草根也。陳啓源云。先儒釋甘棠。爲召公述職。不欲重煩百姓。聽斷於棠下。韓詩及史記說苑所言。皆與鄭箋同。宋劉元城譏之。謂此乃墨子之道。當是召伯在時。偶焉憩息於此耳。源謂巡行時。適值農桑無暇。故就樹下而決訟。理容有之。原不以此爲常也。若偶爲憩息。則巡行多矣。所憩息非一處。思德者何偏愛一棠哉。臧又云。正義曰。茇者舍也。草中止舍。故云茇舍。是孔本毛傳原無草字。戴震云。蜀石經重煩上無不字。衡案。召伯以下。古色蒼然。不與箋相類。定本無箋云。近是。茇下無草字。重煩上無不字。皆是也。今並從之。

蔽芾甘棠。勿翦勿敗。召伯所憩。憩息也。蔽芾甘棠。勿翦勿拜。召伯所說。說舍也。箋。拜之言拔也。釋文。說本或作稅。又作脫。同始銳反。陳啓源云。集傳釋甘棠篇。以爲勿敗則非特勿伐。勿拜則非特勿敗。此用唐人施士丐之說也。施解勿拜。謂小低詘其枝。如人之拜。此特臆說耳。嘗以字義考之。則異是。案首章之伐。毛訓擊。說文訓亦同。次章之敗。毛無傳。而說文訓毀。末章之拜本扒。扒音拜。拔也。(見廣韻。)鄭箋拜亦訓拔。可見今詩拜字。乃扒字之借。非跪拜義也。施取借用之字。而妄爲傅會。陋矣。

行露三章。一章三句。二章六句。

行露。召伯聽訟也。衰亂之俗微。貞信之教興。彊暴之男。不能侵陵貞女也。衰亂之俗微。貞信之教興者。此殷之末世。周之盛德。當文王與紂之時。

厭浥行露。豈不夙夜。謂行多露。與也。厭浥溼意也。行道也。豈不言有是也。箋。夙早也。夜莫也。厭浥然溼。道中始有露。謂二月嫁娶時也。言我豈不知當早夜成昏禮與。謂道中之露大多。故不行耳。今彊暴之男。以此多露之時。禮不足而彊來。不度時之可否。故云然。周禮仲春之月。令會男女之無夫家者。行事必以昏昕。正義。以行人之懼露。喻貞女之畏禮。衡案。鄭以謂行多露。爲貞女託以防非禮之辭。不若毛義遠矣。

誰謂雀無角。何以穿我屋。誰謂女無家。何以速我獄。不思物變而推其類。雀之穿屋。似有角者。速召。獄埆也。箋。女女彊暴之男。變異也。人皆謂雀之穿屋似有角。彊暴之男。召我而獄。似有室家之道於我也。物有似而不同。雀之穿屋。不以角。乃以味。

今彊暴之男。召我而獄。不以室家之道於我。乃以侵陵。物與事有似而非者。士師所當審也。釋文。埆音角。盧植云。相質觳爭訟者也。崔云埆者埆正之義。段玉裁云。說文作确也。堅剛相持之意。

雖速我獄。室家不足。昏禮紨帛不過五兩。箋。幣可備也。室家不足。謂媒妁之言不和。六禮之來彊委之。正義。昏禮至五兩。媒氏文也。引之者。解經言不足之意。以禮言紨帛不過五兩。多不過之。則少有所降耳。明雖少不爲不足。不足者。謂事不和同。彊暴之謂。故箋申傳意。乘其文而爲之說云。幣可備也。室家不足。謂媒妁之言不和。六禮之來彊委之。是非謂幣不足也。此五兩庶人之禮也。故士昏禮。用玄纁束帛。說文云。媒謀也。謀合二姓。妁酌也。酙酌二姓。焦循云。以角穿屋常也。無角而穿屋變也。不思物之有變。第見穿屋而推之以尋常穿屋之事。則似雀有角矣。此傳箋之義也。正義云。不思物有變。彊暴之人。見屋之穿。而推其類。謂雀有角。經言誰謂。無所指實之詞。故箋云。人皆謂。則非指彊暴之人矣。衡案。誰謂二句一氣讀。誰謂詰問之辭。言誰謂雀若無角。何以能穿我屋邪。經文恍惚。以無爲有。妙甚。傳推其意而暢言之。如麻姑搔痒。眞畫筆也。非七十子遺訓。恐不能如此。推箋意。世蓋有認無爲有者。故云人皆謂非謂衆口同聲。人人皆然也。焦云以角穿屋常也。凡有角者皆走獸。我未聞牛羊麋鹿之屬。有穿屋者。蓋角可以穿物。故經假而言之。妙在不窮其理。焦未達經傳之意耳。

誰謂鼠無牙。何以穿我墉。誰謂女無家。何以速我訟。墉墻也。視牆之穿。推其類。可謂鼠有牙。雖速我訟。亦不女從。不從。終不棄禮而從此彊暴之男。衡案。南國雖服文王之化。而其君尚從紂政令。故下有彊暴之男。上有聽讒之吏。勢必所不免。不得以此疑女先服德而男猶梗化。唯然。故武王誅紂。封諸姬於漢東。苟諸侯盡服從。安得滅之而封同姓哉。然則三分有二者。謂得其民心耳。其諸侯未必盡服也。

羔羊三章。章四句。

羔羊。鵲巢之功所致也。召南之國。化文王之政。在位皆節儉正直。德如羔羊也。鵲巢之君。積行累功。以致此羔羊之化。在位卿大夫。競相切化。皆如此羔羊之人。陳啓源云。麟趾序云。信厚如麟趾之時。羔羊序云。節儉正直。德如羔羊。騶虞序云。仁如騶虞。三序皆言如。語同而義異。麟趾言如。致麟之時也。騶虞言如。如騶虞之獸也。羔羊言如。如服羔裘之人也。鄭箋云。卿大夫競相切化。皆如羔羊之人。正斯義矣。疏申箋意。以爲人德如羔羊。此詩之羔羊。以爲裘耳。豈若麟與騶虞。取義於兩物乎。衡案。正義云。定本致上無所字。則其本有所字。今本脫之耳。足利古本亦有所字。今從之。

羔羊之皮。素絲五紽。小曰羔。大曰羊。素白也。紽數也。古者素絲以英裘。不失其制。大夫羔裘以居。正義小羔大羊。對文爲異。此說大夫之裘宜直言羔而已。兼言羊者。以羔亦是羊。故連言以協句。傳以羔羊並言。故以大小釋之。古者素絲以英裘者。織素絲爲組紃。以英飾裘之縫中。言大夫羔裘以居者。由大夫服之以居。故詩人見而稱之也。謂居於朝廷。非居於家也。論語曰。狐貉之厚以居。注云。在家所以接賓客。則在家不服羔裘矣。論語注又云。緇衣羔裘。諸侯視朝之服。卿大夫朝服亦羔裘。唯豹祛與君異耳。陳啓源云。後漢循吏傳注。引韓詩薛君章句。云素以喻絜白。絲喻詘柔。紽數名也。詩人賢仕爲大夫者。其德稱有絜白之性。詘柔之行。進退有度數也。段玉裁云。傳紽數也。總數也。釋文數皆入聲。音促。東門之枌。越以鬷邁。傳曰。鬷數邁行也。烈祖鬷假無言。傳曰。鬷總假大也。總大無言無爭也。毛意鬷者總之假借。總者數也。如數罟之數。九罭傳曰。九罭緵罟。小魚之網也。烈祖鬷假。中庸作奏假。奏亦讀如蔟。古者素絲以英裘。五總。謂素絲英飾數數然。其數有五也。緎即縫。五緎言素絲爲飾之縫有五也。紽讀爲佗。佗加也。其英飾五。故曰五佗。王引之云。紽緎總皆數也。五絲爲紽。四紽爲緎。四緎爲總。五紽二十五絲。五緎一百絲。五總四百絲。故詩先言五紽。次言五緎。次言五總也。西京雜記。載鄒長倩遺公孫弘書曰。五絲爲䌰。倍䌰爲升。倍升爲緎。緎今本譌作絨。埤雅引此。正作緎。倍緎爲紀。倍紀爲緵。倍緵爲襚。豳風九罭。釋文曰。緵字又作總。然則緎者二十絲。總者八十絲也。孟康注漢書王莽傳曰。緵八十縷也。史記孝景紀。令徒隸衣七緵布。正義與孟康注同。晏子春秋雜篇曰。十總之布。一豆之食。說文作稯。云布之八十縷爲稯。正與倍紀爲總之數相合。紽之數今失其傳。案釋文曰。紽本又作佗。春秋時陳公子佗字五父。則知五絲爲紽。卽西京雜記之緎矣。衡案。傳訓紽總。皆曰數也。蓋亦以爲數名。與薛君章句同。段玉裁讀爲數罟之數。非傳義也。王引之據陳佗名字。以紽爲五絲。未足據也。至以緎爲絲數。顯與傳乖。不可從矣。傳云。大夫羔裘以居。狐貉之厚以居。士禮也。大夫貴。羔裘以朝。亦可以居也。戴東原云。傳因退食自公。爲退朝燕居。故云。羔裘以居。考之詩辭。蓋在朝方退。自公門出。見者賦以美之也。案下傳云。公公門。則毛亦以爲在朝方退。言大夫羔裘以居者。蓋說餘意耳。

退食自公。委蛇委蛇。公。公門也。委蛇行可從跡也。箋。委蛇委曲自得之貌。釋文。委於危反。蛇本又作虵。同音移。韓詩作逶迤。云公正貌。行下孟反。從足容反。字亦作蹤。正義。行可蹤跡者。謂出言立行。有始有終。可蹤跡傚效也。陳啓源云。毛以委蛇爲行可蹤跡。韓詩云公正貌。兩意正相成矣。惟其公正無私。故舉動光明。始終如一。可蹤跡傚效。卽序所謂正直也。鄭訓爲委曲自得。不及傳之優。焦循云。君子偕老傳云。委委者。行可委曲蹤跡也。箋委曲二字。正取毛彼傳。以解此傳從跡二字。衡案。行可從跡。無所愧怍。故其貌自得也。焦說得之。

羔羊之革。素絲五緎。革猶皮也。緎縫也。釋文。孫炎云。緎縫之界域。一本緎猶縫也。衡案。一本是也。

委蛇委蛇。自公退食。箋。自公退食。猶退食自公。

羔羊之縫。素絲五總。縫謂縫殺之大

小得其制。總數也。委蛇委蛇。退食自公。

殷其靁三章。章六句。

殷其靁。勸以義也。召南之大夫。遠行從政。不遑寧處。其室家能閔其勤勞。勸以義也。召南大夫。召伯之屬。遠行謂使出邦畿。釋文。勸以義也。本或無以字。下句始有。正義。定本能閔其勤無勞字。李黼平云。此序與汝墳序。婦人能閔其君子。勉之以正同。惟汝墳經有王室。此言從政爲異。皆文王三分服事時詩也。衡案。李說是也。大夫謂六州諸侯之大夫。故序云召南。又云。遠行從政。不言敷政。曰不遑寧處。曰其室家能閔其勤勞。皆苦勞役之辭。若是敷政大夫。其言不當如是。以字勞字。當以有者爲正。

殷其靁。在南山之陽。殷靁聲也。山南曰陽。靁出地奮。震驚百里。山出雲雨。以潤天下。箋。靁以喻號令。於南山之陽。又喻其在外也。召南大夫。以王命施號令於四方。猶靁聲殷殷然。發聲於山之陽。正義。此靁比號令。則雨靁之聲。故云。山出雲雨。以潤天下。雲漢傳曰。隆隆而靁。非雨靁也。箋云。雨靁之聲。尙殷殷然。是也。靁出地奮。豫卦象辭也。震驚百里。震卦彖辭也。公羊傳曰。觸石而出。膚寸而合。不崇朝而雨天下者。其惟泰山乎。是山出雲雨之事。陳啓源云。傳文簡貴。亦有詳人所略者。如此傳云。靁出地奮震驚百里。山出雲雨。以潤天下。一興耳。詞煩不殺者。靁爲號令之象。遠行從政。以此故須詳此耳。然則詩人託興。豈漫然哉。乃謂全不取義。吾不敢信。李黼平云。靁出地奮震驚百里。喻文之威。山出雲雨。以潤天下。喻文之德。言文之威懷如是。何此君子乃去此而從政于紂。而不敢或遑乎。其勤勞誠爲信厚之君子。豈嘗念歸哉。豈嘗念歸哉。傳意或當如是。衡案。李說得之。靁出地奮震驚百里。百里諸侯之象。文王時爲諸侯也。山出雲雨。以潤天下。言其澤及天下也。文王威恩如是。而其君子獨從政於紂。故下以何斯去斯承之。卽序所云。能閔其勤勞也。

何斯去斯。莫敢或遑。何此君子也。斯此。違去。遑暇也。箋。何乎此君子。適居此。復去此。轉行。遠從事於王所命之方。無敢或閒暇時。閔其勤勞。陳啓源云。毛鄭何此君子。皆經中之斯。毛之斯此。總釋兩斯字。鄭之適居復去。合釋違義。而兩此字。止當經違斯之一斯字。如此則經文明順。且合傳箋矣。衡案。足利古本。作何此此君子也。經有兩斯。而上斯稍費解。故傳分別言之。足利古本。傳自隋初。完全可寶矣。今從之。沖遠作正義時。既脫一此字。遂釋傳何此君子爲解何字。謬甚。

振振君子。歸哉歸哉。振振信厚也。箋。大夫信厚之君子。

爲君使。功未成。歸哉歸哉。勸以爲君之義。未得歸也。殷其靁。在南山之側。亦在其陰與左右也。何斯違斯。莫敢遑息。息止也。振振君子。歸哉歸哉。殷其靁。在南山之下。或在其下。箋。下謂山足。何斯違斯。莫或遑處。處居也。振振君子。歸哉歸哉。

摽有梅三章。章四句。

摽有梅。男女及時也。召南之國。被文王之化。男女得以及時也。正義。毛以卒章云三十之男。二十之女。爲蕃育法。二章爲男年二十八九。女年十八九。首章謂男年二十六七。女年十六七。以梅落喻男女年衰。則未落宜據男年二十五。女年十五。矣。則毛以上二章。陳年盛正昏之時。卒章蕃育法。雖在期盡。亦是及時。東門之楊傳云。不逮秋冬。則毛意以秋冬皆得成昏。孫卿曰。霜降逆女。冰泮殺止。霜降九月也。冰泮正月也。孫卿毛氏之師。明毛亦然。以九月至正月。皆可爲昏也。又家語曰。霜降而婦功成。而嫁娶者行焉。冰泮農業起。昏禮殺於此。邶詩曰。士如歸妻。迨冰未泮。是其事也。其周禮言仲春。夏小正言二月者。皆爲期盡蕃育之法。

摽有梅。其實七兮。興也。摽落也。盛極則隋落者梅也。尙在樹者七。

箋。興者。梅實尙餘七未落。喻始衰也。段玉裁云。廣韻引字統云。合作莈。落也。趙岐注孟子曰。莈零落也。詩曰。莈有梅。漢書野有餓莩。而不知發。鄭氏曰。莩音蔈。有梅之蔈。案說文有受無莈。受物落上下相付也。摽擊也。同部假借。作莈俗。又案終南傳。梅枏也。墓門傳梅枏也。與爾雅說文合。說文梅枏也。某酸果也。凡梅杏字當作某。毛於此無傳。蓋當毛時。字作某。後乃借梅爲某。二木相溷。韓詩作楳。說文楳亦梅字。

求我庶士。迨其吉兮。吉善也。箋。我我當嫁者。庶衆。迨及也。求女之當嫁者之衆士。宜及其善時。正義。以女被文王之化。貞信之教興。必不自呼其夫。令及時之取己。鄭恐有女自我之嫌。故辨之。言我者詩人我此女之當嫁者。亦非女自我。陳啓源云。此詩女之求男汲汲矣。箋疏皆謂詩人代述其情。良是也。後世閨情豔體。出文人墨士筆。正與此相類。朱子以爲女子所自言。閨中處女。何其顏厚乃爾。案大全或問。此詩爲女子自作。恐不得爲正風。朱子曰。自作亦無害。里巷之詩如此。已不失正矣。又言。魏晉間怨父母詩。唐人怨兄嫂詩。雖鄙俚可惡。自是人情。吁此言豈可爲訓。衡案。善時謂年盛之時。疏時之疑當作時而。

摽有梅。其實三兮。在者三也。求我庶士。迨其今兮。今急辭也。摽有梅。頃筐塈之。塈取也。箋。

頃筐取之。謂夏已晚。頃筐取之於地。求我庶士。迨其謂之。不待備禮也。三十之男。二十之女。禮未備。則不待禮會而行之者。所以蕃育人民也。箋。謂勤也。女年二十而無嫁端。則有勤望之憂。不待禮會而行之者。謂明年仲春。不待以禮會之也。時禮雖不備。相奔不禁。正義。謂者。以言謂女而取之。不待備禮。

小星二章。章五句。

小星。惠及下也。夫人無妬忌之行。惠及賤妾。進御於君。知其命有貴賤。能盡其心矣。箋。以色曰妬。以行曰忌。命謂禮命貴賤。正義。此賤妾對夫人而言。則總指衆妾。媵與姪娣。皆爲賤妾也。

嘒彼小星。三五在東。嘒微貌。小星衆無名者。三心。五噣。四時更見。

箋。衆無名之星。隨心噣在天。猶諸妾隨夫人以次序進御於君也。心在東方三月時也。噣在東方正月時也。如是終歲列宿更見。正義。知五是噣者。元命苞云。柳五星。釋天云。咮謂之柳。天文志曰。柳謂鳥喙。則喙者柳星也。以其爲鳥星之口。故謂之喙。陳啓源云。三五喻夫人。此毛鄭說也。補傳非之。謂三心五柳。非一時所見。柳有八星。不得言五。夫人一而已。不得以三五爲喻。嚴氏信其說。遂謂三五參昴。卽是小星。總爲衆妾之喻。此謬矣。三五經不言何星。謂之小星猶可。參三星俱大。昴七星。其一最大。謂之小星可乎。且詩是託興。非據一時所見而言。心見於三月。柳見於正月。何妨並取爲喻。牽牛與天畢相去百餘度。大東詩同詠之。不必一時並見也。又星體離合。天官家各有師授。古今多不相同。柳雖八星。然疏引元命苞以爲五星矣。不唯柳也。卽如下章之參。古以爲三星。考工記數伐而爲六星。丹元子不數伐而數左右肩股爲七星。昴今爲四星。七星元命苞以爲六星。亦不能相同。又如營室二星。考工記幷東壁於室而爲四星。河鼓左右旗班書以爲各九星。則共十八星。孫炎僅總爲十二星。又如牽牛河鼓爾雅合爲一星。天官書別爲兩星。皆是也。又天上經星。古今詩有增損。以隋丹元子步天歌較之今日天象。如閣道本六星。今則八。文昌本六星。今則七。皆增於其舊。臼本四星。杵本三星。今則臼三而杵一。皆損於其舊。此等未易悉數。甚有古有而今無。如折威農丈人之類。豈可執一而論哉。況詩託興於星。但以小大爲喻耳。多寡非所計也。必欲以三喻三。以五喻五。不已固乎。

衡案。陳說通暢可喜。但古今詩之詩。疑當作說。姑依原文。

肅肅宵征。夙

夜在公。寔命不同。肅肅疾貌。宵夜。征行。寔是也。命不得同於列位也。箋。夙早也。謂諸妾肅肅然夜行。或早或夜。在于君所。以次序進御者。是其禮命之數不同也。凡妾御於君。不當夕。陳啓源云。毛云寔是也。觀書是能容之。戴記引書。是作寔。春秋桓六年。寔來。公羊傳云。是來。可見毛義允當。朱傳以爲與實同。恐非詩旨。案說文寔止也。實當也。今寔音殖。入十三職。實讀如石。入四質韻。二字音義各別。自杜注寔來。訓寔爲實。後儒相沿。溷爲一字。朱傳殆仍其誤。衡案。寔實古今字。春秋作寔。今文也。左氏作實。古文也。杜訓寔爲實非誤。但實是義通。若左氏實爲惠后。卽是爲惠后。故寔又訓是。此當以訓是爲是。

嘒彼小星。維參與昴。參伐也。昴留也。箋。此言衆無名之星。亦隨伐留在天。正義。天文志云。參白虎宿。三星直下有三星。鋭曰伐。其外四星。左右肩股也。則參實三星。故綢繆傳曰。三星參也。以伐與參連體。參爲列宿。統名之。若同一宿。然但伐亦爲大星。與參互見。皆得相統。故周禮熊旗六旒。以象伐。得統參也。是以演孔圖云。參以斬伐。公羊傳曰。伐爲大辰。皆互舉相見之文也。故言參伐也。見同體之義。元命苞云。昴六星。昴之爲言留。言物成就稽留是也。

肅肅宵征。抱衾與裯。寔命不猶。衾被也。裯襌被也。猶若也。箋。裯牀帳也。諸妾夜行。抱被與牀帳。待進御之次序。不若。亦言尊卑異也。正義。鄭志張逸問。此箋不知何以易傳。又諸妾抱帳進御於君。有常寢。何其碎。答曰。今人名帳爲裯。雖古無名被爲裯。諸妾何必人抱一帳施者因之。如今漢抱帳也。是鄭之改傳之意。云施者因之。內則注云。諸侯取九女。姪娣兩兩而御。則三日也。次兩媵則四日也。次夫人專夜。則五日也。是五日之中。一夜夫人。四夜媵妾。夫人御後之夜。則次御之者。抱衾而往。其後三夜。御者因之。不復抱也。四夜既滿。其來者又抱之而還。以後夜夫人所專。不須抱也。所抱帳者。爲二人共侍於君。有須在帳者。妾往必二人俱往。不然不待帳。焦循云。首章傳云。三心五噣。四時更見。則傳不始以衆妾進御。爲一時之事。然則抱衾與裯。亦非一時之事。冬則抱衾。夏則抱裯。故云裯禪被也。後儒皆謂。因目所見爲辭。所以失經傳之意也。衡案。焦謂抱衾與裯。非一時之事。是也。鄭謂雖古無名被爲裯。遂據時人語。訓裯爲帳。然物名言語。隨時而變。毛之訓詁。傳自孔門。安知不殷周間稱禪被爲裯哉。況爾雅古書。不保無殘闕。未得以其無裯禪被之訓。遽破之。鄭說未是。

江有汜三章。章五句。

江有汜。美媵也。勤而無怨。嫡能悔過也。文王之時。江沱之間。有嫡不以其媵備數。媵遇勞而無怨。嫡亦自悔也。

箋。勤者以己宜媵而不得心望之。正義。此言嫡媵。不指其諸侯大夫及士庶。雖文得兼施。若夫人宜與小星同言夫人。此直云有嫡。似大夫以下。但無文以明之。媵之行否所由嫡者。嫡尊專妬。抑之而不得行。後思之而悔也。勤勞一也。勤者心企望之。望之而不得。所以成勞。故云遇勞也。衡案。此序至過也。子夏所序。文王以下乃繼序也。序者不敢苟下一語。此序言嫡而不言夫人。當定爲大夫以下矣。

江有汜。興也。決復入爲汜。箋。興者。喻江水大。汜水小。然得並流。似嫡媵宜俱行。陳啓源云。汜爲水決復入。渚爲小洲。皆泛稱也。非水名也。惟末章之沱。是水名。見禹貢及爾雅。江之別也。故小序獨云江沱之間。謂二水間之國耳。朱傳改爲汜水之旁。汜豈水名乎。文義乖矣。水亦有名汜者。然在成皐。不近江也。衡案。傳云。決復入。蓋喻嫡與媵別而復合。箋云。喻嫡媵宜俱行。非傳意也。

之子歸。不我以。不我以。其後也悔。嫡能自悔也。箋。之子是子也。是子謂嫡也。婦人謂嫁曰歸。以猶與也。李黼平云。毛上云決復入。此云嫡能自悔也。正以水之復入。喻初過後悔。傳意躍然。下二章傳云。水岐成渚。沱江之別。凡渚上流岐分。至下而合。沱自江別流。行百十里。亦仍入江。取喻皆同于汜。傳不言者。渚沱人易曉。且首章傳已足以明之故也。

江有渚。渚小洲也。水岐成渚。箋。江水流而渚留。是嫡與己異心。

使已獨留不行。衡案。水岐成渚。言喻嫡與己暫別復合也。之子歸不我與。不我與其後也處。處止也。箋。嫡悔過自止。江有沱。沱江之別者。箋。岷山道江。東別爲沱。衡案。沱自江別。下流仍復入江。義與上同。傳不言者。人皆知之也。之子歸不我過。不我過其嘯也歌。箋。嘯蹙口而出聲。嫡有所思而爲之。既覺自悔而歌。歌者言其悔過以自解說也。衡案。有所思則嘯。和樂則歌。人之情也。

野有死麕三章。二章章四句。一章三句。

野有死麕。惡無禮也。天下大亂。彊暴相陵。遂成淫風。被文王之化。雖當亂世。猶惡無禮也。箋。無禮謂不由媒妁。鴈幣不至。劫脅以成昏。謂紂之世。衡案。此詩蓋作於三仁既死亡之後。故序云天下大亂。而次之以何彼襛矣也。其言被文王之化者。謂遺化在人者。非謂文王未沒也。謂諸本作爲。今從足利學古本。

野有死麕。白茅苞之。郊外曰野。苞裹也。凶荒則殺禮。猶有以將之。野有死麕。羣田之獲。而分其肉。白茅取清潔也。箋。亂世之民貧。而彊暴之男。多行無禮。故貞女之情。欲令人以白茅。裹束野中田者所分麕肉。爲禮而來。正義。傳云。凶荒則殺禮。解以死麕之意。昏禮五禮用鴈。唯納徵用幣。無麕鹿之肉。言死麕者。凶荒則殺禮。謂減殺其禮。不如豐年也。禮雖殺。猶須有物以將行之。故欲得麕肉也。此因世亂民貧。故思以麕肉爲鴈幣也。段玉裁云。釋文苞逋茆反。裹也。是陸本不誤。注疏本釋文。改爲包甫茅反。本上聲。而讀平聲矣。其誤始於唐石經。苞苴字皆從艸。曲禮注云。苞苴裹魚肉。或以葦。或以茅。木瓜箋云。以果實相遺者。必苞苴之。引書厥苞橘柚。今書作包譌。

有女懷春。吉士誘之。懷思也。春不暇待秋也。誘道也。箋。有貞女。思仲春以禮與男會。吉士使媒人道成之。疾時無禮。而言然。正義。傳以秋冬爲正昏時。此云春者。此女年二十。期已盡。不暇待秋也。陳啓源云。毛鄭皆以誘爲道。儀禮有誘射之文。謂以禮道之。古字義本如此也。歐陽誤解爲挑誘。東萊駁之云。詩方惡無禮。豈有此汚行而名吉士者。斯言當矣。嚴緝反從歐。何其悖哉。衡案。昏時當以毛說爲正。何則農事既終。百穀盡成。以人則暇。以財則豐。禮從人情。故聖人以霜降爲昏姻正時也。周禮仲春合男女之無夫家者。以農事方起。若又待秋冬。殆曠一年。況貧不能備禮者。雖至秋冬。亦不能成禮。故特制此禮。以蕃民人耳。鄭反據以爲正昏時。失之遠矣。序云。天下大亂。彊暴相陵。遂成淫風。則此女懷春者。恐爲彊暴所侵陵汚辱耳。非爲二十期盡也。假令期盡懷春。當言二十一。若是二十。猶有秋冬可待之期。嫁期未盡。孔以鄭說說毛。義謬甚。

林有樸樕。野有死鹿。白茅純束。 樸樕。小木也。野有死鹿。廣物也。純束猶包之也。箋。樸樕之中。及野有死鹿。皆可以白茅包裹。束以爲禮。廣可用之物。非獨麕也。純讀如屯。 釋文。屯舊徒本反。沈徒尊反。云屯聚也。正義。釋木云。樸樕心。某氏云。樸樕斛樕也。有心能濕。江河間以爲杜。孫炎曰。樸樕一名心。是樸樕爲木名也。李黼平云。戰國策。綿繡千純。高誘注曰。純音屯。束也。純又與屯通。春秋左氏傳。執孫蒯于純留。釋文云。地理志作屯留。是也。衡案。傳解樸樕爲小木。則其義必在小木上矣。蓋謂宜伐樸樕爲杖。荷白茅所屯束之鹿。以爲聘幣也。

有女如玉。 德如玉也。箋。如玉者。取其堅而潔白。 陳啓源云。吉士誘之。言士之宜以禮來也。有女如玉。比女德之貞潔。不可犯也。詞遜而意嚴矣。朱傳誘字無訓。以下所述或說推之。當同歐解矣。又謂如玉是美其色。則此二章詩。直是稱述豔情。夸美冶容之語。安在其惡無禮。又烏得爲正風哉。至所引或說出於潘叔恭。其以麕鹿爲誘者。謂以不備之禮爲侵陵之具。夫不論理之當否。而論物之厚薄。是特爭聘財而已矣。

舒而脫脫兮。舒徐也。脫脫舒貌。箋。貞女欲吉士以禮來。脫脫然舒也。又疾時無禮。彊暴之相劫脅。釋文。脫勑外反。正義。脫脫舒遲之貌。不言貌者略之。定本脫脫舒貌。有貌字。與俗本異。衡案。傳云舒徐也。脫脫即其貌。故又云舒貌。定本是也。

無感我帨兮。感動也。帨佩巾也。箋。奔走失節。動其佩飾。正義。內則云子事父母。婦事舅姑。皆云左佩紛帨。注云。帨拭物之巾。衡案。我我吉士。

無使尨也吠。尨狗也。非禮相陵。則狗吠。正義。李巡曰。非禮相陵。主不迎客。則有呴吠。此女願其禮來。不用驚狗。故鄭志答張逸云。正行昏禮。不得有狗吠。是也。陳啓源云。說文云。尨犬之多毛者。从犬彡聲。

何彼襛矣三章。章四句。

何彼襛矣。美王姬也。雖則王姬。亦下嫁於諸侯。車服不繫其夫。下王后一等。猶執婦道。以成肅雝之德也。箋。下王后一等。謂車乘厭翟勒面繢總。服則𨈵翟。釋文。釋名云。古者曰車聲如居。所以居人也。今曰車音尺奢反。云舍也。韋昭曰。古皆尺奢反。從漢以下。始有居音。正義。定本雖王姬。無則字。王后五路。重翟爲上。厭翟次之。六服。褘衣爲上。褕翟次之。巾車職云。厭翟勒面繢總。注云。厭翟次其羽使相迫也。勒面謂以如王龍勒之韋。爲當面飾也。總著馬勒直兩耳與兩鑣。衡案。褕翟畫翟於衣上也。龍讀爲尨。尨雜也。

何彼襛矣。唐棣之華。興也。襛猶戎戎也。唐棣移也。箋。何乎彼戎戎者。乃移之華。興者。喻王姬顏色之美盛。正義。舍人曰。唐棣一名移。郭璞曰。今白移也。似白楊。江東呼夫移。

曷不肅雝。王姬之車。肅敬。雝和。箋。曷何。之往也。何不敬和乎。王姬往乘車也。言其嫁時始乘車。則已敬和。李黼平云。鄭以車不可言肅雝。肅雝自繫王姬。故訓之爲往。傳意則不必然矣。知者。桃夭次章云。非但有華色。又有婦德。則以桃華喻色。桃實喻德甚明。此詩唐棣之華。不云喻色。傳意蓋以華與車。言車而王姬自見。兩之字皆作語助。正義以箋述經。殆誤。以毛同于鄭也。

何彼襛矣。華如桃李。箋。華如桃李者。興王姬與齊侯之子。顏色俱盛。正義。上章云。唐棣之華。此章不言木名。直言華如桃李。則唐棣之華。如桃李之華也。以王姬顏色如齊侯之子顏色。故舉二木也。是以華比華。然後爲興。李黼平云。唐棣桃李。其華各別。安得謂如桃李。且桃李有華。自足以興。何須更假棣華。此章之華。乃屬人說。是華采之華。卽桃夭傳所謂華色。言何乎彼戎戎然華色之盛。如桃如李也。乃平王之孫。齊公之子耳。如此說。自明快。正義迂曲。非箋意也。衡案。李說辯矣。然以華屬人。是以人比華。乃是賦體。非興。毛不解此章。意與上章同也。蓋華非唐棣。又非桃李。別是一木之華。詩人設爲不知何木之辭。以興王姬齊侯子之美色。世所罕見。句法神品。大抵詩旨。一章深於一章。毛意恐當如此。

平王之孫。齊侯之子。平正也。武王之女。文王孫。適齊侯之子。箋。正王者。德能正天下之王。陳啓源云。以文王爲平王。猶商稱玄王。稱武王周稱寧王。稱汾王。不必以謚擧也。昧者不察。欲以春秋王姬歸齊事。實何彼襛矣詩。陋矣。夫經云。齊侯之子。此父在之稱也。春秋書王姬歸於齊。一在莊元年。則齊襄之五年也。一在莊十一年。則齊桓之三年也。王姬下嫁時。二公久已爲君。豈有身爲齊侯。而顧目爲齊侯之子者邪。爲此說者。大閻於文義矣。衡案。黍離降爲國風。王姬果是東周平王之孫。則此詩當入王風。安得編之召南哉。其謬不足辨也。但詩云。齊侯之子。通考其辭。又非追賦之體。而編之召南者。蓋王姬下嫁。在武王伐紂之後。然其敎則成於未弁之前。仍是文王三分有二時之事。其爲王化之基。與二南諸篇同。且下嫁係於諸侯之事。故編之召南耳。

其釣維何。維絲伊緡。齊侯之子。平王之孫。伊維。緡綸也。箋。釣者以此有求於彼。何以爲之乎。以絲爲之綸。則是善釣也。以言王姬與齊侯之子。以善道相求。衡案。此章蓋以釣獲魚。與治得民。言釣獲魚。將以何乎。維合絲以爲緡。然後獲魚。以喻治得民。將以何乎。齊侯之子娶王姬。然後得民。治國之道。自閨門始。故以此爲喻耳。

騶虞二章。章三句。

騶虞。鵲巢之應也。鵲巢之化行。人倫既正。朝廷既治。天下純被文王之化。則庶類蕃殖。蒐田以時。仁如騶虞。則王道成也。箋。應者應德自遠而至。衡案。言國君有鵲巢所陳之德。則其國有騶虞所述之盛。故云鵲巢之應也。大序云。鵲巢騶虞之德。諸侯之風。而此序云王道成者。以二南終於此也。箋云。應者。應德自遠而至。似謂騶虞實應鵲巢之德而至。恐未是。

彼茁者葭。茁出也。葭蘆也。箋。記蘆始出者。著春田之早晚。正義。葭蘆釋草文。李巡曰。葦始生。段玉裁云。出也。當作出貌。衡案。正義云。謂草生茁茁然出。故云茁出也。非訓爲出。據此孔本作出也。壹發五豝。豕牝曰豝。虞人翼五豝。以待公之發。箋。君射一發。而翼五豝者。戰禽獸之命。必戰之者。仁心之至。正義。多士云。敢翼殷命。注云。翼驅也。則此翼亦爲驅也。陳啓源云。朱傳易毛鄭說。用漢賦中必疊雙語釋之。是誇善射也。勸多殺也。通義駁其說允矣。況中必疊雙。語出班孟堅西都賦。作賦者之意。非以爲美談也。意在頌美東都。故先抑西都。以爲下篇地耳。曾是漢人所譏者。而反爲召南人所美耶。衡案。翼者。左右夾之。如鳥翼夾身。使之不逸。故下承之云。以待公之發也。多士翼讀爲弋。取也。戰禽獸之命者。命薄者中矢。是貣也。命強者不中矢。是勝也故云。戰鳥獸之命。

于嗟乎騶虞。騶虞。義獸也。白虎黑文。不食生物。有至信之德。則應之。箋。于嗟者美之也。正義。陸璣云。騶虞白虎黑文。尾長於軀。不食生物。不履生草。應信而至者也。戴震云。按騶虞之爲獸名。既不見於爾雅。說者或以爲囿名。或以爲馬名。皆不足據證。漢許叔重五經異義。載韓魯說。曰騶虞天子掌鳥獸官。於射義所謂樂官備也。義似明切。蓋騶趣馬也。虞虞人也。衡案。序云。麟趾關雎之應也。而其詩末句皆云。于嗟麟兮。又云。騶虞鵲巢之應也。而其詩末句亦皆云。于嗟乎騶虞。麟既獸名。則騶虞亦必獸名。況毛氏非敢臆造者。其說必有所受焉。未得以其不載爾雅而疑其非獸矣。韓魯說不可從。

彼茁者蓬。蓬草名也。壹發五豵。一歲曰豵。箋。豕生三曰豵。正義。傳以七月云言私其豵獻豜於公。大司馬云大獸公之。小獸私之。豵言私。明其小。故彼亦云。一歲曰豵。獻豜於公。明其大。故彼與還傳皆云。三歲曰豜。伐檀傳云。三歲曰特。蓋異獸別名。故三歲者有二名也。大司馬職注云。一歲爲豵。二歲爲豝。三歲爲特。四歲爲肩。五歲爲慎。其說與毛或異或同。不知所據。箋以豵者豕生之數。非大小之名。故豝釋獸云。豕生三豵。二師。一特。焦循云。說文云。豵生六月豚。一曰一歲豵。尚叢聚也。豝牡豕也。一曰。二歲能相把持也。豣三歲豕。肩相及者。蓋物類之名。有定稱。有通稱。豕麕鹿定稱也。豕牡稱豭。鹿牡亦稱麚。鹿之有力者稱豣。麕之有力者亦稱麉。通稱也。若豕生三爲叢聚之名。一歲豕尚幼。相叢聚。故亦名豵。及四歲而豕大矣。不叢聚而特行矣。故與生一之名同。此義之相通者也。豝爲把持之義。而豕牝同其稱者。說文已承戊象人腹。巴蟲也。或曰。食象蛇。象形。巴能食象。其腹必大。其字爲腹中有物之形。爾雅。蚆博而頯。郭注云。中央廣。兩頭銳。此以形同大腹。故得蚆稱。手之把物。猶腹之吞物而大。故把取義於巴。方言。箭鏃廣長而薄廉。謂之鉀。或謂之鈀。廣韻。鈀方言江東呼鉀箭。此亦以鏃形中闊如大腹狀也。豕本大腹。而牝豕之腹尤大。二歲之豕。大腹著見。故稱豝。而牝豕亦稱豝。義之相通者也。

于嗟乎騶虞。衡案。此篇亦獨韻收。朱傳。首章虞字音牙。與豝韻。此章五降反。與豵韻。騶虞獸名。每章異其音。恐無此理。或知其不通。因以乎字虞字相韻。音節局促。亦非韻法也。

毛詩輯疏卷二終

毛詩輯疏卷二　　二暑　　文陸

毛詩輯疏

卷三上

毛詩輯疏卷三上

日南安井衡著

邶柏舟詁訓傳第三　國風

邶國十九篇。七十一章。三百六十三句。

衡案。王以下十二國。各一國一風。而衞獨分爲三。是以諸說紛紛然。今摘其要而論之。班史及鄭譜。以邶鄘衞。爲三叔所監之地。是也。鄭云。康叔子孫。稍并邶鄘。則恐未然。鄭意蓋謂。分紂畿內方千里之地。爲三監。盡以封康叔。過大非制。故云。子孫并二國。然柏舟作於頃公之時。頃公與夷王同時。夷王之時。周室始衰。然諸侯未有擧兵相滅者。則其說非也。班云。盡以其地。封弟康叔。是也。陳啓源意是班志而疑其非制。謂殷自帝甲以後。國勢寖衰。大抵如東周之世。畿封之廣。必非武丁宅殷之舊。古人建國。原計戶口。爲定。成王作雒。遷頑民於下都。又以殷民六族。賜於伯禽。邶鄘二國已成曠土。縱欲建諸侯。勢亦不能。因併以畀康叔耳。是大不然。周以文弱衰。殷以暴虐滅。牧野之戰。紂衆如林。特以失民心。一敗塗地耳。非衰周賴霸者。以僅存之比也。成王作雒。遷頑民梗化者。其賜魯者。蓋亦其豪族。細戶良民。則皆處舊土。未必曠其地。而困其人也。至計戶口定封。則秦漢以後之事。古未聞有此制。可謂妄矣。李黼平則以。邶鄘衛同詠淇。邶鄘同詠浚漕。而傳皆云衛邑。遂謂康叔得邶鄘之民。而不得其地。夫邶鄘者。衛國前後所都。非別國。大史分其名以明詩旨耳。故季札聞歌邶鄘衛。曰此其衛風乎。傳云衛邑者。以明邶鄘爲衛邑。非以衛特得其人而不得其地也。然則康叔初封。盡有紂畿內方千里之地乎。曰是由讀書不精細致此疑也。武王封武庚爲殷後。若復與以畿內千里之地。二天子也。勢必不然。武庚之封。書不言其廣狹。今不可得而考。然亳湯都。春秋之時爲宋邑。是武王以紂畿內地封微子。理固宜然。定四年左傳衛叔鮀說魯始封曰。因商奄之民。命以伯禽。是魯西竟。亦得紂畿內地。則宋魯之旁。郕莒滕薛之屬皆殷畿也。武王封微子爲公。則武庚亦必封公。周法公地方五百里。武庚所得。不此過也。後以封庚叔。衛初爲伯。或削而損之。必不增之。何非制之有。譜云。自紂城而北謂之邶。南謂之鄘。今驗諸詩。邶詩始於頃公。終於宣公。蓋衛初都於邶。至宣公孫懿公。狄人滅之。東徙涉河。而其禍源於宣公亂父子之倫。故邶風終於宣公也。鄘風始於柏舟。柏舟者共姜所賦。遠在武公之前。以他篇例之。當入衛風。而收之鄘風者。蓋共姜既寡。退處鄘部。大史欲顯其貞潔。故編之鄘風耳。桑中在君子偕老。鶉之奔奔之間。則惠公之時所作。而編之鄘風者。蓋鄘部人作之也。何以言之。鄘部在河東。屬于兗州。禹貢兗州曰。桑土既蠶。是降丘宅土。定之方中曰。降觀于桑。是鄘部宜桑。桑中序云。世族在位。相竊妻妾。期於幽遠。幽遠指桑中。則桑中田野僻遠之境。非地名。卽是地名。亦必以其地多桑名之。故知鄘部人作之也。序又云。衛之公室淫亂。男女相奔。大史欲見淫風行於上。而國民化之。非獨國都爲然。

且氓之蚩蚩。非邶都所以存亡也。故繫之地。以編於衞風也。以此推之。分衞風爲三。不獨取之時。兼亦取之地也。牆有茨。君子偕老。鶉之奔奔三篇。皆刺公子頑通宣姜。其事在惠公時。當入邶風。而編之鄘風者。其所生戴公文公。始居鄘部。乃尋始遡源之義也。定之方中以下皆美文公中興。載馳之作。在於文公中興之前。而編之末者。許國夫人所賦。附載之例固宜然也。合三風而觀之。衞初都邶部。故邶風居初。文公涉河居鄘部。故鄘風次之。衞爲一國統名。故事不關于二部盛衰存亡者。編之衞風。是以其詩平易。多美而少刺。然則邶鄘亦稱國者何也。曰襄二十九年左傳載魯人爲季札歌風。曰歌邶鄘衞。曰歌齊。皆單舉國名。不言國。大序及他古書亦只稱風。未有稱國風者。但齊鄭唐魏之屬。皆是國名。傳毛詩者。風上因題國字。於是遂有十五國風之稱。而不知邶鄘王豳之屬。不當言國。此乃漢以後之過。非詩經小題本然也。然則大史獨分衞爲三者何也。曰他國詩少。自餘十二國。鄭詩最多。然亦僅居衞風之半。其餘皆不及三分之一。其時易明。其人易知也。唯衞三十九篇中又經狄人之難。不明其世。詩旨未易知也。故分邶鄘以表其世。且示其亡復興。若二國然耳。孟子曰。頌其詩。讀其書。不知其人可乎。是以論其世也。此大史所以分衞風爲三之義也。

柏舟五章。章六句。

柏舟。言仁而不遇也。衞頃公之時。仁人不遇。小人在側。

箋。不遇者。君不受已之志也。君近小人。則賢者見侵害。正義。箋以仁人不遇。嫌其不得進仕。故言不遇者。君不受已之志。穀梁傳曰。遇者何。志相得。是不得君志。亦爲不遇也。

汎彼柏舟。亦汎其流。興也。汎流貌。柏木所以宜爲舟也。亦汎汎其流。不以濟渡也。箋。舟載渡物者。今不用。而與物汎汎然。俱流水中。興者。喻仁人之不見用。而與羣小人並列。亦猶是也。釋文。汎流貌。本或作汎汎流貌者。此從王肅注。衡案。正義云。言汎然而流者。是彼柏木之舟。又云。亦汎汎然。其與衆物俱流水中而已。是傳上文。孔本亦不疊汎字。小字本作與物汎汎然。無衆字。阮元云。此物字與上舟載渡物之物相承。不應有衆字。今皆從之。

耿耿不寐。如有隱憂。耿耿猶儆儆也。隱痛也。箋。仁人既不遇。憂在見侵害。陳啓源云。凡重語皆貌狀之辭。多離於本訓。故與說文耳著頰之訓異也。廣雅云。耿耿警警不安也。正疏明毛義。朱傳從錢氏。訓爲小明。蓋欲用耿於頰也。誠爲臆說。

微我無酒。以敖以遊。非我無酒可以敖遊忘憂也。正義。非我無酒以敖遊。而忘此憂。但此憂之深。非敖遊可釋也。陳啓源云。朱子據列女傳。指柏舟爲婦人之詩。今觀列女傳所記。與衞詩全不合。不知朱子何以取之。彼以此詩乃衞宣公夫人自誓所作。夫人齊女。嫁於衞。至城門。而衞君死。保母曰。可以還矣。女不聽。入持三年喪。喪畢。弟立。請與同庖。不聽。衞君使人訴於齊兄弟。齊兄弟皆欲與君。使人告女。女終不聽。作此詩。其說如此。夫衞自康叔迄君角。計三十七君。其稱宣公者。止莊公子晉耳。宣夫人始則夷姜。烝父妾也。繼則宣姜。奪子婦也。二姜之外。不聞別娶於齊。宣公卒後。但聞宣姜鶉鵲之醜。不聞更有守義之姜也。繼立者宣公之子朔。非弟也。列女傳之說。或云。出自魯詩。未知果否。要其妄爲此說者。必因鄘風柏舟是共姜自誓之詩。故僞造此事。以配之。以宣公當共伯。以宣公弟當共伯弟武公也。鑿空傳會。莫甚於此。朱子則信之。而反移以詆序。何以服人乎。又朱子雖引列女傳爲證。然不全用其說。而疑爲莊姜詩。蓋亦心知其非。特欲借之以助己排序耳。獨怪後世耳食之徒。因朱子揣度未定之語。竟據爲典故。遂實指此詩爲莊姜作。有張學龍及朱善者。執此以立論。言之鑿鑿。然緝大全者。又錄其語於書。以示後學。譌以仍譌。妄以生妄。經學之陋至此。可勝歎哉。又云。朱子以柏舟一詩。詞氣卑弱柔順。斷其爲婦人詩。正因誤認美刺諸篇。皆其人自道也。此亦說詩之一蔽也。至謂羣小爲衆妾。尤無典據。呼妾爲小。古人安得有此稱謂乎。衞案。頃公非亡國之君。作者特憂賢者不用。而國將衰。故其言怨而不怒。絕無激烈之辭。詳玩通篇。靄然仁者之言。序云仁而不遇。信矣。朱以後世過激之心觀之。謂詞氣卑弱柔順。遂傳會列女傳。斷爲婦人詩。夫君過小而以過激之言責之。特悻悻小人所爲。豈詩人溫柔敦厚之旨乎哉。且飲酒敖遊。非婦人口中所宜出。只此二句。已足以斷非婦人詩矣。弗思焉爾。

我心匪鑒。不可以茹。 鑒所以察形也。茹度也。箋。鑒之察形。但知方圓白黑。不能度其眞僞。我心非如是鑒。我於衆人之善惡外內。心度知之。段玉裁云。匪本匪字。詩多借匪爲非。焦循云。茹卽謂察形。鑒可茹。我心非鑒。故不可茹。如可察形。則知兄弟之不可據。而不致逢彼之怒矣。箋迂曲。非傳義。衡案。傳云。所以察形。蓋謂鑒能察形。心能察物。但我心暗愚。非如鑒明。故不可以茹他人同異善惡。鄭因察形之文。遂言我於衆人之善惡外內。心度知之。則與經不可以茹。其義正相反。其說洵迂矣。焦能知鄭說之迂而駁之。然仍泥傳察形之云。爲心不能察人形。亦未悉。

亦有兄弟。不可以據。據依也。箋。兄弟至親。當相據依。言亦有不相據依。以爲是者希耳。責之以兄弟之道。謂同姓臣也。薄言往愬。逢彼之怒。彼彼兄弟。李黼平云。傳彼彼兄弟。則經兄弟指人君言。箋云。兄弟至親。當相據依。言亦有不相據依。以爲如是者希耳。如箋言。則經之兄弟。指他人言。正義述經。傳箋不別。非也。衡案。詳玩傳文。未見以經兄弟爲指人君。蓋孔李皆以往愬爲愬於君。故云。傳以兄弟爲君也。案。愬告也。愬己之寃也。權門巨室。皆可愬己寃。不獨君也。經云。亦有兄弟。亦者旁及之辭。則兄弟二字。斷不指君。此章蓋謂我心匪鑒。不可以度君心所向。亦有兄弟居要路者。而不可據依。是以薄我往愬。反逢彼兄弟之怒。言上不獲乎君。內棄於親。蓋賢者不遇。不能隨世俯仰。庸人視以爲執拗。雖至親亦厭薄之。衰世之俗。古今皆然。所以窮也。傳意恐當如此。我心匪石。不可轉也。我心匪席。不可卷也。石雖堅。尚可轉。席雖平。尚可卷。箋。言己心志堅平。過於石席。衡案。轉謂移意而從之。卷謂默不敢言。志氣凜然。千載之下。猶有不可犯之色。或以爲婦人詩。何也。威儀棣棣。不可選也。君子望之。儼然可畏。禮容俯仰。各有威儀耳。棣棣。富而閑習也。物有其容。不可數也。箋。稱己威儀如此者。言己德備而不遇。所以慍也。段玉裁云。說文𢧢下引詩威儀秩秩。即此句異文。猶平秩之作平豑也。傳物有其容。不可數也。車攻序。因田獵而選車徒。傳。選徒囂囂。囂囂聲也。維數車徒者爲有聲也。按。選皆算字之假借。漢書引詩威儀棣棣不可算也。說文。算數也。鄭注論語何足算也云。算數也。算選同部音近。又夏官司馬羣吏撰車徒。注。選讀曰算。算車徒。謂數擇之。撰亦算之假借。詩箋不云選讀曰算者。義具毛傳矣。衡案。正義云。又有儼然之威。俯仰之儀。又云。此言君子望之儼然可畏。解經之威也。禮容俯仰。各有宜耳。解經之儀也。則正義本傳文作各有宜耳。今本作各有威儀耳。誤。憂心悄悄。慍于羣小。慍怒也。悄悄憂貌。箋。羣小。衆小人在君側者。阮元云。釋文慍下云。怒也。是釋文本此傳作怒也。正義云。言仁人憂心悄悄。而怨此羣小人在於君側者也。正義本怒字。當是怨字。緜傳云。慍恚也。正義云。說文慍怨也。恚怒也。有怨必怒之所引說文作慍怨也亦其一證衡案作怨是也今本作怒者轉寫之訛耳論語衛靈公篇子路慍見章皇疏云心恨君子行道乃至如此困乏故便慍色而見孔子也說文恨怨也是皇侃亦訓慍爲怨矣學而篇人不知而不慍注云慍怒也亦當作怨也不爾世豈有人不知而遽怒之者哉作怨卽柳下惠遺佚而不怨之意故曰不亦君子乎若唯不怒又何足稱君子哉故知其爲怨誤也

覯閔既多受侮不少閔病也正義言覯自彼加我之辭言受從己受彼之稱耳

靜言思之寤辟有摽靜安也辟拊心也摽拊心貌箋言我也正義拊心之時其手摽然衡案摽義與摽有梅之摽同故云其手摽然

日居月諸胡迭而微箋日君象也月臣象也微謂虧傷也君道當常明如日而月有虧盈今君失道而任小人大臣專恣日如月然正義居諸者語助也故日月傳曰日乎月乎不言居諸也檀弓云何居我未之前聞也注云居語助也左傳曰臯陶庭堅不祀忽諸服虔云諸辭是居諸皆不爲義也日實無虧傷但以日比君假以言之耳衡案此章比也

心之憂矣如匪澣衣如衣之不澣矣箋衣之不澣則憒辱無照察衡案憒亂辱汚也其章亂汚不照察憂深者其心憒亂不能辨別物理亦猶此也

靜言思之不能奮飛不能如鳥奮翼

而飛去。箋。臣不遇於君。猶不忍去。厚之至也。陳啓源云。朱子以柏舟爲婦人詩。胡一桂又舉不能奮飛。婦人無可去之義爲證。不知。孔疏言同姓之臣。不忍去國。義尤允當。且與次章亦有兄弟。意又相應也。況胡謂婦人無去義。則戴嬀宋桓夫人非邪。

綠衣四章。章四句。

綠衣。衛莊姜傷己也。妾上僭。夫人失位。而作是詩也。箋。綠當爲褖。故作褖。轉作綠。字之誤也。莊姜。莊公夫人齊女。姓姜氏。妾上僭者。謂公子州吁之母。母嬖。而州吁驕。正義。必知綠誤而褖是者。此綠衣與內司服綠衣字同。內司服掌王后之六服。五服不言色。唯綠衣言色。明其誤也。內司服注引雜記曰。夫人服稅衣揄狄。又喪大記曰。士妻以褖衣。言褖衣者甚衆。字或作稅。此綠衣者。實作褖衣也。以此言之。內司服無褖衣。而禮記有之。則褖衣是正也。彼綠衣宜爲褖衣也。詩者詠歌。宜因其所有之服而言。不宜舉實無之綠衣以爲喻。故知當作褖也。衡案。內司服所掌。王后之正服也。綠字或容作褖。論語曰。紅紫不以爲褻服。則正服之外。又有褻服。此綠衣蓋謂褻服耳。且綠與黃對。以與貴賤易位。故毛傳首章云。綠間色。黃正色。義不可易耳。鄭說拘甚。

綠兮衣兮。綠衣黃裏。興也。綠間色。黃正色。箋。褖兮衣兮者。言褖衣自有禮制也。諸侯夫人祭服之下。鞠衣爲上。展衣次之。褖衣次之。次之者衆妾亦以貴賤之等服之。鞠衣黃。展衣白。褖衣黑。皆以素紗爲裏。今褖衣反以黃爲裏。非其禮制也。故以喩妾上僭。正義。毛以間色之綠。不當爲衣。猶不正之妾。不宜嬖寵。間色之綠。今爲衣而見。正色之黃。反爲裏而隱。以興不正之妾今蒙寵而顯。正嫡夫人反見疏而微。綠衣以邪干正。猶妾以賤陵貴。心之憂矣。曷維其已。憂雖欲自止。何時能止也。綠兮衣兮。綠衣黃裳。上曰衣。下曰裳。箋。婦人之服。不殊衣裳。上下同色。今衣黑而裳黃。喩亂嫡妾之禮。正義。前以表裏喩幽顯。則此以上下喩尊卑。衡案。婦人之服。不殊衣裳。毛非不知也。而不言之者。此篇特以表裏上下。喩嫡妾易位。不始以爲婦人服也。心之憂矣。曷維其亡。箋。亡之言忘也。衡案。王引之訓亡爲已。不取。綠兮絲兮。女所治兮。綠末也。絲本也。箋。女。女妾僭上者。先染絲。後製衣。

皆女之所治爲也。而女反亂之。亦喻亂嫡妾之禮。責以本末之行。禮大夫以上衣織。故本於絲也。正義。毛以爲言綠兮而由於絲兮。此女人之所治。以興使妾兮而承於嫡兮。此莊公之所治。由絲以爲綠。卽綠爲末。絲爲本。猶承嫡而使妾。則妾爲卑。而嫡爲尊。公定尊卑不可亂。猶女治絲。本末不可易。今公何爲使妾上僭。而令尊卑亂乎。戴震云。按陸德明釋文。女崔云毛如字。鄭音汝。今考如字是也。上以綠喻妾。以綠之爲衣。喩妾上僭。此更言絲者。方其爲絲末爲衣也。由女工治之以爲衣。則衣矣。其故在所治也。喩妾上僭。君子嬖之則然耳。於妾何責。衡案。傳云。綠末也。絲本也。其意蓋謂染爲綠衣者。原其本。則素絲也。此是女人所治爲。以興今上僭夫人者。原其本。則賤妾也。此是莊公所治爲。女訓汝。興意不全。如字是也。

我思古人。俾無訧兮。俾使。訧過也。箋。古人謂制禮者。我思。此人定尊卑。使人無過差之行。心善之也。陳啓源云。我思古人。俾無訧兮。程子以爲反己之詞。取義精矣。然論作詩者之意。則思古以責莊公。較爲平正。後篇逝不古處。亦此意。

絺兮綌兮。淒其以風。淒。寒風也。箋。絺綌所以當暑。今以待寒。喩其失所也。正義。四月云。秋日淒淒。皆寒涼之名也。此連云以風。故云寒風矣。

我思古人。實獲我心。古之君子。實得我之心也。箋。古之聖人制禮者。使夫婦有道。妻妾貴賤各有次序。

燕燕四章。章六句。

燕燕。衛莊姜送歸妾也。箋。莊姜無子。陳女戴嬀生子。名完。莊姜以爲己子。莊公薨。完立。而州吁殺之。戴嬀於是大歸。莊姜遠送之于野。作詩以見己志。正義。經所陳皆訣別之後。述其送之之事也。惠周惕云。燕生子則委巢。爲戴嬀比也。

燕燕于飛。差池其羽。燕燕。鳦也。燕之于飛。必差池其羽。箋。差池其羽。謂張舒其尾翼。興戴嬀將歸。顧視其衣服。正義。此燕卽今之燕也。古人重言之。焦循云。左氏襄二十年傳云。譬諸草木。吾臭美也。而何敢差池。杜預注云。差池不齊一。左傳之差池。卽此詩之差池。下章傳云。飛而上曰頡。飛而下曰頏。飛而上曰上音。飛而下曰下音。卽差池之不齊也。蓋莊姜送歸妾。一去一留。有似於燕燕之差池上下者。箋言顧視衣服。其說已迂。至下上其音。謂戴嬀將歸。言語感激。聲有大小。則益迂矣。衡案。燕飛尾歧。而其翼翮長而本短。故鄭云。謂張舒其尾翼。卽差池不齊之義也。至顧視衣服。聲有大小。其說洵迂。焦爲興一去一留。得之。至幷下上爲差池。則亦未免微病。

之子于歸。遠送于野。之子。去者也。歸。歸宗也。遠送過禮。于於也。郊外曰野。箋。婦人之禮。送迎不出門。今我送是子。乃至于野者。舒己憤盡己情。阮元云。傳但於遠送過禮下。著于於也一訓。因之子于歸。于往也。桃夭已有傳。而于飛所以與于歸。其同爲往。自可知也。顧炎武云。野古音神與反。瞻望弗及。泣涕如雨。瞻視也。燕燕于飛。頡之頏之。飛而上曰頡。飛而下曰頏。箋。頡頏與戴嬀將歸。出入前却。段玉裁云。上下字當互易。頡同頁。頁。頭也。飛而下。則頭搶地。頏同亢。亢者頸也。飛而上。則亢向天。衡案。說文。頡。直項也。飛而上。則項直向天。頏同吭。飛而下。則吭掠地。傳文不誤。此章以頡頏喻去留。之子于歸。遠于將之。將行也。箋。將亦送也。瞻望弗及。佇立以泣。佇立。久立也。李黼平云。上章遠送于野。傳云。郊外曰野。此言自野而行。將卽𨘋。說文。行皃。下章遠送于南。傳云。陳在衞南。言欲送至于陳也。傳意層次分明。此章箋云。將亦送也。以上下俱言送。此章不得獨別。衡案。將本有送義。毛豈不知而必訓行者。以上下有送。此章言與之共行。以明其送之遠。蓋亦孔門相傳之說。其義精矣。將之之之。與頡之頏之之之同。特以協句耳。無意義也。燕燕于飛。下上其音。飛而上曰上音。飛而下曰下音。箋。下上其音。與戴嬀將歸。言語感激。聲有大小。衡案。下上其音。亦以喩一去一留也。之子于歸。遠送于南。陳在衛南。瞻望弗及。實勞我心。釋文。南如字。沈云。協句。宜乃林反。今謂古人韻緩。不煩改字。李黼平云。案書大傳曰。南任也。說文曰。南艸至南方有枝任也。南與任音義同。

仲氏任只。其心塞淵。仲氏。戴嬀字也。任大。塞瘞。淵深也。箋。任者以恩相親信也。周禮六行。孝友睦婣任恤。段玉裁云。傳。任大也。正義曰。釋詁文。按爾雅。壬大也。不作任。知毛作壬。箋。易傳爲睦婣任恤之任。瘞者幽薶也。與充實義正同。非有二訓也。

終溫且惠。淑愼其身。惠。順也。箋。溫謂顏色和也。淑善也。

先君之思。以勗寡人。勗勉也。箋。戴嬀思先君莊公之故。故將歸。猶勸勉寡人以禮義。寡人莊姜自謂也。正義。莊姜既送戴嬀。而思其德行。及其言語。乃稱其字。言仲氏有大德行也。其心誠實而深遠也。又終當顏色溫和。且能恭順。善自謹愼其身。內外之德既如此。又於將歸之時。勸勉寡人以禮義也。衡案。先君二句。亦序平日之事。非臨別之言也。莊公既沒。雖述生時之事。亦可稱先君也。正義終當。疑當作終常。姑依原本。

日月四章，章六句。

日月，衞莊姜傷己也。遭州吁之難，傷己不見荅於先君，以至困窮之詩也。

日居月諸，照臨下土。日乎月乎，照臨之也。箋：日月喻國君與夫人也，當同德齊意以治國者，常道也。衡案：日月喻國君與夫人，頗艱深費解。且莊姜賢婦人，恐不當自比日月矣。傳云照臨之也，之指下事，謂莊公不古處之事，則以爲賦矣。言日乎月乎，明無不照，乃亦能照臨下土，有如是事，蓋訴之也。乃如之人兮，逝不古處。逝，逮；古，故也。箋：之人，是人也，謂莊公也。其所以接及我者，不以故處，甚違其初時。陳啓源云：日月篇兩逝字，唐有杕之杜篇兩噬字，毛傳皆訓逮，爾雅作遾，亦云逮也。文異而義同。噬肯適我，韓詩噬作逝，而訓及，義亦同毛，字訓相傳不謬矣。集傳以爲發語詞，不知何本。段玉裁云：此謂假借也。逝逮義本不同，假逝爲逮。胡能有定？寧不我顧。胡，何；定，止也。箋：寧猶曾也。君之行如是，何能有所定乎？曾不顧念我之言。是其所以不能定完也。段玉裁云。胡何也。雙聲假借。李黼平云。傳訓定爲止。蓋謂莊公接及我者。不如故處。如此則何能有所止乎。皆由曾不我顧也。四章皆言無有所止。州吁之難。當時先有以見之矣。衡案。言莊公曾不顧念我身。人皆輕我。我何能有禁止州吁之難哉。原其所以至于困窮也。毛意恐當如此。

日居月諸。下土是冒。冒覆也。箋。覆猶照臨也。

乃如之人。逝不相好。不及我以相好。箋。其所以接及我者。不以相好之恩情。甚於己薄也。

胡能有定。寧不我報。盡婦道。而不得報。

日居月諸。出自東方。日始月盛。皆出東方。箋。自從也。言夫人當盛之時。與君同位。衡案。日沒於西。則暗無所見。月缺則明有所不照。故經言出自東方。而傳釋之云。日始月盛。鄭誤會此傳。故以爲與耳。

乃如之人兮。德音無良。音聲。良善也。箋。無善恩意之聲語於我也。正義。如箋所云。則當倒讀云無良德音。謂無善恩意之音聲。處語我夫人也。衡案。德音猶恩言也。古言德音有二義。有稱恩澤之令者。有責其位而稱之者。此莊姜稱其夫之言。故曰德音耳。

胡能有定。俾也可忘。箋。俾使也。君之行如此。何能有所定。使是無良可忘也。衡案。也詞也。言莊公不答。使人忘有己。威權已輕。何能有禁止州吁之難哉。日居月諸。東方自出。父兮母兮。畜我不卒。箋。畜養。卒終也。父兮母兮者。言己尊之如父。又親之如母。乃反養遇我不終也。衡案。父兮母兮。毛無解。則以爲眞父母也。人窮反本。末章呼父母。乃困窮之甚也。胡能有定。報我不述。述循也。箋。不循。不循禮也。衡案。箋上循諸本作述。此箋述傳作述非也。今從足利古本岳珂本宋小字本十行本。

終風四章。章四句。

終風。衞莊姜傷己也。遭州吁之暴。見侮慢。不能正也。箋。正猶止也。

終風且暴。顧我則笑。興也。終日風爲終風。暴疾也。笑侮之也。箋。既竟日風矣。而又暴疾。興者。喻州吁之爲不善。如終風之無休止。而其間又有甚惡，其在莊姜之旁，視莊姜則反笑之，是無敬心之甚。**謔浪笑敖。**言戲謔不敬。**中心是悼。**箋：悼者，傷其如是，然而己不能得而止之。

正義：釋詁云：謔浪笑敖，戲謔也。舍人曰：謔，戲謔也。浪，意萌也。笑，心樂也。敖，意舒也。戲笑，邪戲也。謔笑之貌也。阮元云：萌，爾雅疏作明。舍人意浪讀爲蒼筤竹之筤。易正義曰：竹初生之時色蒼筤，取其春生之美也。凡意蕊心花初生時似此，故舍人曰浪意萌也。作明者誤。韓詩云：起也。正是意萌之訓，謂如波之起也。衡案：浪謔，意萌也。敖笑，意舒。故舍人唯覆釋謔笑云：戲笑，邪戲也。

終風且霾。霾，雨土也。**惠然肯來。**言時有順心也。箋：肯，可也。有順心，然後可以來至我旁，不欲見其戲謔。**莫往莫來，悠悠我思。**人無子道以來事己，己亦不得以母道往加之。箋：我思其如是，心悠悠然。

陳啓源云：箋云：肯，可也。有順心則可來，不欲見其戲謔。此說當矣。州吁安得有順心時乎。言可來，正欲其不來也，拒之之詞，非望之之詞也。左傳言州吁有寵而好兵，公弗禁，莊姜惡之，則姜之惡州吁久矣。豈有躬爲弑逆、人神共憤，而反加親愛，望其肯來者乎。衡案：州吁雖暴，時有順心，故有肯來莊姜之旁之時。肯，心可之也。州吁自可來莊姜之旁，非莊姜可之也。彼不來事，是無順心也，故己亦不得往而誨之，慮其爲暴益甚。思之心悠悠然。婦人之情爲然。而詩之所以温柔敦厚。正在於斯。陳以春秋誅惡之義解之。殊乖於詩亡而春秋作之義矣。悠悠憂也。經先言莫往者。承上句肯來。蓋州吁卽位。惠然一來。故莊姜不得已。亦一往報之。後絕不往來。故經先言往。而傳先解來。其義精矣。

終風且曀。不日有曀。陰而風曰曀。箋。有又也。既竟日風。且復曀不見日矣。而又曀者。喻州吁闇亂甚也。衡案。不日。不經日也。鄭云不見日矣者。乃解曀字。非解不日也。

寤言不寐。願言則嚔。嚔跆也。箋。言我。願思也。嚔讀當爲不敢嚔咳之嚔。我其憂悼而不能寐。汝思我心如是。我則嚔也。今俗人嚔。云人道我。此古之遺語也。釋文。疐本又作嚏。又作疐。舊竹利反。又丁四反。又豬吏反。或竹季反。劫也。鄭作嚔。音都麗反。劫也。居業反。本又作跲。音同。崔云。毛訓疌爲㰦。今俗人云欠欠故㰦是也。不作劫字。人體倦則伸。志倦則㰦。案音丘據反。玉篇云。㰦。欠張口也。陳啓源云。毛傳云。疐跆也。毛不破字。若有口旁。不應訓跆矣。是毛公傳詩時本作疐也。鄭箋云。疐讀爲不敢嚔咳之嚔。是鄭氏箋詩時猶作疐也。予謂傳義得之。衡案。崔本跆作㰦。㰦欠也。說文。欠張口气悟也。徐云。悟解也。氣壅滯欠去而解也。今案願思也。思極則氣壅滯。氣壅滯則欠。作㰦洵是。陸本作劫者。形近之訛。一本作跲者。與劫同聲。故又訛爲跲耳。崔名靈恩。梁人。著毛詩集注。

曀曀其陰。如常陰曀曀然。虺虺

其靁。暴若震靁之聲虺虺然。釋文。虺虚鬼反。衡案。爾雅。雨靁殷殷。震靁虺虺。傳故云震靁。寤言不寐。願言則懷。懷傷也。箋。懷安也。女思我心如是。我則安也。陳啓源云。毛云。懷傷也。蓋言思及此。則傷心也。衡案。懷壞皆乎乖切。壞傷皆訓毀。音同則義通。故毛轉懷爲壞。因訓爲傷。古人假借之例爲然。陳說迂甚。不可從矣。

擊鼓五章。章四句。

擊鼓。怨州吁也。衞州吁用兵暴亂。使公孫文仲將而平陳與宋。國人怨其勇而無禮也。箋。將者將兵以伐鄭也。平成也。將伐鄭。先告陳與宋。以成其伐事。春秋傳曰。宋殤公之卽位也。公子馮出奔鄭。鄭人欲納之。及衞州吁立。將修先君之怨於鄭。而求寵於諸侯。以和其民。使告於宋。曰君若伐鄭以除君害。君爲主。敝邑以賦與陳蔡從。則衞國之願也。宋人許之。於是陳蔡方睦於衞。故宋公。陳侯。蔡人。

衛人伐鄭。是也。伐鄭在魯隱四年。正義。先君之怨。服杜皆云隱二年。鄭人伐衛是也。

擊鼓其鏜。踊躍用兵。鏜然。擊鼓聲也。使衆皆踊躍用兵也。箋。此用兵。謂治兵時。

土國城漕。我獨南行。漕衛邑也。箋。此言衆民皆勞苦也。或役土功於國。或修理漕城。而我獨見使從軍南行伐鄭。是尤勞苦之甚。衛案。國謂國都。時衛都於邶部。在河西。漕在河東鄘部。將攻鄭。故城漕以迫之。後狄滅衛。戴公出廬於漕。若有城。不當言廬。州吁以隱四年夏伐鄭。至九月見殺。豈其城未畢。或畢而旋廢邪。

從孫子仲。平陳與宋。孫子仲謂公孫文仲也。平陳於宋。箋。仲字也。平陳於宋。謂使告宋曰。君爲主。敝邑以賦與陳蔡從。正義。經序國人之辭。既言從。於文不得言公孫也。仲長幼之稱。故知是字。則文是諡也。衛案。平陳與宋者。蓋先是陳宋有宿怨。今欲與俱伐鄭。故先平之。左傳無文者。其事不足載也。傳云。平陳於宋。洵是。如敝邑以賦與陳蔡從。特告宋之辭耳。非所謂平也。鄭先有此見。故其注序。訓平爲成。而釋之云。成其伐事。舛矣。

不我以歸。憂心有忡。憂心忡忡然。箋。以猶與也。與我南行。不與我歸期兵凶事。懼不得歸。豫憂之。正義。采薇云。曰歸曰歸。歲亦莫止。是與之歸期也。李黼平云。隱四年。夏經書宋公。陳侯。蔡人。衛人伐鄭。春秋經書人者。左氏傳往往表其將帥。是年傳亦依經書人。非此詩。孰知有孫子仲哉。又左傳稱。伐鄭。圍其東門。五日而還。而此詩喪馬求林。離散濶洵之狀。千載如見。蓋詩爲從軍之士所作。左氏生二百年後。蒐綴散亡。以成紀載。固宜其事多失實。目見之與耳聞異也。正義據左氏以爲。是役不戰。特以民不得用。雖未對敵。亦有離心。夫于嗟濶遠。不相生活。不戰而何遽至是乎。衡案。序云。州吁用兵暴亂。使公孫文仲將而平陳與宋。國人怨其勇而無禮也。而傳亦不一言及伐鄭。今據序傳。詳考詩旨。蓋孫子仲既平陳與宋。屯境不還。以待三國之師。師卒怨其久役。人有離心。故云。不我以歸。以能左右之曰以之以。猶言不以我歸耳。凡著書有體。詩作者代其人述情。以見時政得失。故有虛序。有實序。傳則據實解經。以明褒貶之意。其體本別。故孟子曰。詩亡而春秋作。李以四章五章爲實戰。遂疑左氏紀載多失實。謬甚。

爰居爰處。爰喪其馬。有不還者。有亡其馬者。箋。爰於也。不還。謂死也。傷也。病也。今於何居乎。於何處乎。於何喪其馬乎。焦循云。傳以不還解爰居爰處句也。言居處於彼。而不得還。衡案。春秋傳曰。詩曰。亂離瘼矣。爰其適歸。歸於怙亂者也夫。此亦訓爰爲於何。鄭義是也。

于以求之。于林之下。山木曰林。箋。于於也。求不還者。及亡其馬者。當於山林之下。軍行必依山林。求其故處。近得之。正義。求其故處。謂求其所依止之處。近於得之。衡案。士卒怨久役。不肯守軍律。有離伍不還者焉。有懈怠亡其馬者焉。傳意恐當如此。

死生契闊。與子成說。契闊勤苦也。說數也。箋。從軍之士。與其伍約。死也生也。相與處勤苦之中。我與子成相悅愛之恩。志在相存救也。釋文。數色主反。段玉裁云。今俗語云數說。李黼平云。說文云。說釋也。數計也。而門部閱字注云。具數于門中也。从門說省聲。具數二字。卽釋門中說字。是說訓說釋。亦訓數。具數猶成說。毛意言死生勤苦之情。與子具數。惟願執子之手。俱得生存。以至于老耳。衡案。儀禮既夕。俎二以成。鄭注。成猶併也。韻會。併相竝也。說數義訓。說之卽是數之。故引伸訓數。段云數說。是也。言今在死生間。勤苦亦至矣。幸而得生還。與子竝坐。以數說今日苦中之苦。亦一樂也。深相結納之辭。

執子之手。與子偕老。偕俱也。箋。執其手。與之約誓。示信也。言俱老者。庶幾俱免於難。焦循云。偕老夫婦之辭。前于以求之于林之下。爲語其家人之辭。此章王肅指室家男女言。未必非毛旨也。衡案。執子之手。與子之相親之辭。此二句承上。序艱苦中俱期望他日之意。非約誓也。鄭說未是。偕老。與之俱老也。故可施之夫婦。亦可施之朋友。未見其專爲夫婦之辭。鄘風有君子偕老之篇。後世襲用之。以爲夫婦之辭。其詩云。子之不淑。子。男子之美稱。故婦可以稱夫。未聞有稱婦爲子者。此又非語家人之辭之一證也。焦蓋習焉而不察耳。此章寫所期望之意。卒章寫不能遂之歎。而怨州吁之意。宛然在目。序云。怨州吁。可謂得詩人之髓矣。于嗟闊兮。不我活兮。不與我生活也。箋。州吁阻兵安忍。阻兵無衆。安忍無親。衆叛親離。軍士棄其約。離散相遠。故吁嗟歎之。闊兮女不與我相救活。傷之。于嗟洵兮。不我信兮。洵遠。信極也。箋。歎其棄約。不與我相親信。亦傷之。釋文。洵呼縣反。本或作詢。誤也。詢音荀。韓詩作夐。夐亦遠也。信毛音申。案信卽古伸字也。正義曰。引而信之。伸卽終極之義。故云信極也。陳啓源云。洵字從毛義。宜音呼縣反。或謂與下信字不協。當音荀訓信。不知此二音。古本相通。說文絢字諧旬聲。旬字音眩。諧勻省聲。旬或作眴。亦諧旬聲。皆是也。洵與信。古韻本協耳。陸德明謂。古人韻緩。不煩改字。近世趙凡夫言。說文之讀若與諧聲。多有甚遠於今者。正可借以考古音。斯皆至論。李黼平云。論語素以爲絢。釋文音呼縣反。玉篇云。絢遠也。釋文云。洵韓詩作夐。夐亦遠也。說文夐徐音朽正切。玉篇夐翾政霍見二切。云深遠也。霍見呼縣二切一也。夐與絢。音義皆同。故毛爲絢。韓爲夐。然則洵字當作絢。釋文原本應云呼縣切。本或作洵。誤也。洵音荀。今本釋文。校書者依經誤改耳。衡案。不我活兮。悼其死也。不我信兮。悲其亡也。不伸卽短也。是不終極其交。故云信極也。此章全悼其友死亡。而怨州吁之意。顯然於辭表。妙甚。箋云。歎其棄約不與我相親信。是怨其友。非怨州吁也。非經序之意。

凱風四章章四句。

凱風美孝子也。衛之淫風流行。雖有七子之母。猶不能安其室。故美七子能盡其孝道。以慰其母心。而成其志爾。箋。不安其室。欲去嫁也。成其志者。成言孝子自責之意。

凱風自南。吹彼棘心。興也。南風謂之凱風。樂夏之長養。棘心難長養者。箋。興者。以凱風喻寬仁之母。棘猶七子也。李巡云。南風長養萬物。萬物喜樂。故曰凱風。凱樂也。段玉裁云。傳心字各本奪。今補。棘心對下棘薪言。謂棘之初生萌蘖。故云。難長養者。棘心至於夭夭然盛。則母氏之苦勞可知矣。今從之。棘心夭夭。母氏劬勞。夭夭。盛貌。劬勞。病苦也。箋。夭夭以喻七子少長。母養之病苦也。衡案。劬說文勞也。玉篇。劬病也。凱風自南。吹彼棘薪。棘薪其成就者。衡案。棘已成就。而僅能成爲薪。喻我無令人也。母氏聖善。我無令人。聖叡也。箋。叡作聖。令善也。母乃有叡知之善德。我七子。無善人能報之者。故母不安我室。欲去嫁也。

爰有寒泉。在浚之下。浚衛邑也。在浚之下。言有益於浚。箋。爰曰也。曰有寒泉者。在浚之下。浸潤之。使浚之民逸樂。以興七子不能如也。正義。干旄云。在浚之都。傳曰。下邑曰都。是衛邑也。李黼平云。案毛邶鄘不分。故此與干旄。倶言衛邑。如正義。則以此詩所指。是干旄之浚。不思干旄爲鄘國邪。衛案。衛國名也。邶鄘乃所都之地名。鄘一部雖在河東。屬邑在河內者。與邶部接壤。故邶鄘二風皆詠之。而毛皆云衛邑。其爲一邑審矣。孔推毛意。以同名者爲同地。其說本不謬矣。李謂邶鄘二小國之名。衛得其民。而不得其地。以此爲毛義。其失甚於正義矣。顧炎武云。下音戶。

有子七人。母氏勞苦。睍睆黃鳥。載好其音。睍睆好貌。箋。睍睆以興顏色說也。好其音者。興其辭令順也。以言七子不能如也。

有子七人。莫慰母心。慰安也。正義。論語曰。色難。注云。和顏悅色。是爲難也。又內則云。父母之所。下氣怡聲。是孝子當和顏色。順辭令也。陳啓源云。詩人美刺。多代爲其人之言。故有似刺而實美。似美而實刺者。不獨三百篇也。後世騷賦。及樂府猶然。凱風美孝子。止述其自責之詞。夫自責不怨親。母感其意而不嫁。正孝子之實也。美之者。道其實而已矣。若謂七子自作。

是暴揚其親之過。何得云孝。況人子自責。惟有涕泣引咎。豈暇弄文墨誇詞藻邪。

雄雉四章。章四句。

雄雉。刺衛宣公也。淫亂不恤國事。軍旅數起。大夫久役。男女怨曠。國人患之。而作是詩。　箋。淫亂者。荒放於妻妾。烝於夷姜之等。國人久處軍役之事。故男多曠。女多怨也。男曠而苦其事。女怨而望其君子。　正義。淫謂色欲過度。亂謂犯悖人倫。故云。荒放於妻妾。以解淫也。烝於夷姜。以解亂也。宣公由上烝父妾。悖亂人倫。故謂之亂也。君子偕老。桑中皆云。淫亂者。謂宣公上烝夷姜。下納宣姜。公子頑通於君母。故皆爲亂也。言荒放者。放恣情欲。荒廢政事。

雄雉于飛。泄泄其羽。　興也。雄雉見雌雉。飛而鼓其翼。泄泄然。箋。興者喻宣公整其衣服而起。奮訊其形貌。志在婦人而已。不恤國之政事。　釋文。訊音信。又音峻。字又作迅。同。陳啓源云。雄雉首二章之興。毛鄭釋之。皆以喻宣公媚悅婦人之態。後儒以其取義鄙淺。故易其說。然案。雉不遠飛。崇不過丈。脩不過三丈。故築墻者以高一丈長三丈爲一雉。曾子固指爲行役之喩。既非其倫。又雉飛甚疾。決起而橫刺數步。卽竄入林草間。陸農師謂雉飛若矢。一往而墮。是也。朱子訓泄泄爲飛之緩。而以舒緩自得。反興行役之苦。亦非善於體物者也。余謂雄雉。及匏有苦葉。同是刺淫之詩。而皆以雉爲喩。一曰雄雉。一曰求牡。明著其雄雌。分喩君與夫人。語若相應。作者之意。未必不如毛鄭解也。又詩人託興鳥獸。惟此詩言雄雉。南山言雄狐。皆以刺淫。外此無專目爲雄者。尤足證雄雉是指斥宣公之詞。衡案。孟子泄泄猶沓沓。說文語多沓沓。若水之流。沓沓語多貌。則泄泄鼓翼多貌。故鄭以奮迅其形貌。釋泄泄。孟子注云。怠緩悅從之貌。非也。高一丈長三丈曰雉者。雉乃豸之假借。說文豸牽牛繩。其長蓋三丈。故三丈曰豸。不并指高一丈也。故左傳曰。都城過百雉。可見唯稱其長。不并指其高也。傳又有雉經之語。雉卽豸。經卽頸。謂繩其頸而縣死。此亦可以證雉爲豸之假借矣。陳據三丈曰雉之語。謂雉飛不過三丈。雉實不能遠飛。然亦能踰於數十步之外。蓋陳未實驗也。其餘大抵得之。

我之懷矣。自詒伊阻。詒遺。伊維。阻難也。箋。懷安也。伊當作緊。緊猶是也。君之行如是。我安其朝而不去。今從軍旅。久役不得歸。此自遺以是患難。李黼平云。懷字毛無傳。終風傳云。懷傷也。此亦當訓傷。衡案。古人引此詩。皆以爲懷戀利祿之義。毛意亦當然。不解者。以其爲常訓耳。

雄雉于飛。下上其音。箋。下上其音。興宣公小大其聲。怡悅婦人。

展矣

君子。實勞我心。展誠也。箋。誠矣君子。愬於君子也。君之行如是。實使我心勞矣。君若不然。則我無軍役之事。正義。宣公志既在婦人。不恤政事。大夫憂之。故以君行訴於君子。李黼平云。毛惟訓展爲誠。君子當指大夫。言宣公之行如是。誠矣此行役之君子。實勞我心也。此章蓋言大夫久役也。衡案。此亦女怨之辭。君子。婦指其夫言。公淫亂不恤政事。誠矣我君子。久役於軍旅。實使我勞心也。瞻彼日月。悠悠我思。瞻視也。箋。視日月之行。迭往迭來。今君子獨久行役而不來。使我心悠悠然思之。女怨之辭。衡案。諸本箋日月上無視字。阮元云。小字本。相臺本。日上有視字。今從之。足利古本作我視日月。道之云遠。曷云能來。箋。曷何也。何時能來。望之也。衡案。經至此始言曷云能來。則上箋謂視日月往來。而思君子獨行役不來者。似微失經意。上二句蓋言視日月之迭出迭沒。歲時如流。而行役未止。故我心悠悠然思其君子也。此二句則望其速來歸也。情景宛然。經意當如是。百爾君子。不知德行。箋。爾女也。女衆君子。我不知人之德行何如者。可謂爲德行。而君或有所留。女怨。故問此焉。衡案。諸本作事君。阮元云。小字本。相臺本作而君。今從之。不忮不求。何用不臧。忮害。臧善也。箋。我君子之行。不疾害。不求備於一人。其行何用爲不善。而君獨遠使之在外。不得來歸。亦女怨之辭。李黼平云。傳惟解忮臧二字。當指在位者。言百爾君子。豈不知德行乎。不疾害。不求備。卽無爲不善矣。國人欲在位者告宣公。以不忮不求。乃無喪敗之難。臧字與阻字應。此章蓋國人患之。作詩之意也。衡案。百爾君子。謂衆大夫輔君從政者。不知。知也。求。索也。猶言貪。言衆大夫從政者。豈不知德行哉。我君子不忮害。不求索。何用爲不善之事。如此。可謂有德行者矣。何爲獨使之久役不歸也。李謂國人欲在位者告宣公。以不忮不求之意其義正矣。然詩述下怨。卽所以責上失。故曰言之者無罪。聽之者足以戒。李說恐未是。

匏有苦葉四章。章四句。

匏有苦葉。刺衞宣公也。公與夫人。並爲淫亂。箋。夫人謂夷姜。正義。知非宣姜者。以宣姜本適伋子。但爲公所要。故有魚網離鴻之刺。此責夫人云。雖求其牡。非宣姜之所爲。明是夷姜求宣公。故云並爲淫亂。李黼平云。綠衣序云。妾上僭。燕燕序云。送歸妾。序于嫡妾之辨甚嚴。如此序夫人是宣公庶母。則是莊公之妾。序豈得以夫人目之。今云。公與夫人。並爲淫亂。則是敵體之詞。言夫人淫于他人。而宣公亦娶伋妻。是謂並爲淫亂也。毛傳云。衞夫人有淫佚之志。授人以色。假人以詞。不顧禮義之難。至使宣公有淫昏之行。正指納伋妻事。蓋上二章刺夫人之淫。後二章陳昏姻正禮。刺宣公之淫也。衡案。夷姜在莊公之世。則爲妾。宣公立爲夫人。則爲夫人。故左傳史記皆稱夷姜爲夫人。序雖嚴嫡妾之辨。安得以其本爲妾。而斥夫人爲妾哉。傳云。授人以色。假人以辭。兩人字指宣公。故承之云。至使宣公有淫昏之行。蓋宣公未烝於夷姜。夷姜以辭色挑之。遂至使宣公烝之。傳意甚明。而序言並爲淫亂者。亦正指此。若夫人淫於他人。如南子所爲。史傳必載其事。而今皆不言之。苟馮臆立說。何事不可言。且國風所詠。率止一事。夫人淫於他人。與宣公納伋妻。各是一事。詩人必不合詠之。李說謬甚。

匏有苦葉。濟有深涉。 興也。匏謂之瓠。瓠葉苦不可食也。濟渡也。由膝以上爲涉。箋。瓠葉苦。而渡處深。謂八月之時。陰陽交會。始可以爲昏禮納采問名。正義。毛以爲匏有苦葉。不可食。濟有深涉。不可渡。以興禮有禁法。不可越。陸璣云。匏葉少時可爲羹。又可淹煮。極美。故詩曰。幡幡瓠葉。采之亨之。今河南及楊州人恒食之。八月中堅强不可食。故云苦葉。衡案。傳云。瓠葉苦不可食。下傳云。男女之際。安可以無禮義。將無以自濟也。合兩傳而觀之。毛意蓋謂。瓠可以供濟。而今唯有其葉。又苦不可食。以興禮可以成昏。而今唯有其事。又醜不可道也。

深則厲。淺則揭。 以

衣涉水爲厲。謂由帶以上也。揭褰衣也。遭時制宜。如遇水深則厲。淺則揭矣。男女之際。安可以無禮義。將無以自濟也。箋。既以深淺記時。因以水深淺。喻男女之才性。賢與不肖。及長幼也。各順其人之宜。爲之求妃耦。正義。毛以爲若過深水則厲。淺水則褰衣。過水隨宜。期之必渡。以興用禮當隨豐儉之度。若時豐則禮隆。儉則禮殺。遭時制宜。不可無禮。若其無禮。將無以自濟。故雖貧儉。尚不可廢禮。君何爲不以正禮娶夫人。而與夷姜淫亂乎。釋水云。以衣涉水爲厲。由膝以上爲涉。由帶以上爲厲。孫炎曰。衣涉。濡褌也。衡案。衣涉頗費解。故爾雅毛傳。俱擧由帶以上。而重釋之。蓋水及由帶以上。則脫其裳。而唯有其衣。故云以衣涉水也。涉深危事。故名厲以寓戒耳。戴震據說文。訓厲爲梁。王引之駁之。是也。而訓厲爲側。亦未是。

有瀰濟盈。有鷕雉鳴。瀰深水也。盈滿也。深水人之所難也。鷕雌雉聲也。衞夫人有淫佚之志。授人以色。假人以辭。不顧禮義之難。至使宣公有淫昏之行。箋。有瀰濟盈。謂過於厲。喻犯禮深也。釋文。鷕以小反。沈耀皎反。雌雉聲。或一音戶了反。說文以水反。字林于水反。顧炎武云。說文。鷕从鳥唯聲。舊音以水反。傳寫訛爲以小。元戴侗曰。此章上半句。瀰與鷕協。下半句。盈與鳴協。亦一句而兩韻也。衡案。一句兩韻。後人鑿空之談耳。恐非詩人素構也。濟盈不濡軌。雉鳴求其牡。濡漬也。由輈以上爲軌。違禮義不由其道。猶雉鳴而求其牡矣。飛曰雌雄。走曰牝牡。箋。渡深水者。必濡其軌。言不濡者。喻夫人犯禮。而不自知。雉鳴反求其牡。喻夫人所求非所求。釋文。軌。舊龜美反。謂車轊頭也。依傳意。宜音犯。案說文云。軌車轍也。從車九聲。龜美反。軓車軾前也。從車凡聲。音犯。車轊頭所謂軓也。相亂。故具論之。正義。違禮義者。卽濟盈也。不由其道者。猶雉鳴求其牡也。陳啓源云。案禮記少儀。祭左右軌范。注引周禮大馭。祭兩軹。祭軓。云軌與軹。於車同。謂轊頭。孔疏申之。謂注以軌當大馭之軹。以范當大馭之軓。軹是轂末。軓是軾前。似軹亦可名軌矣。此疏。則引中庸及匠人注。以證軌爲車轍之名。又引說文及考工記注。以證軹亦名轊。不名軌。而謂少儀軌字。乃軹字之誤。然則軹之名軌。是鄭意。而孔不從也。名物疏引羅中行語。謂軾前轂末二處。皆水可濡。孔仲達不知軹亦名軌。乃謂少儀字誤。朱子不知軌爲軹。遂以車轍釋之。轍跡特車行之見於地者。豈可濡乎。羅蓋以詩字是軌非軓。且是轂末之軌。非車轍之軌也。源謂孔義優。而韻遠。朱韻協而義乖。羅則義韻俱通。似矣。但孔氏詩疏。辨據精博。則軹之亦可名軌。恐鄭之臆說耳。況軹之名軌。孔自明知之。而特駁其誤。羅以爲不知。尤非也。段玉裁訂本。改傳以上爲以下。其說曰。古者輿之下方空處。謂之軌。高誘注呂氏春秋云。車兩輪間曰軌。此以廣陿言之。凡言度涂以軌謂此。毛詩傳曰。由輈以下曰軌。此以高下言之。凡言濡軌滅軌謂此。穀梁傳曰。車軌塵。謂以軌高廣。節塵之高廣。中庸車同軌。亦謂車制高廣不差。軌亦云徹。徹者通也。其中通也。近人專以在地之迹。謂之軌徹。古經不可解矣。毛不云由輿以下者。水濡至於輿下軸上之輈。則必入輿矣。故以輿下之輈。爲高下之節。喩禮義之不可過也。自下譌作上。乃譏改軌爲軓。唐以前龜美反。則古本不誤也。衡案。考工記輈人職。軓前十尺。而策半之。注鄭司農云。軓謂軾前也。書或作軛。玄謂軓是軓法也。謂輿下三面之材。輢軾之所樹。持車正也。今案。軓軛同字。軛又不訓法。正韻。軌法也。以此推之。考工記注。作軌及軛。是軛法之軛。並當作軌。軌輿下三面材。輈本正在其下。故傳云。由輈以上曰軌。今本作軓者。字之誤也。自傳軌譌軓。人難讀之。或知軓爲軌誤。而不知考工記注軛爲軌誤。是以不知毛傳軌謂輿下三面材。馮腔立說。無足采用。唯段說稍近。然亦改上爲下。以軌爲輿下方空處。試思。方空無物。經何以言不濡也。傳云。飛曰雌雄。走曰牝牡者。言所求非其類也。

雝雝鳴鴈。旭日始旦。雝雝。鴈聲和也。納采用鴈。旭日始出。謂大昕之時。箋。鴈者隨陽而處。似婦人從夫。故昏禮用焉。自納采至請期用昕。親迎用昏。衡案。旦日在地上也。一地也。故傳云。日出。

士如歸妻。迨冰未泮。迨及。泮散也。箋。歸妻使之來歸於己。謂請期也。冰未散。正月中以前也。二月可以昏矣。正義。毛以爲宣公淫亂。不娶夫人。故陳正禮以責之。

言此雝雝然聲和之鳴鴈。當於旭然日始旦之時。以行納采之禮。既行納采之等。禮成。又須及時迎之。言士如使妻來歸於己。當及冰之未散。正月以前迎之。君何故不用正禮。及時而娶。乃烝父妾乎。段玉裁云。古泮與判通。說文無泮字。玉篇。泮散也。破也。

招招舟子。人涉卬否。招招。號招之貌。舟子舟人。主濟渡者。卬我也。箋。舟人之子。號招當渡者。喻媒人之會男女無夫家者。使之爲配匹。人皆從之而渡。我獨否。衡案。諸本喻作猶。今從足利古本。會計也。或解爲會聚。以詆周禮。失之遠。

人涉卬否。卬須我友。人皆涉。我友未至。我獨待之而不涉。以言室家之道。非得所適。貞女不行。非得禮義。昏姻不成。衡案。上章刺宣公不正娶。此章刺夷姜不能以禮自防。皆反興也。故此傳云以言也。焦循據上傳由膝以上爲涉。以此章涉字爲徒涉。謂人皆徒涉。我獨號招舟子。待之而不涉。拘泥可笑。

谷風六章。章八句。

谷風。刺夫婦失道也。衛人化其上。淫於新昏。而棄其舊室。夫婦離絕。國俗傷敗焉。箋。新昏者。新所與爲昏禮。衡案。衞人化其上。謂宣公不正昏姻之道。李黼平謂。宣公奪子妻。而夷姜縊。是淫於新昏。而棄其舊室。故國人傚之。若然。此篇當編之新臺之次。而今編於此。其說非也。

習習谷風。以陰以雨。興也。習習。和舒貌。東風謂之谷風。陰陽和。而谷風至。夫婦和。則室家成。室家成。而繼嗣生。正義。孫炎云。谷之言穀。穀生也。谷風者。生長之風。段玉裁云。谷風至下。當有谷風至。而雲雨成七字。

黽勉同心。不宜有怒。言黽勉者。思與君子同心也。箋。所以黽勉者。以爲見譴怒者。非夫婦之宜。釋文。黽勉猶勉勉也。衡案。傳意蓋謂。我日黽勉殖家財。以思與君子同心。我色雖衰乎。君子不宜譴責我。

采葑采菲。無以下體。葑須也。菲芴也。下體。根莖也。箋。此二菜者。蔓菁與葍之類也。皆上下可食。然而其根有美時。有惡時。采之者不可以根惡時。并棄其葉。喻夫婦以禮義合。顏色相親。亦不可以顏色衰。棄其相與之禮。正義。釋草云。須葑蓯。孫炎曰。須一名葑蓯。坊記注云。葑蔓菁也。陳宋之間。謂之豐。陸璣云。葑。蕪菁。幽州人或謂之芥。方言云。豐蕘。蕪菁也。陳楚謂之豐。齊魯謂之蕘。關西謂之蕪菁。趙魏之郊。謂之大芥。豐與葑。字雖異。音實同。卽葑也。須也。菁也。蕪菁也。蔓菁也。葑蓯也。蕘也。芥也。七者一物。釋草又云。菲芴也。郭璞云。土瓜也。孫炎曰。葍類也。釋草又云。菲葸菜。郭璞曰。菲草生下溼地。似蕪菁。華紫赤色。可食。陸璣云。菲似葍。莖麤葉厚而長。有毛。三月中烝鬻爲茹。滑美可作羹。幽州人謂之芴。爾雅謂之葸菜。今河內人謂之宿菜。爾雅菲芴與葸菜異釋。郭注似是別草。如陸璣之言。又是一物。衡案。陳啓源引本草。以葑爲蔓菁。卽俗呼大根菜者。然大根菜下體尤美。無不可食之時。鄭云。蔓菁與葍之類。則不以蔓菁爲葍也。竊謂。大芥者近是。芥卽油菜。根小如指。而細根旁出如鬚。初生。幷根葉而茹之。或以爲羹。稍長。則其根不可食。須古鬚字。古人蓋資其根而名之。菲未詳爲何菜。相距萬里。或我邦無此菜也。

德音莫違。及爾同死。箋。莫無。及與也。夫婦之言無相違者。則可與女長相與處至死。顏色斯須之有。陳啓源云。德音屢見詩。或指名譽。或指號令。或指言語。各有所當。嚴緝辯之甚詳。衡案。德音者恩言也。此婦稱其夫之言。故曰德音耳。斯須猶須臾也。鄭意謂與女共處至死。其事長。其情至。至顏色之美。乃斯須間所有。何足言哉。

行道遲遲。中心有違。遲遲。舒行貌。違。離也。箋。違猶徘徊也。行於道路之人。至將離別。尚舒行。其心徘徊然。喻君子於己不能如也。焦循云。徘徊申明違離之義。而所以說之者非也。行道遲遲。卽孔子遲遲吾行之義。不欲急行也。所以然者。以中心有違。不欲行也。申爲徘徊。是矣。乃又以行道爲行於道路之人。則非毛義。衡案。毛以爲賦。其意謂我將大歸。所以行道遲遲者。以中心有違離之感也。鄭以爲興。故解行道爲行於道路之人。失之。**不遠伊邇。薄送我畿。**畿門内也。箋。邇近也。言君子與己訣別。不能遠。維近耳。送我裁於門内。**無恩之甚。**釋文。裁於門内。一本作裁至於門。正義。畿者期限之名。故周禮九畿。及王畿千里。皆期限之義。故楚茨傳曰。畿期也。經云不遠。言至有限之處。故知是門内。衡案。薄。少也。足利學一本。作裁至於門内。**誰謂荼苦。其甘如薺。**荼苦菜也。箋。荼誠**苦矣。而君子於己之苦毒。又甚於荼。比方之荼。則甘如薺。**陳啓源云。苦菜。苣屬也。合璧事類云。苣有數種。色白者爲白苣。色紫者爲紫苣。味苦者爲苦苣。苦菜卽苦苣也。家栽者謂之苦苣。野生者謂之苦藚。苣。說文作藘。云菜也。似蘇者。彊魚切。廣韻云。藚莫蟹切。吳人呼苦藘。皆是物也。呂記引本草云。薺味甘。人取其葉。作菹及羹。亦佳。案此卽爾雅之蒫。薺實也。郭注云。薺子味甘。邢疏亦引本草及谷風詩證之。本草綱目云。薺有大小數種。小薺莖扁。味美。其最細小者。名沙薺也。大薺科葉皆大。而味不及。其莖葉有毛者。名析蓂。大薺味不佳。並以冬至後生苗。二三月起莖五六寸。開細白華。結莢如小萍。而有三角。莢内細子。如葶藶子。其子名蒫。四月收之。**宴爾新昏。如兄如弟。**宴晏也。正義。以夫婦坐圖可否。有兄弟之道。故以兄弟言之。**涇以渭濁。湜湜其沚。**涇渭相入。而清濁異。箋。小渚曰沚。涇水以有渭。故見謂濁。湜湜。持正貌。喻君子得新昏。故謂己惡也。己之持正守初。如沚然。不動搖。此絕去所經見。因取以自喻焉。釋文。涇音經。濁水也。渭音謂。清水也。湜音殖。說文云。水清見底。沚音止。故見渭濁。舊本如此。一本渭作謂。後人改耳。正義。此婦人以涇比己。箋將述婦人之心。故先述涇水之意。涇水言以有渭。故人見謂己濁。猶婦人言以有新昏。故君子見謂己惡也。定本。涇以有渭。故見其濁。漢書溝洫志云。涇水一碩。其泥數斗。潘岳西征賦云。清渭濁涇。是也。鄭志。張逸問。何言絕去。答曰。衛在東河。涇在西河。故知絕去不復還。意以涇不在衛境。作詩宜歌土風。故言絕去。左傳曰。大夫越境逆女。非禮。卿士以下不禁。故士昏禮云。若異邦。則贈丈夫送者以束錦。是士得外娶。段玉裁云。毛傳清字。爲湜湜。爲訓。謂涇渭相入之處。愈見涇濁。愈見渭水所止湜湜然。說文曰。湜。水清見底也。此毛說也。阮元云。說文水部湜下引詩。曰湜湜其止。鄭以經止字爲沚字之假借。不云讀爲。而於訓釋中直改其字以顯之也。例見關雎怨耦曰仇下。陳啓源云。或謂涇濁渭清。世共聞知。不必咏其所見。義亦通。然不如箋疏之允當。衡案。釋文沚音止。渭作謂。皆誤倒。故見渭濁。亦當依正義作見謂濁。毛不釋止。蓋亦讀爲沚。謂涇渭合流。始見涇濁。其獨流之時。涇亦湜湜然見其底矣。故云涇渭相入。而清濁見。若以湜湜屬渭。殊乏趣味。段又讀止如字。恐非毛意。**宴爾新昏。不我**

屑以。屑潔也。箋以用也。言君子不復潔用我當室家。毋逝我梁。毋發我笱。逝之也。梁魚梁。笱所以捕魚也。箋毋者。喩禁新昏也。女毋之我家。取我爲室家之道。正義周禮漁人掌以時漁爲梁。鄭司農云梁水堰。堰水而爲關空。以笱承其空。衡案正義周禮十行本作其制。毛本作周制。皆誤。今以意訂之。我躬不閱。遑恤我後。閱容也。箋躬身。遑暇。恤憂也。我身尙不能自容。何暇憂我後所生子孫也。衡案。據下三章所述。此婦勤儉爲家。始貧而後富。恐後人耗其財。設謂新昏曰。毋之我梁。而發我笱。以喩毋入我室。而耗我財。既而自悔曰。我躬且不容閱。何暇憂我既去之後哉。鄭訓後爲子孫。然婦人非血統所係。未聞稱子孫爲後。恐非經傳之意也。就其深矣。方之舟之。就其淺矣。泳之游之。舟船也。箋方泭也。潛行爲泳。言深淺者。喩君子之家事無難易。吾皆爲之。正義舟古名也。今名船。何有何亡。黽勉求之。有謂富也。亡謂貧也。箋君子何所有乎。何所亡乎。吾其黽勉勤力爲求之。有求多。亡求有。凡民有喪。

匍匐救之。箋。匍匐。謂盡力也。凡於民有凶禍之事。鄰里尚盡力往救之。況我於君子之家事難易乎。固當黽勉。以疏喻親也。正義。問喪注云。匍匐猶顛蹷。然則匍匐者。本小兒未行之狀。其盡力顛蹷。似之。故取名焉。衡案。匍匐者。急行顛蹷。不暇起立。遂匍匐而行。故云猶顛蹷也。此二句毛無解。蓋以爲賦也。言已爲君子。不唯勉家事。又盡力於鄰里。以結其親。毛意恐當如此。鄭以爲興。未是。

不我能慉。反以我爲讎。慉興也。箋。慉驕也。君子不能以恩驕樂我。反憎惡我。釋文。慉毛興也。鄭驕也。王肅養也。說文起也。正義。徧檢諸本。皆云。慉養。孫毓引傳云。慉興。非也。戴震云。說文慉起也。引此詩。小雅蓼莪篇。拊我畜我。箋亦訓爲起。起如晉語世相起也之起。韋注云。起扶持也。蓼莪畜亦當作慉。省文假借耳。阮元云。據釋文。則養也。是王肅本也。衡案。興驕義近。鄭訓驕。實從毛傳來。今從釋文作興。其義則戴所引國語韋注盡之矣。

既阻我德。賈用不售。阻難也。箋。既難却我德。隱蔽我之善。我修婦道而事之。覬其察已。猶見疏外。如賣物之不售。

昔育恐育鞫。及爾顛覆。育長。鞫窮也。箋。昔育。育稚也。及與也。昔幼稚之時。恐至長老窮匱。故與女顛覆。

盡力於衆事。難易無所辟。正義。以下云既生謂財業。又以黽勉匍匐類之。故顛覆爲盡力。黍離閔周室之顛覆。抑云顛覆厥德。各隨
其義。不與此同。李黼平云。昔育恐育鞫。傳育長鞫窮也。上育字。及下既生既育。毛無別訓。則皆訓長。蓋言昔長育之時。恐所育者至于窮匱。故及爾顛覆盡力。皆指財業
言也。衡案。傳云。育長也。下文既生既育。與生並言。而毛無別訓。則長謂長財。後儒讀九字一句。義亦可通矣。然如此則唯序意中所有。未及事業。與下句既生既育不相
貼。故鄭以及爾顛覆。爲盡力於衆事。其義精矣。既生既育。比予于毒。箋。生謂財業也。育謂
長老也。于於也。既有財業矣。又既長老矣。其視我如毒螫。言惡己甚也。
我有旨蓄。亦以御冬。旨美。御禦也。箋。蓄聚美菜者。以禦冬月乏無
時也。段玉裁云。傳以御爲禦。假借也。陳啓源云。急就篇云。老菁蘘荷冬日藏。師古注云。秋種蔓菁。至冬則老而成就。又收蘘荷。並蓄藏之。以禦冬也。宋懍荆楚
歲時記云。醃藏蘘荷。以備冬儲。又以治蠱。案詩言旨蓄。殆斯類矣。宴爾新昏。以我御窮。箋。君子亦但
以我御窮苦之時。至於富貴。則棄我如旨蓄。衡案。言己於家事。無所不盡心。及其富有。則棄我如遺。專
宴女新昏。是特使我獨禦窮乏時也。鄭說恐未是。有洸有潰。既詒我肄。洸洸。武也。潰潰。怒也。

肆勞也。箋詒遺也。君子洸洸然。潰潰然。無溫潤之色。而盡遺我以勞苦之事。欲困窮我。釋文。肆以世反。徐以自反。爾雅作勩。以世反。段玉裁云。肆。勩之假借字也。不念昔者。伊余來塈。塈息也。箋君子忘舊。不念往昔年稚。我始來之時。安息我。段玉裁云。毛謂塈即呬之假借。衡案。傳訓塈爲息。即休息之義。猶言止。謂己始來嫁。止居夫家之時。鄭云。安息我。非毛義也。

式微二章。章四句。

式微。黎侯寓于衛。其臣勸以歸也。箋寓寄也。黎侯爲狄人所逐。棄其國。而寄於衛。衛處之以二邑。因安之。可以歸而不歸。故其臣勸之。釋文。黎力兮反。國名。杜預云。在上黨壺關縣。

式微式微。胡不歸。式用也。箋式微式微者。微乎微者也。君何不歸乎。禁君留止於此之辭。式發聲也。正義。言君用在此而益微。用此而益微。君何不歸乎。微君之故。

胡爲乎中露。微無也。中露。衛邑也。箋。我若無君。何爲處此乎。臣又極諫之辭。式微式微。胡不歸。微君之躬。胡爲乎泥中。泥中。衛邑也。段玉裁所訂毛詩故訓傳。傳中露下補露字。泥中下補泥字。云從來連中字爲邑名。非也。泥中猶言邑中。中露猶泥中也。卽中林林中之例。泉水之禰。韓詩作坭。蓋卽其地。廣韻坭地名。衛案。段說是也。但毛傳簡潔。直擧傳文而釋之。未必連中字爲邑名。段補露泥二字。恐非毛舊也。

旄丘四章。章四句。

旄丘。責衛伯也。狄人迫逐黎侯。黎侯寓于衛。衛不能修方伯連率之職。黎之臣子。以責於衛也。箋。衛康叔之封。爵稱侯。今曰伯者。時爲州伯也。周之制。使伯佐牧。春秋傳曰。五侯九伯。侯爲牧也。釋文。旄。字林作堥。云堥丘也。正義。狄者北夷之號。此不斥其國。宣十五年左傳。伯宗數赤狄路氏之罪。云。奪黎氏地。三也。服虔曰。黎侯之國。此詩之作。責衛宣公。宣公以魯桓二年卒。至魯宣十五年。百有餘歲。卽此時雖爲狄所逐。後更復其國。至宣公之世。乃赤狄奪其地耳。與此不同。王制云。五國以爲屬。屬有長。十國以爲連。連有帥。三十國以爲卒。卒有正。二百一十國以爲州。州有伯。所引春秋傳。僖四年管仲對楚辭也。陳啓源云。後百餘年。晉人數赤狄潞氏罪。言其奪黎氏地。遂滅狄。而立黎侯。是黎未嘗亡也。豈黎君流寓日久。雖無衛援。而仍自歸其國與。則式微一詩。有以激之矣。

旄丘之葛兮。何誕之節兮。興也。前高後下曰旄丘。諸侯以國相連屬。憂患相及。如葛之蔓延相連及也。誕闊也。箋。土氣緩。則葛生闊節。興者。喻此時衛伯不恤其職。故其臣於君事亦疏廢也。叔兮伯兮。何多日也。日月以逝。而不我憂。箋。叔伯字也。呼衛之諸臣。叔與伯與。女期迎我君而復之。可來而不來。女日數何其多也。先叔後伯。臣之命不以齒。焦循云。按毛義以誕節。對日月以逝。日月以逝。卽日數之多也。蔓延相及。與憂患相及對言。若曰。葛本宜延蔓相及。今乃疏闊其節。諸侯本宜憂患相及。今乃疏廢其日。正義謂。葛節長闊。故得延蔓相連及。恐非。何其處也。必有與也。言與仁義也。箋。我君何以處於此乎。必以衛有仁義之道故也。責衛今不行仁義。正義。

此言必有與。下言必有以。言二者別設其文。故分爲仁義與功德。言仁義者。謂迎己復國。是有仁恩。且爲義事。己得復國。由衞之功。是衞之德。則仁義功德一也。據其心。爲仁義。據其事。爲功德。必先發。而事後見。故先言仁義。後言功德也。言與言以者互文。以者自己於彼之辭。與者從彼於我之稱。李黼平云。鄭以與爲以。明與毛異。正義强同之。非也。衡案。與許也。毛意蓋謂衞人必許我。以施仁行義也。救黎仁也。擊狄義也。

何其久也。必有以也。

必以有功德。箋。我君何以久留於此乎。必以衞有功德故也。又責衞今不務功德也。

衡案。經直云有與有以。而傳推闡其意。義極精確。蓋亦孔門相傳之說。

狐裘蒙戎。匪車不東。

大夫狐蒼裘。蒙戎以言亂也。不東。言不來東也。箋。刺衞諸臣形貌蒙戎然。但爲昏亂之行。女非有戎車乎。何不來東迎我君而復之。黎國在衞西。今所寓在衞東。

叔兮伯兮。靡所與同。

無救患恤同也。箋。衞之諸臣。行如是。不與諸伯之臣同。言其非之特甚。

焦循云。毛義若曰。非是車之不東。是不救患恤同也。箋解匪車迂曲。毛義不如是。衡案。詳傳意。與助也。同謂同盟。傳以救患解與。以恤同解同。衞與黎同在北岳之下。故以同盟責之。

瑣兮尾兮。流

離之子。瑣尾。少好之貌。流離。鳥也。少好長醜。始而愉樂。終以微弱。箋。衛之諸臣。初有小善。終無成功。似流離也。釋文。流音留。本又作鶹。離如字。爾雅云。鳥少美而長醜。爲鶹鷅。正義。瑣者少貌。尾者好貌。故并言少好之貌。流與鶹。蓋古今之字。爾雅離或作鷅。焦循云。案爾雅少美長醜之訓。列於鳥之雌雄不可別及二足而羽謂之禽之間。蓋泛言鳥之少好長醜者也。倉庚老。則無毛。其音亦變。故呼爲黃栗留。栗留猶離流也。離流猶流離也。毛以少好喻愉樂。長醜喻微弱。陸璣以爲梟長而食母。非其義也。衛案。瑣小也。尾與娓通。美也。故云。少好之貌。

叔兮伯兮。褎如充耳。褎。盛服貌。充耳。盛飾也。大夫褎然有尊盛之服。而不能稱也。箋。充耳。塞耳也。言衛之諸臣。顏色褎然。如見塞耳。無聞知也。人之耳聾。恒多笑而已。陳啓源云。旄丘惟毛傳之解。萬不可易。毛以鶹離之鳥少好長醜。喻衛臣不知救患恤鄰。苟安旦夕。始雖愉樂。終必衰微。徒有褎然尊盛之服飾。而德不能稱。其說如此。余因思衛不救黎。而狄患終及衛。非獨天道好還也。衛宣時。君荒臣惰。百度廢弛。其勢必趨於亂亡。黎臣見微知著。故以鶹離喻之。夫子錄其詩。示戒深矣。鄭謂衛臣初許迎復黎侯。既而背之。似鶹離之始美終惡。所見已私。不如毛也。至王氏解鶹離瑣尾。爲黎人羇旅之狀。尤無義趣。況鶹離之爲鳥名。經傳歷有明證。安石以臆見易之。可乎。又云。毛傳訓褎爲盛服。鄭箋忽有耳聾多笑之說。言諸臣顏色褎然如塞耳。無聞知。釋文。因訓褎爲笑貌。毛說平正而無奇。鄭說纖巧而可喜。宜宋儒之從鄭也。今案褎字從衣。訓爲盛服。漢武帝策賢良云。子大夫褎然爲舉首。服虔注云。褎然盛服貌。正祖此詩義。其云多笑者。康成之妄說耳。衡案傳服貌。諸本作服也。今從段玉裁訂本。傳云大夫褎然。是以然解如。則讀如如與與如之如。

簡兮三章。章六句。

朱傳改爲四章。章四句。一章六句。段玉裁訂本從之。而不言其所以改。舊案關雎章句云。關雎五章。章四句。故言三章。一章章八句。陸德明云。五章是鄭所分。故言以下。是毛公本意。後放此。孔穎達引六藝論云。未有若今傳訓章句。明爲傳訓以來。始辨章句。或毛氏即題。或在其後人。未能審也。段蓋據此。謂章句未必出於毛氏。而朱據韻析章。忽見可喜。故從之邪。今詳考經文。首章六句。歷序碩人爲泠官之事。二句各一類。第六句傳云。非但在四方。親在宗廟公庭。則毛明以六句爲一章矣。二章上二句。虎組相韻。下四句轉韻。籥翟爵相韻。於押韻法。本無可議。而歷序碩人有文武才藝。而徒仕於泠官之事。於文意尤爲允當。況左傳中引詩。言某篇幾章。多與今詩合。雖間有不合者。蓋亦失其所。而未經孔子刪正者。然則詩之章句。遠傳自孔門。而二毛謹守之。恐不得妄移動之。

簡兮。刺不用賢也。衛之賢者仕於泠官。皆可以承事王者也。箋。泠官。樂官也。泠氏世掌樂官而善焉。故後世多號樂官爲泠官。釋文。泠音零。字從水。亦作伶。正義。呂氏春秋及律歷志云。黃帝使泠倫氏。自大夏之西崐崘之陰。取竹斷兩節間而吹之。爲黃鍾之宮。周語。景王鑄無射。而問於泠州鳩。是泠氏世掌樂官。衛案。五經文字云。泠樂官。或作伶誤。

簡兮簡兮。方將萬舞。簡大也。方四方也。將行也。以干羽爲萬舞。用之宗廟山川。故言於四方。箋。簡擇。將且也。擇兮擇兮者。爲且祭祀當萬舞也。萬舞干舞也。陳啓源云。萬舞本兼干羽。傳不可易。鄭襲公羊之誤專指爲干舞。東萊駮之允當。李黼平云。毛于碩人俁俁云碩人大德也。俁俁容貌大也。則此章簡大。不指人言。當爲大合樂之大。言大兮大兮。于祭四方山川。行此干羽之大舞。初學記引韓詩。萬。大舞也。與毛義同。莊二十八年傳。楚令尹子元欲蠱文夫人。爲館于其宮側。而振萬焉。昭二十五年傳。禘于襄公。萬者二人。其衆萬于季氏。皆以萬爲舞。宣八年經。萬入去籥。猶言舞入去籥耳。萬是總名。干羽得兼也。衛案。此二句是綱。提言泠官之事。下四句。則分說之。將刺不用賢者。反言大其事。故云。簡兮簡兮。鄭箋干舞。本多誤干羽。今從古本。岳本。小字本。

之方中。在前上處。敎國子弟。以日中爲期。箋。在前上處者。在前列
上頭也。周禮。大胥掌學士之版。以待致諸子。春入學。舍菜合舞。正義。國子謂諸
侯大夫士之適子。言弟者。諸侯之庶子。於適子爲弟。傳言日中爲期。則樂謂一日之中。非春秋日夜之中也。故王肅云。敎國子弟。以日中爲期。欲其偏至。是也。衡案。此二
句言敎國子之事。爲一類。碩人俁俁。公庭萬舞。碩人。大德也。俁俁。容貌大也。萬
舞非但在四方。親在宗廟公庭。衡案。此言宗廟秦樂之事。亦二句一類。以上皆泠官職掌。其爲一章。無可疑者。說又互詳于下。
有力如虎。執轡如組。組織組也。武力比於虎。可以御亂。御衆有
文章。言能治衆。動於近。成於遠也。箋。碩人有御亂御衆之德。可任爲王
臣。正義。御者執轡於此。使馬騁於彼。織組者總紕於此。而成文於彼。皆動於近。成於遠。以興碩人能治衆施化。於己而有文章。在民亦動於近。成於遠矣。此治民
似執轡。執轡又似織組。轉相如。故經直云。執轡如組。以喻御衆有文章也。大叔于田云。執轡如組。謂段之能御車。以御車似織組。知此不然者。以彼說段之田獵之技。故
知爲實御。此碩人堪爲王臣。言有力如虎。是武也。故知執轡如組。此其文德。不宜但爲御矣。衡案。下將述碩人之不遇。故此極贊其才德之美。若分爲別章。意味索然。此

虎組相韻。下以籥翟爵為韻者。韻隨意而轉也。左手執籥。右手執翟。籥六孔。翟翟羽也。箋。碩人多才多藝。又能籥舞。言文武道備。釋文。籥餘若反。以竹為之。長三尺。執之以舞。赫如渥赭。公言錫爵。赫赤貌。渥厚漬也。祭有畀煇胞翟闇寺者。惠下之道。見惠不過一散。箋。碩人容色赫然。如厚傅丹。君徒賜其一爵而已。不知其賢而進用之。散受五升。釋文。煇字亦作韗。正義。祭有畀煇胞翟闇寺者。惠下之道。皆祭統文。彼又云。畀之為言與也。能以其餘畀於下也。煇者甲吏之賤者。胞者肉吏之賤者。翟者樂吏之賤者。闇者守門之賤者。祭統。尸飲九。以散爵獻士。士猶以散獻。爵賤無過散。故知不過一散。散謂之爵。爵總名也。衡案。此章言碩人既文又武。宜用為卿大夫。以禦亂治國。而使之左手執籥。右手執翟。以萬舞於公庭。碩人德量弘遠。雖執賤役。容色甚盛。而君終不知其為賢者。及祭終。賜之一散而已。其不遇亦甚。毛意恐當如此。鄭以上二句。并為美碩人才藝。非序傳之意矣。

山有榛。隰有苓。榛木名。下溼曰隰。苓大苦。箋。榛也苓也。生各得其所。以言碩人處非其位。釋文。苓音零。本草云。甘草。正義。陸璣云。榛栗屬。其子小。似杼子。表皮黑。味如栗。是也。顧炎武云。苓古音力珍反。考苓字詩凡二見。令字凡四見。零字凡一見。並同。但小宛四章脊令之令。下以嗚征生爲韻。而首句自不入韻也。後人誤入十五青韻。云誰之思。西方美人。箋。我誰思乎。思周室之賢者。以其宜薦碩人。與在王位。彼美人兮。西方之人兮。乃宜在王室。箋。彼美人謂碩人也。衡案。毛通解四句。則上下兩美人。俱指碩人。不分屬碩人與周室之賢者。言我之所思慕其誰乎。乃所宜在西方王室之美人也。彼美人兮。實宜在西方王室之人也。所謂詠歎淫液者。正謂此類。鄭以上美人。爲周室賢者。恐非。

泉水四章。章六句。

泉水。衛女思歸也。嫁於諸侯。父母終。思歸寧而不得。故作是詩。以自見也。箋。以自見者。見己志也。國君夫人。父母在則歸寧。沒則使大夫寧於兄弟。衛女之思歸。雖非禮。思之至也。釋文。一本思作恩。正義。此時宣公之世。宣父莊兄桓。此言父母已終。未知何君之女也。言嫁於諸侯。必爲夫人。亦不知所適何國。

毖彼泉水。亦流于淇。興也。泉水始出。毖然流也。淇水名也。箋。泉水流而入淇。猶婦人出嫁於異國。李黼平云。釋文云。說文作䀘。云直視也。按說文䀘云。直視也。从目。必聲。讀若詩云泌彼泉水。是說文作泌。不作䀘。釋文誤也。如說文引詩作泌。知毛作傳時亦作泌。衡門泌之洋洋。傳云。泌泉水也。此經作泌。故彼傳得引而釋之。正義曰。以此連云泉水。知爲始出毖然流。是以衡門傳亦云。泌泉水也。如孔說。則正義經本亦作泌。故不言字異也。今本作毖。非。說文泌字下云。俠流也。文選魏都賦。温泉毖涌而自浪。李善注引說文曰。泌水駃流也。泌與毖同。駃即快字。今本說文俠流。當依選注作駃流。段玉裁云。泌爲正字。毛作毖。韓作秘。皆同部假借字。有懷于衛。靡日不思。箋。懷至。靡無也。以言我有所至念於衛。無日不思也。所至念者。謂諸姬。諸姑。伯姊。焦循云。傳不訓懷字義。以懷爲思耳。有思于衛。靡日不思。訓懷爲至。轉不達矣。衡案。焦讀懷如字。得之。但懷者念念在此。與思差別。如有女懷春。作思春。則不通。可以見矣。鄭訓至。蓋亦謂思之至。故下皆言至念。箋無上本或有我字。非。今從小字本。岳本。孌彼諸姬。聊與之謀。孌好貌。諸姬同姓之女。聊願也。箋。聊且略之辭。諸姬者。未嫁之女。我且欲略與之謀婦人之禮。觀其志意。親親之恩也。正義。傳言同姓之女。亦謂未嫁也。言諸姬容兄弟之女。及五服之親。故言同姓以廣之。出宿于泲。飲餞于禰。泲地名。

祖而舍軷。飲酒於其側曰餞。重始有事於道也。禰地名。箋。沛禰者。所嫁國。適衛之道所經。故思宿餞。釋文。禰乃禮反。地名。韓詩作坭。音同。衡案。式微。胡爲乎泥中。釋文亦云。泥韓詩作坭。此章傳云。沛地名。禰地名。至下章乃云。干言所適國郊也。是毛不以沛禰爲所適國郊。竊疑此禰卽式微之泥。故韓詩倶作坭。而毛亦不言所適國郊。以此推之。此章蓋追序嫁時餞宿之地。以致思慕之情。故以女子有行承之。如此。又與下章干言不相複。似爲允當。

女子有行。遠父母兄弟。箋。行道也。婦人有出嫁之道。遠於親親。故禮緣人情。使得歸寧。衡案。毛不訓行字。則讀如字。謂行嫁於夫家。

問我諸姑。遂及伯姊。父之姊妹稱姑。先生曰姊。箋。寧則又問姑及姊。親其類也。先姑後姊。尊姑也。衡案。問。存問也。至此述歸寧所欲爲之情。言之序也。

出宿于干。飲餞于言。干言。所適國郊也。箋。干言猶沛禰。未聞遠近同異。衡案。上章飲餞於禰。此章飲餞於言。恐不容一行有兩餞。益信上章所言。乃嫁時之餞也。

載脂載舝。還車言邁。脂舝其車。以還我行也。箋。言還車者。嫁時乘來。今思乘以歸。顧炎武云。舝轉音害。

遄臻于衛。不瑕有害。遄疾。臻至。瑕遠也。箋。瑕猶過也。害何也。我還車疾至於衛而返。於行無過差。有何不可而止我。陳啓源云。瑕字毛訓遠。言至衛亦非遠而有害也。鄭訓過。言非有過差也。張氏釋之以爲不大有害。則遠過二義俱可通。而文義亦明順。集傳訓爲何。以爲古音相近。可以通用。考其所本。蓋因表記引隰桑詩遐不謂矣。鄭注以何釋遐。故襲用之。併及瑕字耳。段玉裁云。毛訓遠。謂瑕卽遐之假借。衡案。瑕遠也。不遠反語辭。言遠於有害也。

我思肥泉。茲之永歎。所出同。所歸異。爲肥泉。箋。茲此也。自衛而來所渡水。故思此而長歎。焦循云。釋名云。所出同。所歸異。曰肥泉。本同出時。所浸潤少。所歸各枝散而多。似肥者也。肥通飛。謂枝散而多。以肥爲飛也。段玉裁云。肥之言飛也。非也。飛必兩張。其翼。非者違也。故以言自同而異。衡案。傳云。所出同。所歸異。爲肥泉。是傳取義於肥泉矣。其意蓋謂女子同出於父母之家。而各異其所歸嫁。有似肥泉。故我思此而永歎也。鄭云。自衛而來所渡水。故思此而長歎。殊乏趣味。

思須與漕。我心悠悠。須漕。衛邑也。箋。自衛而來所經邑。故又思之。

駕言出遊。以寫我憂。寫除也。箋。既不得歸寧。且欲乘車出遊。以除我憂。

北門三章。章七句。

北門。刺仕不得志也。言衛之忠臣。不得其志爾。箋。不得其志者。君不知己志。而遇困苦。阮元云。正義曰。士者有德行之稱。是正義本仕作士也。

出自北門。憂心殷殷。興也。北門背明鄉陰。箋。自從也。興者。喩己仕於暗君。猶行而出北門。心爲之憂殷殷然。終窶且貧。莫知我艱。窶者。無禮也。貧者。困於財。箋。艱難也。君於己祿薄。終不足以爲禮。又近困於財。無知己以此爲難者。言君既然矣。諸臣亦如之。正義。釋言云。窶貧也。則貧窶爲一也。傳此經云。終窶且貧。爲二事之辭。故爲窶與貧別。窶謂無財可以爲禮。故云。窶者無禮。箋言近者。己所資給。故言近。對以之爲禮者爲遠也。已焉哉。天實爲之。謂之何哉。箋。謂勤也。詩人事君無二志。故自決歸之於天。我勤身以事君何哉。忠之至。衡案。毛不釋謂。則讀如字。謂之何哉。不可名狀之辭。王事適我。

政事一埤益我。適之。埤厚也。箋。國有王命役使之事。則不以之彼。必來之我。有賦稅之事。則減彼一。而以益我。言君政偏。己兼其苦。正義。此王事不必天子事。直以戰伐行役。皆王家之事。猶鴇羽云王事靡盬。於時甚亂。非王命之事也。焦循云。傳不解一字。一即專一之義。言有政事。則專厚益我。猶孟子所謂我獨賢勞也。鄭義迂曲。非毛義。

我入自外。室人交徧讁我。讁責也。箋。我從外而入。在室之人。更迭徧來責我。使己去也。言室人亦不知己志。朱熹云。政事其國之政事也。王事既適我矣。政事又一切以埤益我。其勞如此。而窶貧又甚。室人至無以自安。而交偏讁我。則其困於內外極矣。陳啓源云。是室人者。泛指家中人。父母兄弟皆是也。衡案。此及下章。韻在我字上。亦是一體。讁我之解。朱傳勝於鄭箋矣。

已焉哉。天實爲之。謂之何哉。

王事敦我。政事一埤遺我。敦厚。遺加也。箋。敦猶投擲也。釋文。敦毛如字。韓詩云。敦迫。鄭都回反。李黼平云。傳所謂厚。非厚意之厚。言以役事重疊與之也。衡案。以今韻言。敦都回反似是。然古者一音兼數義。毛訓厚。安知不其協都回反哉。未可輒以此易傳也。

我入自外。室人交徧摧我。摧沮也。箋。摧者。刺譏之言。

釋文。摧或作催。韓詩作讙。音千佳子佳二反。就也。衡案。凡沮難人意者。必刺譏之。鄭云刺譏之言。是述毛。非易傳也。已焉哉。天實爲之。謂之何哉。

北風三章。章六句。

北風。刺虐也。衛國並爲威虐。百姓不親。莫不相攜持而去焉。

北風其涼。雨雪其雱。興也。北風。寒涼之風。雱盛貌。箋。寒涼之風。病害萬物。興者。喻君政教酷暴。使民散亂。段玉裁云。說文曰。旁溥也。籀文作雱。惠而好我。攜手同行。惠愛。行道也。箋。性仁愛。而又好我者。與我相攜持。同道而去。疾時政也。釋文。好呼報反。其虛其邪。既亟只且。虛徐也。亟急也。箋。邪讀如徐。言今在位之人。其故威儀虛徐寬仁者。今皆以爲急刻之行矣。所以當去。以此也。正義。既盡也。只且。語助也。釋訓云。其虛其徐。威儀容止也。孫炎曰。虛徐。威儀謙退也。然則虛徐者。謙虛閑徐之義。故箋云。威儀虛徐寬仁者也。但傳質詁訓疊經文耳。非訓虛爲徐。此作其邪。爾雅作其徐。字雖異音實同。故箋云。邪讀如徐。段玉裁曰。釋文虛虛也。一本作虛徐也。案正義云。傳疊經文。非訓虛爲徐。則正義本正釋文之別本也。虛徐也三字爲句。以釋經似是。但經文作邪。鄭始易邪爲徐。毛意虛邪。如管子之志無虛邪耳。虛虛也者。謂此丘虛字卽空虛字也。焦循云。傳以徐訓虛。箋讀邪爲徐。其虛其邪。猶云其徐其徐。其徐其徐猶云徐徐。徐徐猶舒舒。故箋以爲威儀虛徐寬仁也。爾雅作其虛其徐。班固幽通賦。承靈訓其虛徐兮。其虛徐卽用詩其虛其徐。而邪已作徐。在鄭前。毛直以徐訓虛。謂不特邪字是徐。虛字亦是徐。鄭氏則申明之。言邪讀爲徐。若以虛訓虛。成何達詁。易傳蒙者蒙也。剝者剝也。上一字乃卦名。謂卦之名。蒙名剝。卽取蒙剝之義。未可援以爲訓詁之常例。若謂上虛是丘虛。下虛是空虛。以空虛之虛。解丘虛之虛。顧以虛訓虛。曷以分其爲丘虛。爲空虛。毛傳宜依正義作虛舒也。釋文本作虛虛。乃譌也。李黼平云。孔據虛徐本爲正義。故云。非訓虛爲徐。以釋文本例之。毛傳原本當是虛虛也。邪徐也。毛亦非訓邪爲徐。言邪徐一耳。故箋申之。曰邪讀如徐。釋訓云。其虛其徐。文選幽通賦曹大家注引詩。曰其虛其徐。是漢以前詩。有作徐者。非止音義同。字亦通也。衡案。此當以釋文一本作虛徐也爲正。段說似矣。然以虛訓虛。實不可通矣。

北風其喈。雨雪其霏。喈疾貌。霏甚貌。

惠而好我。攜手同歸。歸有德也。

其虛其邪。既

亟只且。莫赤匪狐。莫黑匪烏。狐赤烏黑。莫能別也。箋。赤則狐也。黑則烏也。猶今君臣相承。爲惡如一。正義。狐色皆赤。烏色皆黑。以喻衛之君臣皆惡也。人於赤狐之羣。莫能別其赤而非狐者。言皆是狐。於黑烏之羣。莫能別其黑而非烏者。言皆是烏。以喻於衛君臣。莫能別其非惡者。言皆爲惡。衡案。狐夭獸。烏貪禽。以喻衛君臣。傳云。莫能別。解經莫匪二字。衛國君臣。夭妄如狐。貪惏如烏。人莫能別其孰優孰劣也。惠而好我。攜手同車。攜手就車。其虛其邪。既亟只且。

靜女三章。章四句。

靜女。刺時也。衛君無道。夫人無德。箋。以君及夫人無道德。故陳靜女遺我以彤管之法。德如是。可以易之爲人君之配。正義。經三章。皆是陳靜女之美。欲以易今夫人也。李黼平云。向疑匏有苦葉夫人。爲宣公嫡夫人。此序云。衛君無道。夫人無德。與彼序公與夫人並爲淫亂詞意相同。而詩在新臺之上。宣姜未來。則爲宣公嫡夫人無疑。衡案。夫人亦指夷姜。說詳於匏有苦葉。

靜女其姝。俟我於城隅。靜貞靜也。女德貞靜。而有法度。乃可說也。姝美色也。俟待也。城隅以言高而不可踰。箋。女德貞靜。然後可畜。美色。然後可安。又能服從。待禮而動。自防如城隅。故可愛也。正義。城隅高於常處。故周禮王城高七雉。隅九雉。是高於常處也。

愛而不見。搔首踟躕。言志往而行止。箋。志往。謂踟躕。行止。謂愛之而不往見。段玉裁云。說文。僾仿佛也。詩曰。僾而不見。又薆蔽不見也。爾雅。薆隱也。方言。揜翳薆也。郭注謂隱蔽也。詩曰。薆而不見。按禮記祭義。僾然必有見乎其位。正義引詩僾而不見。有欲見之之意。是志往也。而踟躕不敢進。是行止也。鄭誤會毛意。薆字作愛。皆非也。衡案。傳行止。諸本作行正。今從古本相臺本。

靜女其變。貽我彤管。既有靜德。又有美色。又能遺我以古人之法。可以配人君也。古者后夫人。必有女史彤管之法。女史不記過。其罪殺之。后妃羣妾。以禮御於君所。女史書其日月。授之以環。以進退之。生子月辰。則以金環退之。當御者。以銀環進之。著于左手既御。著于右手。事無大小。記以成法。箋。彤管。筆赤管也。正義。傳以經貽我彤管。是女史事。故具言女史之法也。周禮女史八人。注云。女史。女奴曉書者。其職云。掌王后之禮職。掌內治之貳。以詔后。治內政。逆內宮。書內令。凡后之事。以禮從。夫人女史亦如之。傳所言似有成文。未聞所出。陳啓源云。彤管。毛傳以爲女史記事所執。而宋儒疑之。李氏謂。鍼有管。樂器亦有管。古未有筆。不稱管也。解頤新語亦謂筆始於秦。古以刀爲筆。不用毫毛。安得有管。此皆謬說。夫筆之由來古矣。爾雅云。不律謂之筆。曲禮云。史載筆。莊子云。宋元君將畫圖。衆史舐筆和墨。太公陰謀載武王筆銘。云毫毛茂茂。此皆三代文典也。已著有筆名。可謂古無筆乎。可謂古筆用刀。不用毫毛乎。筆不始於秦明矣。又董仲舒答牛亨問曰。蒙恬所造。卽秦筆耳。以枯木爲管。鹿毛爲柱。羊毛爲被。所謂蒼毫。非兎毫竹管也。又問。彤管何也。答曰。彤者赤漆耳。史官載事。故以彤管用赤心記事也。夫有筆之理。與書俱生。且尙書中候云。龜負圖。周公援筆寫之。其來尙矣。案。董仲舒答牛亨問。漢短書名也。張華博物記。崔豹古今注。皆載其語。仲舒去古未遠。所聞必有據。又武帝時毛詩未行。而仲舒之論彤管。與訓詁傳相合。不足爲確證乎。至謂恬造秦筆。非今筆。而古今注又言秦吞六國。滅前代之美。故蒙恬得稱於時。此皆篤論也。

彤管有煒。說懌女美。煒赤貌。彤管以赤心正人也。箋。說懌當作說釋。赤管煒煒然。女史以之。說釋妃妾之德。美之。正義。以女史執此彤管。而書記妃妾進退。日月所次序。使不違失。宜爲書說。而陳釋之。成此妃妾之德美。故美。

之也。李黼平云。傳赤心正人。訓次句。言此彤管煒煒然。亦猶女史赤心正陳人之德而美之。箋以傳人字不指靜女。故以說釋妃妾之德申傳。非易傳也。正義云。嘉善此彤管之狀有煒煒然。而喜樂其能成女德之美。因靜女能循彤管之法。故又悅美彤管之能成靜女。以經女美指靜女。乃是王肅之義。肅好與鄭異。故云嘉彤管之煒煒然。喜樂其成女美也。不知說文無懌字。心部新附字有之。徐氏云。經典通用釋。然則懌字本當作釋。王肅讀爲悅懌。而孔亦從之。非也。衡案。傳云赤亦心正人。則亦讀懌爲釋矣。言彤管之法。說釋女人之美德。以成就之。故云以赤心正人也。

自牧歸荑。洵美且異。牧田官也。荑茅之始生也。本之於荑。取其有始有終。箋。洵信也。茅絜白之物也。自牧田歸荑。其信美而異者。可以供祭祀。猶貞女在窈窕之處。媒氏達之。可以配人君。衡案。夷姜以父妾。不能守節。失身於宣公。是無始無終也。傳云取其有始有終。正與夷姜反照。知傳以序夫人爲夷姜也。達通也。凡娶妻者。使媒氏先通欲娶之意於女氏。女氏許之。然後行納采之禮。士昏禮曰。昏禮下達。是也。

匪女之爲美。美人之貽。非爲其徒說美色而已。美其人能遺我法則。箋。遺我者。遺我以賢妃也。正義。言我所用此女爲人君之配者。由此女之美。我非徒悅其美色。又美此女人之能遺我彤管之法。故欲易之以配人君。衡案。法則卽彤管之法。二章云。靜女其孌。貽我彤管。是也。鄭云。遺我以賢妃。舛矣。

新臺三章。章四句。

新臺。刺衛宣公也。納伋之妻。作新臺于河上而要之。國人惡之。而作是詩也。箋。伋宣公之世子。衡案。作詩者一人而已。而序云。國人惡之而作是詩者。詩人代國人。而述其意。故言國人耳。

新臺有泚。河水瀰瀰。泚鮮明貌。瀰瀰盛貌。水所以絜汚穢。反于河上。而爲淫昏之行。正義。此與下傳互也。臺泚言鮮明。下言高峻。見臺體高峻。而其狀鮮明也。河瀰言盛貌。下言平地。見河在平地。而波流盛也。段玉裁云。此謂泚卽玼之假借。說文引正作玼。燕婉之求。籧篨不鮮。燕安。婉順也。籧篨。不能俯者。箋。鮮善也。伋之妻。齊女來嫁於衛。其心本求燕婉之人。謂伋也。反得籧篨不善。謂宣公也。籧篨口柔。常觀人顏色。而爲之辭。故不能俯者也。釋文。鮮斯踐反。王少也。依鄭又音仙。正義。籧篨戚施。本人疾之名。故晉語云。籧篨不可使俯。戚施不可使仰。是也。籧篨口柔。戚施面柔。釋訓文。李巡云。籧篨巧言好辭以口饒人。是謂口柔。戚施和顏悅色以誘人。是謂面柔也。李黼平云。鮮字毛無傳。箋云善也。上傳云水所以絜汙穢。反于河上而爲淫昏之行。毛意以河之絜喻得宣公之不絜。則鮮當爲鮮絜之鮮。與鄭義近。是以釋文云。依鄭又音仙也。正義用王肅少也之訓述之。恐非毛意。鮮有斯音。說文雨部鱻从雨鮮聲讀如斯。小雅有兎斯首。箋云。斯白也。今俗語斯白之字作鮮。齊魯之間。聲近斯。是鮮可讀斯。與上泚瀰協也。衡案。傳訓燕婉爲安順。安順。非齊女所以稱侵也。蓋謂求身之安順。序云。作新臺於河上而要之。則宣公挑之非一日。籧篨不能俯者。寫挑之不止之狀。因加以醜名也。言齊女來嫁於衛。將自求安順。而反遇要求不善之事也。

新臺有洒。河水浼浼。洒高峻也。浼浼平地也。釋文。洒七罪反。韓詩作漼。音同。云鮮貌。浼每罪反。韓詩作浘浘。音尾。云盛貌。段玉裁云。按釋文所載。必首章新臺有泚河水瀰瀰之異文。漼浘字與泚瀰同部。與洒浼不同部。又毛傳泚鮮明貌。韓詩漼鮮貌。毛傳瀰瀰盛貌。韓詩浘浘盛貌。是其爲首章異文。陸德明誤屬之二章。無疑。說文。陵。阠也。峻同陵。洒卽陵之假借字。凡謂陵阠。皆謂斗直不可上。衡案。傳云。平地也。言水盛與地平也。上章正義云。河在平地。非毛意也。

燕婉之求。籧篨不殄。殄絕也。箋。殄當作腆。腆善也。正義。言齊女反得籧篨之行而不絕者。謂行之不止常然。推此則首章鮮爲少。傳不言耳。故王肅亦爲少也。衡案。宣公籧篨之醜。不絕於躬。言挑之不止。

也。魚網之設。鴻則離之。言所得非所求也。箋。設魚網者。宜得魚。鴻乃鳥也。反離焉。猶齊女以禮來求世子。而得宣公。燕婉之求。得此戚施。戚施。不能仰者。箋。戚施面柔。下人以色。故不能仰也。衡案。鴻則離之。則齊女既從矣。於是宣公大喜。且恐違其意。俯首拜謝。不能仰視。故變文曰。得此戚施。詩人之妙於狀物如此。

二子乘舟二章。章四句。

二子乘舟。思伋壽也。衛宣公之二子。爭相爲死。國人傷而思之。作是詩也。

二子乘舟。汎汎其景。二子。伋壽也。宣公爲伋取於齊女而美。公奪之。生壽及朔。朔與其母。愬伋於公。公令伋之齊。使賊先待於隘而殺之。壽知之。以告伋使去之。伋曰。君命也。不可以逃。壽竊其節而先往。賊殺之。伋至。曰君命殺我。壽有何罪。賊又殺之。國人傷其涉危遂往。如乘舟而無所薄。汎汎然迅疾而不礙也。王引之云。景讀如憬。魯頌泮水篇。憬彼淮夷。毛傳。憬遠行貌。下章云。汎汎其逝。正與此同意也。士昏禮。姆加景。今文景作憬。是憬景古字通。衡案。二子不同行。而言同乘。故傳知其爲興也。傳迅疾解汎汎。而不礙解其景。唯其不礙。故速能遠行。是傳讀景爲憬。王說得之。

願言思子。中心養養。願每也。養養然憂不知所定。箋。願念也。念我思此二子。心爲之憂養養然。李黼平云。傳訓願爲每。衆詞也。言字亦當如箋爲我。衡案。願訓每。未詳所據。蓋古有此訓。而失其傳也。或謂願欲也。每貪也。故引伸訓貪。言我思二子。如貪欲之然。不能暫忘。未知是否。養漾之假借字。漾漾水搖動貌。言傷思二子。心爲之漾漾然搖動。不知何時能定。李黼平謂傳定字指衛事。其義反淺。

二子乘舟。汎汎其逝。逝往也。

願言思子。不瑕有害。言二子之不遠害。箋。瑕猶過也。我思念此二子之事。於行無過差。有何不可而不去乎。衡案。泉水篇不瑕有害。傳云。瑕遠也。但訓字義。不解文意。蓋以爲反語辭也。此傳云。言二子之不遠害。與泉水傳其義正相反。於是鄭箋以下爭易其義。然愈出愈晦。竟不若毛傳之安貼也。孟子曰。說詩者不以文害辭。不以辭害志。泉水之志。

在欲臻衛。故解爲遠於害。此篇之志。在憂二子罹害。故解爲不遠害。詩人之志既異。毛亦不容不異。其解可謂能說詩者矣。

毛詩輯疏卷三上　終

毛詩輯疏

卷三下

毛詩輯疏卷三下

日南 安井衡 著

鄘柏舟詁訓傳第四。國風

鄘國十篇。三十章。百七十六句。

柏舟二章。章七句。

柏舟。共姜自誓也。衞世子共伯蚤死。其妻守義。父母欲奪而嫁之。誓而弗許。故作是詩以絕之。箋。共伯。僖侯之世子。正義。言共伯者。共謚伯字。以未成君。故不稱爵。言早死者。謂早死不得爲君。不必年幼也。世家。武公和篡共伯而立。五十五年卒。楚語曰。昔衞武公年九十有五矣。猶箴儆于國。則未必即死。其死年在九十五以後也。○必至在。毛本作必有死年。校勘無說。今以意改定。則武公即位四十一二以上。共伯是其兄。則又長矣。其妻蓋少。猶可以嫁。衡案。序云。共伯蚤死。經云。髧彼兩髦。禮父沒去髦。是共伯死時。父母猶存。而共姜尚少。故父母欲奪其志而嫁之。若孔所言。共伯死時年四十四五左右。假令三十男娶二十女。共伯死時。共姜三十三四以上。父母雖溺愛。未必强之以再嫁也。且武公衛國賢君也。至稱爲叡聖武公。雖不可以成德之後而信其初。恐不至乘父喪殺兄以篡其國。史遷搜羅千二百年之事。收之百三十卷之中。參取諸說。以博異聞。不免時有謬妄。庶若與左氏所載相違者皆是也。此亦其一焉耳。又案。以衛風分三之例言之。此篇當在衛風。而編之鄘風者。蓋共姜既寡。退居鄘部。大史欲表其貞絜。故置之鄘風之首耳。

汎彼柏舟。在彼中河。興也。中河。河中。箋。舟在河中。猶婦人之在夫家。是其常處。

髧彼兩髦。實維我儀。髧。兩髦之貌。髦者。髮至眉。子事父母之飾。儀。匹也。箋。兩髦之人。謂共伯也。實是我之匹。故我不嫁也。禮。世子昧爽而朝。亦櫛纚笄總拂髦冠緌纓。正義。內則注云。纚所以韜髮者也。笄今之簪。則著纚。乃以簪約之。又著總。又拂髦而著之。故內則注云。拂髦。振去塵而著之。既著髦。乃加冠。又著緌纓。然後朝君也。言兩者。以象幼時鬌。則知鬌以挾囟。故兩髦也。士冠禮曰。皮弁笄。爵弁笄。注云。有笄者。屈組爲紘。無笄者。纓而結其絛。然則此冠言緌纓。則無笄矣。上言纚笄者。爲纚而著笄也。

之死矢靡它。

矢誓。靡無。之至也。至。己之死。信無。它心。母也天只。不諒人只。諒信也。母也天也。尙不。信我。天謂父也。正義。序云。父母欲。奪而嫁。之。故知父謂天也。先。母後。天者。取其韻。耳。段玉裁云。也只同訓。如日居月諸。居諸同訓。乎。

汎彼柏舟。在彼河側。髧彼兩髦。實維我特。特。匹也。陳啓源云。毛以特爲匹。朱子謂特爲孤特之義。而得爲匹者。古人多反語。案我特韓詩作我直。云相當値也。兩家字異而義同。意毛傳詩時。字亦作直乎。不然。則師授如此也。之死矢無慝。慝。邪也。母也天只。不諒人只。

牆有茨三章。章六句。

牆有茨。衞人刺其上也。公子頑通乎君母。國人疾之而不可道也。箋。宣公卒。惠公幼。其庶兄頑烝於惠公之母。生子五人。齊子。戴公。文公。宋桓夫人。許穆夫人。

牆有茨。不可埽也。茨。蒺藜也。欲埽去之。反傷牆也。箋。國君以禮防制一國。今其宮內有淫昏之行者。猶牆之生蒺蔾。陳啓源云。茨者以茅蓋屋也。薋者草多貌。薺者蒺蔾也。牆茨楚茨。皆當作薺。今詩及爾雅皆作茨。借也。案蒺蔾有二種。子有三角刺人者。杜蒺蔾也。子大如脂麻。狀如羊腎者。白蒺蔾也。出同州沙苑牧馬處。杜蒺蔾布地蔓生。或生牆上。有小黃華。詩牆有薺指此。

中冓之言。不可道也。中冓。內冓也。箋。內冓之言。謂宮中所冓成。頑與夫人淫昏之語。釋文。韓詩云。中冓中夜。謂淫僻之言也。李黼平云。中與內一耳。而傳云然者。說文冓交積材也。象對交之形。漢書梁共王傳云。聽聞中冓之言。應劭曰。中冓材冓在堂中。顏師古曰。舍之交積材木。蓋闔內隱奧之處。毛意蓋指闔內之地。言。箋云冓成。則讀冓如搆。傳箋不同。正義一之。

所可道也。言之醜也。於君醜也。衡案。醜惡也。辱也。上傳云。牆所以防非常。此傳云。於君醜也。然則牆以喻宣姜。茨以喻頑也。

牆有茨。不可襄也。襄除也。段玉裁云。古襄攘通。史記龜策傳。西襄大宛。徐廣曰。襄一作攘。

中冓之言。不可詳也。詳審也。

所可詳也。言之長也。長。惡長也。衡案。惠公幼。衛國之權在頑與宣姜。若言其淫昏之事。其惡益長。將無所不至。所以不可言也。

牆有茨。不可束也。束而去之。

中冓之言。不可讀也。

讀抽也。箋。抽猶出也。正義。上云不可詳。則此爲讀誦。於義亦通。必以爲抽者。以讀誦非宣露之義。傳訓爲抽。箋申抽爲出也。焦循云。顏師古曰。讀止爲道讀之讀。更訓爲抽。翻成難曉。案說文解字曰。籒讀也。從竹㨨聲。㨨卽古抽字。是以籒或作籒。蓋毛公以籒解讀。傳寫字省。故止作抽。此當言讀籒也。不得爲抽引之義。以上顏氏說是矣。始云不可道。次云不可詳。終云不可讀。道而詳。詳而讀。若讀仍是道。非其序矣。讀謂發明而演出之。故箋以出申毛耳。所可讀也。言之辱也。辱。辱君也。衡案。此篇之作。在惠公之時。而編之鄘部者。公子頑烝宣姜。生戴公文公。二公初遷鄘部。乃遡源究本之義也。君子偕老亦效此。

君子偕老三章。一章七句。一章九句。一章八句。

君子偕老。刺衛夫人也。夫人淫亂。失事君子之道。故陳人君之德。服飾之盛。宜與君子偕老也。箋。夫人。宣公夫人。惠公之母也。人君。小君也。或者小字誤作人耳。正義。以夫妻一體。婦人從夫之爵。故同名曰人君。碩人傳曰。人君以朱纓鑣。亦謂夫人也。夫人雖理得稱人君。而經傳無謂夫人爲人君者。故箋疑之。云或者小字誤作人耳。

君子偕老。副笄六珈。能與君子俱老。乃宜居尊位。服盛服也。副者。后夫人之首飾。編髮爲之。笄。衡笄也。珈。笄飾之最盛者。所以別尊卑。箋。珈之言加也。副既笄而加飾。如今步搖上飾。古之制所有未聞。正義。副者祭服之首飾。追師掌王后之首服。爲副。注云。副之言覆。所以覆首爲之飾。其遺象若今之步搖矣。服之以從王祭祀。言珈者。以玉珈於笄爲飾。后夫人首服之尤尊。故云。珈笄飾之最盛者。李黼平云。鄭禮注。不言副是編髮爲之。注禮時未見毛傳。此箋不易傳。蓋以毛說爲然也。傳云笄衡笄。追師云追衡笄。注云。王后之衡笄皆以玉爲之。惟祭服有衡。垂于副之兩旁。當耳。其下以紞懸瑱。詩云。玼兮玼兮。其之翟也。鬒髮如雲。不屑髢也。玉之瑱也。是之謂也。笄卷髮者。宋人因鄭此注。衡笄分釋。遂謂鄭衡笄爲二物。毛衡笄爲一物。近人又以毛傳衡笄。不過因追師成文。當以二物爲是。又以此詩正義引鄭注惟祭服有衡笄。添一笄字。刪去笄卷髮者一句爲非。愚謂鄭雖衡笄分釋。未嘗以爲二物。觀此傳衡笄。箋不破之。其意可見。正義不詳辨禮注與毛不殊。是其疏略。而引注惟祭服有衡笄。未可厚非也。追師賈公彥釋注曰。云王后之衡笄。皆以玉爲之者。以弁師王之笄以玉。故知后與王同用玉也。據此則鄭言后與王同用玉。非謂衡與笄皆用玉也。衡案。傳亦以衡笄爲二物。而此云笄衡笄也者。笄有二。一以卷髮。一以堅副。卷髮之笄在副內。無飾。六珈所加。乃堅副之笄。而衡亦懸其端。傳欲以衡明笄。故云笄衡笄也。非以衡笄爲一物也。謂之衡者。衡橫也。笄橫貫頭上。於人爲橫。衡垂其兩端。於人爲縱。命名若相反。然衡以笄爲本。自本言之。笄縱而衡橫。故名之衡耳。李又據周禮追師賈疏引鄭喪服小記注。笄帶所以自卷持。云衡笄有帶。以卷持頭上之髮。案鄭喪服小記注曰。笄所以卷髮。帶所以持身也。婦人質。於喪所以自卷持者。有除無變。追師疏無須於帶。故賈節引小記注。李輒據之。不復檢本書。遂謂衡笄有帶。以卷持頭上之髮。殆使人噴飯。

委委佗佗。如山如河。委委者。行可委曲縱迹也。佗佗者。德平易也。山無不容。河無不潤。衡案。羔羊蹤作從。通。毛本作縱誤。

象服是宜。象服。尊者所以爲飾。箋。象服者。謂褕翟闕翟也。人君之象服。則舜所云。予欲觀古人之象。日月星辰之屬。陳啓源云。象服翟衣。毛傳謂以象骨及羽爲衣服之飾。而孔疏不從。以爲象骨飾服。經傳無文。又衣裳隨身卷舒。非可羽飾。蓋右鄭也。然古籍散亡。制度不見於經傳者多矣。安知象飾之服。毛非有據乎。至以羽飾衣。春秋時尚有之。楚王秦復陶翠被。杜注謂秦所遺羽衣。及以翠羽飾袂。不聞其礙於卷舒也。又案。說文釋褘爲畫衣。褕爲翟羽飾衣。陸農師謂周禮二翟曰翟。而褘衣變翟曰衣。當是褘衣畫雉。褕翟闕翟。皆用羽飾。以證說文。其語良是。衡案。陳說辨矣。然象骨飾服。竟屬可疑。且正義象骨飾服。因下傳羽飾衣而推之耳。果若其說。傳當言象骨尊者所以飾服。今象服連用。而云尊者所以爲飾。則其意蓋謂尊者以象服爲身之飾耳。毛不言象服爲何物。故鄭引書申之。非破之也。諸說皆非。

子之不

淑。云如之何。有子如是。可謂不善乎。箋。子乃服飾如是。而爲不善之行。於禮當如之何。深疾之。正義。此子之德。與服相稱。以此可謂不善。云如之何乎。言其宜善也。今之夫人。何以不善而爲淫亂。不能與君子偕老乎。傳意擧善以刺惡。故反其言以激之。可謂不善。言其善也。衡案。之猶而也。言子而謂之不善。將云如之何。反其言。乃所以深刺之也。此二句。箋所解似極順。而傳爲美詞者。下二章皆陽美而陰刺之。絕無譏貶之辭。而序又云。陳人君之德。服飾之盛。宜與君子偕老也。若此二句爲貶詞。與全篇及序意乖。故亦爲美詞。此亦可見其學原於孔門諸子也。毛傳可謂。閩本。監本。毛本作何謂。今從岳本小字本。

玼兮玼兮。其之翟也。玼。鮮盛貌。褕翟闕翟。羽飾衣也。箋。侯伯夫人之服。自褕翟而下如王后焉。

釋文。玼本或作瑳。段玉裁云。此篇也字。疑古皆作兮。說文引玉之瑱兮。邦之媛兮。著正義引孫毓。故曰。玉之瑱兮。皆古本之存於今。改之未盡者也。古尚書周易無也字。毛詩周官始見。而孔門盛行之。兮在第十六部。也在第十七部。部異而音近。各書所用也字。本兮字之假借。此篇也字古作兮。遵大路二也字。一本皆作兮。尸鳩首章兮字。禮記淮南引皆作也。臧鏞堂云。按蝃蝀乃如之人也。韓詩外傳一。列女傳七。皆作乃如之人兮。旄丘何其處也。韓詩外傳九。作何其處兮。衡案。翟羽飾服。蓋上古之事。至周乃刻繒爲翟雉之形。而采畫之。亦猶夏本雉名。羽具五色。至周乃染羽爲之。仍名夏耳。毛遡其源。擧舊制而言之。鄭知其意。述周法以申之。非破毛也。許云。翟羽飾衣。意亦與毛同。若左傳翠被，蓋摘翠羽，實於經緯間而織之，與此別。顧炎武謂簡兮翟與籥爵爲韻，與此不同，當闕。案古無入聲，翟與髢揥皙帝協，未足疑也。

鬒髮如雲，不屑髢也。鬒，黑髮也。如雲，言美長也。屑，潔也。箋：髢，髲也。不潔者，不用髲爲善。衡案：鬒，髮之黑也。他物之黑，不得謂之鬒，故傳云鬒黑髮也。或謂經有髮字，鬒當止訓黑，訓黑髮則複矣，拘泥可笑。

玉之瑱也，象之揥也。瑱，塞耳也。揥，所以摘髮也。釋文：揥本作擿，音同。

揚且之皙也。揚，眉上廣。皙，白皙。

胡然而天也，胡然而帝也。尊之如天，審諦如帝。箋：胡，何也。帝，五帝也。何由然女見尊敬如帝乎？非由衣服之盛，顏色之莊，與反爲淫昏之行。正義：傳互言之，言尊之如天，明德如天也；言審諦如帝，則亦尊之如帝，故經再云胡然也。

瑳兮瑳兮，其之展也。蒙彼縐絺，是紲袢也。禮有展衣者，以丹縠爲衣。蒙，覆也。絺之靡者爲縐，是當暑袢延之服也。箋：后妃六服之次，展衣宜白。縐絺，絺之蹙蹙者。冬則衣展衣，夏則裹衣縐絺，此以禮見於君及賓客之盛服也。展衣字誤。禮記作襢衣。正義。言是當暑袢延之服者。謂縐絺是紲袢之服。展衣則非是也。紲袢者。去熱之名。故云袢延之服。袢延是熱之氣也。此傳言展用丹縠。餘五服傳無其說。丹縠亦不知所出。而孫毓推之。以爲褘衣赤。褕翟青。闕翟黑。鞠衣黃。展衣赤。褖衣黑。鞠名與麴同。雖毛亦當色黃。褖衣與男子之褖衣名同。則亦宜黑。然則六服逆依方色。義或如毓所言。以婦人尚華飾。赤爲色之著。因而右行以爲次。故褘衣赤。褕翟青。闕翟黑。次鞠衣。鞠衣宜白。以爲疑於凶服。故越取黃而展衣同赤。因西方闕其色。故褖衣越青。而同黑也。箋不同傳。故云后妃六服之次。展衣宜白。言宜者。無明文。周禮之注。差之以爲然也。內司服掌王后之六服。褘衣。褕翟。闕翟。鞠衣。展衣。褖衣。鄭司農云。展衣白。鞠衣黃。褖衣黑。玄謂鞠衣黃桑服也。色如麴塵。象桑葉始生。月令。三月薦鞠衣于先帝。告桑事也。緣者實褖衣也。男子之褖衣黑。則是亦黑也。六服備於此矣。陳啓源云。紲袢音薛煩。然則二字皆借用。以意推之。紲當是渫之借。袢當是煩之借耳。王安石見說文袢字博幔反。與絆同音。遂妄爲之說曰。暑服而加紲袢。所以自斂飭也。彼以紲乃羈紲。袢乃袢繫。必是纏絡於暑服之外者。不知說文袢訓無色。並不與絆同義。紲又作褻。亦非羈紲義。安得強爲傳會乎。焦循云。左思蜀都賦。累縠疊迹。叛衍相傾。注引莊子曰。何貴何賤。是謂叛衍。李善引司馬彪莊子注云。叛衍猶漫衍也。毛言當暑袢延之服。袢延卽叛衍。釋文袢符袁反。則袢延二字爲疊韻。又讀延爲以戰反。則與袢讀去聲。爲疊韻。袢延之服。蓋謂服之寬闊者。李黼平云。說文襄。丹縠衣也。與毛傳合。字本从衣。展轉也。二字各別。豈毛傳詩時字作襄。後誤爲展乎。然不應禮詩皆誤。殆二字古本相通。如鄭言。則漢時又有襢字。而說文無之。玉篇云。襢與襃同。然則襢爲襃之或體。說文襃字下偶失注。或刊說文者誤脱也。按釋文。冬衣云。於既反。著也。下裹衣同。則裹云。如字。舊音吏。如釋文。則箋原作冬衣展衣。夏則裹衣縐絺。極爲明順。如今正義本。則展衣二字爲不詞。故孔以衣展衣者述之。然究未若釋文之當也。衡案。展當以說文作襃爲正。今詩作展者。蓋同音假借耳。周禮六服。言名而不言色。毛云丹縠。蓋亦相傳之說也。鄭以爲白。不過依方色而推之。不足從也。顧野王以襢爲襃之或體。恐未是。袢延雙聲。焦以爲寬闊。是也。服寬闊。必非禮服。說文引此句。紲作褻。許云。詩主毛。則毛本原作褻。故毛不解。獨解袢爲袢延之服耳。足利學古本箋展衣作冬則衣展衣。此陸所據多一則字。義得兩通。今從之。段玉裁所訂毛詩詁訓傳。瑳作玼。謂改玼爲瑳。淺人乃以分別二章三章。案瑳字毛鄭無解。說文瑳玉色鮮白。不引此詩。釋文始云。瑳七我反。是六朝時玼始訛爲瑳。段說洵是。然相傳已久。姑依原文。

子之清揚。揚且之顏也。清。視清明也。揚。廣揚而顏角豐滿。**展如之人兮。邦之媛也。**展。誠也。美女爲媛。箋。媛者。邦人所依倚以爲援助也。疾宣姜有此盛服。而以淫昏亂國。故云然。李黼平云。說文媛云。美女也。人所援也。从女从爰。爰引也。詩曰。邦之媛兮。是媛本訓援。釋文云。媛韓詩作援。云取也。爾雅郭注云。所以結好媛。釋文本作好援。注云。援音媛。本今作媛。是媛援本通。

桑中三章。章七句。

桑中。刺奔也。衛之公室淫亂。男女相奔。至于世族在位。相竊妻妾。期於幽遠。政散民流而不可止。箋。衛之公室淫亂。謂宣惠之世。男女相奔。不待媒氏以禮會之也。世族在位。謂取姜氏弋氏庸氏者也。竊。盜也。幽遠。謂桑中之野。正義。相竊妻妾。謂私竊而與之淫。故云。期於幽遠。非爲夫婦也。謂之竊者。蔽其夫。而私相姦。若竊盜人物。不使其主知之然。既上下淫亂。有同亡國。故序曰。政散民流而不可止。是以樂記曰。桑間濮上之音。亡國之音也。其政散。其民流。誣上行私。而不可止。是也。陳啓源云。小序所云。政散民流而不可止。語偶與樂記同。非謂桑中即桑間也。朱子因此語。遂全引樂記文。證此詩即桑間。殊不知樂記既言鄭衛。又言桑間濮上。明係兩事。若桑濮即桑中。則桑中乃衛詩之一篇。言鄭衛而桑濮在其中矣。何煩並言之邪。樂記又言。亂世之音怨以怒。而係之鄭衛。言亡國之音哀以思。而係之桑間濮上。則此二音之倫節。與作此二音之時世。迥不相同也。朱子引樂記以爲證。而全不辨其文義。豈後儒耳目竟可塗哉。案樂記注謂。桑間即濮上地名。其音乃紂所作。周禮大司樂。禁其淫聲。過聲。凶聲。慢聲。注云。淫聲若鄭衛。凶聲。亡國之聲。若桑間濮上。疏亦解桑濮爲紂樂。則桑濮之非衛詩。歷有明證矣。衡案。孔子刪詩。凡淫奔之篇。皆當在所刪落。而或存之者。示國所由而亡也。故桑中鶉之奔奔既賦。而狄竟入衛。株林澤陂既作。而楚遂亡陳。其垂戒也深矣。此序言男女相奔。原之公室淫亂。而終之以政散民流而不可止。深獲孔子存淫詩之意矣。樂固主詩。然其曰音者。皆以播之六律八音者言之。非獨指其辭也。後儒以此詩爲卽桑間。又據樂記所言。以鄭衛二國風所載。概爲淫奔之詩。是混詩樂而一之。謬甚。

爰采唐矣。沬之鄉矣。爰。於也。唐蒙。菜名。沬。衛邑。箋。於何采唐。必沬之鄉。猶言欲爲淫亂者。必之衛之都。惡衛爲淫亂之主。焦循云。傳以蒙訓唐。而申之曰。菜名。於小雅女蘿訓以兔絲。而申之曰。松蘿。松蘿非菜。是毛不以唐蒙與女蘿兔絲爲一物矣。爾雅。唐蒙女蘿。女蘿兔絲。宜是衍女蘿二字。正義。酒誥注云。沬邦。紂之都所處也。於詩國屬鄘。故其風有沬之鄉。則沬之北。沬之東。朝歌也。

云誰之思。美孟姜矣。姜。姓也。言世族在位。有是惡行。箋。淫亂之人誰思乎。乃思美孟姜。孟姜。列國之長女。而思與淫亂。疾世族在位。有是惡行也。釋文。列國之女。一本作列國之長女。正義。知孟姜列國之長女者。以衛朝貴族無姓姜者。故爲列國。言孟。故知長女。

期我乎桑中。要我乎上宮。送我乎淇之

上矣。桑中上宮。所期之地。淇。水名也。箋。此思孟姜之愛厚己也。與我期於桑中。而要見我於上宮。其送我。則於淇水之上。顧炎武云。上四十一漾。與唐鄉姜協。衡案。此篇三章。下三句並同。上字古音。蓋與中宮協。果如顧說。二章三章上字爲出韻。必不然矣。爰采麥矣。沬之北矣。云誰之思。美孟弋矣。弋。姓也。段玉裁云。春秋定姒。穀梁傳作定弋。弋即姒。同在第一部。說文作⿰女弋。期我乎桑中。要我乎上宮。送我乎淇之上矣。爰采葑矣。沬之東矣。箋。葑。蔓菁。云誰之思。美孟庸矣。庸。姓也。段玉裁云。漢有膠東庸生。又有庸光。期我乎桑中。要我乎上宮。送我乎淇之上矣。

鶉之奔奔二章。章四句。

鶉之奔奔。刺衛宣姜也。衛人以爲宣姜鶉鵲之不若也。箋。刺宣姜者。刺其與公子頑爲淫亂行。不如禽鳥。正義。二章皆上二句刺宣姜。下二句責公不防閑也。頑與宣姜。共爲此惡。而獨爲刺宣姜者。以宣姜衞之小君。當爲母儀一國。而與子淫。尤爲不可。故作者意有所主。非謂頑不當刺也。今人之無良。我以爲兄。亦是惡頑之辭。衡案。閔二年左傳云。初惠公之卽位也少。齊人使昭伯烝于宣姜。不可。强之。生齊子。戴公。文公。宋桓夫人。許穆夫人。齊人是擧。蓋出於宣姜之意。頑則拒之。强而後可之。其罪當從末減。序云刺宣姜。而不及頑者。蓋以此。

鶉之奔奔。鵲之彊彊。鶉則奔奔。鵲則彊彊然。箋。奔奔彊彊。言其居有常匹。飛則相隨之貌。刺宣姜與頑非匹耦。正義。言鶉則鶉自相隨奔奔然。鵲則鵲自相隨彊彊然。各有常匹。不亂其類。序云。鶉鵲之不若。則以奔奔彊彊。爲相匹之善。故爲居有常匹。表記引此。證君命逆則臣有逆命。故注云。彊彊奔奔。爭鬭惡貌也。衡案。表記所引。蓋亦斷章取義。與詩本義自別。

人之無良。我以爲兄。良。善也。兄。謂君之兄。箋。人之行無一善者。我君反以爲兄。君謂惠公。陳啓源云。埤雅釋鶉之奔奔詩云。我以爲兄。兄。女兄也。曰兄者。娣刺宣姜之詞。我以爲君。君。女君也。曰君者。妾刺宣姜之詞。此解最優。序云刺宣姜。不云刺頑。毛以兄爲君之兄。不若陸之合序矣。衡案。我以爲兄。我以爲君。自慚之辭。娣妾卑賤。又居壼內。所見極狹。詩人代之而慚。不若代君與國人而慚之最大且廣也。陳讀書精密。議論平易。非近儒所能及。然時爲怪僻之說。不復辨義理所在。乃淸儒好奇之餘習耳。鵲之彊彊。鶉之奔奔。人之無良。我以爲君。君。國小君。

箋。小君。謂宣姜。衛案。傳不止稱小君。而必言國者。詩人代國人衛以君之。故言國耳。

定之方中三章。章七句。

定之方中。美衛文公也。衛爲狄所滅。東徙渡河。野處漕邑。齊桓公攘戎狄而封之。文公徙居楚丘。始建城市。而營宮室。得其時制。百姓說之。國家殷富焉。箋。春秋閔公二年冬。狄人入衛。衛懿公及狄人戰于熒澤而敗。宋桓公迎衛之遺民渡河。立戴公。以廬於漕。戴公立一年而卒。魯僖公二年。齊桓公城楚丘。而封衛。於是文公立。而建國焉。正義。左傳無攘戎狄救衛之事。此言攘戎狄者。以衛爲狄所滅。民尚畏狄。閔二年傳曰。齊侯使公子無虧。帥車三百乘。以戍漕。至僖二年。又帥諸侯城楚丘。於是戎狄避之。不復侵衛。是亦攘狄之事。不必要與狄戰。序自攘戎狄而封之以上。總說衛事。不指其君。故爲狄所滅。懿公時也。野處漕邑。戴公時也。攘戎狄而封之。文公時也。左傳曰。元年革車三十乘。季年乃三百乘。明其騋牝三千。亦末年之事也。此詩蓋末年始作。或卒後爲之。

衡案。此熒澤在河北。字或從水作滎。非也。今從小字本岳本閩本。

定之方中。作于楚宮。定。營室也。方中。昬正四方。楚宮。楚丘之宮也。仲梁子曰。初立楚宮也。箋。楚宮謂宗廟也。定星昬中而正。於是可以營制宮室。故謂之營室。定星昬中而正。謂小雪時。其體與東壁連。正四方。正義。小雪者。十月之中氣。室與壁別星。故指室云其體與壁連。壁居室東。故因名東壁。釋天云。娵觜之口。營室東壁也。娵觜之口。則口開方。營室東壁。四方似口。故因名云。鄭志。張逸問。楚宮今何地。仲梁子何時人。答曰。楚丘在濟河間。疑在今東郡界中。仲梁子。魯人。當六國時。在毛公前。焦循云。營室昬正。惟十月小雪時。此時與東壁正方於中。故云方中。蓋營室二星。東壁二星。合爲四星。未至十月小雪時。四星橫斜。未得正方。惟小雪時昬中。四星乃正方如口。故名娵觜之口。毛所云昬正四方者如是。故鄭申明之。爲小雪時與東壁連也。王引之云。于當讀曰爲。謂作爲此宮室也。古聲于與爲通。聘禮記。賄在聘于賄。鄭注。于讀曰爲。是也。張載注魏都賦。李善注謝朓和伏武昌詩。王融曲水詩序引詩。並作作爲楚宮。作爲楚室。是張李所見本于字皆作爲。正義亦曰。作爲楚丘之宮。作爲楚丘之室。李黼平云。文公之營宮室。當在元年十二月初。定星昏中。而小雪之時。蓋文公在漕。使人往營。齊桓公聞之。乃合諸侯。于次年正月城之耳。衡案。諸說皆是。而李別作宮與築城。以通春秋正月城楚丘。與詩定之方中之違。其義最精矣。

揆之以日。作于楚室。

揆。度也。度日出日入。以知東西。南視定。北準極。以正南北。室猶宮也。箋。楚室。居室也。君子將營宮室。宗廟爲先。廏庫爲次。居室爲後。

正義。此度日出日入。謂度其影也。故公劉傳曰。考於日影。是也。其術則匠人云。水地以縣。置槷以縣。視以影。爲規識日出之影。與日入之影。晝參諸日中之影。夜考之極星。以正朝夕。注云。於四角立植而縣。以水望其高下。高下既定。乃爲位而平地。於所平之地中央。樹八尺之臬。以縣正之。視之以其影。將以正四方也。日出日入之影。其端則東西正也。又爲規以識之者。爲其難審也。自日出而畫其影端。以至日入。既則爲規。測影兩端之內規之。規之交乃審也。度兩交之間。中屈之以指臬。則南北正也。日中之影。最短者也。君子將營宮室。曲禮文。衡案。宮猶室者。同是上棟下宇。故曰猶。非混宮室而一之。鄭引典禮。亦以申毛耳。

樹之榛栗。椅桐梓漆。爰伐琴瑟。

椅。梓屬。箋。爰。曰也。樹此六木於宮者。曰其長大可伐以爲琴瑟。言預備也。

陳啓源云。椅梓楸榎。說文解爲一木。蓋大類而小別也。今案。爾雅。楸小葉曰榎。大而皵楸。小而皵榎。此楸榎之別也。陸璣疏。楸之疏理白色而生子者爲梓。梓實桐皮曰椅。此椅梓之別也。故毛傳以椅爲梓屬。實二木矣。然爾雅椅梓。郭璞以爲即楸。合之陸語。則椅梓其又楸屬乎。衡案。爰。於也。

升彼虛矣。以望楚矣。望楚與堂。景山與京。虛。漕虛也。楚丘有堂邑者。景山。大山。京。高丘也。箋。自河以東。夾於濟水。文公將徙。登漕之虛。以望楚丘。觀其旁邑。及其丘山。審其高下所依倚。乃後建國焉。愼之至也。正義。楚丘西有河。東有濟。故云夾於濟水也。陳啓源云。朱傳訓景爲測景。與望字相對。恐未然。上章作宮室。故測景。以正其方位。揆之以日是也。此章追本欲遷之初。升高望遠。觀其形勢。未及作宮室也。測景何爲。況此句言山與京。是測之於山乎。抑測之於京乎。下句降字。正與上升字應。則此兩句皆升虛事也。八尺之臬。須即其地而樹之。不應身在漕虛之上。而遙測楚丘之山與京也。文義最難通矣。衡案。邶風擊鼓曰。土國城漕。此傳云。虛漕虛。則是時既虛矣。又案。古今作宮室者。未聞有測山丘之影者。陳說得之。大平寰宇記。以景山爲山名。云高四丈。傳云。景山大山。則非山名。其高亦必不止四丈。又以京爲空岡。云高一丈。傳云。京高丘。則其高不特一丈。歐陽忞以爲後人傳會名之是也。顧炎武云。京古音疆。

降觀于桑。地勢宜蠶。可以居民。**卜云其吉。終然允臧。**龜曰卜。允信。臧善也。建國必卜之。故建邦能命龜。田能施命。作器能銘。

使能造命。升高能賦。師旅能誓。山川能說。喪紀能誄。祭祀能語。君子能此九者。可謂有德音。可以爲大夫。釋文。鄭志問曰。山川能說。何謂也。答曰。兩讀。或言說。說者說其形勢也。或曰述。述者述其故事也。述讀如遂事不諫之遂。正義。傳因引建邦能命龜證建國必卜之。遂言田能施命以下。本有成文。連引之耳。建邦能命龜者。命龜以遷取吉之意。田能施命者。謂於田獵而能施教命。以設誓。銘者名也。所以因其器名。而書以爲戒也。使能造命者。謂隨前事應機造其辭命以對。若楚屈完之對齊侯。國佐之對晉師。君無常辭也。喪紀能誄者。謂於喪紀之事。能累列其行。爲文辭以作謚。曾子問注云。誄。累也。累列生時行迹。以作謚是也。祭祀能語者。謂於祭祀能祝告鬼神。而爲言語。若荀偃禱河。蒯聵禱祖之類是也。衡案。禱與祭祀別。祭祀能語者。古者於旅也語。蓋謂於祭末燕尸之時。能語古道。以誨族人。若乞言合語之類。經終然。本或作終焉。今從足利古本。及唐石經。宋小字本。岳本。閩本。

靈雨既零。命彼倌人。星言夙駕。說于桑田。零落也。倌人。主駕者。箋。靈善也。星。雨止星見。夙。早也。文公於雨下。命主駕者。雨止。爲我晨早駕。欲往爲辭說於桑田。教民稼穡。務農急也。釋文。說毛始銳反。舍也。鄭如字。辭說。李黼平云。說。毛無傳。陸蓋依甘棠傳爲解也。顧炎武云。眞韻字。古並通先。衡案。說始銳反。是也。善雨既降。農事將興。故命主駕官早駕。舍於桑田也。衛地宜桑。故言桑田。禹貢兖州曰。桑土既蠶。星言夙駕。謂戴星而駕耳。箋云雨止星見。失之纖巧矣。匪直也人。非徒庸君。

秉心塞淵。秉。操也。箋。塞。充實也。淵。深也。騋牝三千。馬七尺以上曰騋。騋馬與牝馬也。箋。國馬之制。天子十有二閑。馬六種。三千四百五十六匹。邦國六閑。馬四種。千二百九十六匹。衛之先君。兼邶鄘而有之。而馬數過禮制。今文公滅而復興。徙而能富。馬有三千。雖非禮制。國人美之。

正義。七尺曰騋。庾人文也。定本云。六尺。恐誤也。言國馬。謂君之家馬也。其兵賦則左傳曰元年革車三十乘。季年乃三百乘。是也。天子十有二閑。馬六種。邦國六閑。馬四種。皆挍人文也。其天子三千四百五十六匹。諸侯千二百九十六匹。皆推挍人而計之。挍人文曰。凡頒良馬而養乘之。乘馬一師四圉。三乘爲皁。皁一趣馬。三皁爲繫。繫一馭夫。六繫爲廄。廄一僕夫。六廄成挍。挍有左右。駑馬三良馬之數。注云。二耦爲乘。自乘至廄。其數二百一十六匹。易乾爲馬。此應乾之策也。至挍變言成者。明六馬各一廄。而王馬小備也。挍有左右。則良馬一種者四百三十二匹。五種合二千一百六十匹。駑馬三之。則爲千二百九十六匹。五良一駑。凡三千四百五十六匹。然後王馬大備。應乾之策。謂變者。爲揲蓍用四。四九三十六。謂一爻之數。純乾六爻。故二百一十六也。陳啓源云。嚴緝謂三百乘。計馬一千二百。正合六閑之數。是合國馬公馬爲一也。謬甚矣。嚴又謂革車不用牝馬。今併牝馬數之。故爲三千。亦不然。書費誓云。馬牛其風。左傳云。城濮之戰。晉中軍風於中澤。風謂牝牡相誘也。魯晉皆當戰時而言風。是軍中有牝馬矣。不以駕革車。將焉用之。若輜車則駕牛矣。又列女傳趙津女言。湯伐夏。左驂牝驪。右驂牝龍。遂放桀。武王伐商。左驂牝騏。右驂牝驌。遂克紂。此又革車駕牝之明證。李黼平云。箋以邦國六閑馬四種。爲千二百九十六匹。三千已踰禮制。特文公徙而能富。故國人美之。毛意則不必然矣。序言。百姓悅之。國家殷富。自當兼君民言。則國馬公馬俱有也。國馬千二百九十六匹。公馬以三百乘計之。得千二百匹。實二千四百九十六匹。舉成數而云三千。必知毛意如此者。月令季春之月。乃合累牛騰馬。游牝于牧。經言駕說桑田。適當春暮。傳言牝馬。則國馬公馬俱游牝可知。詩人見君民之馬。俱放桑田之野。阡陌成羣。因極歎其畜產之蕃庶耳。衡案。陳說辨矣。然馬牛風。謂凡奔逸者。未必牝牡相誘也。晉軍風於中澤。謂逢大風耳。其言牛馬風逸者。乃杜預之謬說。未足爲軍中有牝之證也。且牝駕革車。羣駒必騰。古雖有騸馬之法。亦必有種馬。非治軍之道也。列女傳所載。未足深信。李云。併國馬公馬而計之。稍近之。以說于桑田。爲合累牛騰馬。則大謬矣。說于桑田。謂省農務。故以靈雨既零起之。騋牝三千。謂用心於畜牧。故以執心塞淵頂之。各別一事。互不相蒙。且游牝者。更佚合之。若一概放之。蹄嚙奔騰。不可得而制焉。凡詩人美刺。多溢實之言。周餘黎民。無有孑遺。孟子既詳論之。何則稱歎憤激之言。勢所必至。不如此。不足以盡其情也。故此章騋謂其壯。牝謂其蕃。三千謂其盛。若以爲實數。求與禮制吻合。非知詩者也。

毛不解三千者以此。

蝃蝀三章。章四句。

蝃蝀。止、奔也。衛文公能以、道化、其民。淫奔之恥。國人不、齒也。箋。不、齒者。不、與相長稚。衛案。淫風大行。而狄入、衛。國人恥、淫。而衛國復興、治、國之道。始於閨門。信矣。而或請、經筵廢、國風。可、謂暗、於聖人垂、教之意、矣。

蝃蝀在、東。莫、之敢指。蝃蝀。虹也。夫婦過、禮。則虹氣盛。君子見、戒而懼諱、莫、之敢指。箋。虹。天氣之戒。尚無、敢指者。況淫奔之女。誰敢視、之。衛案。傳諱下。毛本衍、之字。今從、十行本。女子有、行。遠、父母兄弟。箋。行。道也。婦人生而有、適、人之道。何憂、於不、嫁。而爲、淫奔之過、乎。惡、之甚。朝隮、于西。崇朝其雨。隮。升。崇。終也。從、旦至、食時、爲、終朝。箋。朝有、升氣、於西方。終、其朝、則雨。氣應、自然。以言、婦人生而有、適、人之道。亦性自然。正義。視祲注云。隮。虹也。詩云。朝隮于西。則隮亦虹也。言升氣者。以隮升也。由升氣所爲。故號虹爲隮。衡案。日氣映雨。則虹現。故暮虹於東。朝虹於西。是陰陽不正之氣。故以喩男女不以道交也。終朝其雨。言其雨易止。僅終朝而已。以言男女不以道交。其情易乖。不能與之偕老也。鄭謂終朝之後乃雨。恐非毛意。

女子有行。遠兄弟父母。乃如之人也。懷昏姻也。乃如是。淫奔之人也。箋。懷思也。乃如是之人。思昏姻之事乎。言其淫奔之過。惡之大。大無信也。不知命也。不待命也。箋。淫奔之女。大無貞潔之信。又不知昏姻當待父母之命。惡之也。顧炎武云。命古音彌吝反。考命字詩凡九見。並同。

相鼠三章。章四句。

相鼠。刺無禮也。衛文公能正其羣臣。而刺在位承先君之化。無禮儀也。正義。在位無禮儀。文公不黜之者。以其承先君之化。弊風未革。身無大罪。不可廢之故也。

相鼠有皮。人而無儀。相視也。無禮儀者。雖居尊位。猶爲闇昧之行。箋。儀威儀也。視鼠有皮。雖處高顯之處。偷食苟得。不知廉恥。亦與人無威儀者同。正義。視鼠有皮。猶人之無儀。何則人有皮。鼠亦有皮。鼠由無儀。故可恥也。人無禮儀。何異於鼠乎。陳啓源云。鼠乃貪惡之物。故詩以喩無禮儀之人。言鼠則僅有皮。人而無儀。亦如鼠。非以皮喩儀也。箋疏甚明。後儒多誤解。惟嚴緝得之。李黼平云。箋云。儀。威儀也。按箋云云。則傳儀字非威儀也。說文云。儀。度也。度即法度。書曰。欲敗度。縱敗禮。無禮儀。猶無禮度也。傳合末章無禮而以闇昧之行總釋之。據行事言也。箋爲威儀。則止爲容儀解。正義述經禮儀威儀混而一之。衡案。傳禮儀連用。是以禮釋儀。故箋以威儀申之。鼠之貪物。常於闇昧中。無禮儀者之行。亦猶此。故云。雖居尊位。猶爲闇昧之行。說文。儀度也。度徒落反。謀也。李說大謬。箋云。與人無威儀者同。則雖處以下十四字謂鼠。是以鼠比人。與傳以人比鼠。正相反。恐未是。

人而無儀。不死何爲。箋。人以有威儀爲貴。今反無之。傷化敗俗。不如其死無所害也。

相鼠有齒。人而無止。止。所止息也。箋。止。容止也。孝經曰。容止可觀。陳啓源云。毛云。止所止息也。鄭云。止容止也。毛訓優矣。人所止息。自有定則。無止則淫僻之行。無所不爲。故可刺也。豈僅在容止間哉。衡案。止。容止。常訓也。且首章無儀。卒章無禮。皆與容止相同。毛豈不知哉。而必訓止息者。禮儀施於皮體上。故首章卒章言禮儀。齒則無所用於禮義。唯貪食無厭。則其用在齒。故傳以無所止息解之。其義精矣。鄭蓋未達毛意也。閔本。監本。毛本。可觀下。有無止則雖居尊無禮節也十字。山井鼎云。此亦釋文混入於注者也。今從足利本。小字本。相臺本。人而無止。不死何俟。俟。待也。相鼠有體。體。支體也。正義。上云有皮有齒。已指體言之。明此言體非偏體也。故爲支體。人而無禮。人而無禮。胡不遄死。遄。速也。

干旄三章。章三句。

干旄。美好善也。衛文公臣子多好善。賢者樂告以善道也。箋。賢者。時處士也。正義。以臣子好善。賢者告之。則賢者非臣子。故云處士也。

孑孑干旄。在浚之郊。孑孑。干旄之貌。注旄於干首。大夫之旃也。浚。衛邑。古者臣有大功。世其官邑。郊外曰野。箋。周禮。孤卿建旃。大夫建物。首皆注旄焉。時有建此旄。來至浚之郊。卿大夫好善也。正義。謂之干旄者。以注旄於干首。故釋天云。注旄首曰旌。李巡曰。旄牛尾著干首。孫炎曰。析五采羽。注旄上也。其下又有旒縿。郭璞曰。載旄於竿頭。如今之幢。亦有旒也。如是則干之首有旄有羽也。天子以下建旃。旄者。干首皆注旄。獨以爲卿之建旃者。以臣多好善。當據貴者爲言。故知是卿旃也。孤卿建旃。大夫建物。司常文也。又曰。通帛爲旃。雜帛爲物。注云。凡九旗之帛。皆用絳。則通帛大赤也。雜帛以白爲飾絳之側也。首章二章互文也。言旄則有旒縿。言旃則亦有旒矣。段玉裁云。干者竿之假借。衡案。經郊謂浚都之郊。傳郊謂衛國之郊。浚郊所在。卽衛國之野。傳恐人以浚郊爲衛國之郊。故云郊外曰野。**素絲紕之。良馬四之。**紕。所以織組也。總紕於此。成文於彼。願以素絲紕組之法。御四馬也。箋。素絲者。以爲縷。以縫紕旌旗之旒縿。或以維持之。浚郊之賢者。既識卿大夫建旄而來。又識其乘善馬。四之者。見之數也。正義。言建子子然之干旄。而食邑在於浚之郊。此好善者。我願告之。以素絲紕組之法。而御善馬四轡之數。以此法而治民。織組者。總紕於此。成文於彼。猶御者執轡於此。馬騁於彼。以喻治民。立化於己。而德加於民。使之得所。有文章也。賢者願以此道告之。**彼姝者子。何以畀之。**姝。順貌。畀。予也。箋。時賢者既說此卿大夫有忠順之德。又欲以善道與之。心誠愛厚之至。衡案。箋以此經何以畀之。爲序樂告以善。故改上經素絲紕之之傳。爲素絲爲縷。以縫紕旌旗之旒縿。然上經素絲紕之。以比喻出之。此經何以畀之。則正言欲與之。而反不言所與。正是與之以素絲紕之之法。其意本不相複。若改爲干旄之飾。殊乏趣味。鄭說未是。正義。釋箋云。言心誠愛之。情無所恡。據此言。箋愛字下疑脫之字。孑孑干旟。在浚之都。鳥隼曰旟。下邑曰都。箋。周禮州里建旟。謂州長之屬。正義。箋以爲賢者見時臣子。實建旟而來。此爲州長。非卿大夫。若卿大夫。將兵乃建旟。非賢者所當見也。衡案。經言干旟者。時衞有狄警。此卿非徒有文德。又有武事。所以深愛之也。

素絲組之。良馬五之。總以素絲而成組也。驂馬五轡。箋。以素絲縷縫組於旌旗。以爲之飾。五之者。亦謂五見之也。正義。驂馬五轡者。御車之法。驂馬內轡納於觖。唯執其外轡耳。驂馬馬執一轡。服馬則二轡俱執之。所謂六轡在手也。此經有四之。五之。六之。以御馬喩治民。馬多益難御。故先少而後多。傳稱漸多之由。爲說從內而出外。上章四之。謂服馬之四轡也。此章加一驂馬。益一轡。故言五之也。衡案。孔子遇舊館人之喪。脫左驂贈之。左驂可脫。則此所加右驂也。此章云五之。下章云六之。傳皆謂轡在手者。則首章四之者。亦謂兩服四轡。而彼傳云御四馬者。四馬卿大夫駕車之正法。傳將言御法。故舉其正法而言之。非經四字也。其不釋經四字者。推下傳五之六之。自可知也。觖卽游環。在服馬背上。

彼姝者子。何以予之。孑孑干旌。在浚之城。析羽爲旌。城。都城也。正義。三章皆言在浚。則所論是一人。皆卿也。傳曰。析羽爲旌。於周禮則游車之所載。卿而得建旌者。鄉射記注云。旌總名也。爾雅云。注旄首曰旌。則干旄干旌一也。既設旐縿。有旃旟之稱。未設旐縿。空有析羽。謂之旌。**素絲祝之。良馬六之。**祝。織也。四馬六轡。箋。祝當作屬。屬著也。六之者。亦謂六見之也。段玉裁云。此謂假借。祝與織雙聲。而合音最近。**彼姝者子。何以告之。**陳啓源云。三章皆云在浚。是專論一人之事。蓋衛臣食邑於浚。當國之郊。而下邑曰都。城即都之城。一地而異其文耳。鄭解竿旄兼言旃物。旃則卿。物則大夫也。又以竿旟爲州里所建。所指非一人。豈以序言臣子多好善。故廣言之與。然於在浚之文。則有礙矣。夫專美一人。亦可概其餘。毛說爲允。惟素絲良馬。則鄭義長。衡案。陳云。素絲良馬鄭義爲長。案序云。衛臣子好善。賢者樂告以善道。樂告以善道。正謂素絲紕之之法。若以此句爲干旄之飾。以良馬四之爲四見良馬。不過以數見大夫服飾爲榮。而末句何以畀之。直序其情。竟不言所與。安得言樂告以善道哉。故毛以爲願以素絲紕組之法。御四馬。因以喩治庶民。其義精矣。傳解首章在浚之郊。曰。郊外曰野。言此浚之郊。乃在衛之野也。陳云。食邑於浚。當國之郊。又錯

載馳五章。一章六句。二章章四句。一章六句。一章八句。

載馳。許穆夫人作也。閔其宗國顛覆。自傷不能救也。衛

懿公爲狄人所滅。國人分散。露於漕邑。許穆夫人閔衛之亡。傷許之小。力不能救。思歸唁其兄。又義不得。故賦是詩也。箋。滅者。懿公死也。君死於位曰滅。露於漕邑者。謂戴公也。懿公死。國人分散。宋桓公迎衛之遺民。渡河處之於漕邑。而立戴公焉。戴公與許穆夫人。俱公子頑烝於宣姜所生也。男子先生曰兄。正義。定本集注皆云。又義不得。則爲有字者非也。君死於位曰滅。公羊傳文也。陳啓源云。衞詩三十九篇。惟許穆夫人之載馳。乃其自作。今誦其詞。淸婉而深至。誠女子之能言者也。李黼平云。此序以有字爲當。未可以爲非也。衛案。凡小序。首一句子夏所作。其下則毛亨據師說而詳述之。獨此序至救也二十字。皆子夏之言。衛懿以下。乃毛氏續成之。詳文意。其義自明。穆夫人自作此詩。故序云自傷。又義之又。顧傷字成文。作有字非是。據作詩次第。此詩當編於定之方中之前。而置之卷末者。以他國夫人所賦也。

載馳載驅。歸唁衛侯。載。辭也。弔失國曰唁。箋。載之言則也。衛侯。戴公也。焦循云。夏小正傳云。則者盡其辭也。則正是辭。故箋以申傳。正義云。箋惟載之言則爲異。然則毛所謂辭者何辭也。驅馬悠悠。

言至于漕。悠悠。遠貌。漕。衛東邑。箋。夫人願御者驅馬悠悠乎。我欲至于漕。**大夫跋涉。我心則憂。**草行曰跋。水行曰涉。箋。跋涉者。衛大夫來。告難於許時。正義。左傳云。跋涉山川。則跋者山行之名也。言草行者。跋本行草之名。故傳曰反首茇舍以行。山必有草。故山行亦曰跋。**既不我嘉。不能旋反。**不能旋反我思也。箋。既盡。嘉善也。言許人盡不善我欲歸唁兄。衡案。既如字。**視爾不臧。我思不遠。**不能遠衛也。箋。爾女。女許人也。臧善也。視女不施善道救衛。衡案。傳不解不臧。然以不能遠衛而推之。亦謂女不善我歸唁兄。意與上箋同。遠猶忘也。言我不能推遠思衛之情。故傳言不能耳。二章三章反復詠歎欲歸唁之情。箋說近鑿矣。**既不我嘉。不能旋濟。**濟。止也。衡案。爾雅釋天。濟謂之霽。疏。濟止也。今南陽人呼雨止爲霽。**視爾不臧。我思不閟。**閟。閉也。**陟彼阿丘。言采其蝱。**偏高曰阿丘。蝱。貝母也。升至偏高之丘。采其蝱者。將以療疾。箋。升丘采貝母。猶婦人之適異國。欲得力助安宗國也。正義。莔貝母。釋草文。陸璣疏云。蝱今藥草貝母也。其葉如括樓而細小。其子在根下。如芋子。正白。四方連累相著有分解是也。陳啓源云。蝱爾雅說文皆作莔。陸氏詩疏。郭氏爾雅注。言其物色各不同。陸云。葉如括樓而細。郭云。白華葉似韭。蘇頌圖經論之以爲貝母葉隨苗出。似蕎麥。七月開華。碧綠色。與陸相類。郭注云云。今罕見之。案唐本注言葉似大蒜。正與郭注似韭同。則此種唐世猶有之矣。段玉裁云。此謂蝱即莔之假借。衡案。毛云。將以療疾。蓋謂欲歸唁而不可得。終以成疾。故將采貝母而療之。觀下經以女子善懷承之。其意可見矣。鄭箋迂僻。不可從。女子善懷。亦各有行。行。道也。箋。善猶多也。懷。思也。女子之多思者有道。猶升丘采其蝱也。衡案。毛意謂女子性雖多懷。亦各有懷之之道。未可一概非之也。許人尤之。衆穉且狂。尤。過也。是乃衆幼穉且狂也。狂進取一概之義。箋。許人。許大夫也。過之者。過夫人之欲歸唁其兄。正義。論語云。狂者進取。注云。狂者進取。仰法古例。不顧時俗。是進取一概之義。一概者一端。不喩變通。以常禮爲防。不聽歸唁。是童蒙而狂也。衡案。傳也狂二字。諸本俱無。段玉裁所訂毛詩詁訓傳補此二字。詳考傳文。無此二字。文義不圓。今從之。我行其野。芃芃其麥。願行衛之野。麥芃芃然方盛長。箋。麥芃芃者。言未收刈。民將困也。

李黼平云：傳義以經云言至于漕，又云控于大邦，誰因誰極，尚未有齊桓救衞之事。序亦但言露於漕邑，則是閔二年十二月事。月令仲秋勸民種麥，説文云麥秋種厚薶，金王而生，火王而死。周十月種麥，至十二月，麥亦生矣。傳云方盛長，箋云未收刈，較然有別，未可牽合也。衞案：今實驗之節進之歲，麥至十月，亦已芃芃然，李説是也。

控于大邦，誰因誰極。控，引。極，至也。箋：今衞侯之欲求援引之力助於大國之諸侯，亦誰因乎？由誰至乎？閔之，故欲歸問之。衞案：言衞國既滅，出廬于漕，而麥芃芃然方盛長，不經數月，未可刈穫，衆散食乏，欲求大國援引之力，誰因誰至而謀之乎？其艱如此，此我所以欲犯禮歸唁也。

大夫君子，無我有尤。箋：君子，國中賢者。無我有尤，無過我也。**百爾所思，不如我所之。**不如我所思之篤厚也。箋：爾，女。女，衆大夫君子也。陳啓源云：載馳歸唁，夫人意中事也。義不得歸唁，亦夫人意中事也。故曰馳驅，曰驅馬，皆意中欲其如此而言之也。曰既不我嘉，曰許人尤之，又意中料其必如此而言之也。其實夫人未嘗出，大夫未嘗追，如泉水詩之飲餞出宿，皆想當然爾，非眞有是事也。序云夫人閔衞之亡，傷許之小，力不能救，欲歸唁其兄，又義不得。詩意只如此。朱傳取詩中所言，皆指爲實事，謂歸唁是已行而未至，而陟丘行野，則歸途自述其情。吾不知夫人將出時，告之於許君乎？抑不告乎？許之臣民知之乎？抑不知乎？如知之，則應阻之於未出之先。不應追之於既出之後。如不知。則以小君之尊。適千里之遠。焉有倉皇就道。舉朝莫覺之理。且此時許君安在。乃坐視夫人之出。默無一言。直待其行至中途。始遣大夫往追之乎。孟子曰。說詩者。不以詞害意。觀此詩。而益信。李黼平云。春秋文十三年左傳。鄭子家襄十九年左傳穆叔俱賦載馳之四章。服注以首章論歸唁之事。總其所思之意。下四章爲許人所尤而作之。置首章于外。以下別數爲四章。正義謂其無所案據。是矣。而謂杜注幷賦四章以下爲然。非也。杜于文十三年注云四章以下。義取小國有急。欲引大國以援助。傳意若然。則當云賦四章以卒。如襄二十年季武子賦棠棣之七章以卒之例。今云四章。難言杜注之是矣。況襄十九年注云。四章曰。控于大邦。誰因誰極。控引也。取其欲引大國以自救助。又以五章爲四章。是杜氏且不能守其前說也。愚案。杜注兩歧。皆以義取控于大國。致有此失。不知子家穆叔各賦四章。特取采蝱療疾之意。初非幷賦五章也。衡案。文十三年。鄭子家賦載馳之四章。請魯侯平于晉也。襄十九年。穆叔見叔向賦是章。求防齊怨也。皆與控于大邦。最相襯貼。而是句乃在五章。故服虔杜預皆牽强立說。而終不可通。至朱熹著集傳。合二章三章爲一章。以求合子家穆叔賦四章之意。果如其說。傳當云賦卒章。而今皆云賦四章。則載馳分爲五章。自古而然。安得合爲四章。以成己說哉。今案此篇首章總序欲歸唁之意。二章三章反復詠歎歸唁不可得之意。控于大邦章云我行其野。芃芃其麥。又云大夫君子。無我有尤。百爾所思。不如我所之。此猶有欲歸唁之意。阿丘章則歸唁之念既絕。思極生疾。升偏高之丘。四眺以排憂。采藥以療疾。於是不復言衛事。但以女子善懷自訴。以許人穉狂結之。詳考章旨。此章當爲四章。阿丘章當爲卒章。今本之失。蓋在毛後鄭前。不可的知也。曩著左傳輯釋解文十三年傳。

及襄十九年傳賦此篇四章。爲孔子未正詩。此章失次在四章。失之。又案。傳解不如我所之曰。不如我所思之篤厚也。蓋蒙上句思字。以所之爲我思所之。故云。不如我所思之篤厚也。

衛淇奧詁訓傳第五　國風

衛國十篇。三十四章。二百三句。

淇奧三章。章九句。

淇奧。美武公之德也。有文章。又能聽其規諫。以禮自防。故能入相于周。美而作是詩也。

正義。世家云。武公將兵。佐周平戎。甚有功。平王命爲公。則平王之初。未命爲公。亦爲卿士矣。此云入相于周。不斥其時之王。或幽或平。未可知也。若平王。則爲公。而云卿士者。卿爲典事。公其秉官。故顧命注。公秉官。以六卿爲正次。是也。案世家云。武公以其賂賂王。以襲攻共伯。而殺兄篡國。得爲美者。美其逆取順守。德流於民。故美之。齊桓晉文皆篡弑而立。終建大功。亦此類也。衡案。鄘柏舟序曰。衛世子共伯蚤死。其妻守義。父母欲奪而嫁之。其詩曰。髧彼兩髦。實維我儀。傳髦者髮至眉。子事父母之飾。是共伯死時。父母尚存。而其年蓋亦在三十左右。故妻父母欲奪其志而嫁之。參以楚語衛武公年九十有五。猶箴儆于國。世家所載武公篡共伯之事。益不可信。要當以經序爲斷。說又互詳於鄘柏舟。

瞻彼淇奥。綠竹猗猗。 興也。奥。隈也。綠。王芻也。竹。篇竹也。猗猗。美盛貌。武公質美德盛。有康叔之餘烈。 釋文。綠竹並如字。爾雅作菉。音同。韓詩竹作藩。音徒沃反。云藩。萹筑也。之烈一本作之餘烈。正義。視彼淇水隈曲之內。則有王芻與萹竹。猗猗然美盛。以興視彼衛朝之上。則有武公質美德盛。然則王芻萹竹所以美盛者。由得淇水浸潤之故。武公所以德盛者。由得康叔之餘烈。陳啓源云。綠爲王芻。竹爲萹竹。爾雅作萹蓄。韓詩說文皆作萹筑。詩雅注疏皆同。乃二艸也。自集傳解爲綠色之竹。後儒不敢有異議。而前說俱廢。夫武帝斬淇園之竹。寇恂伐竹淇川。漢史誠有之。然唐以前諸儒。豈皆未見漢書者哉。又水經注亦引漢武寇恂故事而辨之。曰今通望淇川。並無此物。惟王芻萹竹。不異毛興。此善長得於目驗。當不誤矣。案吳普本艸。萹蓄名萹辨。又名萹曼。節間有粉。多生道旁。方士呼爲粉節艸。道旁艸。入本經下品。李氏綱目云。葉似落帚而不尖。弱莖引蔓。促節。三月開紅華。結細子。段玉裁云。毛詩作綠。字之假借也。離騷薋菉葹以盈室兮。王逸注引終朝采菉。今毛詩亦作終朝采綠。魏都賦南瞻淇奥。則綠竹純茂。言綠與竹同茂也。故以冬夏異沼。麗句。神農本艸經。萹蓄味苦平。陶貞白云。人亦呼爲萹竹。顧炎武云。猗古音於戈反。

有匪君子。如切如磋。如琢如磨。 匪。文章貌。治骨曰切。象曰磋。玉曰琢。石曰磨。道其學而成也。聽其規諫以自修。如玉石之見琢磨也。正義。傳既云切磋琢磨之用。乃云。道其學而成也。指解切磋之喻也。又云。而能聽其規諫。以禮自修飾。如玉石之見琢磨。則唯解琢磨。無切磋矣。此經文相似。傳必知分爲別喻者。以釋訓云。如切如磋。道學也。郭璞曰。骨象須切磋而爲器。人須學問以成德。又云。如琢如磨。自修也。郭璞曰。玉石之被琢磨。猶人自修飾也。禮記大學文同爾雅。是其別喻可知。段玉裁云。傳謂匪即斐之假借。

瑟兮僩兮。赫兮咺兮。瑟。矜莊貌。僩。寬大也。赫。有明德赫赫然。咺。威儀容止宣著也。正義。此四者。皆言內有其德。外見於貌。大同而小異也。瑟。矜莊。是外貌莊嚴也。僩。寬大。是內心寬裕。赫。有明德赫赫然。是內有其德。故發見於外也。咺。威儀宣著。皆言外有其儀。明內有其德。故釋訓與大學皆云。瑟兮僩兮。恂慄也。赫兮喧兮。威儀也。以瑟兮者自矜持之事。故云恂慄也。言其嚴峻戰慄也。赫咺者。容儀發揚之事。故云威儀也。其實皆是威儀之事。但其文互見。故分之。陳啓源云。傳云。僩。寬大也。韓詩云。僩。美貌。說文云。僩。武貌。三解各異。集傳曰。嚴毅。章句曰。武毅。皆從說文。案荀子云。陋者俄且僩也。僩與陋反。正是寬大義。毛爲荀弟子。字訓有本矣。

有匪君子。終不可諼兮。諼。忘也。正義。有匪然文章之君子。盛德之至如此。故民稱之。終不可以諼兮。

瞻彼淇奧。綠竹青青。青青。茂盛貌。段玉裁云。淇奧苕華之青青。與杕杜菁菁者莪之菁菁同也。淇奧傳。青青茂盛貌。杕杜傳。菁菁葉盛也。菁菁者莪傳。

菁菁盛貌。有匪君子。充耳琇瑩。會弁如星。充耳謂之瑱。琇瑩美石也。天子玉瑱。諸侯以石。弁。皮弁。所以會髮。箋。會謂弁之縫中。飾之以玉。皪皪而處。狀似星也。天子之朝服。皮弁。以日視朝。

正義。會髮之弁。文駁如星。禮記云。周弁殷冔夏收。言收者。所以收髮。則此言會者。所以會髮可知。段玉裁所訂毛詩詁訓傳。作會者所以會髮。弁。皮弁。其說云。正義引儀禮注。收者所以收髮。證傳會者所以會髮之文。孔氏所見傳未誤也。此蓋毛公謂經會爲膾之假借。周禮故書。王之皮弁。膾五采玉璂。大鄭云。膾讀如馬會之會。謂以五采束髮也。士喪禮檜用組。讀與膾同。說曰以組束髮。乃著笄。謂之檜。玉裁案。然則詩謂以骨擿擿髮以組束之。乃加弁。而光耀如星。三家詩必有作膾者。膾說文云。骨擿之可會髮者。正與毛傳周禮大鄭注同。各本作弁皮弁所以會髮。不辭。由淺人不解會者所以會髮之文。乃刪會者二字。併倒置其文。今正之。如是衡案。箋云。會謂弁之縫中。顯與毛乖。非也。其解如星。爲飾玉之狀。得之。段讀會爲膾。仍倒置其文。辨矣。然詳考傳疏。其說未是。經云會弁如星。所謂如星者。謂飾弁之玉。皪皪如星。是所重在弁。不在會。會特添字以足句。故傳先解弁。仍解弁之所以言會。故承之云。所以會髮也。會髮爲髻。而弁覆之。是亦會之也。故云。所以會髮。膾擿髮之具。非所以爲飾。經何爲詠之。正義明言會髮之弁。交駁如星。又引收者所以收髮。以證弁所以會髮。故云。則此言會者所以會髮可知。會者句斷。段連下爲句。謬甚。段著周禮漢讀考。疑此傳有錯誤。遂固執不喻耳。

瑟兮

僩兮。赫兮咺兮。有匪君子。終不可諼兮。瞻彼淇奧。綠竹如簀。簀。積也。段玉裁云。此謂假借。有匪君子。如金如錫。如圭如璧。金錫鍊而精。圭璧性有質。箋。圭璧亦琢磨。四者亦道學而成也。衡案。鍊而精。謂學而成之。性有質。性之也。然亦各以所重言之。非謂金錫無質。圭璧無學也。寬兮綽兮。猗重較兮。寬。能容衆。綽。緩也。重較。卿士之車。箋。綽兮。謂仁於施舍。正義。輿人注云。較。兩輢上出軾者。則較謂車兩傍。今謂之平較。周禮無重較單較之文。段挍本猗作倚。云作猗者誤。阮元云。猗假借字。衡案。倚依也。倚較於兩輢上。故云。倚重較兮。段說可從。善戲謔兮。不爲虐兮。寬緩弘大。雖則戲謔。不爲虐矣。箋。君子之德。有張有弛。故不常矜莊。而時戲謔。

考槃三章。章四句。

考槃。刺莊公也。不能繼先公之業。使賢者退而窮處也。

箋。窮猶終也。衡案。諸本窮處下無也字。今從古本。石經。窮如字。謂處澗阿陸耳。

考槃在澗。碩人之寬。考成。槃樂也。山夾水曰澗。箋。碩大也。有窮處成樂。在於此澗者。形貌大人。而寬然有虛乏之色。正義。諸言碩人者。傳皆以為大德之人。卒章碩人之軸。傳訓軸為進。則是大德之人。進於道義也。推此而言。則寬薖之義。皆不得與箋同矣。王肅之說。皆述毛傳。其注云。窮處山澗之間。而能成其樂者。以大人寬博之德。故雖在山澗。獨寐而覺。獨言先王之道。長自誓不敢忘也。美君子執德弘。信道篤也。歌所以詠志。長以道自誓。不敢過差。其言或得傳旨。今依之。以為毛說。

獨寐寤言。永矢弗諼。箋。寤覺。永長。矢誓。諼忘也。在澗獨寐。覺而獨言。長自誓以不忘君之惡。志在窮處。故云然。考槃在阿。碩人之薖。曲陵曰阿。薖。寬大貌。箋。薖。飢意。釋文。韓詩作過。美貌。段玉裁云。傳謂薖即窠之假借。衡案。說文窠空也。唯空無所窒礙。故其心寬大。段說是也。

獨寐寤歌。永矢弗過。箋。弗過者。不復入君之朝也。衡案。下傳云。無所告語也。是不告語儕輩。則此章弗過。亦是不訪過儕輩。鄭每章以君而言。恐非大賢避世者之志也。考槃在陸。碩人之軸。軸，進也。箋：軸，病也。正義：傳「軸」爲「迪」，釋詁云：「迪，進也。」箋以「軸」與「陸」爲韻，宜讀爲「逐」。釋詁云：「逐，病。」「逐」與「軸」蓋古今字異。陳啓源云：「軸以持輪，車得之始可以進。毛之訓進，或以此。」衡案：陳謂毛不破字，強就「軸」字以求進義，不知毛詩多假借，毛輒就假借字施本訓。此在毛時，其義本明，故不言讀爲某。及至鄭時，此義漸晦，鄭恐人不曉，故言讀爲、讀若。後儒不察，遂謂鄭好易字，毛則無之。陳亦襲其謬耳。孔疏不可易。

獨寐寤宿，永矢弗告。無所告語也。箋：不復告君以善道。衡案：宿讀爲肅，戒也。無所告語者，沈默以避禍，慎之至也。

碩人四章，章七句。

碩人，閔莊姜也。莊公惑於嬖妾，使驕上僭。莊姜賢而不答，終以無子，國人閔而憂之。盧文弨云：唐石經此下有「是詩也」五字，剜缺猶可辨。阮元云：今考正義，標起止云「至憂之」，是正義本當無此五字。衡案：據文勢，有五字似長。又案：綠衣、燕燕、日月、終風皆莊姜自傷而編之邶風，此篇國人憫莊姜而收之衛風者，四篇之作，其禍已迫，邶都之亂，由此以起，故編之邶風。此篇之作，在四篇之前，其禍未迫，非邶都所以興廢，故編之衛風。以此推之，大史所以分衛爲三，可得而言矣。

碩人其頎，衣錦褧衣。頎，長貌。錦，文衣也。夫人德盛而尊，嫁則錦衣加褧襜。箋。碩大也。言莊姜儀表長麗佼好。頎頎然。褧。禪也。國君夫人。衣翟而嫁。今衣錦者。在塗之所服也。尙之以禪衣。爲其文之太著。釋文。衣錦。於既反。注夫人衣翟。今衣錦同。褧苦迥反。說文作檾。枲屬也。襜昌占反。佼本又作姣。古卯反。下同。正義。襜亦禪而在上。故云加之以褧襜。玉藻云。禪爲絅。故知褧禪衣也。中庸云。衣錦尙絅。爲其文之太著。是也。衡案。箋佼好。本多作佼好。今從古本岳本及釋文。衣翟。正義作翟衣。亦從古本釋文。

齊侯之子。衛侯之妻。東宮之妹。邢侯之姨。譚公維私。東宮。齊太子也。女子後生曰妹。妻之姊妹曰姨。姊妹之夫曰私。箋。陳此者。言莊姜容貌既美。兄弟皆正大。正義。釋親云。妻之姊妹同出爲姨。女子謂姊妹之夫爲私。孫炎曰。同出。俱已嫁也。私無正親之言。然則謂吾姨者。我謂之私。邢侯譚公。皆莊姜姊妹之夫。互言之耳。春秋譚子奔莒。則譚子爵。言公者。蓋依臣子之稱。便文耳。段玉裁云。說文。鄿國也。齊桓公之所滅。無譚字。衡案。侯爵尊。處五等之第二。故稱其爵。子爵卑。不足誇稱。故變文曰公。公雖亦爵。其稱差汎。五等諸侯。諡皆稱公。故子爵之君。亦可稱公也。鄿正字。譚假借字。

手如柔荑。如荑之新生。釋文。荑徒奚反。正義。以荑所以柔。新生故也。若久則不柔。故知新生也。衡案。荑始生茆也。剝其皮。絜白如雪。長六七寸。細而柔軟。故以喻手之絜白也。**膚如凝脂。**如脂之凝。正義。釋器云。氷脂也。孫炎曰。膏凝曰脂。是也。**領如蝤蠐。**領。

頸也。蝤蠐。蝎也。釋文。蝎也。音曷。正義。以在木中。白而長。故以比頸。今定本云。蝤蠐蝎也。無蟲字。與爾雅合。陳啓源云。蝤蠐非蠐螬也。蝤蠐一名

蝎。爾雅蝤蠐蝎是也。一名蛣蝠。一名桑蠹。爾雅蝎蛣蝠及蝎桑蠹是也。身長足短。生腐木中。穿木如錐。至春雨後。化爲天牛。蠐螬一名蟦蠐。爾雅蟦蠐螬是也。生糞土中。

以背行。身短足長。如足大指。從夏入秋。化腹育。又化爲蟬。郭氏爾雅注。已分爲二物。陶貞白與蘇恭以爲一蟲。誤也。陳藏器拾遺辨之當矣。衡案。正義本蝎下有蟲字。今

從陸本。定本。**齒如瓠犀。**瓠犀。瓠瓣。正義。釋草云。瓠棲瓣也。今定本亦然。孫炎曰。棲瓠中瓣也。棲與犀字異音同。焦循云。

棲通妻。妻者齊也。簡閱取乎齊。故六月棲棲爲簡閱貌。下文戎車既飭。飭即齊義也。葉生齊則盛。故梧桐之盛。謂之萋萋。因而心之齊一。亦謂之萋。有萋有苴。箋云。盡心

力於其事。是也。瓠中之子。排列甚齊。故有棲稱。詩因以比齒之齊也。**螓首蛾眉。**螓首。顙廣而方。箋。螓。謂蜻

蜻也。正義。釋蟲云。蚻。蜻蜻。舍人曰。小蟬也。青青者。某氏曰。鳴聲蚻蚻者。郭氏曰。如蟬而小。有文。是也。此蟲額廣而且方。此經。手膚領齒。舉全物以比之。故言如。

螓首蛾眉。則指其體之所似。故不言如也。段玉裁云。而方下當有娥眉好貌四字。娥字逗。眉好貌三字爲句。王逸注離騷。正如此。凡娥眉古書或作蛾。假借字耳。娥者美

好輕揚之意。小顏乃有形如蠶蛾之說。蠶蛾有毛角。非眉也。臧鏞堂云。謂毛詩脫娥眉好貌四字。不敢信。今遽增入傳中。恐非。衡案。章首至此。皆擧物以比其美。此句螓

與蛾首與眉相對成文。蛾爲蟲名審矣。若改作娥訓眉
好貌。句法章法皆乖。蛾首毛眉形。非角狀。段說非是。巧笑倩兮。倩好口輔。
李黼平云。口輔當作酺。說文輔云。人頰車也。服虔左傳注云。輔上頷車。與牙相依。則
輔在口內。與牙舌相近。說文酺頰也。頰面旁也。笑貌之美。在兩頰之旁。故輔當作酺
也。衡案。李說是也。但秦漢之際
猶用假借字。輔即酺。不必改也。美目盼兮。盼白黑分。箋。此章說莊姜容
貌之美。所宜親幸。陳啓源云。盼从目分聲。匹莧切。目黑白分也。眄从目丏聲。莫
甸切。目偏合也。一曰邪視也。盻从目兮聲。胡計切。恨視貌。三
字音形義俱各
別。今人多亂之。碩人敖敖。說于農郊。敖敖長貌。農郊近郊。箋。敖敖
猶頎頎也。說當作襚。禮春秋之襚。讀皆宜同。衣服曰襚。今俗語然。此言
莊姜始來。更正衣服于衞近郊。釋文。說本或作稅。毛始鋭反。舍也。鄭作襚。音遂。
正義。孫毓述毛云。說之爲舍。常訓也。衡案。毛說
是也。此章不言衣者。以車表衣。既乘翟車。則改服翟衣可知。故
不言衣也。鄭以錦非嫁衣。必欲見改服之意。遂改說爲襚。拘甚。
幩鑣鑣。翟茀以朝。驕莊貌。幩飾也。人君以朱纏鑣扇汗。且以爲飾。四牡有驕。朱
鑣鑣。盛貌。翟。翟車也。夫人以翟羽飾車。茀。蔽也。箋。此又言莊姜自近郊。

既正衣服。乘是車馬。以入君之朝。皆用適夫人之正禮。今而不答。釋文。鑣表驕反。馬銜外鐵也。一名扇汗。又曰排沫。正義。此經鑣之鑣。自解飾之所施。非經中之鑣也。段玉裁云。碩人清人皆當同載驅作儦儦。此誤作鑣鑣者。因傳有以朱纏鑣之文也。說文引朱幩儦儦。俗本亦改作鑣鑣。

大夫夙退。無使君勞。

大夫未退。君聽朝於路寢。夫人聽內事於正寢。大夫退。然後罷。箋。莊姜始來時。衛諸大夫朝夕者。皆早退。無使君之勞倦者。以君夫人新爲妃耦。宜親親之故也。正義。君出視朝。事畢。乃之路寢。以待大夫之所諮決。事之多少。大夫所主。故使人視大夫。大夫退。然後罷。明非由於大夫。要事畢否在大夫。衡案。正朝在路門外。朝禮既畢。大夫士各往其局治事。君居路寢待之。大夫退。然後適小寢釋服。

河水洋洋。北流活活。施罛濊濊。鱣鮪發發。葭菼揭揭。庶姜孽孽。庶士有朅。

洋洋。盛大也。活活。流也。罛。魚罟。濊濊。施之水中。鱣。鯉也。鮪。鮥也。發發。盛貌。葭。蘆。菼。薍也。揭揭。長也。孽孽。盛飾。庶士。齊大夫送女者。朅。武壯貌。箋。庶姜。謂姪娣。此章言齊地廣饒。士女佼好。禮儀之備。而君何爲不答夫人。釋文。濊呼活反。馬云。大魚網目大豁也。韓詩云。流貌。說文云。凝流也。鱣。直連反。大魚。口在頷下。長二三丈。江南呼黃魚。與鯉全異。鮪于軌反。似鱣大者名王鮪。小者曰叔鮪。發補末反。馬云。魚著網尾發發然。韓詩作鱍。孽魚竭反。韓詩作钀。牛遏反。長貌。揭欺列反。韓詩作桀。云健也。正義。鱣鯉鮪鮥。謂魚有二名。釋魚有鯉鱣。舍人曰。鯉一名鱣。郭璞曰。鯉今赤鯉魚也。鱣大魚似鱏而短鼻。口在頷下。體有邪行甲。無鱗。肉黃。大者長二三丈。今江東呼爲黃魚。即是也。陸璣云。鮪魚形似鱣而青黑。頭小而尖。似鐵兜鍪。口亦在頷下。其甲可以摩薑。大者不過七八尺。益州人謂之鱣鮪。一名鮥。肉色白。味不如鱣也。葭蘆菼薍。釋草文。李巡曰。分別葦類之異名。郭璞曰。蘆葦也。薍似葦而小。如李巡云。蘆薍共爲一草。如郭云。則蘆薍別草。大車傳曰。菼鵻也。蘆之初生。則毛意以葭菼爲一草也。陸璣云。薍或謂之荻。至秋堅成則謂之萑。其初生三月中。其心挺出。其下本大如箸。上銳而細。楊州人謂之馬尾。以今語驗之。則蘆薍別草也。李黼平云。韓詩云。濊濊流貌。得之。蓋謂罛初落水。與水濊濊俱流也。得韓詩說。而毛旨顯然矣。段玉裁云。呂覽過理篇。宋王築爲蘖臺。高誘注。蘖當作钀。其音同。詩云。庶姜钀钀。高長貌也。按爾雅。蓁蓁蘖戴也。毛傳。蘖蘖盛飾也。蓁蓁至盛也。廣韻。钀頭戴物也。此謂庶姜姿首美盛。如草木華葉。說文钀蘖𣎵梓同。今毛詩爾雅作孽誤。毛謂揭即仡之假借。說文仡仡勇壯也。焦循云。說文鱣鯉二字互訓。尚書大傳作江鱓大龜。鄭氏注云。鱓或作鱣。鱣鯉也。水經注河水篇。又南得鯉魚澗。爾雅曰。鱣鮪也。鮪當作鯉。出鞏穴。三月則上渡龍門。得渡爲龍矣。不則點額而還。皆以鱣即是鯉。惟周頌鱣鯉並舉。鄭箋以大鯉解之。崔豹古今注云。鯉之大者爲鱣。又云。兗州人呼赤鯉爲赤驥。青鯉爲青馬。黑鯉爲元駒。白鯉爲白騏。黃鯉爲黃騅。鯉類非一。鱣爲鯉之一種。故以鯉名鱣耳。郭璞謂毛傳爲強合。正義未能辨也。衡案。凡網罟施之水中。則目張。馬云。大魚網目大豁。正述傳施之水中。則以濊濊爲目張貌也。若罟與水俱流。則魚逃不可獲。韓說不可從。凡物有一物而數名者焉。有一名而稱數物者焉。如鯤鮞皆海大魚也。而又皆爲魚子名。此鯉亦大魚。後儒唯爲鯉鮒之鯉。故紛然聚訟。當以傳爲正說。

氓六章。章十句。

氓。刺時也。宣公之時。禮義消亡。淫風大行。男女無別。遂相奔誘。華落色衰。復相棄背。或乃困而自悔。喪其妃耦。故序其事以風焉。美反正。刺淫佚也。正義。奔誘者。謂男子誘之。婦人奔之也。阮元云。釋文。佚音逸。正義標起止云。至淫佚。是釋文本正義本皆作佚。唐石經改作泆者非也。衡案。序其事以風焉。六章皆是也。美反正。首章匪我愆期。子無良媒。請子無怒。秋以爲期。三章。于嗟女兮。無與士耽。士之耽兮。猶可說也。女之耽兮。不可說也。是也。自餘四章。刺淫佚也。又案。此篇亦宣公淫行所化。當入邶風。而編之於衛風者。雖淫風大行。而猶有反正。爲詩人所美者。未至致邶部滅亡。故編之於衛風也。此亦可以見大史所以分衛爲三之意矣。

氓之蚩蚩。抱布貿絲。氓民也。蚩蚩敦厚之貌。布幣也。箋幣者所以貿買物也。季春始蠶。孟夏賣絲。正義。檀弓注云。古者謂錢爲泉布。所以通布貨財。泉亦爲布。知此布非泉。而言幣者。以言抱之。則宜爲幣。泉則不宜抱之也。載師鄭司農云。里布者。布參印書。廣二寸。長二尺。以爲幣。貿易物。引詩云。抱布貿絲。抱此布也。衡案。管子曰。珠玉爲上幣。黃金爲中幣。刀布爲下幣。凡可以貿易物者。皆謂之幣。毛云布幣。亦謂錢耳。抱懷也。持也。錢可懷可持。何爲不宜言抱也。傳蚩蚩下。諸本有者字。今從小字本相臺本。匪來貿絲。來即我謀。箋匪非。即就也。此民非來買絲。但來就我。欲與我謀爲室家也。顧炎武云。謀音媒。送子涉淇。至于頓丘。丘一成爲頓丘。箋子者。男子之通稱。言民誘己。己乃送之。涉淇水。至此頓丘。定室家之謀。且爲會期。正義。釋丘云。丘一成爲敦丘。孫炎曰。形如覆敦。敦器似盂。郭璞曰。成猶重也。周禮曰。爲壇三成。敦盂也。音頓。與此字異音同。匪我愆期。子無良媒。愆過也。箋良善也。非我以欲過子之期。子無善媒來告期時。諸本心誤以。今從小字本相臺本。將子無怒。秋以爲期。將願也。

箋。將請也。民欲爲近期。故語之曰。請子無怒。秋以與子爲期。衛案。是女初欲從蚩蚩之氓。送之至于頓丘。密與之期。既而悔之。不赴於期。告之曰。非我故過期。但子無善媒。男女不待媒妁之言而會。非禮也。願子無怒我背期。若必欲與我昏。秋以爲昏期。秋正昏之時也。言欲待媒氏通兩家之情。以正昏之時。與子爲昏禮。卽序所謂美反正也。經意既明。故傳不解耳。乘彼垝垣。以望復關。垝。毀也。復關。君子所近也。箋。前既與民以秋爲期。期至。故登毀垣。鄉其所近而望之。猶有廉耻之心。故因復關以託號民云。此時始秋也。衛案。此是別一人。卽序所謂刺淫佚者。故下傳云。有一心乎君子。故能自悔。箋疏以爲卽秋以爲期者。失之。不見復關。泣涕漣漣。言其有一心乎君子。故能自悔。箋。用心專者。怨必深。既見復關。載笑載言。則笑則言。喜之甚。爾卜爾筮。體無咎言。龜曰卜。蓍曰筮。體。兆卦之體。箋。爾。女也。復關既見。此婦人告之曰。我卜女筮。女宜爲室家矣。兆卦之繇。無凶咎之辭。言其皆吉。又誘定之。正義。此男子實不卜筮。而言皆吉無凶咎者。又誘以定之。衡案。上傳云。言其有一心乎君子。故能自悔。則毛以通章皆婦人之言。爾卜爾筮。亦婦人語。復關之言也。言婦人謂復關曰。女卜筮與我爲室家。兆卦之辭。若無凶咎之言。當以女車來。我將以我賄遷就於女。三爾字皆指復關。於文又順。箋疏以爾卜二句。爲復關語。婦人之言。以爾車二句。爲婦人語。復關之言。支離殊甚。非傳意也。

以爾車來。以我賄遷。賄財。遷徙也。箋。女。女復關也。信其卜筮皆吉。故答之曰。徑以女車來迎我。我以所有財。遷徙就女也。

桑之未落。其葉沃若。于嗟鳩兮。無食桑葚。于嗟女兮。無與士耽。桑女功之所起。沃若。猶沃沃然。鳩。鶻鳩也。食桑葚過則醉而傷其性。耽。樂也。女與士耽。則傷禮義。箋。桑之未落。謂其時仲秋也。於是時。國之賢者。刺此婦人見誘。故于嗟而戒之。鳩以非時食葚。猶女子嫁不以禮。耽非禮之樂。釋文。葚本又作椹。音甚。正義。言桑者女功之所起。故此女取桑落與未落。以興己色之盛衰。毛氏之說詩。未有爲記時者。明此以爲興也。言鳩鶻鳩者。釋鳥云。鶌鳩鶻鵃。某氏曰。春秋云。鶻鳩氏司事。春來冬去。孫炎曰。一名鳴鳩。月令云。鳴鳩拂其羽。郭璞曰。似山鵲而小。短尾。青黑色。多聲。宛彼鳴鳩。亦此鳩也。陸璣云。班鳩也。爾雅鳩類非一。知此是鶻鳩者。以鶻鳩冬始去。今秋見之。以爲喻。故知非餘鳩也。陳啓源云。耽。耳大垂也。湛。沒也。皆非樂義。其訓樂者。當作媅。說文云。樂也。又作醓。說文云。樂酒也。又作妉。爾雅云。樂也。李黼平云。序云。美反正。刺淫泆也。毛以經上二章。述氓誘女許之事。至此章。以桑起興。發爲正論。正是反正之詞。故云。女與士耽。則傷禮義。無與云者。經述婦人自戒。非國之賢者刺此婦人。正義以箋述毛誤矣。衡案傳以桑之未落。喻婦人色方盛。以鳩食桑葚。喻女與士耽。知鳩鶻鳩者。蓋鶻鳩嗜桑葚。過食則醉而傷其性。故知非餘鳩也。李以此章爲美反正。是也。但以首章爲刺淫泆。則失之于嗟女兮者。此婦人初欲從蕩子。既而喻其非。悔之反正。即以己所悔戒他女也。正義以序美反正刺淫泆。爲俱在一人之上。夫旣失身於蕩子。及老見棄。方始自悔。古今淫婦。大抵皆然。安足以爲反正而美之哉。序意判然是別人。故先言反正。後言淫泆也。耽。妉之假借字。

士之耽兮。猶可說也。女之耽兮。不可說也。箋。說。解也。士有百行。可以功過相除。至於婦人。無外事。惟以貞信爲節。

桑之落矣。其黃而隕。自我徂爾。三歲食貧。淇水湯湯。漸車帷裳。隕。隋也。湯湯。水盛貌。帷裳。婦人之車也。箋。桑之落矣。謂其時季秋也。復關以此時車來迎己。徂。徃也。我自是徃之女家。

女家乏穀食。已三歲貧矣。言此者。明己之悔。不以女今貧故也。帷裳。童容也。我乃渡深水。至漸車童容。猶冒此難而往。又明己專心於女。釋文。湯音

傷。隋字又作墮。唐果反。冒音墨。正義。毛以爲桑之落矣之時。其葉黃而隕墜。以興婦人年之老矣之時。其色衰而凋落。時君子則棄己。使無自以託。故追說見薄之漸。言自我往爾男子之家。三歲之後。貧於衣食。而見困苦。己不得其志。悔己本爲所誘涉。湯湯之淇水。而漸車之帷裳而往。今乃見棄。所以自悔也。帷裳一名童容。故巾車云。重翟。厭翟。安車。皆有容蓋。鄭司農云。容謂襜車。山東謂之裳幃。或曰童容。以幃障車之傍。如裳以爲容飾。故或謂之幃裳。或謂之童容。其上有蓋。四方垂而下。謂之襜。故雜記曰。其輤有裧。注云。裧謂鼈甲邊緣。是也。然則童容與襜別。司農曰。謂襜車者。以童容上必有襜。故謂之爲襜車也。衡案。三歲食貧。言初我嫁於女家。三歲之間。困乏之於衣食。我不厭其貧。又冒淇水漸帷裳之難以往。其誠如此。女乃棄我邪。正義云。三歲之後。失之。女也不爽。士貳其行。

爽。差也。箋。我心一於女。故無差貳。而復關之行有二意。士也罔極。二三其德。

極。中也。王引之云。貳與二一通。既言士貳其行。又言士也罔極。二三其德。文義重沓。非其原本也。貳當爲貣之譌。貣音他得切。郎忒之借字也。爾雅。爽差也。爽忒也。鄭注豫卦彖傳曰。忒差也。是爽與忒同訓爲差。女也不爽。士貣其行。言女也不差。士則差其行耳。爾雅說此詩曰。晏晏旦旦。悔

爽忒也。郭注曰。傷見絕棄。恨士失也。然則悔爽忒者。正謂士之爽忒其行。據爾雅所釋。詩之作貳明矣。箋解女字爲汝。貳字爲二。皆失之。其釋不爽曰無差貳。則無差貳之謂也。以差貳之解解士貳其行。則得之矣。衡案。士貳其行。二三其德。實近不詞。又有爾雅可證。王說可從矣。但今本行世既久。不敢改經文。姑存其說於疏中云。

三歲爲婦。靡室勞矣。箋。靡。無也。無居室之勞。言不以婦事見困苦。有舅姑曰婦。戴震云。言無可擧一事以爲勞。則室家之務。事事勤勞也。衡案。婦。夫婦之婦。謂爲之妻。不必言舅姑有無。靡室勞矣者。言室家之務。無事不爲。未嘗以爲勞也。上章云。三歲食貧。故此章序其勞也。二章皆言三歲者。以此婦之勤。三歲之後。漸致富足也。此章之意。集傳大抵得之。毛不解者。以其易明耳。

夙興夜寐。靡有朝矣。箋。無有朝者。常早起夜臥。非一朝然。言己亦不解惰。正義。常自早起夜臥。無有一朝一夕而自解惰。衡案。朝。旦也。謂日出。此承上句夙興夜寐。言己常夙起從事。無有日出始起之事。無有朝矣。則暮亦不早寢可知矣。靡室勞矣。虛序。此實其事也。

言既遂矣。至于暴矣。箋。言。我也。遂。猶久也。我既久矣。謂三歲之後。見遇浸薄。乃至見酷暴。衡案。遂。成也。我事既成矣。謂家道富足。而遽至於酷暴。遇我言無恩甚矣。

兄弟不知。咥其笑矣。咥咥然笑。箋。兄弟在家。不知我之見酷暴。若其知之。則咥咥然笑我。釋文。咥許意反。又音熙。笑也。說文云。大笑也。虛記反。又大結反。衡案。兄弟不知我勤於婦道。而見酷暴。以我始見誘。而後見棄。咥咥然笑我。以爲當然。蓋此婦棄出歸家。卽序所云復相棄背也。夫人一旦失身。雖有小善。兄弟亦不齒錄之。聖人收此篇。所以深警世也。

靜言思之。躬自悼矣。悼。傷也。箋。靜。安。躬。身也。我安思君子之遇己無終。則身自哀傷。衡案。君子棄之。兄弟笑之。人生困苦之極也。然己先犯禮淫奔。無所歸咎。故身自痛傷而已。卽序所云。或乃困而悔。喪其配耦也。

及爾偕老。老使我怨。箋。及。與也。我欲與女俱至於老。老乎。女反薄我。使我怨也。焦循云。按前以爾車來。箋云。女。女復關也。以女解爾字。以復關指女。則女謂男子也。我者婦人自我也。我欲與女俱至於老。婦人自言欲與男子偕老也。正義以爲婦人述男子謂己之辭。是女爲男子稱婦人。我爲男子自我矣。下信誓旦旦箋云。我爲童女時。女與我言笑和柔。我其以信相誓旦旦耳。女我所屬。分別甚明。而正義亦反之。經文遂迂曲不通。衡案。及爾偕老。卽信誓旦旦之辭。

淇則有岸。隰則有泮。泮。陂也。箋。泮讀爲畔。畔。涯也。言淇與隰皆有厓岸。以自拱持。今君子放恣心意。曾無所拘制。釋文。坡本亦作陂。比皮反。澤陂。詩傳云。障也。阮元云。宋小字本作陂。今從之。總角之宴。言笑晏晏。信誓旦旦。總角。結髮也。晏晏。和柔也。信誓旦旦然。箋。我爲童女未笄。結髮宴然之時。女與我言笑晏晏然而和柔。我其以信相誓旦旦耳。言其懇惻款誠。釋文。旦說文作㥕㥕。正義。內則云。男女未冠笄者。總角衿纓。以無笄。直結其髮。聚之爲兩角。故內則注云。收髮結之。甫田傳云。總角聚兩髦也。傳直云信誓旦旦然。不解旦旦之義。故箋申之言旦旦者。言懇惻爲信誓。以盡己款誠也。陳啓源云。氓詩言總角之宴。則婦遇氓時尚幼也。又言老使我怨。則氓棄婦時婦已老矣。必非三年便棄也。其言三歲食貧。及三歲爲婦。止目初爲夫婦時耳。旦旦說文作㥕㥕。㥕即怛之或體。注云憯也。此與鄭意正同。廣韻云。㥕傷也。亦即憯意。詩旦旦義。當以此爲正。衡案。女子許嫁十五而笄。其未許嫁者。二十而笄。此女犯禮淫蕩。其年當在十五以上。二十以下。經言總角之宴者。明其不由媒氏。言老者。謂三十前後華落色衰。三歲者。謂初貧困之時。說具于前。不思其反。箋。反。復也。今老而使我怨。曾不念復其前言。反是不思。亦已焉哉。箋。已焉哉。謂此不可奈何。死生自決之辭。正義。及今老。而使我怨。是曾不思念復其前言。而棄薄我。我反復是君子不思前言之事。則我亦已焉哉。無可奈何。衡案。言君子反復信誓旦旦之言。是不思念。我亦已焉哉。此疊前句怨。不思其復前言。故云反是不思。是斷辭。正義謂婦人反復君子不思前言之事。誤矣。集傳宴訓宴樂。反訓翻。可備一通。

竹竿四章。章四句。

竹竿。衛女思歸也。適異國而不見答。思而能以禮者也。

衛案。泉水竹竿。同衛女思歸也。而一編之邶。一編之衛者。泉水序曰。嫁於諸侯。父母終。思歸而不得。故作是詩以自見也。夫父母終。不得歸寧。禮之常也。然猶且思歸。婦人之常情而已。所謂發於情而止於禮義。猶有可嘉者焉。其詩在簡兮之後。北門之前。則都邶時所賦。故編之邶風。竹竿在芄蘭前。亦邶都時所賦。然其序曰。適異國而不見答。思而能以禮者也。蓋此女賢。身既薄命。而能用禮自率。非泉水知非禮而思歸之比。故編之衛風。蓋賢之也。以用也。

籊籊竹竿。以釣于淇。興也。籊籊長而殺也。釣以得魚。如婦人待禮。以成爲室家。豈不爾思。遠莫致之。箋。我豈不思與君子爲室家乎。君子疏遠己。己莫由致此道。正義。今君子不以禮答己。己豈不思與爾君子爲室家乎。但君子疏遠於己。己無由致此室家之道耳。衛案。傳釋籊籊曰。長而殺也。則與意在長而殺上。蓋此婦初與夫相得。既而寵衰。猶竹竿長而殺。故以自喻耳。泉源在左。

淇水在右。泉源。小水之源。淇水。大水也。箋。小水有流入大水之道。猶婦人有嫁於君子之禮。今水相與爲左右而已。亦以喻己不見答。正義。今淇水與泉源左右而已。不相入。猶君子與己異處不相親。故以喻己之不見答。陳啓源云。泉水竹竿。皆衛女思歸之詩也。而有異焉。泉水思歸而已。竹竿之思歸。由於不見答也。故二詩取興。皆以淇泉二水。而意不同。婦人之適異國。猶小水之入大水也。泌彼泉水。亦流于淇。嫁者之常也。若在左在右。兩不相入。豈其常乎。故以爲不見答之喻也。

女子有行。遠兄弟父母。箋。行。道也。女子有道。當嫁耳。不以不答而違婦禮。阮元云。唐石經。小字本。閩本。明監本作遠兄弟父母。相臺本作遠父母兄弟。毛本初刻遠兄弟父母。後改從相臺本。案相臺本誤也。釋文以遠兄二字作音。可證。段玉裁云。從唐石經。今本誤。則非韻。

淇水在右。泉源在左。巧笑之瑳。佩玉之儺。瑳。巧笑貌。儺。行有節度。箋。己雖不見答。猶不惡君子。美其容貌與禮儀也。衡案。巧笑之瑳。佩玉之儺。在他人則然。而獨不答己。怨之深矣。

淇水滺滺。檜楫松舟。滺滺。流貌。檜。柏葉松身。楫。所以擢舟也。舟楫相配。得水而行。男女相配。

得禮而備。箋。此傷已今不得夫婦之禮。段玉裁云。古當作淇水攸攸。後人誤改爲滺。又誤改爲浟。皆未識說文攸字本義也。擢从手引也。作櫂非。駕言出遊。以寫我憂。出遊斯鄉衛之道。箋。適異國。而不見答。其除此憂。維有歸耳。正義本斯鄉作思鄉。云定本思作斯。或誤衡案。定本是也。今從之。

芄蘭二章。章六句。

芄蘭。刺惠公也。驕而無禮。大夫刺之。箋。惠公以幼童即位。自謂有才能。而驕慢於大臣。但習威儀。不知爲政以禮。正義。經言童子。則惠公時仍幼童。童者未成人之稱。年十九以下皆是也。閔二年左傳曰。初惠公之即位也少。杜預云。蓋年十五六。杜氏以傳言初宣公烝於夷姜。生伋子。爲之娶於齊。而美。公取之。生壽及朔。言爲之娶於齊。則宣公既即位也。宣公以隱四年冬立。假令五年即娶齊女。至桓十二年見經。凡十九年。而朔尚有兄壽。則宣公即位三四年始生惠公也。故疑爲十五六也。全祖望云。宣公乃莊公之庶子。而夷姜則莊公之諸姬也。莊公卒。長子桓公在位十六年。方有州吁之難。而宣公立。則烝亂之行。當在前十六年之中。有子可以及冠。魚網鴻離。即宣公嗣位初年事也。其事足以相副矣。

芄蘭之支。興也。芄蘭。草也。君子之德。當柔潤溫良。箋。芄蘭柔弱。恒蔓延於地。有所依緣則起。興者。喻幼穉之君。任用大臣。乃能成其政。釋文。恒蔓於地。蔓音萬。本或作蔓延於地者。後人輒加耳。正義。釋草云。雚。芄蘭。郭璞曰。蔓生。斷之有白汁。可啖。陳啓源云。陸疏名蘿摩。本艸名白環藤。斫合子。其實名雀瓢。三月生苗。蔓延。葉長而銳。根及莖葉。斷之皆有白乳。六七月有華。紫白色。實長二三寸。中有白絨。可作褥。又陶隱居言。其葉生啗煮食俱可。與枸杞葉同功。諺云。去家千里。勿食蘿摩枸杞。以其補精彊陰也。衡案。序云。驕而無禮。是不柔潤溫良也。合序傳而觀之。興意躍然而出矣。箋云。芄蘭柔弱。恒蔓於地。有所依緣則起。改柔潤為柔弱。解為不能獨立之喻。非序傳之意也。

童子佩觿。觿所以解結。成人之佩也。人君治成人之事。雖童子猶佩觿。早成其德。正義。內則注云。觿貌如錐。以象骨為之。是可以解結也。

雖則佩觿。能不我知。不自謂無知。以驕慢人也。箋。此幼穉之君。雖佩觿與。其才能實不如我眾臣之所知為也。惠公自謂有才能而驕慢。所以見刺。段玉裁云。傳無知當作有知。王引之云。詩凡寧不我顧。既不我嘉。子不我思。皆謂不顧我。不嘉我。不思我也。此不我知。不我甲。亦當謂不知我。不狎我。非謂不如我所知。不如我所狎也。能乃語詞之轉。亦非才能之能也。能當讀爲而。言童子雖則佩觿。而實不與我相知。雖則佩韘。而實不與我相狎。蓋刺其驕而無禮。疏遠大臣也。衡案經能字如字。傳無字不誤。言惠公幼童。雖則佩觿。總不解事。然不自謂己無所知。驕慢而失禮。是以但能爲大夫不知政體耳。不我知。即不知我。不知我。即不以我爲知也。雖則佩觿下。帶總不解事四字而讀之。文意自明。經傳簡奥。是以鄭以下。皆不能通耳。

容兮遂兮。垂帶悸兮。容儀可觀。佩玉遂遂然。垂其紳帶。悸悸然有節度。箋。容。容刀也。遂。瑞也。言惠公佩容刀與瑞。及垂紳帶三尺。則悸悸然。行止有節度。然其德不稱服。釋文。悸韓詩作萃。垂貌。正義。悸悸然有節度。總三者之辭。衡案。遂遂舒肆貌。此二句極狀惠公自得之貌。而驕而無禮之意自見。措辭之妙也。鄭以容爲容刀。讀遂爲璲。訓爲瑞。其義反淺。

芄蘭之葉。箋。葉猶支也。童子佩韘。韘。玦也。能射御則帶韘。箋。韘之言沓。所以彄沓手指。正義。傳云玦者。以禮及詩言玦拾。車攻傳曰。決鉤弦也。繕人注云。玦挾矢時。所以持弦飾也。著右手巨指。引士喪禮曰。玦用正玉棘若擇棘。則天子用象骨爲之。著右臂大指。以鉤弦闓體。鄭以禮無以韘爲玦者。故易之爲沓。士喪禮曰。纊極二。注云。極猶放弦也。以沓指放弦。令不挈也。生者以朱韋爲之。食指。將指。無名指。小指短不用。此是彄沓手指也。陳啓源云。韘之爲玦爲沓。禮皆無明文。而毛說較古。又有許說相輔。

當得其眞。許云。韘射決也。所以鉤弦。以象骨韋系。著右巨指。从韋葉聲。或從弓作弽。衡案。玦沓相將之物。鉤弦闓體。所主在玦。而沓防放弦之挈。二者相須爲用。故毛以玦明韘。鄭欲明其物。故解韘爲沓。乃所以申毛。非相駁也。正義以爲易傳。失之。又案。詩字句有限。故經以佩韘明射御。以射御明六藝。毛不言六藝者。其意可推也。

雖則佩韘。能不我甲。甲。狎也。箋。此君雖佩韘與。其才能實不如我衆臣之所狎習。釋文。甲韓詩作狎。段玉裁云。甲狎也。謂假借。李黼平云。甲徐仙民音胡甲反。則甲狎音義同也。是以韓詩作狎。書多方因甲于內亂。正義云。鄭王皆以甲爲狎。王云。狎習災異于內外。爲禍亂。鄭云。習爲鳥獸之行于內。爲淫亂。均與此傳合。傳直讀甲爲狎。非訓狎而已也。衡案。言惠公幼童。不知六藝。然不自謂己無所知。驕慢而失禮。是以但能爲大夫不狎習六藝耳。傳讀甲爲狎。故徐音胡甲反。段云假借。是也。

容兮遂兮。垂帶悸兮。衡案。此詩以時。當在二子乘舟之次。然其過止于一身。非邶都所以存亡。故編之衛風耳。

河廣二章。章四句。

河廣。宋襄公母歸于衛。思而不止。故作是詩也。箋。宋桓公夫人。衛文公之妹。生襄公而出。襄公即位。夫人思宋。義不可往。故作詩以自止。正義。今定本無襄公之母四字。李黼平云。如孔言。則正義本箋內文公之妹下。有襄公之母四字。

誰謂河廣。一葦杭之。杭。渡也。箋。誰謂河水廣與。一葦加之。則可以渡之。喻狹也。今我之不渡。直自不往耳。非謂其廣。正義。言一葦者。謂一束也。可以浮之水上而渡。若桴栰然。非一根葦也。此假有渡者之辭。非喻夫人嚮宋渡河也。河者。此文公之時。衛已在河南。自衛適宋。不渡河。李黼平云。孔據箋襄公即位。夫人思宋。而爲此說。序傳則不必然矣。序言襄公母歸衛。思而不止。故作是詩。無襄公即位之文。則生而即出。夫人之思其子。殆無日而不然矣。傳以渡訓杭。殆指適宋渡河。史記年表。宋桓公七年。書取衛女。文公弟。二十二年。當魯閔公二年。衛始渡河。廬漕。計中間十六年。夫人生襄公。而出于衛。尙在河北。亦可此詩之作。卽在其時。故傳指實而言渡也。焦循云。古今無以葦作舟之理。一葦杭之。謂一葦之長。卽自此岸及此岸耳。下言不容刀。刀爲小舟。言河之廣。尙不及刀之長。非謂乘刀而渡。則不謂乘葦而渡。益顯然矣。渡與度通。廣雅與贏。徑同訓過。以葦度河。非以葦渡人。正義云。言一葦者。謂一束也。可以浮之水上而渡。若桴栰然。非一根葦也。既失經義。又失毛鄭之義。箋言喻狹。則所謂一葦加之則可以渡之者。明謂加一葦於河。卽可徑過。未嘗言人乘於葦而浮於河也。束葦果可如栰。則廣亦可浮。何爲喻狹邪。衡案。嚴粲亦嘗謂此詩作於衛未渡河之時。李說本焉。而精過之。焦說最精。此詩之蘊。二說盡之矣。又案。桓公夫人既歸于衛。則與宋絕矣。不宜復思之。然母子之情天性也。雖絕猶思之而不止。乃婦人之常情。序本其情，故不言桓公夫人，而係之襄公，不嫌其爲幼弱也。鄭以序言襄公母，遂以此詩爲作於襄公卽位之後，蓋亦偶然之失耳。

誰謂宋遠，跂予望之。箋：予，我也。誰謂宋國遠與？我跂足則可以望見之，亦喻近也。今我之不往，直以義不往耳，非謂其遠。正義：宋去衞甚遠，故杜預云：宋今梁國睢陽縣也。言跂足可見，是喻近也。言亦者，以喻宋近，猶喻河狹，故俱言亦。定本無亦字，義亦通。阮元云：考下箋云行不終朝，亦喻近，乃亦此箋，非此箋亦上喻狹，當以定本爲長。

誰謂河廣，曾不容刀。箋：不容刀，亦喻狹。小船曰刀。釋文：刀，如字。字書作舠，說文作䑠，並音刀。正義：劉熙釋名云：二百斛以上曰艇，三百斛曰刀。江南所謂短而廣，安不傾危者也。衞案：曾，乃也。

誰謂宋遠，曾不崇朝。箋：崇，終也。行不終朝，亦喻近。

伯兮四章，章四句。

伯兮，刺時也。言君子行役，爲王前驅，過時而不反焉。箋：衞宣公之時，蔡人、衞人、陳人從王伐鄭，伯也爲王前驅久，故家人思之。

釋文。從王伐鄭。讀者或連伯也爲句者非。正義。此言過時者。謂三月一時。穀梁傳。伐不踰時。故何草不黃箋云。古者師出不踰時。所以厚民之性。是也。公羊傳曰。其言從
王伐鄭何。從王正也。鄭答臨碩。引公羊之文。言諸侯不得專征伐。有從天子及伯者之禮。然則宣公從王。爲得其正。以兵屬王。節度不由於衞君。而以過時刺宣公者。諸
侯從王雖正。其時天子微弱。不能使衞侯從己。而宣公自使從之。據其君子過時不反。實宣公之由。故主責之宣公。而云刺時者也。衡案。序云刺時。所賅者廣。不專指宣
公。孔說舛矣。

伯兮朅兮。邦之桀兮。伯。州伯也。朅。武貌。桀。特立也。箋。伯。君子字也。桀。英桀。言賢也。正義。言爲王前驅。則非賤者。今言伯兮。故知爲州伯。謂州里之伯。若牧下州伯。則諸侯也。非衞人所得爲諸侯之州長也。謂之伯者。伯長也。內則云。州史獻諸州伯。州伯命藏諸州府。彼州伯對閭史閭府。亦謂州里之伯。桀者俊秀之名。人莫能及。故云特立。衡案。周禮地官。五黨爲州。注。州二千五百家。

伯也執殳。爲王前驅。殳。長丈二而無刃。箋。兵車六等。軫也。戈也。人也。殳也。車戟也。酋矛也。皆以四尺爲差。正義。考工記云。殳長尋有四尺。尋八尺。又加四尺。是丈二也。冶氏爲戈戟之刃。不言殳刃。是無刃也。因殳是兵車之所有。故歷言六等之差。考工記曰。兵車六等之數。車軫四尺。謂之一等。戈柲六尺有六寸。既建而迆。崇於

軫四尺，謂之二等。人長八尺，崇於戈四尺，謂之三等。殳長尋有四尺，崇於人四尺，謂之四等。車戟常，崇於殳四尺，謂之五等。酋矛常有四尺，崇於戟四尺，謂之六等。是也。陳啓源云：說文「殳，以杸殊人也。」禮「殳以積竹八觚，長丈二尺，建於兵車，旅賁以先驅。」徐鉉謂「積竹者，削去白，取其青，合之。」取其有力，是殳用竹也。案殳之圍，大處至二尺四寸，小處亦不減五寸，不能純用竹，青意必以木爲心，而傅積竹於外，故考工記「廬人爲殳」，廬人實攻木之工矣。衡案：既云「積竹爲之」，則純用竹矣。且以木爲心，傅竹於外，其力必弱。廬人爲之者，竹木同類，不必別置工也。

自伯之東，首如飛蓬。婦人，夫不在，無容飾。正義：鄭在衞之西南，而言陳者，時蔡、衞、陳三國從王伐鄭，則兵至京師，乃東行伐鄭也。上云「爲王前驅」，即云「自伯之東」，明從王爲前驅而東行，故據以言之。非謂鄭在衞東。

豈無膏沐？誰適爲容。適，主也。衡案：沐，潘也，可以沐髮，故名潘爲沐。潘是物，故與膏並言，而以豈無總之。

其雨其雨，杲杲出日。杲杲然日復出矣。箋：人言其雨其雨，而杲杲然日復出，猶我言伯且來，伯且來，則復不來。

願言思伯，甘心首疾。甘，厭也。箋：願，念也。我念思伯，心不能已，如人心嗜欲所貪，口味不能絕也。我憂思以生首疾。正義：毛於二子乘舟傳曰「願，每也」，則此願亦爲每，言我每有所言，則思念於伯，思之厭足於心，由此故生首疾。

凡人飲食口甘遂至於厭足故云甘厭也焦循云厭之訓爲飽爲滿首疾人所不滿也思之至於首疾而亦不以爲苦不以爲悔若如是思之而始滿意者此毛義也甘心至首疾而不悔則思之不能已可知雖首疾而心亦甘則其思之如貪口味可知鄭申毛非易毛也

焉得諼草言樹之背

諼草令人忘憂背北堂也箋憂以生疾恐將危身欲忘之 釋文諼本又作萱況爰反說文作藼云令人忘憂也或作蘐陳啓源云孔疏申毛意以爲諼非艸名引爾雅釋訓及孫氏注以證之然據傳文義明是以諼爲艸名段玉裁云諼草用古文卽蘐字也李黼平云釋文云令人力呈反善忘亡向反又如字爾雅釋訓藼字下釋文引此詩云焉得藼艸毛傳云藼艸令人善忘兩處陸俱作善忘今本作忘憂非矣但箋云憂以生疾恐將危身欲忘之是鄭箋詩時已作忘憂故鄭申之如此正義述傳則謂欲得令人善忘憂之艸合三說按之从正義作令人善忘憂爲得也玉篇蘐云令人善忘憂艸焦循云經義正以憂之不能忘欲樹之北堂耳箋言恐危身欲忘之殊失風人之旨非毛義也衡案徒忘雖善不足貴必忘憂然後諧此章之義毛傳高簡未必作善忘憂正義有善字者以申述毛傳耳

願言思伯使我心痗

痗病也

有狐三章章四句

有狐刺時也衛之男女失時喪其妃耦焉古者國有凶

荒。則殺禮而多昏。會男女之無夫家者。所以育民人也。箋。育。生長也。釋文。所以育民人也。本或作蕃育者非。正義。男女失時。謂失男女年盛之時。不得早爲室家。至今久而無匹。是喪其妃耦。非先爲妃而相棄也。與氓序文同而義異。大司徒曰。以荒政十有二聚萬民。十曰。多昏。注云。荒凶年也。多昏。不備禮而聚昏者多也。阮元云。正義云。所以蕃育人民。其本當有蕃字。人民以作民人爲是。出其東門序云。民人思保其室家焉。蓼莪序云。民人勞苦。摽有梅傳亦作民人。此序當同。衡案。育。生也長也。序唯無蕃字。故箋兼二義。釋育。釋文以有蕃字爲非。得之。足利古本作育民人。今從之。

有狐綏綏。在彼淇梁。與也。綏綏。匹行貌。石絕水曰梁。釋文。綏音雖。心之憂矣。之子無裳。之子。無室家者。在下曰裳。所以配衣也。箋。之子。是子也。時婦人喪其妃耦。寡而憂。是子無裳。無爲作裳者。欲與爲室家。曾釗云。按箋非傳義也。易黃裳元吉。坤爲裳。裳在下。爲陰。故以無裳喻無室。心之憂矣。蓋詩人之憂。若謂婦人見鰥夫之無爲作裳憂之。欲與爲室家。有是理邪。又序云。有狐刺時也。衛之男女失時。喪其妃耦焉。曰男女。皆未昏嫁之稱。而箋云。婦人喪其妃耦。寡而憂。是謂先爲配。而後寡也。與序乖矣。衡案。曾說是也。但以心之憂矣爲詩人之憂。是獨憂男無室。而不憂女無家。與序男女失時乖矣。凡此等之詩。皆詩人代其人而言之。故備盡其情。而無失言之誚矣。有狐綏綏。在彼淇厲。厲。深可厲之旁。陳啓源云。毛蓋擧水以見岸也。厲本涉水之名。非岸名也。然厲必深水。其旁之岸亦名曰厲。衡案。傳以可厲之旁爲厲。猶今人稱渡口爲渡耳。言語之道。固宜然矣。陳又引王氏岸近危曰厲。爲善得毛意。不知傳以水表岸。王則訓厲爲危。以爲岸狀。非傳意也。心之憂矣。之子無帶。帶所以申束衣。曾釗云。無帶。喩無夫。釋名。帶蔕也。著於衣。如物繫蔕也。無帶猶言無繫屬。曲禮。女子許嫁纓。鄭注。纓繫有從人之端。亦其義。有狐綏綏。在彼淇側。心之憂矣。之子無服。言無室家。若人無衣服。曾釗云。凡服上曰衣。下曰裳。衣爲陽。喩夫。裳爲陰。喩婦。無服。喩男無婦。女無夫也。故傳云。言無室家。蓋總上二章意言之。立言之次第也。

木瓜三章。章四句。

木瓜。美齊桓公也。衛國有狄人之敗。出處于漕。齊桓公救而封之。遺之車馬器服焉。衛人思之。欲厚報之。而作是詩也。正義：左傳，齊侯使公子無虧帥車三百乘以戍漕，歸公乘馬、祭服五稱，牛羊豕雞狗皆三百，與門材，歸夫人魚軒、重錦三十兩。是遺戴公也。外傳齊語曰：衛人出廬於漕，桓公城楚丘以封之，其畜散而無育，齊桓公與之繫馬三百。是遺文公也。器服，謂門材與祭服。傳不言車，文不備。此不言羊豕雞狗，舉其重者。言欲厚報之，則時實不能報也，心所欲耳。

投我以木瓜，報之以瓊琚。木瓜，楙木也，可食之木。瓊，玉之美者。琚，佩玉名。釋文：楙音茂，字亦作茂。爾雅云：楙，木瓜也。正義：釋木云：楙，木瓜。以下木李、木桃皆可食之木，則此木瓜亦美木可食，故郭璞云：實如小瓜，酸可食是也。以言瓊琚是玉名，則瓊非玉名，故云瓊，玉之美者。言瓊是玉之美名，非玉名也。聘義注云：瑜，玉之美者。亦謂玉中有美處謂之瑜，瑜非玉名也。有女同車云：佩玉瓊琚。故知琚，佩玉名。下傳云：瓊瑤，美石。瓊玖，玉名。三者互也。琚言佩玉名，瑤玖亦佩玉名；瑤言美石，玖言玉名，明此三者皆玉石雜也。陳啓源云：木瓜之圜而小味酸澀者爲木桃，其大而黃，蔕間無重蔕者爲木李。木桃又名樝子，靁公炮炙論謂之和圓子。木李又名榠樝，陶隱居云：山陰多木瓜，人以爲良果，又有榠樝，大而黃，又有樝子，小而澀。禮記云：樝梨鑽之。古亦以此爲果，今則不然。鄭玄不識，以爲梨之不臧者，是已。木桃下於木瓜，木李又下於木桃，二者之外又有榲桲，生於北土，蓋榠樝之類，與林檎相似而異物。三者皆與木瓜同類，但木瓜得木之正氣，故貴之。戴震云：瓊非玉之名。凡言玉色美曰瓊，言他物之美潔如玉亦瓊加之。段玉裁云：瓊爲玉之美者。

故引伸凡石之美皆謂瓊。如瓊琚瓊瑤瓊華瓊瑩瓊玖瓊英瓊瑰皆是也。應劭曰。瓊玉之華也。衡案。段挍本佩玉名作佩玉石。云佩玉石者。謂佩玉納閒之石也。鄭風正義。釋文。皆引說文。琚佩玉名。名亦石之誤。此傳石誤爲名久矣。今案。古人美石亦謂之玉。不甚分別。若稱佩玉閒之石爲佩玉石。近不詞。段說未是。

匪報也。永以爲好也。箋。匪非也。我非敢以瓊琚爲報木瓜之惠。欲令齊長以爲玩好。結己國之恩也。

正義。以衞人得齊桓之大功。思厚報之。而不能。乃假小事以言。設使齊投我以木瓜。我則報之而不能。乃假以瓊琚。我猶非敢以此瓊琚報齊之木瓜。欲令齊長以爲玩好。結我以恩情而已。況今國家敗滅出處於漕。齊桓救而封我。如此大功。知何以報之。衡案。傳不解好字。蓋以爲親好也。言以瓊琚報木瓜之投。以齊之大德猶不足以爲報。聊表欲長以親好之意而已。

投我以木桃。報之以瓊瑤。瓊瑤美石。釋文。瑤音遙。說文云。美石。戴震云。瑤蓋玉之次。故禮。玉爵獻卿。瑤爵獻大夫。段玉裁云。正義作美石。不誤。釋文作美玉。誤也。說文。琨珉瑤皆石之美者。周禮。王獻玉爵。后獻瑤爵。禮記。玉爵獻卿。瑤爵獻大夫。是其等差。

匪報也。永以爲好也。投我以木李。報之以瓊玖。瓊玖玉名。段玉裁云。王風傳曰。玖石次玉者。說文。玖石之次玉黑色者。今此傳作玉名。乃玉石之誤耳。玉石見揚雄蜀都賦。漢書西域傳。師古曰。玉石玉之似石者。

匪報也。永以爲好也。孔子

曰。吾於木瓜見苞苴之禮行。箋。以果實相遺者。必苞苴之。尚書曰。厥苞橘柚。正義。曲禮注云。或以葦。或以茅。故既夕禮云。葦苞二。野有死麕。白茅苞之。是或葦或茅也。衡案。孔子之語。今見於孔叢子。正義全引之。案先儒以孔叢子爲王肅僞撰。今不取。

毛詩輯疏卷三下終

毛詩輯疏

卷四

毛詩輯疏卷四

日南　安井　衡　著

王黍離詁訓傳第六　國風

王國十篇二十八章百六十二句。

衡案。先儒疑變風次王於衞。求其説而不得。或云。列國之名。始於成康之世。或云。傷周室之衰。是執春秋之義。而求之詩也。夫春秋正名謹禮。苟有紊上下之分者。隨而貶之。無所迴避。乃聖人治天下之大經大法也。詩則主於情。情從勢而變。就其情以觀勢所赴。成敗治亂。明若觀火。故誦詩三百。可以達爲政之道矣。平王東遷。政教不能及天下。其勢既變。故詩人之情。亦止於東周一國。黍離降爲國風。與諸侯並列。固其宜已。且既謂之變風。則變之所始。風之所自。亦不可不記。衞詩始於夷王之時。先於黍離五世。乃變之始也。衞又爲康叔之國。康叔與周公。夾輔周室。皆周室之懿親。而魯有頌無風。故變風首衞。所以記其始也。而王而鄭。雖以地相近。亦猶尊王也。魏唐亦周同姓。而不次鄭者。二國隔在河北。風土不相接。而齊爲大公之國。大公有大功於周室。而地又與衞鄰。於觀風之次爲宜。故居之魏唐之上。秦在雍州。其國大。掩有周之故都。其勢未可量。而地與豳鄰。故大史之序風。豳次齊。秦次豳。及孔子正詩。以豳詩周公所作。置之風末。以近雅。以秦俗雜戎翟。黜之唐下。陳鄶曹三國。在兗豫之間。地與周齊近。而其詩次秦者。其國既小。政教風俗。無足觀焉。故季札之觀樂於魯。謂陳細既甚。國不能久。而自鄶以下無譏。是其義也。以此求之。十五國風之次。庶幾乎可得而窺矣。

黍離三章。章十句。

黍離。閔宗周也。周大夫行役。至于宗周。過故宗廟宮室。盡爲禾黍。閔周室之顛覆。彷徨不忍去。而作是詩也。箋。宗周。鎬京也。謂之西周。周。王城也。謂之東周。周幽王之亂。而宗周滅。平王東遷。政遂微弱。下列於諸侯。其詩不能復雅。而同於國風焉。正義。言過故宗廟。則是有所適。因過舊墟。非故詣宗周也。

彼黍離離。彼稷之苗。彼彼宗廟宮室。箋。宗廟宮室毀壞。而其地盡爲禾黍。我以黍離離時至。稷則尚苗。

正義。湛露傳曰。離離垂。然則黍離離。亦謂秀而垂也。出車云。黍稷方華。則二物大時相類。但以稷比黍。黍差爲稙。故黍秀而稷苗也。詩人以黍秀時至稷則尚苗。六月時也。未得還歸。遂至於稷之穗。七月時也。又至於稷之實。八月時也。是故三章歷道其所更見。稷則穗實改易。黍則常云離離。欲記其初至。故不變黍文。陳啓源云。今北土自有黍。其苗似茅。高可二尺餘。一莖數穗。穗散垂。實細而長。黃色。性黏。用以釀酒。俗亦呼黍子。此乃黍矣。程瑤田云。說文。黍禾屬而黏者也。以大暑而種。故謂之黍。孔子曰。黍可爲酒。禾入水也。按說文以禾況黍。謂黍禾屬而黏者。非謂禾爲黍屬而不黏者也。是故禾屬而黏者黍。而禾屬不黏者穈。對文異。散文則通稱黍。謂之禾屬。要之皆非禾也。伏生尚書大傳。淮南子。劉向說苑皆云。大火中種黍菽。又夏小正。五月初昏。大火中種黍菽穈。以伏生淮南子劉向書證之。穈字爲衍文。因下有菽爨之文而衍也。穈之米正黃色。黍之米淡黃色。色愈淡則其米愈黏。故山西靈石人。呼不黏者爲黃米。對黏者色淡言之也。說文。稷。穧也。五穀之長。穧。稷也。而稷之黏者。按。稷穧大名也。黏者爲秫。北方謂之高粱。或謂之紅粱。通謂之秫。秫又謂之蜀黍。蓋穄之類。而高大似蘆。故元人吳瑞曰。稷苗似蘆。粒亦大。南人呼爲蘆穄也。月令孟春行冬令。首種不入。鄭氏注。舊說首種謂稷。今以北方諸穀播種先後考之。高粱最先。粟次之。黍穈又次之。然則首種者高粱也。管子書。日至七十日。陰凍釋。而蓺稷。百日不蓺稷。余聞之鳳陽人云。彼地種高粱最早。諺云。九裏種。伏裏收。及予至豐潤。其俚諺亦有九裏種高粱之說。管子之書。適符諺語。高粱爲稷。而首種無疑矣。秦漢以來諸書。並冒粱爲稷。無論稷粱二穀。缺一不可。即以管子書。日至七十日蓺稷之說言之。日至七十日。乃八九之末。今之正月也。余足跡所至。旁行南北。氣候亦至不齊矣。所見五方之士。下及農末。輙相諮詢。曾未聞有正月種粱者。至吾徽。藝粟遲至五六月。鳥在其爲日。日至百日不藝也。而高粱早種於正月者。則南北並有之。故曰稷爲首種。首種者高粱也。衡案。程著九穀考。其所說皆鑿鑿有據。當以爲正說。高粱卽我俗稱高黍者是也。說文以大暑而種。種疑熟誤。蓋黍五月火中而種。七月暑未退而收。其種之與收。皆在暑時。故名黍。

行邁靡靡。中心搖搖。

邁行也。靡靡猶遲遲也。搖搖憂無所愬。箋。行道也。道行。猶行道也。

正義。靡靡行舒之意。故言猶遲遲也。釋訓云。遲遲徐也。戰國策云。楚威王謂蘇秦曰。寡人心搖搖然如縣旌。而無所薄。然則搖搖是心憂無所附著之意。故爲憂思無所愬也。焦循云。傳訓邁爲行。卽是訓行爲邁。既言行。又言邁。猶古詩言行行重行行耳。衡案。箋義可通。然傳意恐當如焦說。

知我者。謂我心憂。

箋。知我者。知我之情。

不知我者。謂我何求。

箋。謂我何求。怪我久留不去。

悠悠蒼天。此何人哉。

悠悠。遠意。蒼天。以體言之。尊而君之。則稱皇天。元氣廣大。則稱昊天。仁覆閔下。則稱旻天。自上降鑒。則稱上天。據遠視之。蒼蒼然。則稱蒼天。箋。遠乎蒼天。仰愬。欲其察己言也。此亡國之君。何等人哉。疾之甚。李黼平云。箋言何等人。猶有不忍斥言之意。故若爲不知也者。君臣之義也。正義易爲何物人。則極口肆罵矣。可謂失詞。彼黍離離。彼稷之穗。穗秀也。詩人自黍離離見稷之穗。故歷道其所更見。行邁靡靡。中心如醉。醉於憂也。知我者。謂我心憂。不知我者。謂我何求。悠悠蒼天。此何人哉。彼黍離離。彼稷之實。自黍離離見稷之實。行邁靡靡。中心如噎。噎憂不能息也。段玉裁云。玉篇作謂噎憂不能息也。噎憂雙聲字。憂老子作嚘。氣逆也。知我者。謂我心憂。不知我者。謂我何求。悠悠蒼天。此何人哉。衡案。此何人哉者。言致此宗廟宮室。變爲黍稷之禍者。果係何人哉。故爲不知其人之辭。痛之甚也。

君子于役二章。章八句。

君子于役。刺平王也。君子行役無期度。大夫思其危難以諷焉。正義。謂在家之大夫。思君子僚友在外之危難。陳啓源云。周之盛也。有四牡皇華之詩。以勞使臣。今王者不念。而僚友念之。其得失俱可知矣。

君子于役。不知其期。曷至哉。箋。曷何也。君子往行役。我不知其反期。何時當來至哉。思之甚。衡案。閩本。監本。毛本。君子下衍于字。今從足利古本。岳本。小字本。雞棲于塒。日之夕矣。羊牛下來。鑿牆而棲曰塒。箋。雞之將棲。日則夕矣。羊牛從下牧地而來。言畜產出入。尚使有期節。至于行役者。乃反不來也。釋文。時如字。本亦作塒。音同。正義。李巡曰。寒鄉鑿牆爲雞所棲曰塒。陳啓源云。埤雅云。羊畏露早歸。故先於牛。衡案。據釋文。舊本作時。乃塒字之假借。亦作本據義改之耳。諸本脫箋來字。今從足利古本。君子于役。如之何勿思。箋。行役多危難。我誠思之。君子于役。不日不月。曷其有佸。佸會也。箋。行役反無日月。何時而有來會期。雞棲于桀。日之夕矣。羊牛下括。雞棲于杙爲桀。括至也。釋文。弋本作杙。羊職反。李黼平云。按說文劉劉杙。杙乃木名。弋云橜也。象折木衺銳。著形从厂。象物挂之也。弋之从厂。卽象雞棲之形。傳字當从弋。爾雅亦作弋。爾雅又云。樴謂之杙。說文樴弋也。樴杙之杙。亦當作弋也。桀爾雅作榤。說文無榤字。衡案。說文無劉字。劉杙。乃爾雅釋木文。桀者雞棲之名。故傳云爲桀。桀卽榤之假借。義與弋同。

君子于役。苟無飢渴。 箋。苟且也。且得無飢渴。憂其飢渴也。

君子陽陽二章。章四句。

君子陽陽。閔周也。君子遭亂。相招爲祿仕。全身遠害而已。 箋。祿仕者。苟得祿而已。不求道行。 陳啓源云。君子陽陽。中谷有蓷。兔爰三詩。序皆云閔周。觀其詩所云。仳離啜泣。百罹百憂。其爲可閔無疑。至相招祿仕。陽陽自得。似與夫二詩同論。而槩以爲閔周。序詩者其知本乎。善人隱居下位。則當國者皆小人。內之徒足以病民。外之必至於召寇。政荒民散。納侮興戎。皆由此作。見幾之士。作詩以紀之。詞雖樂。情實悲矣。序云閔周。旨哉。衡案。陳說深得序意矣。考之今日。談笑之悲。實有甚於痛哭者。古今人情。固不相遠也。

君子陽陽。左執簧。右招我由房。 陽陽。無所用其心也。簧笙也。

由用也。國君有房中之樂。箋。由從也。君子祿仕在樂官。左手持笙。右手招我。欲使我從之於房中。俱在樂官也。我者。君子之友自謂也。時在位有官職也。

正義。史記。晏子御。擁大蓋。策四馬。意氣陽陽甚自得。則陽陽是得志之貌。賢者在賤職。而亦意氣陽陽。是其無所用心。故不憂。下傳云。陶陶和樂。亦是無所用心。故和樂也。簧者。笙管之中金薄鍱也。春官笙師注。鄭司農云。笙十三簧。笙必有簧。故以簧表笙。傳以笙簧一器。故云簧笙也。鄭志張逸問。何知在位有官職。又男子焉得在房。答曰。房中而招人。豈遠乎。故知可招者當在位也。路寢房中可用男子。是說男子得在房招友之事。衡案。房中之樂。謂周南召南。天子諸侯奏之房中。卿大夫則否。故毛云。國君有房中之樂。蓋二南所用廣。鄉飲酒禮云。遂歌鄉樂。周南召南。同是二南。而房鄉異名者。隨所用而稱之。毛解由房。爲用房中之樂者。若是他樂。笙在庭。不始升堂。焉得在房中。右招我。使我用房中之樂。於文又順。鄭雖曰路寢房中。可用男子。穿鑿無據。且路寢正寢。正寢奏樂。必是賓客射燕之時。笙當在庭。安得從房招其友哉。

其樂只且。箋。君子遭亂。道不行。其且樂此而已。

衡案。其樂只且。詩人極摸君子安於賤職之狀。君子安於賤職。而東周之事。不可復爲。所以深憫之也。只語已詞。且語餘聲。鄭訓只爲此。讀且如字。未是。注且字。毛本誤自。

君子陶陶。左執翿。右招我由敖。陶陶。和樂貌。翿纛也。纛翳也。箋。陶陶。猶陽陽也。翿舞者所持。謂羽舞也。君子左手持羽。右手招我。欲使我從之於燕舞之位。亦俱在樂官也。釋文。陶音遙。翿徒報反。俗作纛。正義。釋言云。翿纛也。孫炎曰。纛舞者所持羽也。郭璞云。所持以自蔽翳也。然則翿訓爲纛也。纛所以爲翳。故傳并引之。段玉裁云。翳也之上。當有纛字。此熠燿燐也。燐熒火也之例。李黼平云。敖字傳無釋。釋文云。遊也。陸殆以毛訓陶陶爲和樂。則敖當是敖遊。故訓遊耳。衡案。敖有異義。毛必釋之。其不釋者。從本義也。陸說得之。鄭言燕舞之位者。燕遊義近。故轉敖爲燕。非訓敖爲舞位也。足利古本翳也上有纛字。與段說合。今從之。

其樂只且。

揚之水三章。章六句。

揚之水。刺平王也。不撫其民。而遠屯戍于母家。周人怨思焉。箋。怨平王恩澤不行於民。而久令屯戍。不得歸。思其鄉里之處者。言周人者。時諸侯亦有使人戍焉。平王母家申國。在陳鄭之南。迫近彊楚。王室微弱。而數見侵伐。王是以戍之。釋文。揚如字。或作楊木之字。非。正義。杜預云。申今南陽宛縣是也。顧炎武云。申伯。宣王之元舅也。立功於周。而吉甫作崧高之誦。其孫女爲幽王后。無罪見黜。申侯乃與犬戎攻殺幽王。乃未幾。而爲楚所病。戍申之詩作焉。當宣之世。周興。而申以强。當平王之世。周衰。而申以弱。至莊王之世。申爲楚縣矣。二舅之於周。功罪不同。而其所以自取。如此。宋左師之告華亥曰。女喪而宗室。於人何有。人亦於女何有。讀二詩者。豈徒論二王之得失哉。衡案。錢大昕謂楊州之楊从木。此揚亦當从木。今案。楊州之楊。从木。或从手者。誤也。其云揚激揚也者。以其水激揚。以同音之字訓之也。此揚謂激揚之水。乃其本義。當以从手爲正。錢反以陸說爲非。失之。

揚之水。不流束薪。興也。揚激揚也。箋。激揚之水。至湍迅。而不能流移束薪。興者。喻平王政教煩急。而恩澤之令。不行於下民。正義。毛以爲激揚之水。豈不能流移一束之薪乎。言能流移之。以興王者之尊。豈不能施行恩澤於下民。言其能施行之。此傳不言興意。而鄭風亦云揚之水不流束楚。文與此同。傳曰。激揚之水。可謂不能流漂束楚乎。則此亦不與鄭同。明別爲興。**彼其之子。不與我戍申。**戍守也。申姜姓之國。平王之舅。箋。之子。是子也。彼其是子。獨處鄉里。不與我來守。申。是思之言也。其或作記。或作已。讀聲相似。**懷哉懷哉。曷月予還歸哉。**

箋。懷安也。思鄉里處者。故曰。今亦安不哉。安不哉。何月我得還歸見之哉。思之甚。衡案。邶終風。願言則懷。傳云。懷傷也。此序云。周人怨思焉。則此懷。毛亦爲傷。故不訓也。揚之水。不流束楚。楚木也。衡案。說文。楚叢木也。一曰。荊也。彼其之子。不與我戍甫。甫諸姜也。正義。尚書有呂刑之篇。禮記引之。皆作甫刑。孔安國云。呂侯後爲甫侯。周語云。祚四岳。爲侯伯。賜姓曰姜。氏曰有呂。又曰。申呂雖衰。齊許猶在。是申與甫許同爲姜姓。故傳曰。甫。諸姜。許。諸姜。皆爲姓與申同也。平王母家申國。所戍唯應戍申。不戍甫許也。言甫許者。以其同出四岳。俱爲姜姓。既重章以變文。因借甫許以言申。其實不戍甫許也。衡案。申在陳鄭南。許在鄭南。鄭語。南有荊蠻申呂。郡國志。汝南郡新蔡有大呂亭。注故呂侯國。是許在申西。甫在申東。三國同姓。相與爲脣齒。以禦楚。戍甫許。郎所以戍申也。故序直言屯戍于母家。其實并戍甫許。經就事上序之。故并言甫許。傳欲明所以戍甫許。故云。甫許諸姜。言三國同姓。勠力以禦楚。故亦戍之。如是說之。周人怨思之意益明。甫許國名。雖與申同姓。安得借以言申哉。疏說謬甚。懷哉懷哉。曷月予還歸哉。揚之水。不流束蒲。蒲草也。箋。蒲蒲柳。釋文。蒲如字。孫毓云。蒲草之聲。不與戍許相協。箋義爲長。今則二蒲之音。未詳其異耳。正義。以首章言薪。下言蒲楚。則蒲楚是薪之木名。不宜爲草。故鄭易傳爲柳。焦循云。周南喬木之詩。既以薪言楚。又以薪言蔞。蔞之爲艸同蒲。蒲何碍於薪之有。

李黼平云。許本作鄦。無聲與甫自協。不必疑也。衡案。焦李二說皆是。薪字从艸。蓋古遠山少林之地。皆以草爲薪。今我澤國。往往亦然。

彼其之子。不與我戍許。許諸姜也。懷哉懷哉。曷月予還歸哉。

中谷有蓷三章。章六句。

中谷有蓷。閔周也。夫婦日以衰薄。凶年饑饉。室家相棄爾。正義。夫婦衰薄。以凶年相棄。假陸草遇水而傷。以喻夫恩薄厚。蓷之傷於水。始則溼。中則脩。久而乾。猶夫之於婦。初已衰。稍而薄。久而甚。甚久至於相棄。婦既見棄。先舉其重。然後倒本其初。故章首二句。先言乾。次言脩。次言溼。見夫之遇己。用凶年深淺。爲薄厚也。衡案。此詩婦既見棄而作。故首章先言見棄之時。然後推本其初。可謂善述婦人之情矣。序云。夫婦日以衰薄。二章三章脩溼之時也。凶年饑饉。室家相棄。首章之義也。詩見棄而作。故逆言之。序本見棄之初。故順言之。言各有序也。

中谷有蓷。暵其乾矣。興也。蓷鵻也。暵菸貌。陸草生於谷中。傷於水。箋。興者。喻人居平安之世。猶鵻之生於陸自然也。遇衰亂凶年。猶鵻之生谷中。得水則病將死。釋文。暵呼但反。徐音漢。說文云。水濡而乾也。字作灘。又作灘。皆他安反。菸於據反。何音於。說文云。鬱也。廣雅云。蓷也。正義。釋草云。萑。蓷。李巡曰。臭穢草也。郭璞曰。今茺蔚也。葉似萑。方莖白華。華生節間。又名益母。陸璣疏云。舊說及魏博士濟陰周元明皆云。菴蕳是也。說文云。菸萎也。陳啓源云。嘆字說文原作灘。注云。水濡而乾也。詩曰。灘其乾矣。其嘆字注云。乾也。引易莫嘆于離。並不引此詩。可見漢時經文本作灘字。毛鄭義與說文合。皆訓灘。非訓嘆也。徐邈音漢。則晉世已作嘆字。菸音於。鬱也。萎也。萎於爲反。病也。衡案。陳說痛快。如摩姑搔痒。此章始可讀矣。曾釗亦有說。略與陳同。今節。

有女仳離。嘅其嘆矣。 仳別也。箋。有女遇凶年而見棄。與其君子別離。嘅然而嘆。傷己見棄其恩薄。**嘅其嘆矣。遇人之艱難矣。** 艱亦難也。箋。所以嘅然而嘆者。自傷遇君子之窮厄。正義。有女與夫別離。嘅然其長嘆矣。所以長嘆者。自傷逢遇人之艱難於己矣。人者斥其夫。艱難謂無恩情而困苦之。衡案。序云。凶年饑饉。夫婦相棄。則遇人之艱難矣。謂其夫逢凶年。衣食俱艱。遂至相棄。故鄭訓窮厄。正義所述。非序箋意。也。仳離。別之意。

中谷有蓷。暵其脩矣。 脩且乾也。釋文。脩如字。本或作蓨。音同。段玉裁云。且者將然之詞。豳風予尾脩脩。傳曰。修修。敝也。此修義同。曾釗云。說文。脩脯也。釋名。脩縮也。乾燥而縮也。傳訓爲且乾也者。且姑且之辭。禮記。祖者且也。且可訓爲始。有草創粗略之義。周禮注。乾肉薄析曰脯。捶之而施薑桂曰腶脩。脯小物全乾者。然則肉之久乾者爲腊。始乾者爲脩。將乾者爲脯。故說文脯訓肉乾。而腊訓乾肉。

乾肉者。肉之已乾者。肉乾者。肉之將乾也。脩訓脯。不訓腊者。亦以脯爲將乾。與始乾之義近。衡案。且段說得之。脩段曾皆通。但草木將枯。其葉必乾燥而縮。曾說差精。

有女仳離。條其歗矣。條條然歗也。釋文。歗籀文嘯。本又作嘯。條其歗矣。遇人之不淑矣。箋。淑善也。君子於己不善也。衡案。於己不善。不善遇己也。卽序所云夫婦日以衰薄也。

中谷有蓷。暵其溼矣。鵻遇水則溼。箋。鵻之傷於水。始則溼。中則脩。久而乾。有似君子於己之恩。徒用凶年深淺爲薄厚。釋文。徒如字。徒空也。沈云。當作從。衡案。徒是也。薄厚。諸本作厚薄。今從岳本。

有女仳離。啜其泣矣。啜泣貌。啜其泣矣。何嗟及矣。箋。及與也。泣者。傷其君子棄己。嗟乎將復何與爲室家乎。此其有餘厚於君子也。衡案。及追也。何嗟及。猶嗟何及。古人語倒也。書曰。嘻咨若時。是也。言己既嫁是人。日見困阨。啜然以泣矣。雖怨悔噬臍。于嗟又何能追及未嫁之前哉。

兎爰三章。章七句。

兔爰，閔周也。桓王失信，諸侯背叛，構怨連禍，王師傷敗，君子不樂其生焉。箋：不樂其生者，寐不欲覺之謂也。釋文：樂，沈音岳，又音洛。正義：隱三年左傳曰：鄭武公、莊公爲平王卿士，王貳於虢，鄭伯怨王，王曰無之，故周鄭交質，王子狐爲質於鄭，鄭公子忽爲質於周。及平王崩，周人將畀虢公政。四月，鄭祭足帥師取溫之麥，秋又取成周之禾，周鄭交惡。君子曰：信不由中，質無益也。是桓王失信之事也。桓五年左傳曰：王奪鄭伯政，鄭伯不朝。是諸侯背叛也。傳又曰：秋，以諸侯伐鄭，王爲中軍，虢公林父將右軍，蔡人、衛人屬焉，周公黑肩將左軍，陳人屬焉。鄭伯禦之，曼伯爲右拒，祭仲足爲左拒，原繁、高渠彌以中軍奉公，爲魚麗之陳，戰於繻葛，蔡、衛、陳皆奔，王卒亂，鄭師合以攻之，王卒大敗，祝聃射王中肩。是王師傷敗之事也。傳稱射王中肩，自是矢傷王身，此言師敗，正謂軍敗耳。

有兔爰爰，雉離于羅。興也。爰爰，緩意。鳥網爲羅。言爲政有緩有急，用心之不均。箋：有緩者，有所聽縱也。有急者，有所操蹙也。衡案：有兔爰爰，喻虢狡而畀之政。雉離于羅，喻鄭守介而見伐。言爲政有緩急之度，惟桓王用心之不均，是以失其度，諸侯所以背叛也。正義本操作躁，今從定本。

我生之初，尚無爲。尚無成人爲也。箋：尚，庶幾也。言我幼稚之時，庶幾於無所爲。謂無軍役之事也。焦循云。爲之訓通於用。爲之文通於僞。下尚無造。傳云。造爲也。尚無庸。傳云。庸用也。爲造庸三字義通。蓋謂其時風俗人心。尚無詐僞自用之事。成人爲者。荀子云。可事而成之在人者。謂之僞。楊倞注云。僞爲也。矯也。凡非天性而作爲之者。皆謂之僞。毛公承荀子之學。當本其說。以爲之說。成人爲者。言人所作爲而成之者也。衡案。傳不解尚字。則讀與下尚同。下尚分明是庶幾。則此尚亦當訓庶幾。人爲者。人所爲也。謂非天意者。言我幼穉之時。君相庶幾無敢成人私意所爲矣。

我生之後。逢此百罹。尚寐無吪。罹憂。吪動也。箋。我長大之後。乃遇此軍役之多憂。今但庶幾于寐不欲見動。無樂生之甚。衡案。鄭解我生之後。爲長大之後。是也。百罹者。百事皆可憂也。

有兔爰爰。雉離于罦。罦覆車也。正義。釋器云。繴謂之罿。罿罬也。罬謂之罦。罦覆車也。孫炎曰。覆車網。可以掩兔者也。一物五名。方言異也。郭璞曰。今之翻車也。有兩轅。中施骨。以捕鳥。

我生之初。尚無造。造爲也。衡案。閩本。監本。毛本爲作僞。今從足利古本。小字本。岳本。

我生之後。逢此百憂。尚寐無覺。

有兔爰爰。雉離于罿。罿罬也。釋文。罿昌鍾反。韓詩云。施羅于車上曰罿。字林。上凶反。罬張劣反。

我生之初。尚無庸。庸用也。箋。庸勞也。衡案。言任道而行。庶幾無自用也。

我生之後，逢此百凶，尚寐無聰。聰，聞也。箋：百凶者，王構怨連禍之凶。

葛藟三章，章六句。

葛藟，王族刺平王也。周室道衰，棄其九族焉。箋：九族者，據己上至高祖，下及玄孫之親。

釋文：藟，力軌反，似葛。廣雅云：藟，藤也。刺桓王。本亦作刺平王。案：詩譜是平王詩。皇甫士安以爲桓王之詩，崔集注本亦作桓王。正義：定本云刺桓王，義雖通，不合鄭譜。衡案：譜不言葛藟爲何王詩，但譜下正義云：黍離序云閔周室之顛覆，言鎬京毀滅，則平王詩也。君子于役，及揚之水，葛藟，皆序云平王，是平王詩矣。君子陽陽，中谷有蓷，居中從可知。兔爰序云桓王，則本在葛藟之下，但簡札換處，失其次耳。兔爰既言桓王，舉上以明下，明采葛、大車從可知矣。采葛箋云：桓王之時，政事不明，明大車亦桓王詩也。丘中有麻序云：莊王不明，即莊王詩明矣。故於左方中以此而知，則孔云不合鄭譜者，謂左方中所載也。詩序鄭所傳之外，無有別本。鄭既於左方中言平王，則爲平王之詩審矣。皇甫謐安人，喜易鄭義，以此詩編兔爰下，遂改序爲桓王，而崔、顏、陸諸儒從之耳。當以正義所云簡札換處，失其次爲正說。

緜緜葛藟。在河之滸。與也。緜緜。長不絕之貌。水厓曰滸。箋。葛也。藟也。生于河之厓。得其潤澤。以長大而不絕。興者。喻王之同姓。得王之恩施。以生長其子孫。釋文。滸本亦作厓。魚佳反。終遠兄弟。謂他人父。兄弟之道。已相遠矣。箋。兄弟猶言族親也。王寡於恩施。今已遠棄族親矣。是我謂他人爲己父族人。尚親親之辭。陳啓源云。謂他人父。言王無父恩也。謂他人母。言王無母恩也。元后作民父母。況九族之親乎。名雖父母。情則他人。親親之道微矣。所以爲刺也。焦循云。終之爲言盡也。傳箋已字。乃解終字。終遠兄弟者。已遠兄弟也。傳以經言父母。是以王爲父母。非與王爲兄弟也。言我兄弟望王爲父母。今王無恩施于待我。兄弟之道。已相遠矣。是欲我謂他人爲父母也。衡案。小功以下之親。相謂爲兄弟。序云。棄其九族。則兄弟詩人自稱也。言已爲王族。恃王爲父母。而王待族人之道已相遠。於是不得已。而謂他人爲己父母也。箋以他人爲稱王。言王遠棄族親。則於己如他人而已。尚謂之父。其說雖巧。恐非經傳之意也。謂他人父。亦莫我顧。箋。謂他人爲己父。無恩於我。無眷顧我之意。衡案。王遠棄兄弟。不得已。而謂他人爲父。無有一人眷顧我者。言困約甚矣。此人未必謂他人爲父。言此者。王無恩。與他人同。怨之深矣。莫重於無。若人莫闕志。人無有闕志也。則亦莫我顧。亦無有眷顧我者也。況謂世人不顧己。非斥王也。眷顧。諸本作顧眷。今從小字本。

緜緜葛藟。在河之涘。涘厓也。終遠兄弟。謂他人母。王又無母恩。段玉裁云。正義謂此爲箋。蓋誤。不言王無父恩。王又無昆恩者。不待言也。嫌王非母。故特釋之。有父道者。必兼母道。衡案。阮元據正義標起止。箋云王又無母恩。以此傳爲箋誤。然文意高簡。與傳相類。段說爲長。謂他人母。亦莫我有。箋。有識有也。王引之云。有謂相親有也。

緜緜葛藟。在河之漘。漘水隒也。釋文。隒。詩本又作水旁兼者。字書音呂恬理染二反。廣雅云。溓清也。與此義乖。正義。釋丘曰。夷上洒下不漘。李巡曰。夷上平上。洒下陗下。故名漘。孫炎曰。平上陗下。故名曰漘。不者蓋衍字。郭璞曰。厓上平坦而下水深者爲漘。不發聲也。釋山云。重甗隒。孫炎曰。山基有重岸也。隒是山岸。漘是水岸。故云水隒。李黼平云。說文。滸。涘漘。俱訓水厓。此傳訓隒者。說文。隒厓也。然則傳云水隒。仍是厓義。正義引爾雅釋山重甗隒。釋之。義雖得通。恐非傳意。終遠兄弟。謂他人昆。昆兄也。段玉裁云。禮喪服曰。小功以下爲兄弟。篇中言兄弟者。自其親疏言之。謂於王疏也。喪服曰。昆弟。曰從父昆弟。曰從祖昆弟。曰族昆弟。雖疏必曰昆弟。親親之辭也。此詩自稱曰兄弟。謂王爲昆。不敢以其戚戚君。而得循九族之稱也。謂王曰父母者。九族中從祖父母。族父母。從祖祖父母。族祖父母是也。謂他人昆。亦莫我聞。箋。

不與我相聞命也。衡案。不聞我言。如聾然。

采葛三章。章三句。

采葛懼讒也。箋。桓王之時。政事不明。臣無大小。使出者則爲讒人所毀。故懼之。

彼采葛兮。一日不見。如三月兮。興也。葛所以爲絺綌也。事雖小。一日不見於君。憂懼於讒矣。箋。興者。以采葛。喻臣以小事使出。陳啓源云。詩言采多矣。或言采之地。則以地取義也。沬鄉。新田之類是也。或言采之時。則以時取義。蘩之春日。薇之剛止柔止之類是也。或言采之事。則以事取義也。不盈頃筐。不盈一匊之類是也。采葛之詩。言采之外。無他詞焉。則義在葛蕭艾三艸矣。故傳云。葛爲絺綌。蕭供祭祀。艾以療疾。又云。采葛小事。傳文至簡。茲獨詳焉。則義在葛蕭艾三艸矣。良以興義攸存。不容略爾。箋申其意。以首章爲小事使出。次章爲大事使出。末章爲急事使出。亦非穿鑿之見也。東萊非之。大過。彼采蕭兮。一日不見。如三秋兮。蕭所以供祭祀。箋。彼采蕭者。喻臣以大事使出。正義。時皆三月。三秋謂九月也。釋草云。蕭荻。李巡曰。荻一名蕭。陸璣云。今人所謂荻蒿者是也。或云。牛尾蒿。似白蒿。白葉莖麤。科生。多者數十莖。可作燭。有香氣。故祭祀以脂爇之爲香。許慎以爲艾蒿。非也。郊特牲云。既奠然後爇蕭合馨香。王氏云。取蕭祭脂。是蕭所以供祭祀也。成十三年左傳曰。國之大事。在祀與戎。故以祭祀所須者。喻大事使出。衡案。三秋者。一秋有三箇月。三秋故九月也。首章云三月。此章云三秋。卒章云三歲。孔欲三秋久於三月。故云九月也。

彼采艾兮。一日不見。如三歲兮。艾所以療疾。箋。彼采艾者。喻臣以急事使出。

大車三章。章四句。

大車。刺周大夫也。禮義陵遲。男女淫奔。故陳古以刺今大夫不能聽男女之訟焉。正義。男女淫奔。謂男淫而女奔之也。

大車檻檻。毳衣如菼。大車。大夫之車。檻檻。車行聲也。毳衣。大夫之服。菼。鵻也。蘆之初生者也。天子大夫四命。其出封五命。如子男之服。

乘其大車檻檻然。服毳冕以決訟。箋。菼薍也。古者天子大夫。服毳冕。以巡行邦國。而決男女之訟。則是子男入爲大夫者。毳衣之屬。衣繢而裳繡。皆有五色焉。其青者如鵻。正義。春官巾車職云。革路以封四衞。四衞。四方諸侯守衞者。謂蠻服以內。又云。大夫乘墨車。然則王朝大夫。於禮當乘墨車。以大夫出封。如子男之服。則車亦得乘諸侯之車。此大車蓋革路也。菼鵻。釋言文。郭璞曰。菼草色如鵻。在青白之間。傳以經云如菼。以衣冠比菼色。故先解菼色。又解草。言菼是蘆之初生。釋草云。葭蘆菼薍。孫炎郭璞。皆以蘆薍爲二草。李巡舍人樊光。以蘆薍爲一草。此傳菼爲蘆之初生。則意同李巡之輩。以蘆薍爲一草也。春官司服曰。子男之服。自毳冕而下。卿大夫之服。自玄冕而下。則大夫不服毳冕。傳又解其得服之意。天子大夫四命。其出封五命。如子男之服。故得服毳冕也。春官典命職曰。王之三公八命。其卿六命。其大夫四命。及其出封。皆加一等。鄭解周禮出封。謂出於畿內。封爲諸侯。加一等。褒有德也。謂大夫爲子男。卿爲侯伯。其命加於王朝一等耳。非謂使出封畿外。即加命也。今傳言大夫四命。出封五命。則毛意以周禮出封。謂出於封畿。非封爲諸侯也。尊王命。而重其使。出於封畿。即得加命。反於朝廷。還服其本。知繢繡皆有五色者。考工記曰。畫繢之事。雜五色。又曰。五色備。謂之繡。是繢繡皆五色。其青者如鵻。其赤者如赬。故二章各舉其一耳。戴震云。蘆字譌。當作萑。孔沖遠不能考正。而溷蘆菼爲一。非也。夏小正。七月秀萑葦。傳曰。未秀則不爲萑葦。秀然後爲萑葦。故先言秀。又曰。萑未秀爲菼。葦未秀爲蘆。是菼與蘆。乃萑葦二物初生之名。凡詩中曰蒹葭。曰葭菼。曰雚葦。及今人曰蘆荻。皆並舉二物。蒹葭雚荻一也。葭蘆葦一也。許叔重說文解字多本毛詩。於菼字云。雚之初生。然則毛詩轉寫譌失顯然矣。李黼平云。說文引此詩。菼作緂。云帛騅色也。騅當作騅。說文騅云。馬蒼黑雜毛。曾釗云。按采芑四章云。方叔元老。傳。五官之長。出於諸侯。曰天子之老。曲禮。五官之長曰伯。注謂爲三公。者則方叔在朝以卿士兼三公之任矣。而其首章云。鉤膺鞗革。鉤即金路之鉤。巾車金路鉤樊纓九就。典命上公九命。車旗以九爲節。據此。是在朝八命。及出爲將。得乘九命之車。不必封爲諸侯。然後加等如鄭說也。封者。疆界之名。出封畿之外。亦爲出封。陳啓源云。毳冕之服。子男以朝聘天子。及助祭。非以聽訟。毛謂服毳冕以決訟。當本於師說。或古制爾耳。康成好以禮釋詩。而不易此傳。必有見也。且大夫爵命之數。言其車服。而可知作詩者。應借以指目其人。縱非服以聽訟。於義自通矣。

豈不爾思。畏子不敢。畏子大夫之政。終不敢。箋。此二句者。古之欲淫奔者之辭。我豈不思與女以爲無禮與。畏子大夫來聽訟。將罪我。故不敢也。子者。稱所尊敬之辭。

大車啍啍。毳衣如璊。啍啍。重遲之貌。璊。頳也。釋文。啍他敦反。徐又徒孫反。璊音門。說文作𣰁。云以毳爲罽也。解此璊云。玉頳色也。禾之赤苗謂之璊。玉色如之。正義。釋器云。一染謂之縓。再染謂之頳。郭璞云。淺赤也。李黼平云。今說文璊云。玉頳色也。从玉㒼聲。禾之赤苗謂之虋。言玉色如之。而毛部𣰁字引此詩。作毳衣如𣰁。云以毳爲罽。色如虋。故謂之璊。虋禾之赤苗也。从毛㒼聲。如說文則璊璊俱取與虋同色。又同音。衡案。經字當從說文作璊。罽西胡毳布。非三代大夫所當服。義當從色同虋。

豈不爾思。畏子不奔。穀則異室。死則同穴。謂予不信。有如皦日。穀生。皦白也。生在於室。則外內異。死則神合同爲一也。箋。穴謂塚壙中也。此章言古之大夫。聽訟之政。非但不敢淫奔。乃使夫婦之禮有別。今之大夫不能然。反謂我言不信。我言之信。如白日也。刺其闇於古禮。衡案。詳考毛傳。此蓋女防男之辭。言我畏子大夫。終不敢爲無禮之事。女若以禮迎我。我當生則正外內之禮。死則全同穴之義。若謂我言不信。我言之明白。有如白日。鄭謂今之大夫不信詩人之言。恐非經傳之意矣。

丘中有麻三章。章四句。

丘中有麻。思賢也。莊王不明。賢人放逐。國人思之。而作是詩也。箋。思之者。思其來已得見之。

丘中有麻。彼留子嗟。畱。大夫氏。子嗟。字也。丘中。墝埆之處。盡有麻麥草木。乃彼子嗟之所治。箋。子嗟放逐於朝。去治卑賤之職。而有功。所在則治理。所以爲賢。正義。釋丘云。非人力爲之丘。丘是地之高者。在丘之中。故云墝埆之處。墝埆。謂地之瘠薄者也。傳探下章而解之。故言麻麥草木也。木即下章李也。兼言草以足句。乃彼子嗟之所治。子嗟未去之日。教民治之也。陳啓源云。說文無劉字。有鐂字。徐鍇以爲鐂即劉。當是也。通作畱。周大夫采地。因氏焉。子國子嗟。以父子而世賢。皆著名於東周。不知誰之裔。且受邑在中何王之世也。羅泌以爲堯長子考監明之後。是不然。畱乃東周畿內邑。緱氏縣有劉聚者是。堯之後在夏世已有劉累。其來舊矣。不以周邑氏也。厥後八十餘年。而畱邑復爲王季子采地。是爲劉康公。豈子嗟之遭放逐。併失其爵邑乎。焦循云。正義區分毛鄭之異。謂傳義在未放逐之前。箋義在既放逐之後。細審之。未見其然。衡案。序言賢人放逐。國人思之。而作是詩。則丘中有麻者。詩人述子嗟前日居官之功。非放逐後之事也。傳云。丘中墝埆之處。盡有麻麥草木。則所治非一處。蓋子嗟爲大小司徒之屬。率其屬官。以教國人治荒僻之地。盡爲禾黍。故國人思之不置也。鄭以勸課農桑。爲守令之事。故云去治卑賤之職。而有功。殊與序傳乖。焦反率傳入箋。謬矣。彼畱子嗟。將其來施施。施施。難進之意。箋。施施。舒行伺閒。獨來見己之貌。正義。彼畱氏之子嗟。其將來之時。施施然。甚難進而易退。其肯來乎。言不肯復來。所以思之特甚。陳啓源云。畱子賢而放逐。周人思之。指丘中麻麥。以見惠政猶存。因望其來。而復立於朝。故序云。國人思之。明是舉國之公心。詩人代述之耳。鄭以丘中爲畱子隱居之地。來爲獨來見己。則是朋友相思之作。其美之。或出於私好。未足見畱子之賢。毛義較正大矣。阮元云。考顏氏家訓引傳及箋云韓詩亦重爲施施。河北毛詩皆云施施。江南舊本悉單爲施。俗遂是之。恐有少誤。然則今毛詩釋文正義及各本皆作施施者。或因顏說定之也。經義雜記以爲經文一字。傳箋重文。引邶谷風有洸有潰。傳洸洸武也。潰潰怒也。箋君子洸洸然。潰潰然。無溫潤之色等證之。其說是也。衡案將其來施施。衛風氓將子無怒。傳云將願也。則此亦以爲願矣。言子嗟雖放逐。不敢忘其君。願其來。而心又恐道不行。施施難進。形容子嗟意中之事。曲盡其妙。正義易置將其。蓋讀將爲有然之辭。其意頓淺。谷風洸潰上。俱有有字。其爲形容審矣。故經單言。而傳箋重文。此施在句末。若單言施。恐不成義。且陸仕陳。其所習必江南本。而釋文不言施施有異文。況韓詩及河北各本皆作施施。豈可拾顏唾餘。以爲珍貴哉。大抵清人好奇。輒據孤證改舊文。以爲獨得。是可以廣異聞。而未可據以斷。不獨此也。

丘中有麥。彼畱子國。子國子嗟父。箋言子國使丘中有麥。著其世賢。正義。傳云。子國子差父。毛時書籍猶多。或有所據。未詳毛氏何以知之。衡案。孔子以來。六經皆有師授。史遷詳述之矣。毛詩傳自子夏。師師相傳。以至毛亨。始筆之書。故其所說。皆子夏以來相傳之說。非後儒取之臆。以妄斷於千載之下之類也。孔云。書籍猶多。或未達此義也邪。

彼畱子國。將其來食。子國復來。

我乃得食。箋：言其將來食，庶其親己，己得厚待之。正義：箋以丘中有麻，是子嗟去往治之，而此章言子國亦能使丘中有麥，是顯著其世賢。言其父亦是治理之人耳，非子國實使丘中有麥也。衡案：據經傳，子國亦嘗有治民之功，雖老而致仕，是時猶存。作者欲見其有世功，而王放逐之之非，故借父以影子，所以重惜子嗟之去也。

丘中有李，彼留之子。箋：丘中而有李，又留氏之子所治。

彼留之子，貽我佩玖。玖，石次玉者。言能遺我美寶。箋：留氏之子，於思者則朋友之子，庶其敬己而遺己也。正義：美寶猶美道。傳言以爲作者思而不能見，乃陳其昔日之功，言彼留氏之子，有能遺我以美道，謂在朝所施之政教。於思者則朋友之子，正謂朋友之身，非與其父爲朋友。衡案：之子，毛無傳，則以爲子嗟矣。子，男子美稱。留之子猶言留子。戰國策稱麗姬爲麗之姬，此亦加之字足句耳。孔云美寶猶美道，是也。其爲陳昔日之功，則失之。昔日之功，三章首句所述是也。貽我佩玖者，望其復來而不可得，猶冀其遺我以美道也。傳云言能遺我美寶，若謂在朝所施之政教，傳當言嘗。今不言嘗而云能，則其意謂能遺我以美寶乎，乃庶幾將來之辭，非陳昔日之功也。傳文高簡，不言乎，孔遂誤解之耳。

鄭緇衣詁訓傳第七　國風

鄭國二十一篇。五十三章。二百八十三句。

緇衣三章。章六句。

緇衣美武公也。父子並爲周司徒。善於其職。國人宜之。故美其德。以明有國善善之功焉。箋。父謂武公父桓公也。司徒之職。掌十二教。善善者。治之有功也。鄭國之人。皆謂桓公武公。居司徒之官。正得其宜。

正義。周禮大司徒職曰。因民常而施十有二教焉。一曰。以祀禮教敬。則民不苟。二曰。以陽禮教讓。則民不爭。三曰。以陰禮教親。則民不怨。四曰。以樂教和。則民不乖。五曰。以儀辨等。則民不越。六曰。以俗教安。則民不偸。七曰。以刑教中。則民不暴。八曰。以誓教恤。則民不怠。九曰。以度教節。則民知足。十曰。以世事教能。則民不失職。十有一曰。以賢制爵。則民愼德。十有二曰。以庸制祿。則民興功。是司徒職掌十二教也。陽禮謂鄕射飲酒之禮。陰禮謂男女昏姻之禮。儀謂君南面臣北面。父坐子伏之類。俗謂土地所生習。誓謂戒勅。度謂宮室衣服之制。世事謂士農工商之事。司徒之職。所掌多矣。此十二事。是教民之大者。故舉以言焉。陳啓源云。呂記朱傳。皆以緇衣爲周人作。非也。周人作。當入王風矣。好賢自屬周人。鄭人述而爲此詩耳。改衣授粲。盛稱王朝禮遇之隆。寵任之至。以見德足以堪此。與淇奧充耳重較。意正相反。李黼平云。箋云。司徒掌十二教。善善者。治之有功也。箋解序善善甚明。言所掌十二教。治之皆善耳。正義云。武公既爲鄭國之君。又復入爲司徒。已是其善。又能善其職。此乃有國者善中之善。故作此詩。美其武公之德。以明有邦國者善善之功焉。殊失箋意。衡案。周人作此詩。其應入王風。固也。又必當述在王朝之冠服。王朝君臣。同服皮弁素衣素裳。今不言皮弁素裳。而言緇衣。緇衣卽玄端。諸侯私朝之服。明鄭人作之矣。序善善卽上文善於其職之善。言桓公既善於其職。武公繼之。更又善桓公所善。詩意雖兼美桓公。所主在武公。故子夏序云。美武公也。而繼序以有國善善之功結之。善善是更善於父所善也。箋云。治之有功者。言武公治桓公所爲有功也。有功。解上善字。之字指下善。孔疏固失之。李亦未爲得也。

緇衣之宜兮。敝予又改爲兮。

緇黑色。卿士聽朝之正服也。改更也。有德君子。宜世居卿士之位焉。箋。緇衣者。居私朝之服也。天子之朝。服皮弁服也。

正義。考工記言染法。三入爲纁。五入爲緅。七入爲緇。注云。染纁者。三入而成。又再染以黑則爲緅。又復再染以黑。乃成緇。是以緇爲黑色。此緇衣卽士冠禮所云。主人玄冠朝服緇帶素韠是也。諸侯與其臣服之以日視朝。故禮通謂此服爲朝服。美武公善爲司徒。而經云緇衣。則緇衣卿士所服也。而天子與其臣皮弁以日視朝。則卿士旦朝於王服皮弁。不服緇衣。故知是卿士聽朝之正服也。李黼平云。序言美武公。又云。父子並爲司徒。善於其職。國人宜之。宜字兼父子言。故箋云。鄭國之人皆謂桓公武公居司徒之官。正得其宜。此傳言宜世居卿士。亦兼父子。如序傳箋之意。經首二句。是說並爲司徒。下二句乃專說武公。正義述經。通首俱主武公。非也。曾釗云。禮記玉藻云。揖私朝輝如也。登車則有光矣。注。私朝自大夫家之朝。又云。朝玄端。夕深衣。注。謂大夫士也。釋文。朝直遙反。疏謂。大夫士早朝在私朝。服玄端。夕服深衣。在私朝及家。據此則私朝不在天子宮內審矣。衡案。鄭人美之。故不言皮弁。而云緇衣。不敢言二公宜於司徒之職。所以尊王室也。緇衣。諸侯聽朝之正服。傳必言卿士聽朝之正服者。欲見此詩爲美二公爲司徒善於其職而作也。聽朝。在其私朝。而聽鄭國及采邑之政也。宜字兼父子。李說是也。有德之德。亦指二公。宜世居卿士之位。解敝予又改爲兮。桓公既沒。武公繼之。猶舊衣既敝。新衣繼之。此詩蓋比也。凡興以彼物喻此事。此篇直擧其所服。以新舊相易。言父子相繼之意。故爲比也。士事也。卿之有職掌者。謂之卿士。

適子之館兮。還予授子之粲兮。適之館舍。粲餐也。諸侯入爲天子卿士。受采祿。箋。卿士所之之館。在天子之宮。如今之諸廬也。自館還。在采地之都。我則設餐以授之。愛之欲飲食之。釋文。粲七旦反。飧也。飧蘇尊反。正義。采祿。王之所授。衣服。王之所賜。而言予爲予授者。其意願王爲然。非民所能改授之也。鄭以爲國人愛美武公。緇衣若敝。我願爲君改作兮。自館而還。我願授君以飲食兮。愛之願得作衣服。與之飲食也。鄭以授之以食。爲民授之。則改作衣服。亦民爲之也。衡案。傳言受采祿。解還字。鄭云。自館還在采地之都。正申傳意。非易之也。孔誤會傳意。謂受采祿。解授子之粲。遂云。采祿王之所授。衣服王之所賜。而言予爲予授者。其意願王爲然。非民所能改授之也。不知王所賜諸侯及大夫。特其命服而已。緇衣非諸侯命服。王豈賜之哉。此衣粲對言。王既不賜衣。則粲亦非王所授明矣。段玉裁依釋文。改餐作飧。其說曰。粲飧同部。禮公飧五牢以下。是也。案禮賓客始至。致飧。翌日乃饔餼之。此自館還釆。故云授子之粲兮。其實未必改衣授飧。特述其情耳。箋云。愛之欲飲食之。是也。

緇衣之好兮。敝予又改造兮。好猶宜也。箋。造爲也。適子之館兮。還予授子之粲兮。緇衣之蓆兮。敝予又改作兮。蓆大也。箋。作爲也。釋文。蓆音席。韓詩云。儲也。說文云。廣多。正義。蓆大釋詁文。言服緇衣。大得其宜也。衡案。蓆傳訓大。說文訓廣多。凡物大而廣多。無所不備。蓋贊美之詞耳。如正義。加服字及得其宜三字。其義始通。非也。適子之館兮。還予授子之粲兮。

將仲子三章。章八句。

將仲子。刺莊公也。不勝其母。以害其弟。弟叔失道。而公弗制。祭仲諫。而公弗聽。小不忍。以致大亂焉。箋。莊公之母。

謂武姜。生莊公及弟叔段。段好勇而無禮。公不早爲之所。而使驕慢。

陳啓源云。左氏好惡。與聖人同。其傳春秋。持論平恕。如隱元年鄭伯克段。傳云。譏失教也。詞簡而義確矣。將仲子詩序亦言莊公不勝其母。以害其弟。小不忍。以致大亂。意與左氏合。欲定莊公罪者。當以傳序之言爲正。衡案。此事見於隱元年左傳。正義備引之。今節。箋云段好勇。見于叔于田序。

將仲子兮。無踰我里。無折我樹杞。將請也。仲子。祭仲也。踰越。里居也。二十五家爲里。杞木名也。折言傷害也。箋。祭仲驟諫。莊公不能用其言。故言請固距之。無踰我里。喩言無干我親戚也。無折我樹杞。喩言無傷害我兄弟也。仲初請曰。君將與之。臣請事之。君若不與。臣請除之。釋文。君若與之。一本若作將。正義。無踰我里。謂無踰越我里居之垣牆。但里者人所居之名。故以所居表牆耳。四牡傳云。杞。枸繼。此直云木名。則與彼別也。陸璣疏云。杞柳屬也。生水傍。樹如柳。葉粗而白色。理微赤。故今人以爲車轂。今共北淇水傍。魯國泰山汶水邊純杞也。按左傳。仲初請曰云云。乃是公子呂辭。今箋以爲祭仲諫者。詩陳請祭仲。不請公子呂矣。祭仲之諫。多於公子呂矣。而公子呂請除大叔。爲諫之切。莫切於此。祭仲正可數諫耳。其辭亦不是過。仲亦當有此言。故引之以爲祭仲諫。焦循云。此爲公子呂之言。鄭引之誤耳。正義爲之辭云。仲亦當有此言。故引之。以爲祭仲諫。迂矣。衡案。左傳。祭仲曰。都城過百雉。國之害也。今京不度。非制也。君將不堪。公曰。姜氏欲之。焉避害。對曰。姜氏何厭之有。不如早爲之所。無使滋蔓。蔓難圖也。蔓草猶不可除。況君之寵弟乎。此言善處母子兄弟之間。使莊公從之。必無他日不及黄泉無相見之悔。至公子呂請除之。叛形既成矣。使莊公用其言。正足以賊兄弟之恩。安能救其敗哉。所以經言將仲子。而序以祭仲實之也。鄭不止誤引。又誤會經序之意矣。又案。此篇亦比也。箋云。無踰我里。喻言無干我親戚也云云。不直言喻。而云喻言。則亦以爲比矣。

豈敢愛之。畏我父母。箋。段將爲害。我豈敢愛之而不誅與。以父母之故。故不爲也。衡案。言段爲國害。我非愛而封之京。特畏父母。不敢移封耳。時武公既卒。言父母者。父母同倫。故言父以足句耳。

仲可懷也。父母之言。亦可畏也。箋。懷私曰懷。言仲子之言可私懷也。我迫于父母有言。不得從也。

將仲子兮。無踰我牆。無折我樹桑。牆垣也。桑木之衆者也。段玉裁云。當云木之衆者也。以比諸兄多言。衡案。諸本作木之衆者也。唯經注古本正作木之衆者也。與段說合。今從之。

豈敢愛之。畏我諸兄。諸兄公族。

仲可懷也。諸兄之言。亦可畏也。將

仲子兮。無踰我園。無折我樹檀。園所以種木也。檀彊忍之木。

釋文。忍本亦作刃。同。而愼反。依字韋旁作刃。今此假借也。沈云。糸旁作刃爲是。案糸旁刃音女巾反。離騷云。紉秋蘭以爲佩。是也。正義。大宰職云。園圃毓草木。園者圃之蕃。故其內可以種木也。檀材可以爲車。故云彊韌之木。陸璣疏云。檀木皮正青滑澤。與繫迷相似。又似駮馬。駮馬梓楡。故里語曰。斫檀不諦得繫迷。繫迷尙可得駮馬。繫迷一名挈榼。故齊人諺曰。上山斫檀。挈榼先殫。衡案。傳云。彊忍之木。以比莊公彊忍。待段反而誅之也。毛本忍作韌。今從岳本小字本。疏中仍作韌。說文。韌柔而固也。凡經傳假借字。疏多以正字易之。此亦然。釋文韋旁。毛本誤木旁。今訂正。

豈敢愛之。畏人之多言。仲可懷也。人之多言。亦可畏也。

叔于田三章。章五句。

叔于田。刺莊公也。叔處于京。繕甲治兵。以出于田。國人說而歸之。箋。繕之言善也。甲鎧也。

衡案。說文。繕補也。補其缺。所以善之。故云善也。

叔于田。巷無居人。叔大叔段也。田取禽也。巷里塗也。箋。叔往田。國人注心于叔。似如無人處。衡案。經序皆單言叔。傳欲明叔爲左傳之大叔段。故云叔大叔段也。別無深義。豈無居人。不如叔也。洵美且仁。箋。洵信也。言叔信美好而又仁。正義。仁是行之美名。叔乃作亂之賊。謂之信美好而又仁者。言國人悅之辭。非實仁也。叔于狩。巷無飲酒。冬獵曰狩。箋。飲酒。謂燕飲也。衡案。狩罷而飲。其儀甚盛。言叔奢侈無度。國人反悅之。而莊公不禁。必將馴致反亂。所以刺也。豈無飲酒。不如叔也。洵美且好。叔適野。巷無服馬。箋。適之也。郊外曰野。服馬猶乘馬也。正義。釋地云。郊外謂之牧。牧外謂之野。是野在郊外也。夾轅兩馬。謂之服馬。何知此非夾轅之馬。而云猶乘馬者。以上章言無居人。無飲酒。皆是人事而言。此不宜獨言無馬。知正謂叔既往田。巷無乘馬之人耳。豈無服馬。不如叔也。洵美且武。箋。武有武節。正義。文武者。人之技能。今言美且武。悅其爲武。則合武之要。故云有武節。言其不妄爲武也。陳啓源云。叔段善飲酒。工服馬。而得仁武美好之名。猶稱宣姜爲邦媛。皇父爲孔聖。云爾。是君子微文之刺。非小人虛譽之詞。嚴緝謂京城私黨諛說之。稱爲美仁。猶河朔之人謂安史爲聖。過矣。鄭師一出。京人皆叛。段何嘗有私黨哉。衡案。節操也。言操守武事。下篇所云襢裼暴虎。是也。

大叔于田三章章十句。

大叔于田刺莊公也。叔多才而好勇。不義而得衆也。釋文。而勇本或作而好勇。好衍字。正義。經陳其善射御之等。是多才也。禮裼暴虎。是好勇也。火烈具擧。是得衆也。陳啓源云。兩叔于田。玩其詞。皆美大叔。而序云刺莊公。噫此詩之不可無序也。段之美。飮酒耳。搏獸耳。射御足力耳。美之。乃所以刺之也。然段之以此爲能。莊公之過也。左氏所謂譏失敎也。微序。則詩之意將以辭害矣。

大叔于田。乘乘馬。叔之從公田也。釋文。叔于田。本或作大叔于田者誤。倅頤煊云。此詩三章凡十言。叔不應此一句獨言大叔。毛傳叔之從公田也。足證毛本無大字。序欲以別於上篇。故加大字。後人據序以增經。非也。李黼平云。春秋公朝于王所。小雅吉日。天子之所。皆在外之詞。故傳謂從公田。然傳意不但此也。莊公既田。則當以莊公爲主。如駟驖。公曰左之。舍拔則獲。吉日。悉率左右。以燕天子。是也。今此經不及莊公之田。惟陳叔段射御搏獲之事。詩人之意。蓋謂君非于田乎。自我觀之。叔于田耳。傳特揭此句。則知美叔段。卽以刺莊公。可抉經之心矣。衡案。此篇三章章十句。大於前篇。故序加大字以別之。與大叔之大不相關。經文大字。爲衍無疑。李釋傳從公田。至微至精。亦可謂能抉毛之心矣。

執轡如組。兩驂如舞。驂之與服。和諧中節。箋。如組者。如織組之爲也。在旁曰驂。正義。織組者。總紕於此成文於彼。御者執轡於手。馬騁於道。如織組之爲。其兩驂之馬。與兩服馬和諧如人舞者之中於樂節也。此經止云兩驂。不言兩服。知驂與服和諧中節者。以下二章。如於此二句。皆說兩驂。則知此經所云。亦總驂服。但馬之中節。亦由御善。以其篇之首。先云御者之良。既言執轡如組。不可更言兩服。理則有之。故知如舞之言。兼言服亦中節也。此二句言叔之所乘馬良御善耳。非大叔親自御之。下言又良御忌。乃云叔自善御。衡案。叔于田通篇美叔。則此執轡如組。亦謂叔矣。下文始言叔在藪。則叔在塗執轡。以示己能耳。輕浮少年。以技能自誇者。率皆如此。不獨叔也。

叔在藪。火烈具舉。藪澤。禽之府也。烈列。具俱也。箋。列人持火俱舉。言衆同心。正義。地官序澤虞云。每大澤大藪。小澤小藪。注云。澤水所鍾。水希曰藪。然則藪澤非一。而此云藪澤者。以藪澤俱是曠野之地。但有水無水異其名耳。釋地說十藪。云鄭有圃田。此言在藪。蓋在圃田也。爛熟謂之烈。火烈嫌爲火猛。此無取爛義。故轉烈爲列。言火有行列也。由布列人使持之。故鄭申之云。列人持火。此爲宵田。故持火炤之。陳啓源云。毛鄭訓烈爲列。謂列人持火。蓋宵田用以照也。爾雅釋天。宵田爲獠。是也。陳氏訓烈爲熾盛。謂以火田也。釋天又云。火田爲狩。周禮亦云蒐田用火弊。是也。二說俱可通。但經云具舉具揚。則列人持火近之。又末章云。火烈俱阜。烈爲熾盛。阜又爲盛。不應詞複如此。段玉裁云。古烈爲列之假借。具爲俱之假借也。臧鏞堂云。張平子東京賦。火列具舉。是三家詩烈作列。衡案。具舉具揚。非一處之詞。若爲火田。不可通矣。

襢裼暴虎。獻于公所。襢裼。肉袒也。暴虎。空手以搏

一九

之。箋。獻于公所。進於君也。將叔無狃。戒其傷女。狃習也。箋。狃復也。請叔無復者。愛也。

正義。叔襢去裼衣。空手搏虎。執之。而獻於公之處所。公見其如是。恐其更然。謂之曰。請叔無習此事。戒愼之。若復爲之。其必傷女矣。衡案。傳襢裼肉袒。本於爾雅釋訓。玉篇。裼脫衣見體。是也。孔云。襢去裼衣。裼衣禮服。加之裘上。非田獵所服。又以將叔無狃。爲公戒叔之辭。以友于言之。固宜然。然此篇以衆愛叔立辭。則此亦當爲衆戒叔之辭。凡事習以爲常。則復爲之。故習又訓重。是習復同義。鄭必訓復者。欲人易喩耳。孔以爲易傳。皆非也。

叔于田。乘乘黃。四馬皆黃。兩服上襄。兩驂鴈行。箋。兩服。中央夾轅者。襄駕也。上駕者。言爲衆馬之最良也。鴈行者。言與中服相次序。

王念孫云。鄭以上襄爲衆馬之最良。則上襄二字。意不相屬。予謂。上者前也。上襄猶言前駕。謂並駕於車前。卽下章之兩服齊首也。鴈行。謂在旁而差後。如鴈行然。卽下章之兩驂如手也。上襄與鴈行。意正相對。若以上襄爲馬之最良。則與鴈行迥不相涉矣。古者上與前同義。易言上古。謂前古也。孟子言上世。謂前世也。禮記言扱上衽。謂前衽也。呂氏春秋安死篇曰。自此以上者。亡國不可勝數。高注。上猶前也。微子曰。我祖底遂陳于上。我用沈酗于酒。用亂敗厥德于下。上下卽前後也。衡案。王亦思之矣。然訓爲前駕。未見馬良御善之意。猶之鄭說耳。竊謂。上如覲禮。匹馬卓上。九馬隨之之上。謂在驂馬之前。襄古通驤。漢書。雲起龍襄。化爲侯王。是也。驤騰也。

言兩服在兩驂之前。勢如鷹驤。謂不局趣如轅下駒焉。叔在藪。火烈具揚。揚揚，光也。叔善射忌。又良御忌。忌辭也。箋。良亦善也。忌讀如彼己之子之己。抑磬控忌。抑縱送忌。騁馬曰磬。止馬曰控。發矢曰縱。從禽曰送。正義。此無正文。以文承射御之下。申說射御之事。馬之進退。唯騁止而已。故知騁馬曰磬。止馬曰控。今止馬猶謂之控。是古遺語也。縱謂放縱。故知發矢。送謂逐後。故知從禽。倅頤煊云。正義。抑者此叔能磬控馬矣。又能控止馬矣。抑者。此叔能縱矢以射禽矣。又能縱送以逐禽矣。頤煊案。抑者美也。猗嗟抑若揚兮。毛傳。抑美色。國語楚語於是乎作懿戒。韋昭注。懿讀曰抑。爾雅釋詁。懿美也。下章抑釋掤忌。抑鬯弓忌。義同。衡案。傳箋不解抑字。正義云。抑者此叔。則必不以爲語詞。應據齊風猗嗟傳訓美。如倅說。然求之文理。似未妥。案大雅十月之交。抑此皇父。箋云。抑之言噫。噫是疾而呼之。蓋抑噫古同音。故鄭轉抑爲噫。乃古書假借之例。其義可通。但玉篇。噫痛傷之聲。廣韻。恨聲。則亦非此章之義也。周頌噫嘻成王。傳云。噫歎也。嘻和也。成王。成是王業也。箋云。噫嘻有所多大之聲也。噫嘻乎能成周王之功。則噫亦可爲歎美之聲。取以解此章。義甚妥帖。磬罄通。罄盡也。騁馬。所以使之盡其力也。故騁馬曰磬耳。叔于田。乘乘鴇。驪白雜毛曰鴇。釋文。鴇音保。依字作駂。李黼平云。鴇音保。依字作駂。今本釋文與汲古閣注疏本釋文。兩字俱作鴇。誤也。依爾雅釋畜。當云作駂。釋畜云。驪白雜毛駂。然詩作鴇。說文無駂。有鴇。卽

謂馬之似鳥者亦可。兩服齊首。馬首齊也。兩驂如手。進止如御者之手。箋

如人左右手之相佐助也。衡案。兩驂在衡外。貫其內轡於游環。以繫於陰版下。獨操外轡。御之最難。兩驂進止左右。如御者之手所

欲爲。則其善御可知矣。兩服齊首。亦謂馬良御善。非特述服驂先後之狀也。鄭謂。兩驂助兩服。如人左右手。此本常理。凡四馬車皆然。其義已淺矣。後儒則以如手爲如

手在首後。則亦鴈行之意也。此義蓋從首手二字看出。然首是馬首。手是人手。合人馬以成譬。殆可噴飯。叔在藪。火烈具阜。

阜盛也。叔馬慢忌。叔發罕忌。慢遲。罕希也。箋。田事且畢。則其馬

行遲。發矢希。釋文。嫚本又作慢。正義。以情慢者必遲緩。故慢爲遲也。抑釋掤忌。抑鬯弓忌。掤

所以覆矢。鬯弓。弢弓。箋。射者蓋矢弢弓。言田事畢。釋文。掤音冰。所以覆矢也。馬云。櫝丸蓋也。杜預

云。櫝丸箭箙也。正義。鬯者盛弓之器。鬯弓。謂弢弓而納之鬯中。故云。鬯弓弢弓。謂藏之也。段玉裁云。左氏傳。釋甲執氷。字之假借也。鬯。秦風作韔。爲正字。衡案。傳云。掤所

以覆矢也。則亦以爲櫝丸蓋矣。經特言蓋者。以蓋表身耳。韔。弢。說文皆訓弓衣。而音殊。鬯即韔之假借。故訓弢。弢字從弓從犮。今注疏本作山下文。非。

清人三章。章四句。

清人。刺文公也。高克好利而不顧其君。文公惡而欲遠之不能。使高克將兵而禦狄于竟。陳其師旅。翱翔河上。久而不召。衆散而歸。高克奔陳。公子素惡高克進之不以禮。文公退之不以道。危國亡師之本。故作是詩也。箋。好利不顧其君。注心于利也。禦狄于竟。時狄侵衛。正義。春秋閔二年。冬十二月。狄入衛。鄭棄其師。

左傳曰。鄭人惡高克。使帥師次於河上。久而不召。師潰而歸。高克奔陳。鄭人爲之賦清人。是於時有狄侵衛也。衛在河北。鄭在河南。恐其渡河侵鄭。故使高克將兵於河上禦之。焦循云。公之子稱公子。鄭文公之子。詳見宣公三年左傳。子華子臧皆不賢。得罪死。公子蘭即穆公。公子俞彌早卒。公子瑕爲洩駕所惡。奔楚。死周氏之汪。公子士。僖二十年帥師入滑。後攝父事朝楚。楚人酖之。死於葉。以諸公子考之。士與素聲相轉。公子素蓋公子士也。觀其入滑朝楚。非碌碌者。故能賦詩刺高克。楚人酖之。當亦忌其才。虞其得立。素與華瑕正同類。士爲素之變。或本素字殘闕。僅存上字頭。訛作士。可用以互證。

清人在彭。駟介旁旁。清。鄭邑也。彭。衛之河上。鄭之郊也。介。甲也。

箋。清者。高克所帥衆之邑也。駟四馬也。釋文。駟四馬也。一本駟介四馬也。正義。北山傳云。彭彭然不得已。則此言旁旁。亦爲不得已之義。與下麃麃爲武貌。陶陶爲驅馳之貌。互相見也。言翶翔河上。是營軍近河。而衛境亦至河南。故云。衛之河上。鄭之郊也。郊謂二國郊境。非近郊遠郊也。衡案。清鄭邑也。諸本作清邑也。案正義云。序言高克帥兵。則清人是所將之人。故知清是鄭邑。則傳有鄭字。諸本皆脫。今從古本。陸云。一本駟介四馬。是也。傳云。介甲也。不解駟字。鄭嫌人誤認人甲。故申之云。駟介四馬也。以明介之爲馬甲。不爾。駟之爲四馬。何待訓釋。

二矛重英。河上乎翶翔。

重英。矛有英飾也。箋。二矛。酋矛夷矛也。各有畫飾。釋文。矛莫侯反。方言云。矛吳楊江淮南楚五湖之間。謂之鍦。鍦音虵。或謂之鋋。鋋音蟬。或謂之鏦。鏦錯工反。其柄謂之鈐。鈐郭巨巾反。重直龍反。正義。重英與二矛共文。明是矛飾。魯頌說矛之飾。謂之朱英。則以朱染爲英飾。二矛長短不同。其飾重累。故謂之重英也。考工記云。酋矛常有四尺。夷矛三尋。注云。八尺曰尋。倍尋曰常。經言重英。嫌一矛有重飾。故箋云。各有畫飾。言各自有飾。並建而重累。衡案。魯頌閟宮。朱英綠縢。傳云。朱英矛飾也。則此英亦用朱也。初學記引郭璞說三英云。英古者謂以素絲英飾裘。卽上素絲五紽也。案英華也。爾雅釋木。榮而不實者謂之英。朱絲纏矛。素絲飾裘。如草木著華。故皆謂之英也。今槍柄接刃處。用金銀螺鈿飾之。其下等者。或用朱絲。卽古遺法也。

清人在消。駟介麃麃。

消河上地也。麃麃。武貌。

二矛重喬。河上

乎逍遙。重喬。累荷也。箋。喬矛矜。近上及室題。所以縣毛羽。釋文。喬毛音橋。鄭居橋反。雉名。韓詩作鷮。逍本又作消。遙本又作搖。荷舊音何。謂刻矛頭爲荷葉相重累也。沈胡可反。謂兩矛之飾相負荷也。題音啼。題頭也。室劍削名也。方言云。劍削自河而北。燕趙之間。謂之室。此言室。謂矛頭受刃處也。正義。矜謂矛柄也。室謂矛之銎孔。襄十年左傳云。舞師題以旌夏。杜預云。題識也。以大旌表識其行列。然則題者表識之言。箋申說累荷之意。言喬者矛之柄。近於上頭。及矛之銎室之下。當有物以題識之。其題識者所以縣毛羽也。二矛於其上頭。皆縣毛羽以題識之。似如重累相負荷。故謂之累荷也。經傳不言矛有毛羽。鄭以時事言之。猶今之鷩毛矟也。段玉裁云。荷上聲。沈重及正義說是也。李黼平云。說文雉十四種。其二喬雉。又鷮云。走鳴長尾雉也。釋文又云。喬韓詩作鷮。鄭本通韓詩。此箋殆以韓釋毛。以其上縣鷮雉之羽。故謂之喬。傳云累荷。是釋二矛次比之狀。箋云縣羽。是釋二矛所飾之物耳。衡案。傳云重喬累荷。是徒解重字。不言喬爲何物。上章云。二矛重英。英是英飾。則喬亦必是矛飾。毛不解者。在當時其義易知也。箋云。所以縣毛羽。是鄭以喬爲矛柄承銎處之名。未嘗爲雉名。李云以韓釋毛。非也。

清人在軸。駟介陶陶。軸河上地也。陶陶驅馳之貌。釋文。軸音逐。陶徒報反。陳啓源云。陶陶。董氏釋爲樂而自適。集傳從之。夫駟馬被介。久不得歸。何自適之有哉。果樂而自適。不當潰散矣。又陶字如毛訓。當徒報反。如董釋。當音遙。皆不與本音同。集傳無音而有協。不知從何讀。顧炎武云。軸轉音儔。衡案。古無入聲。軸以由得聲。當讀如抽。

左旋右抽。中

軍作好。左旋。講兵。右抽。抽矢以射。居軍中爲容好。箋。左左人。謂御者。右車右也。中軍謂將也。高克之爲將。久不得歸。日使其御者習旋車。車右抽及。自居中央。爲軍之容好而已。兵車之法。將居鼓下。故御者在左。

釋文。抽勑由反。說文作搯。他牢反。云抽刃以習擊刺也。正義。少儀云。軍尚左。注云。左陽也。陽主生。將軍有廟勝之策。左將軍爲上。貴不敗績。然則此亦以左爲陽。故爲左旋。衡案。凡用矛戟者。必前左手。今正車面而立。轉身前左手。是左旋也。故傳云。左旋講兵。容好猶言觀美也。又案。譜下正義云。文公厲公之子。淸人當處卷末。由爛脫失次。厠於莊公詩內。所以得錯亂者。鄭答趙商云。詩本無文字。後人不能盡得其第。錄者直錄其義而已。如志之言。則作序乃始雜亂。故羔裘之序。從上大叔于田。爲莊公之詩也。得之。錄其義。義謂小序。

羔裘三章。章四句。

羔裘。刺朝也。言古之君子。以風其朝焉。箋。言猶道也。鄭自莊公而賢者陵遲。朝無忠正之臣。故刺之。陳啓源云。陳古刺今。詩之常也。辨說之譏羔裘敍。過矣。且云。序以變風不宜有美。故言刺。夫淇奥緇衣車鄰駟驖諸篇。皆變風。序何嘗不言美乎。至釋爲美其大夫。而欲以子皮子產當之。不知詩止於陳靈。鄭二子之去詩世。已五六十年矣。襄二十九年。魯人爲季札歌鄭。羔裘詩久編入周樂。是歲子皮始當國。子產之爲政。又在其後。魯何由先有其詩也。昭十六年。鄭六卿餞韓宣子。子產賦鄭之羔裘。不應取人譽己之詩。歌以誇客也。朱子說詩。無乃未論其世乎。

羔裘如濡。洵直且侯。如濡。潤澤也。洵均。侯君也。箋。緇衣羔裘。諸侯之朝服也。言古朝廷之臣。皆忠直且君也。君者。言正其衣冠。尊其瞻視。儼然人望而畏之。釋文。韓詩云。侯美也。正義。孔子稱。雍也可使南面。亦美其堪爲人君。與此同也。衡案。侯傳訓君。蓋謂專心於君家。公羊傳曰。君爾亡身。是也。箋以爲人君。雖義可通。稱大夫爲君。竟驚物聽。傳意恐不然。彼其之子。舍命不渝。渝變也。箋。舍猶處也。之子。是子也。是子處命不變。謂守死善道。見危授命之等。正義。彼服羔裘之是子。其自處性命。躬行善道。至死不變。衡案。箋引論語。釋處命。蓋以命爲君命矣。孔據守死授命等之字。釋爲自處性命。非箋意也。

羔裘豹飾。孔武有力。豹飾。緣以豹皮也。孔甚也。彼其之子。邦之司直。司主也。羔裘晏兮。三英粲兮。晏鮮盛貌。三英。三德也。箋。三德。剛克。柔克。正直也。粲衆意。正義。洪範先言正直。此引之而與彼倒者。以經有正直無剛柔。故先言剛柔。意明剛能柔能亦爲德故也。洪範之言。謂人性不同。各有一德。此言三英粲兮。亦謂朝多賢臣。具此三德。非一人而備有三德也。地官師氏。以三德教國子。使知之耳。非朝廷之人所能有。故知此三德洪範之三德。周語稱三女爲粲。是粲爲衆意。陳啓源云。羔裘三章。每章次句。毛鄭皆指大夫。不言裘。故以三英爲三德。程子改訓爲英飾。與上二章不類矣。集傳概以裘釋之。於首章云。直順也。侯美也。毛順而美。既言如濡。又言順美。不已複乎。於次章云。豹甚武而有力。則又舍裘而美豹矣。亦自覺其迂也。繼之曰。服其所飾之裘者。如之。是仍指其人耳。何必多此詰詘乎。彼其之子。邦之彥兮。彥士之美稱。

遵大路二章。章四句。

遵大路。思君子也。莊公失道。君子去之。國人思望焉。陳啓源云。鄭之遵大路。猶衞之考槃也。二武皆有賢名。二莊不能繼其業。哲人知幾。引身而去。不有君子。其能國乎。厥後州吁簒。公子五爭。二國之亂。若出一轍矣。秦康公棄其賢臣。穆公之業墜焉。觀晨風權輿二詩。知秦之不復東征也。

遵大路兮。摻執子之袪兮。遵循。路道。摻擥。袪袂也。箋。思望君子。於道中見之。則欲擥持其袂而留之。正義。說文摻字。參山音反聲。訓爲斂也。操字。喿此遙反聲。訓爲奉也。二者義皆小異。喪服云。袂屬幅。袪尺二寸。則袂是袪之本。袪爲袂之末。李黼平云。今說文手部無摻字。惟有操字。云把持也。與孔所引說文亦不合。如孔言。則唐初說文有摻字。訓爲斂矣。惟漢以前有摻字。故魏風亦有摻摻。然此詩之摻。毛讀爲擥。非訓爲擥也。文選宋玉登徒子好色賦曰。遵大路兮攬子袪。引此詩作攬。宋與毛俱六國時人。可見當時詩有作攬者。故傳以摻爲擥。是摻與擥字通。攬俗字也。作擥爲正。阮元云。正義山音反。此遙反。當雙行細書。卽爲參喿二字作音也。衡案。傳云摻擥。是以擥訓摻。未見讀摻爲擥之意。離騷作攬者。以訓詁字易之。未可據以改傳義焉。

無我惡兮。不寁故也。寁速也。箋。子無惡我擥持子之袂。我乃以莊公不速於先君之道。使我然。釋文。寁市坎反。故也。一本作故兮。後好也亦爾。李黼平云。傳不釋故字。正義以箋述之。案小雅伐木以速諸父。傳云。國君友其賢臣。大夫士友其宗族之仁者。此詩故字。當作故舊。下章好字釋文云。或呼報反。當作朋好。序言莊公失道。君子去之。國人思望焉。傳意蓋謂子無惡我擥持子之袂兮。我則以莊公不速召故人朋好。使我然也。傳訓寁爲速。當如易不速之客。馬融云。速召也。似當與箋別述。衡案。速如字自通。不速。故言慢之也。故與下章好字相對立言。訓故舊洵是。

遵大路兮。摻

執子之手兮。箋。言執手者。思望之甚。無我魗兮。不寁好也。魗棄也。箋。魗亦惡也。好猶善也。子無惡我。我乃以莊公不速於善道。使我然。釋文。魗本亦作𣫘。又作𣪷。市由反。或云。鄭音爲醜。好如字。鄭云。善也。或呼報反。正義。魗與醜古今字。醜惡可棄之物。故傳以爲棄。陳啓源云。魗字毛訓棄。音讎。鄭訓惡。音醜。說文作𢿋。云棄也。從攴𠷎聲。市流切。音義皆同毛。段玉裁云。魗與醜同。

女曰雞鳴三章。章六句

女曰雞鳴。刺不說德也。陳古義。以刺今不說德而好色也。箋。德謂士大夫賓客有德者。正義。定本云。古義無士字。理亦通。李黼平云。孔所據經本序文。作陳古士義。今本序古字下無士字。是按書者依定本改之也。有士字乃合。

女曰雞鳴。士曰昧旦。箋。此夫婦相警覺以夙興。言不留色也。李黼平云。按經文兩曰字。分明夫婦互相警覺。子興視夜。是婦語其夫之詞。箋於下章子字別之曰。子謂賓客也。則是章子字。是婦目夫矣。正義乃云。此子于是同。與爲詩人目之。

非也。子興視夜。明星有爛。言小星已不見也。箋。明星尚爛爛然。早於別色時。將翺將翔。弋鳧與鴈。閒於政事則翺翔習射。箋。弋繳射也。言無事則往弋射鳧鴈。以待賓客爲燕具。正義。夏官司弓矢。繒矢茀矢。用諸弋射。注云。結繳於矢。謂之繒。繒高也。茀之言刜也。二者皆可以弋飛鳥。刜羅之也。然則繳射謂以繩繫矢而射也。說文云。繳謂生絲爲繩也。衡案。繳繩也。繳末繫石。謂之磻。射中鳥則磻奮繳轉。纏繞鳥翼。飛鳥迅疾。不則雖能中之。遠落於數百步之外。故射飛鳥。必施繳也。後世論令之屬。讀畢返納。謂之繳。亦此義也。生絲爲繩者。欲其加鳥易解也。

弋言加之。與子宜之。宜肴也。箋。言我也。子謂賓客也。所弋之鳧鴈。我以爲加豆之實。與君子共肴也。正義。宜肴。釋言文。李巡云。宜飲酒之肴。焦循云。肴與殽同。賓之初筵傳云。殽豆實也。說文。肴啖也。宜字無肴義。上言弋鳧與鴈。此言弋。即上弋也。此言與子宜之。即下宜言飲酒之宜也。傳謂既弋既加。則宜用爲豆實。以飲酒相樂。非以肴訓宜也。箋申毛義。而云。宜乎我燕樂賓客而飲酒。宜乎二字。正承上宜字。知傳宜肴。正宜此飲酒之肴也。後人不知毛義。誤似爲以肴訓宜。而羼入爾雅。與粲餐渝變夷說等並列。竟以肴字爲宜之訓矣。李巡云。宜飲酒之肴。則不以肴字爲宜之訓。並言飲酒。而活其辭。知毛氏之義矣。衡案。加著也。謂中之。凡物得當曰宜。鳧鴈之肉。尤宜爲飲酒之肴。故經云宜之。而毛以肴釋宜之之意。非謂宜即肴也。焦說得之。肴豆實。李云。飲酒之肴者。言宜非燕享之豆實。特朋友飲酒之肴耳。是仍以肴釋宜。焦云。知毛氏之義。此則舛矣。

宜言飲酒。與子偕老。箋。宜乎我燕樂賓客而飲酒。與之樂至老。親愛之言也。陳啓源云。二三章五子字。箋疏皆指賓客。與首章差。殊爲未當。今案子字應是女曰士之言。與士宜之。女爲士宜之也。與子偕老。承飲酒言。則所燕之賓。與士相親愛。老而不衰也。若末章。則集傳當矣。衡案。此詩通篇六子字。毛無訓。則皆以爲女曰士之詞矣。集傳改箋疏。以六子字爲女指士。洵是。但爲夫婦飲酒相樂。期於偕老。則失之。下句云。琴瑟在御。莫不靜好。顯然燕賓客之事。傳箋賓主燕樂。自是句看出。若爲夫婦燕樂。未免爲奢淫。其義非也。唯陳說得之。然語焉而未詳。經意蓋謂。肴子所弋之鳧鴈。我使賓飲酒。與子至老而不相棄也。婦人掌中饋。故其言如此。夫尊賢重才。士君子之常行。自男子口中出之。未見說德之至。今婦人化之。欲使其夫親愛賢者。至老而不相棄。非好德之至。安能致之哉。古人立言之妙。實不可思議矣。

琴瑟在御。莫不靜好。君子無故。不徹琴瑟。賓主和樂。無不安好。

知子之來之。雜佩以贈之。雜佩者。珩璜琚瑀衝牙之類。箋。贈送也。我若知子之必來。我則豫儲雜佩。去則以送子也。與異國賓客燕時。雖無此物。猶言之以致其厚意。其若有之固將行之士大夫以君命出使主國之臣必以燕禮樂之助君之歡。釋文珩音衡佩上玉也半璧曰璜琚音居佩玉名瑀音禹石次玉也正義玉藻云佩玉有衝牙注云居中央以前後觸也則衝牙亦玉爲之其狀如牙以衝突前後也玉藻說佩有黝珩列女傳稱阿谷之女佩璜而澣下云佩玉瓊琚丘中有麻云貽我佩玖則琚玖與瑀皆是石次玉玖是佩則瑀亦佩也故云雜佩珩璜琚瑀衝牙之類玉藻又云天子佩白玉諸侯佩山玄玉大夫佩水蒼玉世子佩瑜玉士佩瓀玟玉則佩玉之名未盡於此故言之類以包之陳啓源云雜佩以贈之傳云珩璜琚瑀衝牙之類佩玉瓊琚傳云佩有琚瑀所以納閒孔疏引說文列女傳玉藻玉府注合諸說以推詳佩制大約珩上橫兩璜下垂衝牙在兩璜中央衝突前後琚瑀則納於衆玉與珩之閒玉藻疏所言亦略相同而不及琚瑀皆不若賈公彥玉府疏言之詳也玉府注云詩傳曰佩玉有蔥衡下有雙璜衝牙蠙珠以納其閒疏云詩傳謂韓詩衡橫也謂蔥玉爲橫梁下以組縣於衡之兩頭兩組之末皆有半璧曰璜故曰雙璜又以一組縣於衡之中央於末著衝牙使前後觸璜故曰衝牙案毛詩傳別有琚瑀其琚瑀所置當於縣衝牙組之中央又以二組穿琚瑀之內角斜係於衡之兩頭組末繫於璜蠙蚌也珠出於蚌故曰蠙珠納其閒者組繩有五皆穿珠於其閒故曰以納其閒賈疏之言較明於孔矣戴東原云以韻讀之贈當作貽蓋字形轉寫之訛段玉裁云案古人徵召爲宮徵得來爲登來仍孫爲耳孫詩訓爲承也皆之咍職德韻與蒸登韻相通之理此來贈爲韻古合韻之一也不當改爲貽。

知子之順之雜佩以問之。問遺

也。箋。順謂與己和順。正義。曲禮云。凡以苞苴簞笥問人者。哀二十六年左傳云。衞侯使以弓問子貢。皆遺人物謂之問。知子之好之。雜佩以報之。好謂與己同好。朱熹云。又語其夫曰。我苟知子之所致而來。及所親愛者。則當解此雜佩以送遺報答之。蓋不惟治其門內之職。又欲其君子親賢友善結其驩心而無所愛於服飾之玩也。衡案。朱說是也。句末之字。皆指有德者。來之招來有德者。順不逆也。順之。與有德者莫逆也。好善也。好之。好善有德者也。序言。陳古義以刺今不說德而好色。而詩專言女勸士親有德者。士之說德。乃是其常。女德奢淫。夫若好色。逸樂放肆。美衣珍食。不欲其夫親正人。故詩專陳婦言。以見夫德刑于寡妻而序本其意云。陳古義刺今不說德而好色也。經序相照。其旨甚明。予嘗云。廢序與傳詩不可得而解。學者思之。

有女同車二章。章六句。

有女同車。刺忽也。鄭人刺忽之不昏于齊。大子忽嘗有功于齊。齊侯請妻之。齊女賢而不取。卒以無大國之助。至於見逐。故國人刺之。箋。忽鄭莊公世子。祭仲逐之而立突。

正義。桓六年傳曰。北戎侵齊。齊侯使乞師於鄭。鄭大子忽帥師救齊。六月大敗戎師。獲其二帥。大良小良。甲首三百。以獻於齊。是大子忽嘗有功於齊也。傳又云。公之未昏於齊也。齊侯欲以文姜妻鄭大子忽。大子忽辭。人問其故。大子曰。人各有耦。齊大非吾耦也。詩云。自求多福。在我而已。大國何爲。君子曰。善自爲謀。及其敗戎師也。齊侯又請妻之。固辭。人問其故。大子曰。無事於齊。吾猶不敢。今以君命奔齊之急。而受室以歸。是以師昏也。人其謂我何。遂辭諸鄭伯。如左傳文。齊侯前欲以文姜妻忽。後復欲以他女妻忽。再請之。此言齊女賢。而忽不娶。不娶。謂請復妻者。非文姜也。鄭志。張逸問曰。此序云齊女賢。經云德音不忘。文姜內淫。適人殺夫。幾亡魯國。故齊有雄狐之刺。魯有敝笱之賦。何德音之有乎。答曰。當時佳耳。後乃有過。或者早嫁不至於此。作者據時而言。故序達經意。如鄭此答。則以爲此詩刺忽不娶文姜。案此序言忽有功於齊。齊侯請妻之。則請妻在有功之後。齊女賢而忽不娶。其文又在其下。明是後妻者也。安得以爲文姜乎。又桓十一年左傳曰。鄭昭公之敗北戎也。齊人將妻之。昭公辭。祭仲曰。必取之。君多內寵。子無大援。將不立。弗從。夏。鄭莊公卒。秋。昭公出奔衞。傳又以出奔之年。追說不昏於齊。與詩刺其意同也。隱八年左傳云。鄭公子忽如陳。逆婦媯。則是已娶正妻矣。齊侯所以得請妻之者。春秋之世。不必如禮。或者陳媯已死。忽將改娶。二者無文以明之。惠周惕云。朱子釋詩。據夾際之說。凡于鄭風小序刺時刺忽閔亂之作。力詆其謬。改爲淫亂之詩。其言亦辨而正。然不知鄭國之亂。在君臣不和。風俗之淫。猶其小者也。三十年中。公子五爭。弒奪數見。既立昭公。又立厲公。已而厲公見逐。昭公入。卽弒昭公。而立子亹。子亹殺於齊。而子儀立十四年。又弒之。而納厲公。易君篡國。等于兒戲。君臣之變。未有甚於鄭者。豈區區淫亂之罪足以蔽其辜哉。朱子欲絕鄭。而實寬其大惡。亦弗思矣。衡案。桓三年經書。夫人姜氏至自齊。即文姜也。序言大子忽嘗有功于齊。齊侯請妻之。明據桓六年請妻者而言之。正義所論皆是也。毛云。孟姜齊之長女者。蓋文姜次女。而先嫁之者。或嫡妻所生。或侯所鍾愛。毛必有所據。故以六年請妻者爲長女也。衞亂成於淫。故邶鄘衞多刺淫之詩。鄭亂生爭。故多刺莊刺忽刺時之詩。聖人編詩之意。豈有他哉。亦唯原治亂所由起。欲使後世人主知所去就耳。左氏記鄭忽初辭昏。而結之曰。善自爲謀。蓋善之也。及再辭昏。則結之曰。遂辭諸鄭伯。蓋齊侯不徒請諸忽。幷請諸鄭伯。鄭伯命娶之。而忽辭不娶。故云遂辭諸鄭伯。蓋惜之也。其意與序實同。夫鄭聲淫。鄭別有其樂。即左傳所謂淫樂之朦。本不指其詩。後儒牽合之鄭風。遂排序傳。概以爲刺淫之詩。於是乎聖人憂世之經。變爲蕩子誨淫之書。遂使陋儒請經筵廢國風。倨傲自信之過流毒至此。可不愼乎。

有女同車。顏如舜華。親迎同車也。舜木槿也。箋。鄭人刺忽不娶齊女親迎。與之同車。故稱同車之禮。齊女之美。正義。釋草云。椴木槿。櫬木槿。樊光曰。別二名也。其樹如李。其華朝生暮落。與草同氣。故在草中。陸璣疏云。舜一名木槿。一名櫬。一名白椴。齊魯之間。謂之王蒸。今朝生暮落者是也。五月始華。故月令仲夏木槿榮。陳啓源云。舜華有赤白單葉千葉之殊。或云。白曰椴。赤曰櫬也。種之異者名扶桑。言華有光豔。照日如東海扶桑樹也。又名佛桑。音轉也。亦有赤白黃三種。赤者尤貴。名朱槿。稽含艸木狀云。朱槿一名赤槿。其華深紅色。大如蜀葵。將翺將翔。佩玉瓊琚。佩有琚瑀。所以納閒。正義。將翺將翔之時。所佩之玉。是瓊琚之玉。言其玉聲和諧。行步中節也。段玉裁云。此與上篇傳相足。阮元云。女曰雞鳴正義引此篇瑀作玖。是也。彼美孟姜。洵美且都。孟姜。齊之長女。都。閒也。箋。洵。信也。言孟姜信美好。且閒習婦禮。段玉裁云。閒者。嫺之假借。有女同行。顏如舜英。行行道也。英猶華也。箋。女始乘車。壻御輪三周。御者代壻。正義。女始至代壻。昏義文也。御者代壻。即先道而行。故引之以證同道之義。段玉裁云。傳衍一行字。衡案。孔云。證同道之義。是其本作行道也。段說得之。但今本行世既久。不敢刪焉。將翺將翔。佩玉將將。將將。鳴玉而後行。釋文。將將。七羊反。玉佩聲。正義。上章言玉名。此章言玉聲。互相足。衡案。將。鏘之假借字。彼美孟姜。德音不忘。箋。不忘者。後世傳道其德。陳啓源云。鄭詩二十一篇。其六篇皆爲忽而作。計忽兩爲君。其始以桓十一年五月立。是年九月奔衛。其繼以桓十五年六月歸。至十七年冬遇弒。前後在位。不及三載。事至微矣。而國人憫之刺之。惓惓無已者。豈非以其世子當立。而不克令終。故獨加憐惜與。案忽六詩。孔氏以有女同車。褰裳二篇。爲作於前立時。以山有扶蘇。蘀兮。狡童。揚之水四篇。爲作於後立時。今合之鄭事。殆不謬也。忽之立而即出奔也。因宋人之執祭仲也。釁起於外。使結齊有大援。或當時有賢方伯。起而正之。則鄭突不能恃宋以竊國矣。故有女之刺辭昏。褰裳之思見正。皆汲汲於外援也。忽之歸而復見弒也。因惡高渠彌而不能去也。禍生於內也。使忽能用賢去姦。斷制威福。權臣不得擅命。與忠臣良士。共圖國政。則臣下之逆節。無自萌矣。故山有扶蘇諸篇。刺其遠君子。近小人。主弱臣事。孤立無輔之事。所憂在內也。然則前立二詩。其作忽之既奔。後立四詩。其作忽之未弒乎。既奔。故多惋惜之辭。未弒。故多憂危之語。詩人忠愛之志。千載如見矣。衡案。褰裳序正義。以褰裳爲忽復立突入於櫟時所作。未嘗爲作於前立時。譜正義云。褰裳思見正。言突簒國之事。是突前簒之初。國人欲以鄭國正之。陳蓋據此言之也。然褰裳次狡童之後。明是作於忽復立。突入於櫟之後。故國人思大國來伐正突罪也。譜正義以褰裳爲突前簒之時。其說既誤。陳據以爲忽前立之時。疎矣。又案。鄭國三十年之亂。生於忽無援遺賢。國人數賦之者。痛亂所由而生也。故孔子采錄不遺。不獨憐惜忽不克令終也。傳道其德。本多作傳其道德。今從古本岳本小字本。

山有扶蘇二章。章四句。

山有扶蘇。刺忽也。所美非美然。箋。言忽所美之人。實非美人。

正義。定本云。所美非美然。與俗本不同。阮元云。正義云。皆是所美非美人之事。正義本然字。當是人字。標起止云。至美然。後改也。衡案。非美之美指人。故孔加人字。而釋之。其本蓋無然字。非然作人也。標言至美然者。蓋後人依定本加之耳。然猶爲也。

山有扶蘇。隰有荷華。興也。扶蘇。扶胥木也。荷扶渠也。其華菡萏。言高下大小。各得其宜也。箋。興者。扶胥之木生於山。喻忽置不正之人于上位也。荷華生于隰。喻忽置有美德者于下位。此言其用臣。顛倒失其所也。正義。毛以爲。山上有扶蘇之木。隰中有荷華之草。木生於山。草生於隰。高下各得其宜。以喻君子在上。小人在下。亦是其宜。今忽置小人於上位。置君子於下位。是山隰之不如也。鄭以高山喻上位。下隰喻下位。言山上有扶蘇之小木。隰中有荷華之茂草。小木之處高山。茂草之生下隰。喻忽置不正之人於上位。置美德之人於下位。言忽用臣。顛倒失其所也。毛以下章山有喬松。是木。則扶蘇是木可知。而釋木無文。傳言扶胥木者。毛當有以知之。未詳其所出也。衡案。今本傳文。扶胥小木也。荷華扶渠也。段玉裁訂本。刪小木之小。荷華下補一荷字。其說曰。此從釋文。無小字。爲長。正義作小木。乃淺人用鄭說增字。非也。毛云。高下大小。各得其宜。高下謂山隰。大謂扶蘇松。小謂荷龍。正言以刺忽。與鄭說異。鄭乃互易其小大耳。呂覽及漢書司馬相如。劉向。揚雄傳。枚乘七發。許氏說文。皆謂扶蘇爲大木。許氏扶作枎。云枎蘇四布也。古疏胥蘇通用。荷本葉名。以爲華葉之總名。陳風傳亦曰。荷扶渠也。菡萏荷華也。淺人於此刪下荷字。乃不辭矣。阮元云。荷下華字衍也。傳分說經荷華二字。用爾雅文。不應華字又錯見荷字解中。正義云。荷扶渠。其華菡萏。釋草文。正無荷下華字。是其本不誤。今案。段作荷華荷扶渠者。其意謂傳本與經別行。故先舉經文。然後分釋之。然恐不必。今扶胥木也。從段訂本。荷扶渠也。從阮說。**不見子都。乃見狂且。**子都。世之美好者也。狂狂人也。且辭也。箋。人之好美色。不往覩子都。乃反往覩狂醜之人。以興忽好善不任用賢者。反任用小人。其意同。**山有橋松。隰有游龍。**松木也。龍紅草也。箋。游龍猶放縱也。橋松在山上。喻忽無恩澤於大臣也。紅草放縱枝葉於隰中。喻忽聽恣小臣。此又言養臣顛倒失其所也。

釋文。橋本亦作喬。毛作橋。其驕反。王云。高也。鄭作槁。苦勞反。枯槁也。正義。傳以橋松共文。嫌爲二木。故云松木。以明橋非木也。釋草云。紅蘢古。其大者蘬。舍人曰。紅名蘢古。其大者名蘬。是龍紅一草而別名。故云龍紅草也。陸璣疏云。一名馬蓼。葉大而赤白色。生水澤中。高丈餘。據上章之傳。正取高下得宜爲喻。不取橋游爲義。陳啓源云。紅陸元格以爲即馬蓼。據陶隱居別錄。則紅與馬蓼兩艸也。云馬蓼生下濕地。莖班。葉大有黑點。亦有兩三種。其最大者名蘢薣。即水紅也。又云。紅生水旁。如馬蓼而甚長大。五月采實。詩稱游龍。郭璞云。即蘢古也。蘇頌圖經。以陶爲是。案水紅華淺紅。成穗子如酸棗仁而小。炊炒可食。亦蓼屬也。段玉裁云。周頌傳曰。且此也。狂且。言狂如此。既且。言既如此。橋蓋喬假借字。阮元云。釋文云。毛作某。鄭作某。所謂某者。指傳箋之義。不以指經字之形。經字之形。毛鄭不容有異也。焦循云。呂氏春秋介立篇。引介子推所賦詩云。四蛇從之。得其雨露。一蛇羞之。橋死于中野。橋死對上雨露。則橋死正是槁死。然則橋自通有槁義。不煩改字。傳以紅解龍。申之云。草也。箋連云紅草。毛不爾。衡案。焦說得之。毛既以紅解龍。又言草者。上傳云松木也。欲以見小大高下得其宜之意。故云草也。

不見子充。乃見狡童。

子充。良人也。狡童。昭公也。箋。人之好忠良之人。不往覩子充。乃反往覩狡童。狡童有貌而無實。正義。我適忽之朝。上觀其君臣。不見美好之子。充實忠良者。乃唯見此壯狡童昏之昭公。言臣無忠良。君又昏愚。故刺之。焦循云。按孟子云。不知子都之姣者。無目者也。毛言世之美好者。與孟子同。趙岐注孟子云。子都古之姣好者也。詩云不見子都。乃見狂且。蓋孟子深於詩。其稱子都。正本於詩。而與易牙師曠並擧。則子都實有其人矣。毛又以子充爲良人。當亦有其人。今不可考耳。衡案。傳以子都爲人名。則子充亦必是人名也。正義以子都爲美好而閑習於禮法。以子充爲美好之子。充實忠良者。明乖傳意。焦說是也。子充蓋古忠良之人。故經假之以言忽無良臣。上傳狂狂人也。以爲忽所用之人。而此傳以狡童爲昭公者。高下大小。各失其宜。以昭公所美非美也。故溯其初。蔽獄昭公。非與序不相應也。

蘀兮二章。章四句。

蘀兮。刺忽也。君弱臣强。不倡而和也。箋。不倡而和。君臣各失其禮。不相倡和。

蘀兮蘀兮。風其吹女。興也。蘀槁也。人臣待君倡而後和。箋。槁謂木葉也。木葉槁。待風乃落。興者。風喻號令也。喻君有政教。臣乃行之。言此者。刺今不然。正義。七月云。十月隕蘀。傳云。蘀落也。然則落葉謂之蘀。此云蘀槁者。謂枯槁乃落。故箋云。槁謂木葉。是也。

叔兮伯兮。倡予和女。叔伯謂羣臣長幼也。君唱臣和也。箋。叔伯。羣臣相謂也。羣臣無其君而行。自以强弱相服。女唱矣。我則將和之。言此者。刺其自專也。叔伯。兄弟之稱。正義。君倡臣和。解倡予和女。言倡者當是我君。和者當是女臣。箋以叔伯長幼之稱。予女相對之語。故以爲叔伯羣臣相謂也。陳啓源云。倡予和女。傳以爲君責臣之詞。言倡者當是予。和者當是女也。箋以爲羣臣相謂之詞。言女倡矣。則我將和之也。如箋意。則倡字當略斷。予和女三字連讀。然傳義勝矣。康成之意。徒以叔伯乃兄弟之稱。當是羣臣自相謂耳。案左傳。魯隱公謂公子彄爲叔父。鄭厲公謂原繁爲伯父。晉景公謂荀林父爲伯氏。安在叔伯之稱。君不可施於臣乎。**蘀兮蘀兮。風其漂女。**漂猶吹也。釋文。漂匹遙反。本亦作飄。段玉裁云。漂與吹不同義。而漂因吹致。故曰猶吹。凡訓詁言猶者視此。**叔兮伯兮。倡予要女。**要成也。

狡童二章。章四句。

狡童。刺忽也。不能與賢人圖事。權臣擅命也。箋。權臣擅命。祭仲專也。正義。權者稱也。所以銓量輕重。大臣專國之政。輕重由之。是之謂權臣也。桓十一年左傳稱。祭仲爲公娶鄧曼。生昭公。故祭仲立之。是忽之前立。祭仲專政也。其年宋人誘祭仲而執之。使立突。祭仲逐忽立突。又專突之政。故十五年傳稱。祭仲專。鄭伯患之。使其壻雍糾殺之。祭仲殺雍糾。厲公奔蔡。祭仲又迎昭公而復立。是忽之復立。祭仲又專。此當是忽復立時事也。

彼狡童兮。不與我言兮。昭公有壯狡之志。箋。不與我言者。賢者欲與忽圖國之政事。而忽不能受之。故云然。正義。忽雖年長。而有壯狡之志。童心未改。故謂之爲狡童。段玉裁云。壯狡與月令之壯狡。皆當作姣。姣好也。有壯姣之志。正義以童心釋之。是也。李黼平云。彼狡童兮傳。昭公有壯狡之志。乃見狡童傳。狡童昭公也。正義引孫毓評云此狡狡好之狡謂有貌無實者也云刺昭公而謂昭公爲狡童于義雖通下篇言昭公有狂狡之志未可用也如孫言則上篇爲姣此篇爲狡矣正義述此經云狡好之幼童亦以狡爲姣玉篇云姣戶交切或音狡是古狡好二字原可通但讀狡爲狡好自是箋義而毛則前後皆爲狡之爲訓依說文篇韻少狗也狂也猾也疾也健也上篇傳云狡童昭公也未釋狡字此傳壯狡明狡之爲壯以壯釋狡字耳正義謂幼壯狡好非傳意也三十曰壯非復可以言幼此經言童只是童昏惟狂狡故童昏不能與賢人圖事一任權臣擅命也衡案傳云有壯狡之志則狡不得讀爲姣當訓健故傳以壯釋之而其義自少狗來少狗輕躁不常其處童昏之人似之上篇乃見狂且謂昭公所用之人故傳云狂狂人也未嘗稱昭公爲狂後儒混狡狂爲一非經傳意也

維子之故使我不能餐兮 憂懼不遑餐也

彼狡童兮不與我食兮 不與賢人共食祿

維子之故使我不能息兮 憂不能息也 衡案憂讀爲嚘嚘氣逆也息喘也言氣逆不能呼吸憂之甚也

褰裳二章章五句

褰裳思見正也狂童恣行國人思大國之正己也 箋狂

童恣行，謂突與忽爭國，更出更入，而無大國正之。正義：見者，自彼加己之辭。忽是莊公世子，於禮宜立，非詩人所當疾，故知狂童恣行謂突也。此箋言更出更入，而無大國正之，則是忽復立之時。思大國也。忽之復立，突已出奔，仍思大國正己者，突以桓十五年奔蔡，其年九月，鄭突入於櫟。櫟是鄭之大都，突入據之，與忽爭國。忽以微弱，不能誅逐去突，諸侯又無助忽者，故國人思大國之正己也。衡案：春秋桓十五年：秋九月，鄭伯突入于櫟。冬十有一月，公會宋公、衛侯、陳侯、蔡侯伐鄭。傳云：將納厲公也，弗克而還。十六年，春正月，公會宋公、蔡侯、衛侯于曹。夏四月，公會宋公、衛侯、陳侯、蔡侯伐鄭。傳云：會于曹，謀伐鄭也。不言所以伐鄭，明同十五年傳所釋也。是突不特竊據鄭邑，又率鄰國以內伐。序言狂童恣行，正謂此事。必言大國者，突與四國同惡相助，非大國不能正之也。己字蒙國人之文。正己，謂正己之國也。突竊邑內伐，不正甚矣。正之，鄭國自正，故云國人思大國之正己也。有女同車序云：卒以無大國之助，至於見逐。大國蓋指齊，以其嘗欲妻忽，猶冀其正己也。序意如此，傳亦當然。後儒或據思見正之文，爲桓十年突歸于鄭時之事，謬甚。說又見於有女同車序下。

子惠思我，褰裳涉溱。惠，愛也。溱，水名也。箋：子者，斥大國之正卿。子若愛而思我，我國有突篡國之事，而可征而正之，我則揭衣渡溱水，往告難也。正義：溱洧大水，未必褰裳可涉，示以告難之疾意耳。段玉裁云：說文：潧水出鄭國，从水，曾聲。詩曰：潧與洧。溱水出桂陽臨武，入淮，从水，秦聲。廣

毛詩輯疏卷四　三二　崇文院

韻。溍水南入洧。詩作溱洧。誤。按秦聲在今眞臻韻。曾在今蒸登韻。此詩一章。溱與人韻。二章洧與士韻。出鄭國之水。本作溱。外傳孟子皆作溱洧。說文及水經注作溍。誤也。衡案。孟子。子產以其乘輿。濟人溱洧。車輪徑六尺六寸。軸在其中。又加伏兔。安輿於其上。輿底之高。約略四尺。乘輿可以濟人。則人亦可褰裳以涉矣。正義云。未必褰裳可涉。未是。

子不我思。豈無他人。 箋。他人者。先鄉齊晉。後之荊楚。 釋文。鄉香亮反。本亦作向。正義言子不我思。乃告他人。是先告近鄰。後告遠國。齊晉本是諸夏大國。與鄭境接連。楚則遠在荊州。是南夷大國。故箋舉以爲言。見子與他人之異耳。其實大國非獨齊秦。他人非獨荊楚也。定本云。先鄉齊晉宋衛。後之荊楚也。義亦通。衡案。忽之復立。宋衛數伐鄭。二國亦非大國。鄭不應言宋衛。定本非也。今本多沿其誤。獨十行本作齊晉。今從之。

狂童之狂也且。 狂行童昏之所化也。箋。狂童之人。日爲狂行。故使我言此也。 正義。此狂童斥突也。狂童之狂也且。言其日益爲狂。故傳解其益狂之意。言突以狂行童昏。其所風化於人。人又從之。徒衆漸多。所以益爲狂行。作亂不已。故鄭人思欲告急也。鄭突時年實長。以其志似童幼。故以童名之。段玉裁云。童依說文。當作僮。僮未冠也。引伸之曰童昏。二篇同。衡案。傳狂行。釋下狂言突童昏。故化爲狂行。箋申傳義。非易之也。正義謂國人化之亦狂。失之周頌傳。且此也。箋云。故使我言此。是亦訓且爲此矣。

子惠思我。褰裳涉洧。 洧。水名也。

子不我思。豈無他士。 士事

也。箋：他士，猶他人也。大國之卿，當天子之上士。正義：春官典命云：王之三公八命，其卿六命，大夫四命。以大夫既四命，則上士當三命也。故注云：王之上士三命，中士再命，下士一命。又云：公之孤四命，其卿三命，侯伯之卿亦如之。是大國之卿亦三命，當天子之上士也。段玉裁云：經本作事，傳本作事，士也。謂事即士之假借，轉寫以注改經，以經改注。經果是士字，何須傳乎？前文士曰昧旦，何以不傳也？吉士誘之，無與士耽，皆不傳。衡案：士賤，非鄭人所宜告急。毛以爲卿士之士，卿掌政事者，謂之卿士，故云士，事也。謂大國執政事之卿，非經傳互易也。

狂童之狂也且。

陳啓源云：朱子爲鄭風傳，滿紙皆淫媟之談耳。狡童、褰裳二篇，摹畫蕩婦口角，尤鄙穢無度，此正士所不忍出諸口，不知大儒何以形諸筆也。每展卷至此，輒欲掩目。衡案：甚哉，風俗之移人也。毛傳之義，傳自孔門，故其傳丰及東門之墠諸淫詩，猶以禮義解之。鄭則差涉淫褻矣。至朱子作集傳，以閭里潑婦之狀，解聖人憂世之書，淫蕩戲嬉，無所不至，皆習其所目覩，以爲古亦然耳。況今日之俗，比之朱子之時，又益降，其所習見，莫非鄙褻淫穢之事，宜乎學者之厭序傳而專貴集傳也。

丰四章，二章章三句，二章章四句。

丰，刺亂也。昏姻之道缺，陽倡而陰不和，男行而女不隨。

箋：昏姻之道，謂嫁娶之禮。釋文：丰，芳凶反。面貌豐滿也。方言作妦。

子之丰兮。俟我乎巷兮。丰豐滿也。巷門外也。箋子謂親迎者。我我將嫁者。有親迎我者。面貌丰丰然豐滿善人也。出門而待我於巷中。

悔予不送兮。時有違而不至者。箋悔乎我不送是子而去也。時不送。則爲異人之色。後不得耦而思之。正義予當時別爲他人不肯共去今日悔恨我本不送是子兮所爲留者亦不得爲耦由此悔恨也。

子之昌兮。俟我乎堂兮。昌盛壯貌。箋堂當爲棖。棖門梱上木近邊者。釋文堂並如字門堂也鄭改爲棖直剛反梱本作閫苦本反正義此傳不解堂之義王肅云升堂以俟孫毓云禮門側之堂謂之塾謂出俟於塾前詩人此句故言堂耳毛無易字之理必知其不與鄭同按此篇所陳庶人之事人君之禮尊故於門設塾庶人不必有塾不得俟之於門堂也著云俟我於堂文與著庭爲類是俟之堂室非門之堂也士昏禮主人揖賓入于廟主人升堂西面賓升堂北面奠鴈再拜稽首降出婦從降自西階是則士禮受女於廟堂庶人雖無廟亦當受女於寢堂故以王爲毛說李黼平云上章俟巷已受女出門矣何事復升寢堂正義以王述毛非也古者二十五家爲閭同在一巷巷首有門門側有左右塾學記所謂家有塾是也庶人家門無堂而閭門則有堂上章傳云巷門外也箋云出門而俟我于巷中門謂家門也出家門而至巷由巷而至閭門之堂次第如繪。毛意當然。衡案。俟我乎堂兮。毛無傳。則以爲寢堂。正義是也。經先言巷。後言堂者。明達而不至者。非一人也。故下衣錦褧衣。裳錦褧裳。亦演爲二章。以應上章及此章。齊著三章。毛每章各爲一人。此亦同。此序云。昏姻之道缺。陽倡而陰不和。男行而女不隨。著序云。時不親迎也。風俗所移。比屋皆然。故一篇幷詠數人耳。鄭以下皆以爲詠一人。故未免紛紜也。又案。毛訓湘爲亨。讀湘爲鬺也。訓桑土爲桑根。讀土爲杜也。諸如此類。不可枚擧。同聲假借。於古爲常。毛時猶然。故不言讀爲當爲耳。至鄭時。此義漸晦。恐人疑之。故創讀爲讀如當作之例。以喻人。非易字始於鄭也。孔云。毛無易字之理。蓋未達此義耳。

衣錦褧衣。裳錦褧裳。 衣錦褧裳。嫁者之服。箋。褧。禪也。蓋以禪縠爲之。中衣裳用錦。而上加禪縠焉。爲其文之大著也。庶人之妻嫁服也。士妻紂衣纁袡。 釋文。禪音丹。紂側基反。本或作純。並同。袡如鹽反。正義。此失其配耦。悔前不行。自説衣服之備。望夫更來迎己。言己衣則用錦爲之。其上復有禪衣矣。裳亦用錦爲之。其上復有褧裳矣。己衣裳備足。可以行嫁。婦人之服不殊裳。而經衣裳殊文者。以其衣裳別名。詩須韻句。故別言之耳。其實婦人之服。衣裳連。俱用錦。皆有褧。下章倒其文。故衣錦褧裳。互言之。玉藻云。禪爲絅。絅與褧音義同。是褧爲禪。袡亦緣也。袡之言任也。以纁緣其衣。象陰氣上任也。凡婦人之服。不常施袡之衣。盛昏禮。攝此服耳。

叔兮伯兮。駕予與行。 叔伯。迎己者。箋。言此者。以前之悔。今則叔也伯也。來迎己者從之。志又易也。釋文。易以豉反。正義。乃呼彼迎者之字云。叔兮伯兮。若復駕而來。我則與之行矣。迎己者一人而已。叔伯並言之者。此作者設爲女悔之辭。非知此女之夫實字叔伯。託而言之耳。箋言志又易者。以不得配耦。志又變易於前。故叔伯來則從之也。衡案。叔兮伯兮。不指定一人之辭。昏姻之道缺。陽倡而陰不和者。非一人。故經叔伯並言。而傳總以迎己者釋之。釋文易以豉反。蓋訓夷說也。正義訓變易。似長。裳錦褧裳。衣錦褧衣。叔兮伯兮。駕予與歸。

東門之墠二章。章四句。

東門之墠。刺亂也。男女有不待禮而相奔者也。釋文。壇音善。依字當作墠。此序舊無注。而崔集注本有鄭注云。時亂。故不得待禮而行。阮元云。考正義。當亦無此注。實非鄭注也。集注誤耳。衡案。據釋文。陸本墠作壇。崔集注謂崔靈恩所著毛詩集注。其書今不傳。東門之墠。茹藘在坂。東門。城東門也。墠除地町町者。茹藘。茅蒐也。男女之際。近則如東門之墠。遠而難。則如茹藘在坂。箋。城東門之外有墠。墠邊有坂。茅蒐生焉。茅蒐之爲難淺矣。易越而出。此女欲奔男之辭。正義。徧檢諸本。皆作東門之壇。襄二十八年左傳。亦作舍不爲壇。其禮記尚書言壇墠者。皆封土者謂之壇。除地者謂之墠。壇墠字異。而作此壇字者。讀音曰墠。蓋古字得通用也。今定本作墠。茹藘茅蒐。釋草文。李巡曰。茅蒐一名茜。可以染紅。男女之際者。謂昏姻之禮。是男女交際之事。阪云遠而難。則壇當云近而易。不言而易。可知而省文也。壇阪可以喻難易耳。無遠近之象。而云近遠者。以壇繫東門言之。則近在門外。阪不言所在。則遠於東門矣。且下句言則邇甚遠。故傳顧下經以遠近解之。下傳云。得禮則近。不得禮則遠。還與此傳文相成始終之說。衡案。此篇興也。傳不言興者。以義易知耳。壇墠義殊。毛以墠義解之。則其本作墠矣。唐時作壇者。乃後世轉寫之誤耳。定本訂之作墠。是也。襄二十八年左傳。壇與草舍對言。草舍亦謂墠。墠雖除地。旋草生之。非封土巍然存於後之比也。故稱墠爲草舍。非謂不除地而舍也。今本作近而易。今據正義刪之。傳難則下脫如字。今從古本岳本。

其室則邇。其人甚遠。邇近也。得禮則近。不得禮則遠。箋。其室則近。謂所欲奔男之家。望其來迎已。而不來則爲遠。正義。人居室內。而云室近人遠。此刺女不待禮。故知以禮爲遠近。衡案。毛蓋讀室爲室家。不足之室。言得室家之禮。則甚近易得。棄室家之禮。而徒思其人。則甚遠難求也。

東門之栗。有踐家室。栗行上栗也。踐淺也。箋。栗而在淺家室之內。言易竊取。栗人所啗食而甘耆。故以自喻也。

釋文。行上並如字。行道也。左傳云。斬行栗。昭徒覽反。本又作啖。亦作瞰。並同。者常志反。正義。毛以爲東門之外。有栗樹生於路上。無人守。其欲取之則爲易。有物在淺室家之内。雖在淺室。有主守之。其欲取之則難。以興爲昏者得禮則易。不得禮則難。昏姻之際。不可無禮。故貞女謂男子云。我豈不於女思爲室家乎。但子不以禮就我。無由從子。貞女之行。非禮不動。今鄭國之女。何以不待禮而奔乎。襄十九年左傳云。趙武魏絳斬行栗。杜預云。行栗表道樹。踐淺釋言文。李黼平云。按釋言云。俴淺也。原是俴字。正義引作踐。豈二字本通乎。爾雅釋文。俴音踐。音同者義必同。故毛此傳。亦訓踐爲淺也。

豈不爾思。子不我卽。

卽就也。箋。我豈不思望女乎。女不就迎我而俱去耳。

陳啓源云。墠平易踐。阪峻難登。行上之栗易攀。室中之藏難窺。以興昏姻之際。得禮則易。不得禮則難。毛義本通也。鄭以爲女欲奔男之詞。遂爲朱傳之濫觴矣。

風雨三章。章四句。

風雨。思君子也。亂世則思君子不改其度焉。

風雨凄凄。雞鳴喈喈。

興也。風且雨凄凄然。雞猶守時。而鳴喈喈然。箋。興者。喻君子雖居亂世。不變改其節度。

既見君子。云胡不夷。

胡何夷說也。箋。思而見之云何而心不說。風雨瀟瀟。雞鳴膠膠。瀟瀟。暴疾也。膠膠。猶喈喈也。陳啓源云。傳以瀟瀟爲暴疾。則甚於淒淒矣。云膠膠猶喈喈。則無所加焉。世之亂也。日甚一日。君子行己之道。祇得其常而已。以世亂而稍貶。非君子也。以世亂而加駿。是有心於矯俗。亦非君子也。故序云。不改其度焉。段玉裁云。說文。潚。水清深也。水經注湘水篇。二妃從征。溺於湘江。神游於洞庭之淵。出入潚湘之浦。用山海經語。又釋潚字云。潚者。水清深也。用說文語。今俗以潚湘爲二水名。且潚誤爲瀟矣。羽獵賦。飛廉雲師。吸嘷潚率。西京賦。飛罕潚箾。流鏑擂爆。皆形容欻忽之貌。與毛傳潚潚暴疾也意正合。思玄賦。迅猋潚其媵我。舊注潚疾貌。李淵引字林潚深清也。攷廣韻一屋二蕭皆有潚無瀟。詩風雨潚潚。是淒清之意。入聲音肅。平聲音脩。在第三部。轉入第二部。音宵。俗本誤爲瀟。玉裁見明刻舊本毛詩作潚。李黼平云。膠膠當作嘐嘐。廣韻引此詩云。雞鳴嘐嘐。既見君子。云胡不瘳。瘳愈也。風雨如晦。雞鳴不已。晦昏也。箋。已止也。雞不爲如晦而止不鳴。既見君子。云胡不喜。

子衿三章。章四句。

子衿。刺學校廢也。世亂則學校不修焉。箋。鄭國謂學爲校。

言可以校正道藝。釋文。衿音金。本亦作襟。徐音琴。世亂。本或以世字在下者誤。學校戶教反。注同。以校正。音教。正義。經三章。皆陳留者責去者之辭也。定本云。刺學廢也。無校字。襄三十一年左傳云。鄭人游於鄉校。然明謂子產。毀鄉校。是鄭國謂學爲校。校是學之別名。故序連言之。此序非鄭人言之。箋見左傳有鄉人游校之言。故引以爲證耳。非謂鄭國獨稱校也。阮元云。釋文上云學校戶孝反。下云以校正音教。是學校字當從木。校正字當從扌。各本校正字從木誤。毛本學校字亦從扌。更誤。衡案。各本世亂作亂世。今據釋文訂正。

青青子衿。悠悠我心。青衿。青領也。學子之所服。箋。學子而俱在學校之中。己留彼去。故隨而思之耳。禮父母在。衣純以青。陳啓源云。衿字石經作裣。釋文云。衿本又作襟。嚴緝謂衿裣二字。音義俱同。非也。案爾雅釋器。衣眥謂之襟。注云。交領也。又云。衿謂之袸。注云。小帶也。說文止有裣字。注云。交衽也。然衿襟裣三字各一義。詩當以襟字爲正。衿裣特通用耳。顏氏家訓云。古者衮領。下連於衿。故謂之衿。不知詩字多通借。不必彊爲之說也。

縱我不往。子寧不嗣音。嗣習也。古者教以詩樂。誦之歌之。絃之舞之。箋。嗣續也。女曾不傳聲問我以恩。責其忘己。釋文。嗣如字。韓詩作詒。詒寄也。曾不寄問也。傳聲直專反。正義。王制云。學正崇四術。

立四教。春秋教以禮樂。冬夏教以詩書。文王世子云。春誦夏絃。大師詔之。注云。誦謂歌樂也。絃謂以絲播詩也。是學詩學樂皆絃誦歌舞之。陳啓源云。嗣音當以毛義爲正。孔氏引王制四術四教。文王世子春誦夏絃證之。當矣。此詩本刺學校廢。當責其學業之不習。若以音問爲言。則朋友相思之常語。非序意也。衡案。嗣訓習。陸孔以下不釋其義。案嗣續也。繼也。習數飛也。重也。凡肄業者。數之重之。不則不能。熟數之重之者。必繼續爲之。不敢間斷。其義相因。故古者訓嗣爲習。與爾雅闕逸。後世遂失其義耳。

青青子佩。悠悠我思。佩佩玉也。士佩瓀珉而青組綬。釋文。瓀本又作瑌。如兖反。正義。玉藻士佩瓀珉而緼組綬。此云青組綬者。蓋毛讀禮記作青字。其本與鄭異也。衡案。據釋文如兖反。字當作瑌。其作瓀者誤也。釋文亦當云瑌本又作瓀。今本誤耳。

縱我不往。子寧不來。不來者。言不一來也。

挑兮達兮。在城闕兮。挑達。往來相見貌。乘城而見闕。箋。國亂人廢學業。但好登高。見於城闕。以候望爲樂。釋文。挑他羔反。又勑彫反。說文作叏。說文云。達不相遇也。正義。釋宮云。觀謂之闕。孫炎曰。宮門雙闕。舊章縣焉。使民觀之。因謂之觀。如爾雅之文。闕是人君宮門。非城之所有。且宮門觀闕。不宜乘之候望。此言在城闕兮。謂城之上別有高闕。非宮闕也。李黼平云。傳以城闕連文。恐人誤認爲城之闕。故曰乘城而見闕。毛意只言學子登城耳。箋言登城又登闕。故曰。見于城闕。易傳。非申毛也。又云。觀即闕也。城別有闕。經典不言。殆孔胸臆。衡案。雉門有兩觀。所以觀察雲物。兩觀之間。屋低如闕。因謂之闕。雉門外則外朝。正月之吉。縣象於此。以示民。故又謂之象巍。觀闕相連。故爾雅云。觀謂之闕。以觀表闕。孫說未是。雉門內即治朝。非學子挑達之地。故傳云。乘城而見闕。少年游惰之狀如描。先脩云。唯古人善解古書。信矣。

一日不見。如三月兮。言禮樂不可一日而廢。箋。君子之學。以文會友。以友輔仁。獨學而無友。則孤陋而寡聞。故思之甚。

正義。毛以爲一日不見此禮樂。則如三月不見兮。何爲廢學而游觀。鄭以下二句爲異。言一日不與女相見。如三月不見兮。言己思之甚也。衡案。毛意謂禮樂不可一日而廢。女既去學校。必廢禮樂。故我不與女相見一日。其久如三月兮。何不再來學校也。毛責其去。鄭則思之。是其異也。孔云。一日不見此禮樂。豈其然乎。

揚之水二章。章六句。

揚之水。閔無臣也。君子閔忽之無忠臣良士。終以死亡。而作是詩也。

正義。忠臣良士一也。言其事君。則爲忠臣。指其德行。則爲良士。所從言之異耳。

揚之水。不流束楚。揚激揚也。激揚之水。可謂不流漂束楚乎。箋。激揚之水。喻忽政教亂促。不流束楚。言其政不行於臣下。衡案。毛意激揚之水。喻人君之威。可謂不能流漂束楚乎。喻能誅除逆亂之臣。而忽不能然者。特以無忠臣良士耳。故下二句無傳。正義云。以興忠臣良士豈不能誅除逆亂之臣乎。非傳意也。

終鮮兄弟。維予與女。箋。鮮寡也。忽兄弟爭國。親戚相疑。後竟寡於兄弟之恩。獨我與女有耳。作此詩者。同姓臣也。李黼平云。此二句毛無傳。下章維予二人。傳云。二人同心也。按箋釋鮮。謂親戚諸人寡於兄弟之恩。傳意未必然。傳以序言閔忽無臣。則兄弟卽臣。終鮮兄弟。謂同姓諸臣中無忠良者耳。正義以箋述毛。恐未確。衡案。箋云親戚相疑。竟寡於兄弟之恩。是箋亦以兄弟爲同姓之臣。其說本不誤。李讀之未精耳。

無信人之言。人實迋女。迋誑也。釋文。迋求狂反。徐又居望反。誑九況反。段玉裁云。傳迋誑也。言迋爲誑之假借。

揚之水。不流束薪。終鮮兄弟。維予二人。二人同心也。箋。二人者。我身與女忽。無信人之言。人實不信。

出其東門二章。章六句。

出其東門。閔亂也。公子五爭。兵革不息。男女相棄。民人思保其室家焉。箋。公子五爭者。謂突再也。忽子亹子儀。各一也。正義。保者。安守之義。男以女爲室。女以男爲家。若散則通。民人分散乖離。故思保有室家。正謂保有其妻。以妻爲室家。經二章皆陳男思保妻之辭。是思保室家也。俗本云五公子爭。誤也。

出其東門。有女如雲。如雲。衆多也。箋。有女。謂諸見棄者也。如雲者。如雲從風東西南北。心無有定。雖則如雲。匪我思存。思不存乎相救急。箋。匪非也。此如雲者。皆非我思所存也。釋文。思毛音如字。鄭息嗣反。陳啓源云。毛以存爲存救。則思應如字。鄭箋以爲思之所存。則思應讀爲去聲。毛義在存。鄭義在思也。衡案。傳云。思不存乎相救急。則上傳衆多也。亦謂見棄者。與箋同。但無如雲從風之意耳。縞衣綦巾。聊樂我員。縞衣。白色。男服也。綦巾。蒼艾色。女服也。願室家得相樂也。箋。縞衣綦巾。己所爲作者之妻服也。時亦棄之。迫兵革之難。不能相畜。心不忍絶。故言且留樂我員。此思保其室家。窮困不得有其妻。而以衣巾言之。恩不忍斥之。綦綦文也。釋文。員音云。本亦作云。韓詩作魂。魂神也。正義。云員古今字。助句辭也。知縞衣男服。綦巾女服者。以作者既言非我思存。故願自相配合。故知一衣一巾。有男有女。先男後女。文之次也。傳以聊爲願。故云。願室家得相樂。室家卽縞衣綦巾之男女也。箋以序稱民人思保其室家。言夫思保妻也。經稱有女如雲。是男言有女也。經序皆據男爲文。則縞衣綦巾。是女之所服。不得分爲男女二服。衣巾既共爲女服。則此章所言。皆是夫自言妻。非他人言之。故首尾皆易傳。李黼平云。上句傳云。縞衣白色。男服也。此男卽作者自謂。綦巾蒼艾色。女服也。此卽作者之妻。傳言如雲者。非我思所能存救。惟我縞衣與彼綦巾。願復保爲室家得相樂。衡案。有女如雲。既相棄者也。縞衣綦巾思保其室家者也。夫擧己所服之衣。與婦所著之巾而語其妻曰。此物雖粗賤。願得我二人者服之。永相樂。不欲如夫如雲之女。自男言之。故云樂我員。傳意當如此。箋所爲上。諸本脫己字。今從足利古本。恩不本多作思。不今從古本。岳本小字本。

出其闉闍。有女如茶。闉曲城也。闍城臺也。茶英茶也。言皆喪服也。箋。闍讀當如彼都人士之都。謂國外曲城之中市里也。茶茅秀。物之輕者。飛行無常。釋文。闉鄭郭音都。孫炎云。積土如水渚。所以望氣祥也。徐止奢反。又音蛇。茶音徒。秀本作莠音同。正義。釋宮云。闍謂之臺。是闍爲臺也。出謂出城。則闍是城上之臺。謂當門臺也。闍既是城之門臺。則闉是門外之城。卽今之門外曲城是也。李黼平云。毛以上章出門。是出內城之門。此章闉闍。是出外城之門。次第如繪。衡案。諸侯臺門。謂以臺爲門。左右基架屋於其上。傳云城臺。卽指此。故經云。出闉闍也。英爾雅榮而不實謂之英之英。英荼卽茅秀也。鄭重釋之。非易傳也。茅秀白。故以譬喪服。女皆喪家。故喪服自居。

雖則如荼。匪我思且。 箋。匪我思且。猶匪我思存也。 釋文。且音徂。爾雅云。存也。戴震云。今考爾雅。徂有兩義。一云。往也。一云。存也。古字省。徂通用且。思且對思存爲義。匪我思且。言非我思之所往也。衡案。且訓存。自是鄭義。毛無傳。蓋亦爲此也。

縞衣茹藘。聊可與娛。 茹藘。茅蒐之染。女服也。娛樂也。箋。茅蒐染巾也。聊可與娛。且可留與我爲樂。心欲留之言也。

野有蔓草二章。章六句。

野有蔓草。思遇時也。君之澤不下流。民窮於兵革。男女失時。思不期而會焉。 箋。不期而會。謂不相與期而自相會。 正義。男女失時。謂失年盛之時。非謂昏之時月也。陳啓源云。思遇時。殆謂處亂而思治云爾。零露漙兮。望澤之喻也。有美一人。目君之稱也。玩傳文。亦無男女慕說之意。東萊疑後序是講師所益。其信然乎。左傳子大叔之於趙孟。（襄二十七年）子齹之於韓宣子。（昭十二年）皆賦此詩。未必盡斷章矣。衡案。思遇時。思願逢遇明時也。後序君之至失時。述所以思遇時。不期而會焉。解遇字。而子夏序遇字。乃從經文邂逅相遇來。然則思不期而會焉。謂不期而際會於明君。思際會於明君。卽思遇明時也。春秋傳曰。不期而會曰遇。凡男女相會。未有不期者。鄘風桑中序毛傳曰。期於幽遠。是也。此序云。思不期而會焉。明明非男女之會也。如此則經序後序毛傳。如合符節。無復可疑者矣。特經以美人喻明君。而後序思不期而會焉。承男女失時之下。鄭因以遇時爲遇昏姻之時。不期而會。爲仲春合男女之無夫家者。遂致後儒疑後序爲講師所益。以陳氏之卓識。猶不免附和。古書之不可草草讀過如此。

野有蔓草。零露漙兮。 興也。野。四郊之外。蔓。延也。漙。漙然盛多也。箋。零落也。蔓草而有露。謂仲春之時。草始生。霜爲露也。周禮。仲春之月。令會男女之無夫家者。釋文。漙本亦作團。徒端反。正義。毛以爲郊外野中。有蔓延之草。草之所以能延蔓者。由天有隕落之露。漙漙然霑潤之兮。以興民所以得蕃息者。由君有恩澤之化。養育之兮。**有美一人。清揚婉兮。邂逅相遇。**

適我願兮。清揚眉目之間。婉然美也。邂逅不期而會。適其時願。臧琳云。此傳當云清揚婉兮。眉目之間婉然美也。下八字爲一句讀。以清爲目之美。以揚爲眉上之美。以婉兮爲清揚之美婉婉然。今傳中無婉兮字。是嫌於訓清揚爲眉目之間矣。此以經合傳時所刪。段玉裁云。君子偕老傳曰。清。視清明也。揚。眉上廣也。故此傳總之曰。眉目之間。謂眉目都好也。衡案。有美一人。以喻明君。未遇。而云邂逅相遇。猶忽不娶齊女。而言有女同車。詩人願望之辭也。傳無婉兮二字。臧以爲後人誤刪。段以爲省文。皆通。然段說似得傳意。

野有蔓草。零露瀼瀼。瀼瀼。盛貌。有美一人。婉如清揚。解逅相遇。與子偕臧。臧善也。

溱洧二章。章十二句。

溱洧。刺亂也。兵革不息。男女相棄。淫風大行。莫之能救焉。箋。救猶止也。亂者。士與女合會溱洧之上。釋文。溱洧側巾反。下于軌反。李黼平云。上篇東門之墠序亦云。刺亂也。鄭不釋亂字。于此亂字乃發箋。則彼亂爲時亂矣。此序云。兵革不息。亦當爲時亂。而鄭爲別解者。彼與丰。風雨。子衿。共四篇。皆在忽突爭國之際。故爲時亂。此詩在出其東門後。序云五爭。于時厲公再入。鄭已定矣。兵革不息。特推原男女相棄之由。故別爲此解也。衡案。說文溱作潧。誤也。說見於褰裳疏。箋釋亂字。當如李說。然此亂亦謂時亂。鄭俗之淫。其源出於亂。故後序繼之曰。兵革不息。男女相棄。不當此序獨爲別解焉。

溱與洧。方渙渙兮。溱洧。鄭兩水名。渙渙。春水盛也。箋。仲春之時。冰以釋。水則渙渙然。釋文。渙呼亂反。韓詩作洹洹。說文作汎汎。音父弓反。段玉裁云。說文必本作汍。從水丸聲。卽洹之別體。音父弓反者有誤。衡案。渙渙流盛貌。本多脫春水二字。今從古本。岳本。小字本。十行本。

士與女。方秉蕑兮。蕑蘭也。箋。男女相棄。各無匹偶。感春氣並出。託采芳香之草。而爲淫逸之行。正義。陸璣疏云。蕑卽蘭。香草也。其莖葉似藥草澤蘭。廣而長節。節中赤。高四五尺。漢諸池苑及許昌宮中皆種之。可著粉中。藏衣。著書中。辟白魚。陳啓源云。蘭草與澤蘭同類。而小別。俱生水旁。紫莖素枝。赤節綠葉。其莖圓。節長。葉無芒者爲蘭草。莖微方。節短。葉有芒者爲澤蘭。炮炙論云。大澤卽蘭草也。小澤蘭卽澤蘭也。嫩時可佩。八九月有華。赤白色。成穗。又有生山中者。名山蘭。與二蘭而三焉。其曰蕙者。今之苓蘦或誤作零陵。香是也。後人以葉長似茅。華黃綠色。或一莖一華。或一莖數華者。彊名爲蘭蕙。蓋誤始於黃山谷。然朱晦菴離騷辨證。方虛谷訂蘭說皆已辨之矣。又云。宋寇宗奭衍義。朱震亨補遺。皆以今之蘭華。其葉似麥門冬者。當古之蘭草。失之矣。

女曰觀

乎。士曰既且。箋。女曰觀乎。欲與士觀於寬閒之處。既已也。士曰既觀矣。未從之也。釋文。且音徂。往也。衡案。且與乎對。傳箋不釋。皆以爲助語辭耳。且往觀乎。洧之外。洵訏且樂。訏大也。箋。洵信也。女情急。故勸男使往觀於洧之外。言其士地信寬大又樂也。於是男則往也。維士與女。伊其相謔。贈之以勺藥。勺藥。香草。箋。伊因也。士與女往觀。因相與戲謔。行夫婦之事。其別則送女以勺藥。結恩情也。正義。陸璣疏云。今藥草勺藥無香氣。非是也。未審今何草。陳啓源云。東萊謂香不必在柯葉。故以藥草之勺藥當之。朱傳嚴緝從其說。然古人以香草爲佩。亦以贈貽。往往取其柯葉之香。華不與焉。蓋佩欲其久。柯葉之香。雖殘不歇。華則否矣。況上巳祓除時。安得有勺藥華乎。集傳以爲三月開華。殆據閩中風土。非所以解鄭詩也。宋董氏因韓詩離艸語。遂疑勺藥是江離。雖屬臆見。然江離香草。見離騷。亦蘭之類也。別錄云蘼蕪一名江離。芎藭苗也。陶隱居云。葉似蛇牀而香。騷人取以爲譬。則士女相贈答。或以之。案本草注。言未結根者爲蘼蕪。既結根者爲芎藭。大葉似芹者爲江離。細葉似蛇牀者爲蘼蕪。是三草同類。而稍別也。又案。勺藥之名。兩見山海經。北山經云。繡山艸多勺藥芎藭。中山經云。洞庭之山。艸多葌蘼蕪。勺藥芎藭。夫蘼蕪芎藭本與江離同類。而經與勺藥並稱。董以勺藥爲江離。或非誤。焦循云。釋文引韓詩云。離草也。言將離別。贈此草也。古今注載董仲舒答牛亨問云。勺藥一名可離。故將別以贈之。箋言其別則送以勺藥。蓋古之相傳然也。箋相與戲謔。行夫婦之事。謔豈必是行夫婦之事。鄭之解經。每爲此汙褻之言。毛無是也。衡案。陳焦二說皆是也。今驗之吾邦藥草勺藥。當春水方渙渙之時。抽苗僅三四寸。未堪以相贈。詩所云勺藥。必非此物也。伊當訓是。箋云。因也。恐未是。

溱與洧。瀏其清矣。

瀏深貌。

士與女。殷其盈矣。

殷衆也。

女曰觀乎。士曰既且。且往觀乎。洧之外。洵訏且樂。維士與女。伊其將謔。贈之以勺藥。

箋。將大也。

惠周惕云。衛俗之淫也。鄭聲之淫也。今以事跡之。衛宣之惡。亘古未有。鄭則無是也。自朱子指斥鄭詩。其惡幾浮于衛。固已輕重失倫矣。至金華黃魯齊。則又取衛黜鄭。削去鄭詩十一首。尤近于僭矣。彼見雄雉引于論語。淇澳引于大學。而鄭獨不然。是以取此黜彼。固哉高叟之爲詩也。衡案。上云溱與洧。下云洧之外。蓋洧近而溱遠也。

毛詩輯疏卷四終

毛詩輯疏

卷五

毛詩輯疏卷五

辛未七月朔起草時七十三

日南　安井　衡著

齊雞鳴詁訓傳第八　國風

齊國十一篇。三十四章。百四十三句。

雞鳴三章。章四句。

雞鳴。思賢妃也。哀公荒淫怠慢。故陳賢妃貞女。夙夜警戒。相成之道焉。

釋文。警居領反。本又作敬。音同。李黼平云。經三章。皆陳賢妃。以刺今之不然。傳箋初未明指哀公。而序鑿然言之者。孔子修春秋。遣子夏等適周。得百二十國寶書。凡列國之事。及其君號謚。內外傳所不見者。寶書中皆載之。故子夏得據以作序也。衡案。哀公以下乃繼序。非子夏所作。然其說必傳自子夏。非憑空所爲也。據史記世家。哀公。大公之玄孫。紀侯譖之。周夷王烹哀公。

雞既鳴矣。朝既盈矣。雞鳴而夫人作。朝盈而君作。箋。雞鳴朝盈。
夫人也。君也。可以起之常禮。匪雞則鳴。蒼蠅之聲。蒼蠅之聲。有
似遠雞之鳴。箋。夫人以蠅聲爲雞鳴。則起早於常禮。敬也。正義。書傳說夫人御於君所之
禮云。大師奏雞鳴於階下。夫人鳴佩玉於房中。告去。則雞鳴以告。當待大師告之。然此夫人自聽雞鳴者。彼言告御之正法。有司當以時告君。此說夫人相警戒。不必待
告方起。故自聽之也。衡案。或疑雞三號。蠅蚋始交作。今云。蠅先雞而鳴。恐非其實也。是洵然。然詩人必不弄無爲有。而聖人亦存而不删焉。則亦必有蠅先雞而鳴之事
矣。予亦嘗疑之。一日宿田家。將理髮。使童執燭。有蠅嘐然而至。乃喻人君房中。古亦點燈。故時或聽蠅聲耳。東方明矣。朝既昌
矣。東方明。則夫人纚笄而朝。朝已昌盛。則君聽朝。箋。東方明。朝既昌。亦
夫人也君也。可以朝之常禮。君日出而視朝。正義。士昏禮注。纚緇髮。纚廣充幅。長六尺。笄今時簪。傳言
夫人纚笄而朝。首服纚笄以朝君。案特牲饋食。及士昏禮。皆云。纚笄綃衣。注云。綃。綺屬。此衣染之以黑。其繒本名曰綃。首服纚笄。必以綃衣配之。此以纚笄朝君。則當身
服綃衣也。天官內司服鄭注。差次服之所用。鞠衣。黃桑之所服。展衣。以禮見王及賓客之服。褖衣。御於王之服。又追師掌王后之首服。爲副編次。注云。副。所以覆首。服之

以從王祭祀。編。編列髮爲之。服之以告桑。次。次第髮長短爲之。服之以見王。王后之燕居亦纚笄總而已。凡諸侯夫人於其國。衣服與王后同。如鄭此言。則夫人以禮見君。當服展衣。御於君。當服褖衣。皆首服次。燕居乃服纚笄耳。此傳言纚笄而朝者。展衣以見君。褖衣以御君。鄭以周禮六服差次所用爲此說耳。非有經典明文。列女傳。魯師氏之母齊姜。戒其女云。平旦纚笄而朝。則有君臣之嚴。莊二十四年公羊傳何休注。其言與列女傳亦同。然則古之書傳。有言夫人纚笄而朝君者。毛當有所依據而言。未必與鄭同也。曾釗云。諸侯夫人於其國。衣服與王后同。此鄭君注禮之說耳。詩采蘩序。夫人奉祭祀。能不失職。其卒章被之僮僮。箋。被卽次也。是夫人於其國。祭服不與王后同服。副。鄭已不用前說矣。祭服視王后降等。則朝服亦當降等。此箋無說。蓋亦不破毛義也。衡案。諸侯於其國。不與天子同服袞。則夫人亦必不與王后同服副。召南何彼襛矣序曰。雖則王姬。亦下嫁於諸侯。車服不繫其夫。下王后一等。是王姬猶不得與王后同。況非王姬者乎。衛詩有副笄六珈之文。擧其盛而言之。非朝君之服也。

匪東方則明。月出之光。 見月出之光。以爲東方明。箋。夫人以月光爲東方明則朝。亦敬也。

蟲飛薨薨。甘與子同夢。 古之夫人。配其君子。亦不忘其敬。箋。蟲飛薨薨。東方早明之時。我猶樂與子臥而同夢。言親愛之無已。 正義。大戴禮羽蟲三百六十。鳳凰爲之長。則鳥亦稱蟲。此蟲飛薨薨。未必惟小蟲也。衡案。傳古之夫人配其君子。解甘與子同夢。亦不忘其敬。解蟲飛薨薨。言配其君子之時。宜若無敬畏之心然。而猶能知蟲飛薨薨。是不忘其敬也。先解下句者。於文便。亦者。亦以禮相接時也。薨。集韻呼宏切。音訇。衆也。疾也。此當從衆義。正義以蟲爲鳥。得之。會且歸矣。無庶予子憎。會會於朝也。卿大夫朝會於君朝聽政。夕歸治其家事。無庶予子憎。無見惡於夫人。箋。庶衆也。蟲飛薨薨。所以當起者。卿大夫朝者。且罷歸故也。無使衆臣以我故。憎惡於子。戒之也。正義。定本作與子憎。據鄭云我。我是予之訓。則作與者非也。無見惡於夫人。夫人謂卿大夫。卿大夫欲早罷歸。不得早罷。則憎惡君。是見惡於卿大夫也。

還三章。章四句。

還。刺荒也。哀公好田獵。從禽獸而無厭。國人化之。遂成風俗。習於田獵。謂之賢。閑於馳逐。謂之好焉。箋。荒謂政事廢亂。

子之還兮。遭我乎峱之間兮。還便捷之貌。峱山之名。箋。子也。我也。皆士大夫也。俱出田獵。而相遭也。釋文。峱乃刀反。說文云。峱山在齊。崔集注本作嶩。便捷本亦作便旋。段玉裁云。說文走部。趯。疾也。讀若讙。此詩正當作此字。衡案。毛詩多假借。毛訓便捷之貌。則還是趯之假借字。當讀如讙。段說是也。便捷或作便旋。蓋誤寫耳。

並驅從兩肩兮。揖我謂我儇兮。從逐也。獸三歲曰肩。儇利也。箋。並併也。子也我也。併驅而逐禽獸。子則揖耦我。謂我儇。譽之也。譽之者。以報前言還也。釋文。肩如字。說文三歲豕。肩相及者。本亦作豣。音同。儇許全反。韓詩作婘。音權。好貌。段玉裁云。說文儇慧也。慧利同意。李黼平云。此詩肩。豳風作豣。傳云。豕三歲曰豣。玉篇豣又作豜。此肩卽豜之省耳。說文作豣。而注云。豕三歲。肩相及者。殆亦本作豕旁肩。後人依豳風改之。豳風豣傳曰豕。此詩肩。傳曰獸者。爾雅釁絕有力豣。則豣又獸有力之通名。不專謂豕。獸三歲亦得云有力也。衡案。箋云揖耦我。耦卽相人耦之耦。

子之茂兮。遭我乎峱之道兮。茂美也。

並驅從兩牡兮。揖我謂我好兮。箋。譽之言好者。以報前言茂也。

子之昌兮。遭我乎峱之陽兮。

兮。昌盛也。箋。昌佼好貌。釋文。佼古卯反。本又作姣。並驅從兩狼兮。揖我謂我臧兮。狼獸名。臧善也。衡案。子之還兮。謂我儇之屬。卽序所云習於田獵。謂之賢。閑於馳逐。謂之好。不過互相稱譽以自詫。鄭云。謂我儇以報前言還拘矣。

著三章。章三句。

著。刺時也。時不親迎也。箋。時不親迎。故陳親迎之禮以刺之。陳啓源云。宁序云。刺時。東方之日序云。刺衰。東方未明序云。刺無節。皆不斥言所刺之君。孫毓以爲。自哀至襄。其間八世。未審刺何公。孔疏以此三詩在還詩後。定是刺哀公。且言子夏作序時。當知齊君號謚。何得闕其所刺。此特舉上以明下耳。源謂。孫說良是也。孔子刪詩時。世近者百餘年。遠乃六七百年。如商頌。則千年矣。典文放失必多。美刺所指。固無容悉知。序存其信。闕其疑。故時君號謚。或著或略。不獨齊三詩然矣。如以舉上明下。則魏風七篇。檜風七篇。序皆不斥言何君。何嘗有上篇可明乎。補傳言。詩序亦考其人於史。魏鄶亡已久。并其史而亡之。故聖人不能知其詩爲何世。而大史公亦不能爲世家。信矣。

俟我於著乎而。充耳以素乎而。俟待也。門屛之間曰著。素象瑱。箋。我嫁者自謂也。待我於著。謂從君子而出至於著。君子揖之時也。我視君子。則以素爲充耳。謂所以縣瑱者。或名爲紞。織之。人君五色。臣則三色而已。此言素者。目先所見而云。

釋文。以縣音玄。下同。正義。昏禮止言以從。不言在庭著揖之。箋知揖之者。言待我。明其往待之也。士昏禮。婦至夫家。主人揖婦以入。及寢門揖入。至夫家引入之時。每門而揖。明女家引出之時。亦每而揖。故知至著君子揖之之時也。呂祖謙云。齊人既不親迎。故但行婦至婿家之禮。俟我於著乎而。此昏禮婿俟於門外。婦至婿揖婦以入之時也。曾釗云。案士昏禮序婦從降自西階。在婿降之後。則婿先出。不與婦並行。可知矣。何由揖於著庭耶。況揖讓之禮皆賓主共之。士昏禮親迎時。女父爲主人。婿爲賓。婦至婿門而後婿稱主人。婿自升堂至降出。並不言揖者。蓋女父爲主人。不降送。婦又無賓其夫之理。故無與爲揖也。韓奕。韓侯顧之。爛其盈門。箋顧之曲顧導儀也。是婿授婦綏之時。惟有曲顧之禮而已。道升車之儀。且顧而不揖。降階至門。亦道婦之事。又安得有揖耶。此箋云至於著。君子揖之。謂婦至揖入之時。先言著。次言庭。又次言堂。蓋事之序。孔氏釋爲引出之時。失之。詩意本陳親迎之禮。以刺時。而不言引出者。舉引入以互見也。衡案。曾說似矣。然次章云。俟我於庭乎而。三章云。俟我於堂乎而。昏禮並無其文。故序但云時不親迎也。而傳亦不言陳古以刺今。明以著爲夫家之著矣。呂說得之。

尚之以瓊華乎而。瓊華。美石。士之服也。箋。尚猶飾也。飾之以瓊華者。謂懸紞之末。所謂瑱也。人君以玉爲之。瓊華。石色似瓊也。正義。瓊是玉之美名。華謂有光華。此石似瓊玉之色。故云美石。士之服者。蓋謂衣服之飾。謂爲佩也。玉藻云。士佩瓀珉玉。王肅云。以美石飾象瑱。按瑱之所用。其物小耳。不應以石飾象共爲一物。王氏之說。未必得傳旨也。瓊華。瓊瑩瓊英。其文相類。傳以此章爲士服。二章爲卿大夫之服。以卒章爲人君之服者。以序言時不親迎。則於貴賤皆不親迎。此宜歷陳尊卑不親迎之事。故以每章爲一人耳。非以瓊華瓊瑩瓊英之文。而知其異人也。尙謂尊尙此物。所謂飾也。上言充耳以素。謂紞用素也。此言飾之瓊華。是就紞而加飾。故言謂懸紞之末。所謂瑱也。衡案。傳士之服。通象瑱而言之。其每章爲一人。不在瓊華瓊瑩瓊英。而在象瑱青玉黃玉。且待於著。俟於庭。俟於堂。若以爲一人之事。每俟異所。殊飾而其詞甚繁。以爲君與士大夫之事。其位益尊。其禮益倨。毛義不可易耳。充耳卽瑱也。鄭以爲紞。云臣則三色。此言素者。目所先見而云。夫三色織爲一物。安得目先見其素而名之哉。況以充耳爲紞。未聞古有此訓也。孔釋傳。以瓊華爲佩是也。毛既以瓊華爲佩。則尙當訓加。言不止懸象瑱。又加之以佩瓊華也。必備言瑱佩者。以言服飾雖美。其禮則缺。所以深刺之也。

俟我於庭乎而。充耳以青乎而。青青玉。箋。待我于庭。謂揖我于庭時。青紞之青者。尙之以瓊瑩乎而。瓊瑩石似玉。卿大夫之服也。箋。石色似瓊似瑩也。俟我於堂乎而。充耳以黃乎而。黃黃玉。箋。黃紞之黃。尚之以瓊英乎而。瓊英美石似玉者。人君之服也。箋。瓊英猶瓊華也。

東方之日二章。章五句。

東方之日。刺衰也。君臣失道。男女淫奔。不能以禮化也。釋文。刺衰音色追反。本或作刺襄公。非也。南山以下。始是襄公之詩。

東方之日兮。彼姝者子。在我室兮。興也。日出東方。人君明盛。無不照察也。姝者。初昏之貌。箋。言東方之日者。愬之乎耳。有姝然美好之子。來在我室。欲與我爲室家。我無如之何也。日在東方。其明未融。興者。喻君不明。正義。毛以爲東方之日兮。猶言明盛之君兮。無不鑒照。喻君德明盛。無不照理。此明德之君。能以禮化民。民皆依禮嫁娶。故其時之女言。彼姝然美好之子。來在我之室兮。此子在我室兮。由其以禮而來。故我往就之兮。言古人君之明盛。刺今之昏闇。言昏姻之正禮。以刺今之淫奔也。陳啓源云。日月君臣之象也。東方明盛之時也。援古刺今之詞耳。鄭以東方爲明而未融。取義甚迂。阮元云。十行本小字本相臺本考文古本姝然作姝姝。按當此當是姝姝然美好之子。靜女正義所引可證也。衡案。昏禮壻受女於堂。此章言室。下章言闥者。以就韻耳。無他義也。在我室兮。履我卽兮。履禮也。箋。卽就也。在我室者。以禮來。我則就之。與之去也。言今者之子。不以禮來也。東方之月兮。彼姝者子。在我闥兮。月盛於東方。君明於上。若日也。臣察於下。若月也。闥門內也。箋。月以興臣。月在東方。亦言不明。在我闥兮。履我發兮。發行也。箋。以禮來。則我行。而與之去。

東方未明三章。章四句。

東方未明。刺無節也。朝廷興居無節。號令不時。挈壺氏不能掌其職焉。箋。號令猶召呼也。挈壺氏掌漏刻者。正義。以經言自公召之。故云號令猶召呼也。挈壺氏於天子。司馬之屬。其官士也。故夏官序云。挈壺氏下士六人。注云。挈讀如絜髮之絜。壺盛水器也。世主絜壺水以爲漏。然則絜壺者懸繫之名。刻謂置箭壺內。刻以爲節。而浮之水上。令水漏而刻下。以記晝夜昏明之度數也。李黼平云。如序言。是由人君無節。雖有挈壺氏。亦不能守其職也。經首二章言羣臣早入顚倒衣裳。卒章責挈壺不能時夜。而兩言自公召之。則無節者在公矣。歸咎挈壺。乃詩人微旨。亦猶杜蕢揚觶飲曠飲調之義也。序達經意。故專其咎于朝廷。傳箋皆責挈壺。以序已明。令人于言外得之。正義述序謂挈壺失職。不以昏明告君。非經意。亦非序意也。

東方未明。顚倒衣裳。 上曰衣。下曰裳。箋。挈壺氏失漏刻之節。東方未明而以爲明。故羣臣促遽。顚倒衣裳。羣臣之朝。別色始入。**顚之倒之。自公召之。** 自從也。羣臣顚倒衣裳而朝。人又從君所來而召之。漏刻失節。君又早興。

正義。羣臣顚倒衣裳。方欲朝君。人已從君所來召之。是君已先起矣。故言君又早興。臣起已大早。君興又早。於臣也。衡案。自公召之。述所以顚倒衣裳之意。卽序所云朝廷興居無節。號令不時也。經唯興居無節。號令不時。故挈壺氏不能守漏刻。早晚從君所令。是不能掌其職也。經意已明。故傳唯解自字。羣臣以下乃箋也。故正義釋箋標起止曰。羣臣至早興。自從也下。當有箋字。但正義以箋述經。後人誤以爲傳義。遂脫箋字耳。段玉裁訂本幷自從也三字刪之。亦非。

東方未晞。顛倒裳衣。晞明之始升也。正義。晞是日之光氣。湛露云。匪陽不晞。謂見日之光而物乾。故以晞爲乾。此言東方未明。無取於乾。故言明之始升。謂旦之時。日之光氣始升。段玉裁云。說文昕。旦明日將出也。讀若希。晞乾也。此當云昕明之始升。蓋因同音。或改昕爲晞耳。衡案。昕晞同音。毛以晞爲昕之假借。故云明之始升也。

顛之倒之。自公令之。令告也。

折柳樊圃。狂夫瞿瞿。柳柔脆之木。樊藩也。圃菜園也。折柳以爲藩園。段玉裁云。樊藩也。謂假借。爲衍字。無益於禁矣。瞿瞿。無守之貌。古者有挈壺氏。以水火分日夜。以告時於朝。箋。柳木之不可以爲藩。猶是狂夫不任挈壺氏之事。正義。郭璞曰。種菜之地。謂之圃。其外藩籬謂之園。故云圃菜園也。大宰九職。二曰園圃毓草木。注云。樹果蓏曰圃。園其藩也。蟋蟀云。良士瞿瞿。瞿爲良士貌。故傳云。瞿瞿然顧禮義。此言狂夫瞿瞿。爲狂愚之夫。故云瞿瞿無守之貌。爲精神不立。志無所守。故不任居官也。序云。挈壺氏不能掌其職。則狂夫爲挈壺氏。故又解其瞿瞿之意。古者有挈壺氏。以水火分日夜。謂以水爲漏。夜則以火照之。冬則冰凍不下。又當置火於傍。故用水用火。準晝夜共爲百刻。分其數。以爲日夜。以告時節於朝。職掌如此。而今此狂夫。瞿瞿然志無所守。分日夜則參差不齊。告時節則早晚失度。故責之也。按乾象曆及諸曆法。與大史所候。皆云。冬至則晝四十五。夜五十五。夏至則晝六十五。夜三十五。春秋分則晝五十五半。夜四十四半。從春分至於夏至。晝漸長。增九刻半。從夏至至於秋分。所減亦如之。從秋分至於冬至。晝漸短。減十刻半。從冬至至於春分。所加亦如之。又於每氣之間。加減刻數。有多有少。其事在曆術。以其算數有多有少。不可通而爲率。故大史之官。立爲法。定作四十八箭。以一年有二十四氣。每一氣之間。又分爲二。通率七日强半而易一箭。故周年而用箭四十八也。衡案。此章傳蓋以爲興也。云柳柔脆之木。折柳以樊圃。無益於禁矣。以喻挈壺氏狂惑之人。守漏以限時。驚變不能掌其職矣。雜記。見似目瞿。聞名心瞿。注。瞿然警變也。警變卽無守也。蟋蟀。良士瞿瞿。良士懼違禮義。改其所欲爲。故傳云。瞿瞿然顧禮義。此篇狂夫。唯懼違上意。不能自守其職。故傳云。無守之貌。所解殊。而其爲驚變一也。傳云無守者。卽序所云朝廷興居無節。號令不時。挈壺氏不能掌其職也。疏云。精神不立。志無所守。非毛意也。又案。疏冬至則晝四十五。夜五十五。當作晝三十五。夜六十五。春秋分日夜等。故謂之分。而云晝五十五半。夜四十五半者。加晨昏以增晝。故晝長夜短也。

不能辰夜。不夙則莫。 辰時。夙早。莫晚也。箋。此言不任其事。恒失節數也。陳啓源云。未明未晞。皆言早也。末章云。不夙則莫。則有時失之晚矣。詩互文以相備也。故序云。刺無節。蓋大早大晚兼有之。不然。與雞鳴之警。庭燎之問。何殊。而以爲刺哉。

南山四章。章六句。

南山刺襄公也。鳥獸之行。淫於其妹。大夫遇是惡。作詩而去之。　箋。襄公之妹。魯桓公夫人文姜也。襄公素與淫通。及嫁公謫之。公與夫人如齊。夫人愬之襄公。襄公使公子彭生乘公。而搤殺之。夫人久留於齊。莊公卽位。後乃來。猶復會齊侯于禚。于祝丘。又如齊師。齊大夫見襄公行惡如是。作詩以刺之。又非魯桓公不能禁制夫人。而去之。　釋文。謫直革反。彭生乘繩證反。一本作彭生乘公。乘則依字讀。搤於革反。說文云。捉也。公羊傳拉公幹而殺之。拉郎答反。復夫又反。下皆同。禚音灼。地名。行下孟反。正義。左傳于桓十八年如齊之下。始云齊侯通焉。箋知素與淫通者。以姦淫之事。生於聚居。不宜既嫁始然。故知未嫁之前。素與淫通也。且桓六年九月經書丁卯子同生。卽莊公也。猗嗟序稱人以莊公爲齊侯之子。公羊傳稱桓公云同非吾子。明非如齊之後。始與齊侯通也。衡案桓十八年傳。公將有行。遂與姜氏如齊。申繻曰。女有家。男有室。謂之有禮。易此必敗。此亦似知文姜素與齊侯通而言之。莊元年經不書文姜歸者。經例書夫人如而不書歸。非久留于齊也。杜預謂既歸復出。得之。

南山崔崔。雄狐綏綏。　與也。南山。齊南山也。崔崔。高大也。國君尊嚴。如南山崔崔然。雄狐相隨。綏綏然無別。失陰陽之匹。箋。雄狐行求匹耦於南山之上。形貌綏綏然。興者。喻襄公居人君之尊。而爲淫泆之行。其威儀可耻惡如狐。曾釗云。毛以南山喻高位。雄狐喻淫行。言君之尊嚴如南山崔崔然。而淫行如雄狐綏綏然。意本相承。與鄭云狐在山上。辭別而義不別也。孔乃誤解雄狐爲二雄相隨。喻夫當配妻。故謂毛各自爲喻耳。郊特牲。取於異姓。所以附遠厚別也。別者。別其類之謂。司空季子曰。異姓則異德。異德則異類。今襄淫於其妹。非別類矣。故曰無別。失陰陽之匹。正義乃謂雄狐爲二雄相隨。恐非傳義也。夫狐必牝牡相從。無二雄相隨之理。末學所及。豈毛公博學而反暗此哉。李黼平云。有狐傳綏綏訓匹行。故此傳亦當爲匹行。說文綏作夂。云行遲曳夂夂。象人兩脛有所躧也。玉篇夂云。行遲貌。引詩雄狐夂夂。今作綏。箋云。形貌綏綏然。則當用行遲曳義。正義以傳爲兩雄相隨。又以南山雄狐兩俱爲喻。非也。

魯道有蕩。齊子由歸。蕩。平易也。齊子。文姜也。箋。婦人謂嫁曰歸。言文姜既以禮從此道。嫁于魯侯也。正義。傳於詩由。多訓爲用。此當言用。此以歸魯也。李黼平云。按爾雅由从自也。言从此道。自此道歸魯也。亦可。而必非訓用。下章齊子庸止。傳乃訓庸爲用也。

既曰歸止。曷又懷止。懷。思也。箋。懷。來也。言文姜既曰嫁于魯侯矣。何復來爲乎。非其來也。葛屨五兩。冠緌雙止。葛屨。服之賤者。冠緌。服之尊者。箋。葛屨五兩。喻文姜與姪娣及傅姆同處。冠緌喻襄公也。五人爲奇。而襄公往從而雙之。冠屨不宜同處。猶襄公文姜不宜爲夫婦之道。朱熹云。屨必兩。緌必雙。物各有偶。不可亂也。陳啓源云。說文云。緌系冠纓也。內則注云。緌纓之飾也。疏云。結纓頷下。以固冠。結之餘者。散而下垂。謂之緌。衡案。尊者往而雙。賤者自是鄭義。毛云。葛屨服之賤者。冠緌服之尊者。其意蓋以興物各有其耦耳。正義述毛而强合之鄭。朱自爲說。而反得毛意。事之相反。有如此者焉。冠系有二。有笄者爲紘。紘用一條組。兩端上屬。而下不結。無笄者爲纓。纓用兩組。左右各系一組。而下結於頷下。其餘垂者爲緌。故云冠緌雙止。

魯道有蕩。齊子庸止。庸用也。既曰庸止。曷又從止。箋。此言文姜既用此道。嫁於魯侯。襄公何復送而從之。爲淫泆之行。正義。言以意從送爲淫耳。非謂從之至魯也。衡案。序言刺襄公。毛意必與序同。則懷止從止。當斥襄公。從毛無傳。蓋以爲就也。謂就而與之淫也。諸春秋經傳所書皆是也。

蓺麻如之何。衡從其畝。蓺樹也。衡獵之。從獵之。種之。然後得麻。箋。

樹麻者。必先耕治其田。然後樹之。以言人君取妻。必先議於父母。釋文。蓺魚世反。本或作藝。技藝字耳。衡音橫。注同。亦作橫字。又一音如字。段玉裁云。賈思勰齊民要術曰。凡種麻。耕不厭熟。縱橫七徧以上。則麻無葉也。此正合毛說。獵猶踐也。治也。衡治之。縱治之。乃種之。然後得麻。韓詩從由。由從也。古隨從與從橫。不分二音。韓云。東西耕曰橫。南北耕曰由。義與毛同。

取妻如之何。必告父母。

必告父母廟。箋。取妻之禮。議於生者。卜於死者。此之謂告。正義。傳以經云必告父母。嫌其唯告於生者。故云必告父母之廟。箋又嫌其唯告於廟。故云議於生者。卜於死者。以見之婚有納吉之禮。卜而得吉。使告女家。是取妻必卜之。焦循云。經言父母。傳言廟者。以惠公仲子俱歿。桓娶文姜。無父母可告。故以爲告廟耳。箋言生死。則廣其所未言也。衡案。卜必於廟。不吉則止。是亦告之也。

既曰告止。曷又鞠止。

鞠窮也。箋。鞠盈也。魯侯女既告父母而取。何復盈從。令至于齊乎。又非魯桓。正義。鞠窮釋言文。傳意當謂魯桓縱恣文姜。使窮極邪意也。衡案。經序傳並無非魯桓之文。傳訓鞠爲窮。當謂襄公與文姜窮極其欲。正義并取箋意以述經。非也。

析薪如之何。匪斧不克。

克能也。箋。此言析薪必待斧乃能也。

娶妻如之何。匪媒不得。

箋。此

言取妻必待媒乃得也。既曰得止。曷又極止。極至也。箋。女既以媒得之矣。何不禁制。而恣極其邪意。令至齊乎。又非魯桓。衡案。言魯侯既以媒得妻矣。文姜何又來至齊國。與其兄縱淫乎。傳意當如此。

甫田三章。章四句

甫田。大夫刺襄公也。無禮義。而求大功。不修德。而求諸侯。志大心勞。所以求者。非其道也。正義。求大功與求諸侯一也。若諸侯從之。則大功克立。所從言之異耳。求大功者。欲求爲霸主也。鄭以國語云。齊莊僖於是乎小伯。韋昭曰。小伯主諸侯盟會。襄卽莊孫僖子。以父祖已作盟會之長。可以爲霸業之基。又自以國大民衆。負恃强力。故欲求爲霸也。李黼平云。齊襄于桓十四年十二月卽位。十五年謀定許。十七年謀衞。十八年討鄭弑君。莊五年。納衞惠公。初若奮發有爲。可繼莊僖之業。然考當日會艾定許。止魯一國。盟黃謀衞。止魯紀二國。首止討鄭。傳止稱齊師。惟納惠公。有魯宋陳蔡四國。至莊八年。經書師次于郎。以俟陳人蔡人。杜注云。期共伐郕。陳蔡不至。故駐師于郎以待之。又書。師及齊師圍郕。郕降于齊。是齊亦共期陳蔡。而二國不至。至是冬。而無知禍作矣。經言。無思遠人。勞心忉忉。當爲圍郕之役而作序悉經意。故曰。志大心勞。所以求者。非其道也。箋與正義。俱未發明。特詳著之。以明序說之有據。衡案。大功謂勝敵斥境。與求諸侯自別。經田甫田。是求大功。思遠人。是求諸侯。故序分別言之。正義混而一之。非也。

無田甫田。維莠驕驕。 興也。甫大也。大田過度。而無人功。終不能獲。箋。興者。喻人君欲立功致治。必勤身修德。積小以成高大。 衡案。莠狗尾草也。其穗下垂類粱。所謂惡莠恐其亂苗。是也。凡古人單稱苗者。皆謂粱苗。

無思遠人。勞心忉忉。 忉忉。憂勞也。箋。言無德而求諸侯。徒勞其心忉忉耳。 衡按。十行本閩本監本毛本。無箋言二字。詳文意。言無以下非傳文也。今從足利古本小字本岳珂本。

無田甫田。維莠桀桀。 桀桀。猶驕驕也。

無思遠人。勞心怛怛。 怛怛。猶忉忉也。 釋文。怛旦末反。

婉兮孌兮。總角丱兮。未幾見兮。突而弁兮。 婉孌。少好貌。總角。聚兩髦也。丱。幼穉也。弁。冠也。箋。人君內善其身。外修其德。居無幾何。可以立功。猶是婉孌之童子。少自修飾。丱然而稺。見之無幾何。突爾加冠。爲成人也。釋文。方言云。凡卒相見。謂之突。吐訥反。正義。候人傳曰。婉少貌。孌好貌。此并訓之。故言少好貌。內則云。男女未冠笄者。總角衿纓。冠所以覆髮。未冠則總角。故知總角聚兩髦。言總聚其髦。以爲兩角也。突若弁兮。若猶爾也。故箋言。突爾加冠爲成人。猗嗟傾若。言若者。皆然爾之義。古人語之異耳。定本云。突而弁兮。不作若字。段玉裁云。丱者古文卵字。出說文。禮記內則以卵爲鯤字。此釋丱爲幼稺。其意同也。衡案。據正義。其本作突若弁兮。今本從定本也。箋疏中爾字。本皆作耳。今訂正。

盧令三章。章二句。

盧令。刺荒也。襄公好田獵畢弋。而不修民事。百姓苦之。故陳古以風焉。箋。畢噣也。弋繳射也。釋文。風福鳳反。噣直角反。正義。釋天云。噣謂之畢。孫炎曰。掩兔之畢。或謂之噣。因名星云。郭璞云。掩兔之畢。或呼爲噣。因星形以名之。月令注云。網小而柄長。謂之畢。然則此器形似畢星。孫謂以網名畢。郭謂以畢名網。郭說是也。

盧令令。其人美且仁。盧田犬。令令。纓環聲。言人君能有美德。盡其仁愛。百姓欣而奉之。愛而樂之。順時游田。與百姓共其樂。同其獲。故百姓聞而說之。其聲令令然。正義。戰國策云。韓國盧。天下之駿犬也。東郭逡。海內之狡兎。韓盧逐東郭逡。山三。越岡五。兎極於前。犬疲於後。俱爲田父之所獲。是盧爲田犬也。此言鈴鈴。下言環鋂。鈴鈴卽是環鋂聲之狀。環在犬之頷下。如人之冠纓然。故云纓環聲也。李黼平云。正義以令作鈴。說文。鈴。令丁也。雨部霝字云。霝餘聲也。鈴所以挺出萬物。作鈴自是正體。

盧重環。重環。子母環也。正義。子母環。謂大環貫一小環也。

其人美且鬈。鬈好貌。箋。鬈讀當爲攉。攉勇壯也。釋文。鬈音權。說文云。髮好貌。正義。箋以諸言且者。皆辭兼二事。若鬈是好貌。則與美是一也。且仁且偲。既美而復有仁才。則且鬈不得爲好貌。故易之。陳啓源云。疏申鄭意。謂好與美是一。故易之。不知美是美德。首章傳甚明。好指儀容。與美異義。何嘗一乎。此詩序云。陳古以風。故三章皆以美德爲主。而仁則又有其政也。鬈則又有其容也。偲則又有其才也。容貌與才技。雖非美仁之比。然詩人頌君。往往及之。終南之顏如渥丹。駟驖之舍拔則獲。皆是矣。段玉裁云。攉今本作權。誤。說文攉气勢。引國語有攉勇。今齊語子之鄉有拳勇。小雅。無拳無勇。皆作拳。五經文字攉字注云。從手作攉者。古拳握字。可知鄭箋從手非從木。與捲勇拳勇字同。今字書佚此字。而僅存於張參之書也。

盧重鋂。鋂一環貫二也。釋文。鋂音梅。正義。一環貫二。謂一大環貫二小環也。說文亦云。鋂環也。一環貫二。

其人美且偲。偲才也。箋。才多才也。陳啓源云。集傳訓偲爲多鬚。而引左傳于思爲證。杜注云。于思多鬢貌。釋文正義。載賈逵注云。白頭貌。

皆不言鬆也。且合于思二字爲義。非偏釋一思字也。又案說文。偲彊力也。引此詩。與毛傳稍異。而義亦通。段玉裁偲才也。謂爲才之假借。說文云。偲彊也。引此詩。蓋亦用毛義。

敝笱三章章四句

敝笱。刺文姜也。齊人惡魯桓公微弱。不能防閑文姜。使至淫亂爲二國患焉。正義。桓公見殺於齊。襄公惡名不滅。是爲二國患也。文姜既嫁於魯。齊人不當刺之。由其兄與妹淫。齊人惡君。而復惡文姜。亦所以刺君。故編之爲襄公詩也。

敝笱在梁。其魚魴鰥。興也。鰥大魚。箋。鰥魚子也。魴也。鰥也。魚之易制者。然而敝敗之笱。不能制。興者。喻魯桓微弱。不能防閑文姜。使終其初時之婉順。釋文。魴音房。鰥毛古頑反。鄭古魂反。正義。孔叢子云。衛人釣於河。得鰥魚。其大盈車。是鰥爲大魚也。陸璣疏云。魴今伊雒濟潁魴魚也。廣而薄。肥恬而少力。細鱗。魚之美者。陳啓源云。按本艸。鰥魚體似鯇。而腹平。頭似鯇。而口大。頰似鮎。而色黃。鱗似鱒。而稍細。大者三四十斤。又性果敢善吞啗。故又名鰄魚。又名昭魚。鰄者敢也。鮉者昭也。則定非敝笱所制矣。王引之云。孔叢子僞書。不足爲據。傳鰥大魚。當作魴鰥大魚。魴也鰥也。魚之形體差大者。故曰大魚。非必盈車之魚。而後謂之大也。下文其魚魴鱮。傳曰。魴鱮大魚。豳風九罭篇。九罭之魚鱒魴。傳曰。鱒魴大魚也。皆謂形體差大之魚。曷嘗有其大盈車者乎。鰥之形狀。傳注無明文。以聲近之字求之。蓋卽鯇也。爾雅鱧鯇。郭注曰。今鱓魚。似鱒而大。陳藏器本草拾遺曰。鯇魚似鯉。生江湖間。今楊州人謂之鱓子魚。聲如混。或如袞。鰥與鯇爲韻。當讀古魂反。鯇郭璞音古本反。二字聲相近。蓋鯇或作鰥。後人失其讀。因分以爲二耳。鯇爲魚名。故與魴鱮並列。若以爲鯤鮞之鯤。則鯤爲魚卵。尙未爲魚。不得云其魚魴鰥。且魚卵無入笱中之理。何因敝笱而詠之乎。鄭說失之。

齊子歸止。其從如雲。如雲。言盛也。箋。其從。姪娣之屬。言文姜初嫁于魯桓之時。其從者之心意如雲然。雲之行順風耳。後知魯桓微弱。文姜遂淫恣。從者亦隨之爲惡。陳啓源云。女子之歸有三。于歸也。歸寧也。大歸也。舍是無言歸者。文姜如齊。始於桓末年耳。時僖公已卒。不得言歸寧。又非見出。不得云大歸。則詩言齊子歸止。定指于歸無疑。然于歸時。文姜淫行未著也。末年如齊。桓卽斃於彭生之手。詩何得責其防閑而以爲刺哉。蓋嘗考之矣。魯桓弑君自立。惟恐諸侯見討。急結婚於齊。以固其位。故不由媒介。自會齊侯于嬴。以成婚。文姜亦僖公愛女。於其嫁也。親送於讙。則嫁時扈從之盛。與文姜之驕逸難制。可知。桓旣恃齊以自安。勢不得不畏。內養成驕婦之惡。已非一朝。特於晚年發之耳。然則笱之敝也。不敝於彭生乘公之日。而敝於子翬逆女之年矣。詩人探見禍本。故不於如齊刺之。而於歸魯刺。旨深哉。

敝笱在梁。其魚魴鱮。魴鱮。大魚。箋。鱮似魴而弱鱗。正義。陸璣疏云。鱮似魴。厚而頭大。魚之不美者。故里語曰。網魚得鱮。不如啗茹。其頭尤大而肥者。徐州人謂之鰱。或謂之鱅。幽州人謂之鴞鴟。或謂之胡鱅。齊子歸止。其從如雨。如雨。言多也。

敝笱在梁。其魚唯唯。唯唯。出入不制。箋。唯唯。行相隨順之貌。正義。韓詩作遺遺。言不能制也。段玉裁云。韓詩作遺遺。玉篇遺遺。魚行相隨。廣韻五旨。遺魚盛貌。齊子歸止。其從如水。水喻衆也。箋。水之性可停可行。亦言姪娣之善惡在文姜也。

載驅四章。章四句。

載驅。齊人刺襄公也。無禮義。故盛其車服。疾驅於通道大都。與文姜淫。播其惡於萬民焉。箋。故猶端也。正義。國人刺君。乃是常事。諸序未舉國之名。言其民刺君。此獨云齊人刺襄公者。以文姜魯之夫人。襄公往入魯境。以其齊魯交錯。須言齊以辨嫌。諸言故者。多是因上文以生下事。此故乃與上爲句。非生下之辭。是以箋特釋之。無禮義故猶言無禮義。端謂頭緒也。論語叩其兩端。謂動發本末兩頭也。曾釗云。按戰國策。敢端其願。注。端猶專也。鄭以端訓故。蓋讀若刑。故無小之故。說文故使爲之也。此序云。故盛其車服。猶言故使爲盛其車服矣。孔云與上爲句。失之。衡案。故故意爲之也。端緒也。萠也。意緒所萠與故意爲之同。故云故猶端也。又端首也。首先也。意所先必專之。故國策注云。端猶專也。取義各別。曾以故字下屬爲句。是也。其訓專。仍失之。

載驅薄薄。簟茀朱鞹。 薄薄。疾驅聲也。簟方文席也。車之蔽曰茀。諸侯之路車。有朱革之質而羽飾。箋。此車襄公乃乘焉而來。與文姜會。

正義。簟字從竹。用竹爲席。其文必方。故云方文席也。車之蔽曰茀。謂車之後戶也。釋器云。輿革前謂之鞎。後謂之茀。李巡曰。輿革前。謂輿前以革爲車飾曰鞎。茀車後戶名也。郭璞曰。鞎以韋靶車軾也。茀以韋靶後戶也。春官巾車。掌王后之車輅。有重翟厭翟。碩人說衛侯夫人云。翟茀以朝。是婦人之車。有翟羽飾矣。經傳不言諸侯路車有翟飾者。今傳言羽飾。必當有所按據。不知出何書也。衡案。序言故盛其車服則巾車所掌五輅之外。當時別有盛飾之車。楚王園服秦復陶翠被。鄭子臧冠聚鷸冠。皆非禮制所有。而公然服之。無所疑沮。蓋春秋之時。禮制崩壞。爭爲侈靡。而羽飾其所好尚。服既有之。車亦當然。毛氏之說。傳自孔門。其所言即當時所見。不當以禮經無文而疑之。箋以羽飾嫌於文姜所乘。仍申傳曰。此車襄公乃乘焉而來。則亦以傳羽飾爲是也。傳席也。本多作蓆。鄭風緇衣傳。蓆大也。此非其義。今從小字本。岳本。疏鞎。

諸本作艱。浦鏜云。當作報。今訂正。魯道有蕩。齊子發夕。發夕。自夕發至旦。箋。襄公既無禮義。乃疾驅其乘車。以入魯境。魯之道路平易。文姜發夕。由之往會焉。曾無慚恥之色。釋文。韓詩云。發旦也。竟音境。本亦作境。正義。此言發夕。謂夕時發行。故爲發夕至旦。小宛云。明發不寐。謂比至明之開發。未嘗寢寐。故爲發夕至明。所以立文不同。知入魯境者。以下言汶水湯湯。則魯在汶側。齊在魯北。水北曰陽。僖元年左傳稱公賜季友文陽之田。當齊襄公之時。汶水之北。尚是魯地。故知襄公乘車入魯境也。李黼平云。傳中自夕發發字。未嘗訓爲行。經無旦字。傳蓋以旦訓發。言自夕之開發至旦。故曰發夕。發夕卽旦夕也。箋申傳。亦以發爲旦。故云。發夕由之往會。若以發爲行。不得云行夕由之往會也。下箋云。豈弟猶言發夕。鄭以豈弟爲闓明。故云猶發夕。知鄭亦以發爲旦矣。韓詩云。發旦也。說文鼜云。禮昏鼓三通爲大鼓。夜半三通爲戒晨。旦明三通爲發明。易林云。襄送季女。至于蕩道。齊子旦夕。留連久處。皆以發爲旦。與毛傳合。衡案。發開也。明也。發夕者。明夜也。猶言使夜明。謂待天明。言文姜聞齊侯來。急於往會。終夜不寐。待天色開明。以往也。故傳云。發夕自夕發至旦。既以旦解發。又加自字至字。以說文姜不寐以待旦之狀。可謂簡而盡矣。四驪濟濟。垂轡濔濔。四驪。言物色盛也。濟濟。美貌。垂轡。轡之垂者。濔濔。衆也。箋。此又刺襄乘是四驪而來。徒爲淫亂之行。釋文。驪力馳反。濟子禮反。注同。爾本亦作濔。同。乃禮反。徒一本作從。兩通。行下孟反。段玉裁云。說文爾字本義如此。魯道有蕩。齊子豈弟。言文姜於是樂易然。箋。此豈弟猶言發夕也。豈讀當爲闓。弟古文尙書。以弟爲圛。圛明也。李黼平云。或謂。淫奔之人。何有豈弟。是不然。何彼襛矣云。曷不肅雝。王姬之車。婦德以肅雝爲貴。樂易乃肅雝之反。非美詞也。衡案。君子無所怨尤。故其心樂易。小人得所欲。亦能暫樂易。文姜得與襄公會。故其心和樂而平易。傳云樂易然。深見其自得之狀也。發夕。而豈弟。而翱翔。而遊敖。於詞亦有次第。箋云猶發夕。文義反淺。汶水湯湯。行人彭彭。湯湯。大貌。彭彭。多貌。箋。汶水之上。蓋有都焉。襄公與文姜時所會。魯道有蕩。齊子翱翔。翱翔。猶彷徉也。汶水滔滔。行人儦儦。滔滔。流貌。儦儦。衆貌。魯道有蕩。齊子遊敖。

猗嗟三章。章六句。

猗嗟。刺魯莊公也。齊人傷魯莊公有威儀技藝。然而不能以禮防閑其母。失子之道。人以爲齊侯之子焉。惠周惕云。猗嗟之詠魯莊也。先辨其長短。次審其眉目。終得其趨蹌步武。彎弓執矢之狀。非親見而環觀之。不能詳悉如是。是爲魯莊適齊時作可知也。按莊九年。公及齊大夫盟于蔇。是時桓公尙未立也。十三年春。與齊侯會于北杏。冬。又會于柯。十五年。又會于鄄。皆未至齊也。二十一年。夫人姜氏薨。二十二年。始如齊納幣。二十三年。如齊觀社。莊公如齊。惟此以意求之。當在納幣之年。蓋文姜薨之明年也。公以嘉禮往齊。國人聚觀。固其恒情。而又親見文姜昔年淫亂。疑其類于襄公。于是注目諦觀。知其非是。而始恍然曰。展我甥兮。則人言籍籍從此衰也。其詩之有關于魯莊者大矣。衡案。詩人陳古以刺今。則有之。未有擧既往之過以追刺之者也。序言不能以禮防閑其母。則此詩之作。必在文姜與齊侯頻會之時。案春秋莊二年。冬。十二月。夫人姜氏會齊侯于禚。四年二月。夫人姜氏享齊侯于祝丘。冬。公及齊人狩于禚。五年。夏。夫人姜氏如齊師。七年春。夫人姜氏會齊侯于防。詩三章。皆陳莊公善射。蓋齊人與莊公狩于禚。親見其儀容與善射。而惜其不能以禮防閑其母。故作此詩。以諷之也。莊公以桓六年生。至四年狩于禚。爲十七歲。二章曰。儀既成兮。三章曰。猗嗟孌兮。此皆稱讚少君之言。又此詩狩于禚年所作之一證也。至二十二年。如齊納幣。莊公年已三十五。恐不可以儀既成兮稱之。惠說非。

猗嗟昌兮。頎而長兮。猗嗟。歎辭。昌盛也。頎長貌。箋。昌佼好貌。正義猗是心內不平。嗟是口之暗咀。皆傷歎之聲。故爲歎辭。若猗然也。此言頎若長兮。史記孔子世家。稱孔子說文王之狀云。黯然而黑。頎然而長。是頎爲長貌也。今定本云。頎而長兮。而與若義並通也。阮元云。正義暗咀。當作暗啞。形近之吪。衡案。暗啞怒聲。此非其義。咀含味也。含味不言。義與暗近。嗟是痛傷不言。唯有歎聲。故云是口之暗咀。咀字不誤。

抑若揚兮。抑美色。揚廣揚。正義。揚是顙之別名。抑爲揚之貌。故知抑爲美色。顙貴闊。故言揚廣揚。王引之云。抑與懿古字通。楚語。作懿以儆。韋注。懿。詩大雅抑之篇也。懿讀之曰抑。爾雅。懿美也。故傳以抑爲美色。重言之。則抑抑。大雅假樂篇。威儀抑抑。傳曰。抑抑。美也。

美目揚兮。好目揚眉。正義。傳解揚爲眉。蓋以眉毛揚起。名眉爲揚。

巧趨蹌兮。射則臧兮。蹌巧趨貌。箋。臧善也。正義。曲禮云。士蹌蹌。今與趨連文。故知巧趨貌。曲禮注又云。行而張足曰趨。趨今之捷步。則趨疾行也。禮有徐趨疾趨。爲之有巧有拙。故美其巧趨蹌兮。

猗嗟名兮。美目清兮。目上爲名。目下爲清。正義。釋訓云。猗嗟名兮。目上爲名。孫炎云。目上平博。郭璞曰。眉眼之間。陳啓源云。案名亦作顯。玉篇云。顯莫丁切。眉目間也。詩猗嗟顯兮。然則今詩名字。乃是顯字之通用。與名字本訓不相涉矣。段玉裁云。按薛綜西京賦注。眳眉睫之間。是名可从目作眳也。

儀既成兮。終日射侯。不出正兮。展我甥兮。二尺曰正。外孫曰甥。箋。成猶備也。正所以射於侯中者。天子五正。諸侯三正。大夫二正。士一正。外皆居侯中參分之一焉。展誠也。姊妹之子曰甥。容貌技藝如此。誠我齊之甥。言誠者。拒時人言齊侯之子。

正義。正者侯中所射之處。經傳雖多言正鵠。其正之廣狹則無文。鄭於周禮考之以爲大射則張皮侯而設鵠。賓射則張布侯而畫正。正大如鵠。三分侯廣而正居一焉。侯身一丈八尺者。正方六尺。侯身一丈四尺者。正方四尺六寸大半寸。侯身一丈者。正方三尺三寸少半寸。正以綵畫爲之。其外之廣雖則不同。其內皆方二尺。毛於正鵠之事。惟此言二尺曰正耳。既無明說。可以同之鄭焉。鄭言正之內方二尺者。亦更無明文。蓋應顧此傳耳。夏官射人以射法治射儀。王以六耦射三侯。樂以騶虞九節。五正。諸侯以四耦射二侯。樂以貍首七節。三正。孤卿大夫以三耦射一侯。樂以采蘋五節。二正。士以三耦射豻侯。樂以采蘩五節。二正。是天子以下所射之正數也。彼文大夫士同射二正。今定本云。大夫二正。士一正。誤耳。注云。畫五正之侯者。中朱。次白。次蒼。次黃。玄居外。三正者損玄黃。二正者去白蒼而畫以朱綠。其外之廣皆居侯中三分之一。射法三而止。而云終日射侯者。美其久射而常中。非禮射終一日也。傳云。外孫曰甥者。王肅云。據外祖以言也。謂不指襄公之身。總據齊國爲言。段玉裁云。此謂父之外孫爲吾甥也。王肅說是也。以上見下。則云外孫曰甥。以下見上。則云姊妹之夫爲甥。謂子之姊妹之夫爲吾甥也。云姑之子爲甥。謂子之姑之子爲吾甥也。舅之子爲甥。妻之昆弟爲甥。皆如此解。鄭箋姊妹之子爲甥。語不見爾雅。卽與毛傳無二義也。衡案。展我甥兮。齊人誇張之詞。美中含刺。言容貌儀藝如此。誠我甥也。而不能防閑其母何也。鄭云。拒時人言齊侯之子者，蓋據序言之。然序所云齊人以為齊侯之子者，舉時人調戲之言。以傷莊公不能防閑其母耳。不然。文姜以桓三年歸魯。六年生莊公。其間未嘗如齊。人豈有實以爲齊侯之子者哉。二尺曰正。鄭注周禮亦同。是漢時所存古籍必有其文矣。孔云。鄭注周禮蓋應顧此傳。不知鄭注三禮未見毛詩。安得據毛說以注周禮哉。據正義。士一正。乃定本也。孔本作二正。射人注云。其外之廣皆居侯中三分之一。外謂正之外畫。若是一正。不得言外。蓋定本欲分士與大夫之等級。故改士二正爲一正耳。然士三耦五節。與大夫同。則侯亦不妨與大夫同二正。今據正義訂正。

猗嗟孌兮。 孌壯好貌。

清揚婉兮。 婉好眉目也。陳啓源云。猗嗟詩言揚者三。首章抑若揚兮。此一揚。顙之別名也。毛訓廣揚。猶易云廣顙爾。抑若者。美之之詞也。毛云。抑美色是也。首章美目揚兮。言目揚俱美。毛云。好目揚眉。著揚之爲眉也。末章清揚婉兮。清指目。揚指眉。毛云。婉好眉目。總上清揚言也。此二揚皆眉也。案鄘風疏云。目爲清。眉爲揚。因謂目之上下皆曰清。眉之上下皆曰揚。此詩三揚。一爲顙。二爲眉。顙卽眉上。故得揚稱。三揚實一義矣。

舞則選兮。射則貫兮。 選齊。貫中也。箋。選者謂于倫等最上。貫習也。正義。選之爲齊。其訓未聞。當謂其善舞齊於樂節也。王引之云。史記平準書曰。吏道益雜不選。謂雜出不齊也。仲尼弟子列傳。任不齊字選。是選與齊同義。字亦作撰。賈子等齊篇曰。撰然齊等。是也。樂記曰。行其綴兆。要其節奏。行列得正焉。進退得齊焉。謂舞者之齊於樂節衡案。凡物撰則齊矣。故選得引伸爲齊與。

四矢反兮。以

禦亂兮。四矢。乘矢。箋。反復也。禮射三而止。每射四矢。皆得其故處。此之謂復。射必四矢者。象其能御四方之亂也。正義。大射皆三番射訖。止不復射。是禮射三而止也。

魏葛屨詁訓傳第九　國風

魏國七篇。十八章。百二十八句。

葛屨二章。一章六句。一章五句。

葛屨。刺褊也。魏地陿隘。其民機巧趨利。其君儉嗇褊急。而無德以將之。箋。儉嗇而無德。是其所以見侵削。惠周惕云。儉非惡德。而魏以之亡國何哉。蓋儉之極者必貪。伐檀碩鼠所作也。國小民貧。掊克不已。安得不亡。李黼平云。正義。謂舉民俗君情刺之。非也。序意專爲君言。民俗巧利。非甚弊俗。故襄二十九年。季札聞歌魏風曰。大而婉。儉而易行。以德輔此。則明主也。亦謂其君無德以輔之。序言無德以將。與季札之言合。蓋國奢則示之以儉。國儉則示之以禮。轉移之權。操乎君上。故序專云刺褊也。卒章箋云。魏俗所以然。是君心褊急無德教使之耳。深得序意。

糾糾葛屨。可以履霜。糾糾。猶繚繚也。夏葛屨。冬皮屨。葛屨非所以履霜。箋。葛屨賤。皮屨貴。魏俗至冬。猶謂葛屨可以履霜。利其賤也。正義。糾糾爲葛屨之貌。故云猶繚繚也。當爲稀疏之貌。故云猶繚繚也。

摻摻女手。可以縫裳。摻摻。猶纖纖也。婦人三月廟見。然後執婦功。箋。言女手者。未三月。未成爲婦。裳男子之下服賤。又未可使縫。魏俗使未三月婦縫裳者。利其事也。正義。曾子問云。三月而廟見。稱來婦。又云。女未廟見而死。歸葬於女氏之黨。示未成婦也。三月廟見。謂無舅姑者。婦入三月。乃見於舅姑之廟。若有舅姑。則士昏禮所云。質明贊見婦於舅姑。不待三月也。雖於昏之明旦。即見姑舅也。亦三月乃助祭行。故易歸妹注。及鄭箴膏肓皆引士昏禮云。婦入三月。而祭行。然則雖見舅姑。猶未祭行。亦未成婦也。成婦雖待三月。其昏則當夕成矣。士昏禮云。其夕衽席於奧。良席在東。皆有枕。北趾。主人入。親脫婦纓。燭出。衡案。雖有舅姑。三月必見祖廟。故曾子問及此傳。皆言三月廟見。或疑士一廟。無祖廟。不知婦之祖廟。即舅姑之禰廟。不始妨三月廟見也。

要之襋之。好人服之。要。褄也。襋。領也。好人。好女手之人。箋。服。整也。褄也。領也。在上。好人尚可使整治之。謂屬著之。正義。此要謂裳要。字宜從衣。故云要褸也。要是裳要。則襋爲衣領。說文亦云。襋衣領也。二者於衣於裳。各在其上。且又功少。故好人可使整治屬著之。上云女手。此云好人。故云好人女手之人。今定本云好人好女手之人者。義亦通。焦循云。要爲身中之名。加衣作褸。則爲裳要。褸可省爲要。以褸訓要。明其非要約之要。爲裳要之褸也。說文無褸字。學者謂宜作要要也。失之。衡案。禮喪服注曰。衣帶下者要也。上箋云。裳男子之下服賤。此箋云。褸也領也。則鄭以要爲衣帶下之名。孔云。裳要。非鄭意也。箋云。褸也領也在上。好人尚可使整治之。此自鄭所見。如毛意則蓋不然。上傳云。婦人三月廟見。然後執婦功。則未三月之婦。不當執婦巧。經言裳者。特以諧韻。不始分衣裳爲貴賤也。鄭易之者。此好人即上女手。上云可以縫裳。此云要之襋之。謂詞意相複。故云衣可縫。裳不可縫耳。今推毛意。上四句是虛序。以述魏俗。言魏俗謂糾糾葛屨。亦可以履霜。摻摻女手。亦可以縫裳。其俗如是。故要之襋之。便未廟見之好人服治之。此則實序也。上虛序。故云可以。此實序。故云要之襋之。毛意恐當如此。

好人提提。宛然左辟。佩其象揥。提提。安諦也。宛辟貌。婦至門。夫揖而入。不敢當尊。宛然而左辟。象揥所以爲飾。箋。新婦至。愼於威儀如是。使之非禮。釋文。辟音避。正義。釋訓云。提提安也。孫炎曰。行步之安也。士昏禮云。婦至。主人揖婦以入。及寢門。揖入。是婦至門夫揖而入也。陳啓源云。好人傳云。好女手之人。故服之。是女手整治之也。左辟。女至門之儀也。象揥亦女飾也。集傳以好人爲大人。因謂象揥是貴者之飾。恐未必有據。象揥兩見詩。一爲宣姜之飾。一爲縫裳女之佩。皆指婦人耳。鄘風傳云。揥所以摘髮。疏申之云。以象骨搔首。因以爲飾。嚴緝以爲若今篦。未知然否。案西京雜記言。武帝宮人搔頭皆用玉。後世詩詞。亦有玉搔頭之語。搔頭正揥髮之義。豈揥之遺制與。揥字亦作桸。廣韻云。桸枝整髮釵也。集傳謂大人佩揥。是丈夫而釵矣。**維是褊心。是以爲刺。**箋。魏俗所以然者。是君心褊急無德教。使之耳。我是以刺之。

汾沮洳三章。章六句。

汾沮洳。刺儉也。其君儉以能勤。刺不得禮也。釋文。其君子。一本無子字。

李黼平云。據釋文。其本序作其君子也。首章箋云。是子之德。美信無度矣。雖然。其采莫之事。則非公路之禮也。箋亦似指大夫。正義曰。王肅孫毓皆以爲大夫采莫。其集注序云。君子儉以能勤。案今定本及諸本序。直云其君。義亦得通。孔言義亦得通耳。其所從本。與王肅孫毓集注序同也。其述經云。其采莫之事。殊異乎公路。賤官尙不爲之。君何故親采莫乎。又以爲采莫是君。此述經之疏。恐屬後人添改。衡案。經明言殊異乎公路。公行公族。是乃刺大夫。非刺其君。陸本及王本孫本崔集注本作其君子。是也。世儉示之以禮。伐冰之家。不畜牛羊。公儀子自拔其園葵。皆不欲與細民爭利也。今此君子。采莫自給。不能循禮以將下。雖儉以能勞。實細民之事。所以見刺也。

餘互詳于經下。

彼汾沮洳。言采其莫。 汾水也。沮洳。其漸洳者。莫菜也。箋。言我也。於彼汾水漸洳之中。我采其莫以爲菜。是儉以能勤。 釋文。莫音暮。正義。莫菜者。陸璣疏云。莫莖大如箸。赤節。節一葉。似柳葉。厚而長。有毛刺。今人繅以取繭緒。其味酢而滑。始生可以爲羹。又可生食。五方通謂之酸迷。冀州人謂之乾絳。河汾之間謂之莫。案王肅孫毓皆以爲大夫采莫。其集注序云。君子儉以能勤。案今定本及諸本序。直云其君。義亦得通。錢大昕云。或問爾雅無艸何也。曰予友孫淵如捝本艸據陶隱居說羊蹄有一種。極相似而味酸。呼爲酸莫。酸莫即爾雅之蘈蕪。亦即詩之莫。陸璣所云酸迷也。古人訓莫爲無。規摸字亦作撫。孫說得衡。案。正義釋經曰。由魏君儉以能勤。於彼汾水漸洳之中。我魏君親往。采其莫以爲菜。是儉而能勤也。彼其采莫之子。能勤儉如是云云。是正義以箋述經。然箋則未嘗言魏君。今詳考文義。上魏君原蓋作魏俗。下魏君作君子。故下承之云。彼其采莫之子。如今本。上二句以爲魏君親采莫。次二句爲大夫親采。文義不相承。決非正義原文也。蓋因今本序脫子字。後人不復深考。謂正義不宜不言君。遂以意改之耳。

彼其之子。美無度。 箋。之子。是子也。是子之德。美無有度。言不可以尺寸。

美無度。殊異乎公路。 路車也。箋。是子之德。美信無度矣。雖然。其采莫之事。則非公路之禮也。公路掌君之軞車。庶子爲之。晉趙盾爲軞車之族。是也。

釋文。軞本作旄。音毛。正義。公路與公行一也。以其主君路車。謂之公路。主兵車之行列者。則謂之公行。正是一官也。宣二年左傳云。晉成公立。乃宦卿之適以爲公族。又宦其餘子。亦爲餘子。其庶子爲公行。趙盾請以括爲公族。公許之。冬。趙盾爲軞車之族。是其事也。趙盾自以庶子。讓公族而爲公行。言爲軞車之族。明公行掌軞車。服虔云。軞車戎車之倅。杜預云。公行之官。是也。其公族則適子爲之。掌君宗族。成十八年左傳曰。晉荀會。欒黶。韓無忌爲公族大夫。使訓卿之子弟。恭儉孝悌。是公族主君之同姓。故下箋云。公族主君同姓昭穆。是也。傳有公族。餘子。公行。此有公路。公行。公族。知公路非餘子者。餘子自掌餘子之政。不掌公車。不得謂之公路。明公路即公行。變文以韻句耳。李黼平云。正義據杜注。遂以彼公族。即此詩公族。彼公行。即此詩公行。彼無公路。而公行主軞車。因以公路公行爲一官。不思左氏果以趙盾爲公行。何以不直曰公行。而曰爲軞車之族。杜預之言。未可據也。鄭以魏晉之制不必盡同。而左傳又未有趙盾爲公行之說。故此箋云。公路掌君之軞車。庶子爲之。即引晉趙盾爲證。已顯與杜異。服虔云。旄車。戎車之倅。倅者副車。是軞車與戎車有別。下箋云從公之行者。主君兵車之行列。兵車即戎車也。是鄭以公路爲主戎車之倅。公行爲主兵車之行列者。各有其官。不得爲一也。衡案。鄭以行路爲主軞車之官。蓋亦無他證。毛云。路。車也。而左傳有爲軞車之族之文。魏晉之因國。官制當有仍其舊者。因以公路。爲主君之軞車。而引趙盾之事以實之。其說應不謬矣。要之。公路與公行。必當有別。

李黼平辨之是也。彼汾一方。言采其桑。箋。采桑。親蠶事也。彼其之子。美如英。萬人爲英。美如英。殊異乎公行。公行。從公之行也。箋。從公之行者。主君兵車之行列。彼汾一曲。言采其藚。藚水舄也。正義。釋草云。藚牛脣。李巡曰。別二名。郭璞引毛詩傳曰。水蕮也。如續斷。寸寸有節。拔之可復。陸璣疏云。今澤蕮也。其葉如車前草。大。其味亦相似。徐州廣陵人食之。陳啓源云。孔疏引郭璞爾雅注。又引陸璣艸木疏。不爲置辨。亦疏忽矣。爾雅別有蕍蕮。郭注云。今澤蕮。蓋明以陸疏爲非也。孔疏兼存郭陸之言。呂記朱傳亦依之。惟嚴緝引曹氏語。辨之甚悉。以爲藚非澤蕮。其說當矣。藚彼其之子。美如玉。美如玉。殊異乎公族。公族。公屬。箋。公族。主君同姓昭穆也。李黼平云。傳訓公族爲公屬。謂與公有廟屬之親者。卽禮大傳所謂同姓从宗合族屬。傳以屬訓族。箋因以同姓申傳耳。鄭果以此詩公族。同左傳公族。上章公路。已引趙盾以證。而此章何以不引屛季爲證也。且左傳公族大夫。有訓卿子弟之事。此箋惟云主同姓昭穆。所職亦殊。未可牽合爲一。衡案。上疏所述。固非鄭意。傳云。公族公屬。則以公族爲與公有族屬者。蓋謂貴介公子。而親采藚以爲菜。刺其儉不知禮。鄭以上公路。公行有職掌。爲此公族亦有所掌。亦非毛意也。

園有桃二章。章十二句。

園有桃。刺時也。大夫憂其君國小而迫。而儉以嗇。不能用其民。而無德教。日以侵削。故作是詩也。

園有桃。其實之殽。興也。園有桃。其實之食。國有民。得其力。箋。魏君薄公稅。省國用。不取於民。食園桃而已。不施德教。民無以戰。其侵削之由。由是也。阮元云。小字本相臺本。傳之殽作之食。是也。此傳以食解殽。非復舉經文。衡案。國有民。得其力。人君所務。而魏君儉嗇不施恩。不能用其民。猶園有桃。不能食其實。乃後世所謂反興也。傳意與序合。箋云。薄公稅。省國用。是乃明君之事。詩人何以刺之。至不取於民。食園桃而已。天下古今。寧有此事乎。蓋儉嗇者。規模狹小。不能施恩澤於民。而又無德教以將之。此所以不能用其民也。序傳之言。深得經意。

心之憂矣。我歌且謠。曲合樂曰歌。徒歌曰謠。箋。我心憂君之行如此。故歌謠以寫我憂矣。

不我知者。謂我士也驕。箋。士事也。不知我所爲歌謠之意者。反謂我於君事驕逸故。釋文。爲于僞反。下所爲同。阮元云。唐石經。小字本。十行本。作不我知者。相臺本。閩本。明監本。毛本。作不知我者。非也。下章同。衡案。鄭風褰裳。豈無他士。傳云士事也。此不訓士字。則亦以爲事矣。但鄭云於我君事驕逸。則恐未是。蓋傳意指上歌謠爲我事也。言不知我者。謂我驕於世。故唯事歌謠也。

彼人是哉。子曰何其。夫人謂我欲何爲乎。箋。彼人謂君也。曰於也。不知我所爲憂者。既非責我。又曰。君儉而嗇。所行是其道哉。子於是憂之。何乎。正義。夫人卽經之彼人也。今定本云彼人。不云夫人。義亦通也。何爲。卽經之何其也。彼人謂我何爲者。言彼不知我者之人。謂我歌謠無所爲也。曰。其。並爲辭。箋以上已云不知我者。此無爲更斥彼人。故以爲彼人斥君也。曰於。釋詁文。衡案。傳合釋四句。夫人在謂字上。則指不知我者爲夫人。非釋經彼人也。夫人謂我欲何爲乎。則以彼人所爲爲是。是彼人指君與用事者甚明。故傳不復釋焉。鄭恐後人以傳夫人爲釋經彼人。故云。彼人謂君也。乃申毛義。非易傳也。

心之憂矣。其誰知之。箋。如是則衆臣無知我憂所爲也。衡案。如是本多作知是。今從足利古本。小字本。岳本。

其誰知之。蓋亦勿思。箋。無知我憂所爲者。則宜無復思念之。以自止也。衆不信我。或時謂我謗君。使我得罪也。衡案。忠臣憂國。而世無知己者。其憂惘無聊。實有難爲心者焉。蓋亦勿思。歎其不可如何之辭。非恐得罪而自止也。鄭云。或時謂我謗君。使我得罪。非詩人忠厚之意也。或謂衆人不知我憂者。蓋亦以弗思之耳。苟能思之。人皆知我所憂矣。義雖可通。頗傷於輕脫。亦非。自止。本多作自正。今從古本岳本。小字本。

園有棘。其實之食。棘棗也。釋文。棘紀力反。從兩束。俗作棘。同。段玉裁云。對文則棘爲小棗叢生者。散文則二字一也。心之憂矣。聊以行國。箋。聊。且略之辭也。聊出行於國中。觀民事。以寫憂。衡案。憂悶無聊之時。散步自寬。人之常情也。鄭以爲觀民事。拘矣。不我知者。謂我士也罔極。極中也。箋。見我聊出行於國中。謂我於君事無中正。衡案。中猶禮也。彼人是哉。子曰何其。心之憂矣。其誰知之。其誰知之。蓋亦勿思。

陟岵三章。章六句。

陟岵。孝子行役。思念父母也。國迫而數侵削。役乎大國。父母兄弟離散。而作是詩也。箋。役乎大國者。爲大國所徵發。

釋文。侵削本或作國小而迫。數見侵削者。正義。定本云。國迫而數侵削。義亦通也。李黼平云。正義述箋云。箋以文承數見侵削。嫌爲從役以拒大國。故辨之云。爲大國所徵發也。如正義。則孔所據序。正是國小而迫。數見侵削。今本。挍書者依釋文之說易之。當仍从原本。

陟彼岵兮。瞻望父兮。山無草木曰岵。箋。孝子行役。思其父之戒。乃登彼岵山。以遙瞻望其父所在之處。正義。釋山云。多草木岵。無草木峐。傳言無草木曰岵。下云有草木曰屺。與爾雅正相反。正是傳寫誤也。定本亦然。段玉裁云。爾雅說文皆誤。與毛傳相反。岵之言瓠落也。屺之言荄滋也。岵有陽道。故以言父。無父何怙也。屺有陰道。故以言母。無母何恃也。衡案。凡字義多從偏旁。故以古爲聲者。多有竭盡之義。從木爲枯。從水爲沽。從女爲姑。則從山之岵。訓無草木。似是屺。爾雅作峐。漢書律曆志曰。該閡於亥。故以亥爲聲者。多有蓄藏之義。從艸爲荄。從木爲核。從言爲該。則從山之峐。訓有草木。似是段說可從。父曰嗟予子。段玉裁云。句。行役夙夜無已。箋。予我。夙早。夜莫也。無已。無解倦。釋文。莫音莫。解音介。上愼旃哉。猶來無止。旃之。猶可也。父尚義。箋。止者。謂在軍事作部列時。正義。猶可。釋言文。上言行役。是在道之辭也。此變言上。又云可來乃來。明在軍。上爲部分行列時也。李黼平云。說文讀云。中止也。从言貴聲。引司馬法曰。師多則讀。讀。止也。然則父戒己無輕于退，是爲父尚義也。次章母戒己無棄身，是母尚恩。卒章兄戒己無死敵，是兄尚親。故皆于章末言之也。衡案：隸釋石經魯詩殘碑，上作尚。毛傳父尚義。讀上爲尚。言尚而慎之哉。可來乃來，但無止軍事而却退，不止軍事而却退義也。戒使尚義而慎之。故云父尚義也。箋以上爲在軍事，爲部列時，迂矣。

陟彼屺兮，瞻望母兮。山有草木曰屺。箋：此又思母之戒，而登屺山而望之也。母曰嗟予季，段玉裁云句。行役夙夜無寐。季少子也。無寐，無耆寐也。釋文：少，詩照反。耆，常志反。衡案：夙夜無寐，即早起晏寢也。故傳云：無耆寐也。上慎旃哉，猶來無棄。母尚恩也。段玉裁云：季寐棄韻。衡案：無棄，勿死而棄己也。

陟彼岡兮，瞻望兄兮。兄曰嗟予弟，段玉裁云句。行役夙夜必偕。偕，俱也。衡案：言必與衆俱，慎不可離部伍。上慎旃哉，猶來無死。兄尚親也。段玉裁云：弟偕死韻。

十畝之閒二章，章三句。

十畝之閒，刺時也。言其國削小，民無所居焉。正義：經二章，皆言十畝。一夫之分。不能百畝。是削小爲無所居。謂土田陿隘。不足耕墾以居生。非謂無居宅也。陳啓源云。小序云。其國削小。民無所居。辯說譏其無理。以爲國削。則其民隨之。序文無理。然孔疏已有說矣。古者侵其地。則虜其民。此得地陿民稠者。以民有畏寇而內入故也。此言良是。晉取陽樊。而出其民。狄滅衞。而男女渡河者七百人。民皆不隨乎地。非獨魏然矣。李黼平云。春秋文十三年。魏亡久矣。畢萬有魏。傳且三世矣。然魏壽餘謀歸士會。傳言秦伯師于河西。魏人在東。士會既濟。傳言魏人譟而還。地雖入晉。而人猶稱魏人。是魏民不遷于晉之驗。此詩國削民存。至無居止。序說不誣。泄泄傳云。多人之貌。顧序無所居爲說也。衡案。古者諸侯各家其國。子其民。恩情結於下者數百年。自非暴虐殘酷之君。民亦親之如父母。非後世守令朝來暮去者之比。此封建之所以勝郡縣也。朱熹習見郡縣之俗。以國削民稠爲無理。何其不通情理之甚也。晉雖取魏。而地名仍舊。不妨稱居其地者爲魏人。共滕二國。衞所亡。爲衞邑已久。而其渡河東徙。傳云。益之以共滕之民。春秋之時。此例極多。而李以文十三年傳稱魏人。爲魏民不遷于晉之證。疎矣。

十畝之間兮。桑者閑閑兮。閑閑然。男女無別往來之貌。箋。古者一夫百畝。今十畝之間。往來者閑閑然。削小之甚。正義。孟子曰。五畝之宅。樹之以桑。則野田不樹桑。漢書食貨志云。田中不得有樹。用妨五穀。此十畝之中。言有桑者。孟子。食貨志。言其大法耳。民之所便。雖田亦樹桑。故上云。彼汾之一方。言采其桑。衡案。民既無所居業。雖十畝之間，亦不得不樹桑。經序相照，意益躍然。

行與子還兮。

或行來者，或來還者。正義云：還兮，相呼而共歸。下云：逝兮，相呼而共往。傳探下章之意，故云或行來者，或來還者。見往來相須，故總解之。

十畝之外兮，桑者泄泄兮。

泄泄，多人之貌。焦循云：閑閑當以皇矣閑閑，參之。泄泄當以板篇泄泄，參之。臨衝閑閑，傳訓動搖。此言往來之貌，亦動搖意也。泄泄猶沓沓也。噂沓背憎，傳云：噂猶噂噂，沓猶沓沓。釋文：噂，說文作𠴨，聚也。沓，說文云：語多沓沓也。語多人多，正相近。邶風泄泄其羽，傳云：雄雉見雌雉，飛而鼓其翼，泄泄然。此泄泄，海賦作洩洩，爲飛翔之貌。左傳：其樂也洩洩，和樂亦合義。則雉飛之泄泄，正取於沓沓。沓者合也。廣雅作⿰犭世⿰犭世。衡案：雄雉之飛，鼓翼頻促，多人往來，見者亦以爲頻促。故傳云：多人之貌。其義正同。沓重也。語多者必重複。故說文云：語多。亦是頻促之義。孟子以沓沓釋泄泄，蓋亦以此耳。

行與子逝兮。

箋：逝，逮也。衡案：上傳云：或行來者，或來還者。是傳解逝爲往。鄭說未是。

伐檀三章，章九句。

伐檀，刺貪也。在位貪鄙，無功而受祿，君子不得進仕爾。

正義：此言在位，則刺臣。明是君貪，而臣效之。雖責臣，亦所以刺君也。

坎坎伐檀兮。寘之河之干兮。河水清且漣猗。坎坎。伐檀聲。寘置也。干厓也。風行水成文曰漣。伐檀以俟世用。若俟河水清且漣。箋。是謂君子之人。不得進仕也。釋文。漣力纏反。猗於宜反。本亦作漪同。正義。此云漣猗。下云直猗淪猗。漣直淪論水波之異。猗皆辭也。釋水云。河水清且瀾漪。郭璞曰。瀾謂渙瀾也。漣瀾雖異。而義同。河水性濁。清則難待。猶似暗主常多。明君希出。既云。置檀河崖。因即以河爲喻。襄八年左傳云。俟河之清。人壽幾何。易緯云。王者大平。嘉瑞之將出。則河水先清。是河水稀清。故以喻明君稀出也。陳啓源云。河以濁顯。而此詩三章皆言其清。取義必在是。若指隱居之地。則言河足矣。何必取濁水而加以清名。董氏曰。河雖濁。而在河之干者則清。不知詩言河干。止謂置檀於此耳。至言清且漣。則統擧河水。不專指河干也。詩詠河多矣。並無言河水清者。獨此詩三言之。豈無意乎。衡案。此篇比也。不稼不穡。胡取禾三百廛兮。不狩不獵。胡瞻爾庭有縣貆兮。種之曰稼。斂之曰穡。一夫之居曰廛。貆獸名。箋。是謂在位貪鄙。無功而受祿也。冬獵曰狩。宵田曰獵。胡何也。貉子曰貆。釋文。縣音玄。下皆同。貆本亦作狟。音桓。徐郭音暄。貉戶各反。依字作貈。衡案。遂人授民田。夫一廛。田百畝。取禾於田。此不言田而言廛者。以廛標田也。論語。人也奪伯氏駢邑三百。鄭注。三百戶。下大夫之制也。則此所刺爲下大夫者也。**彼君子兮。不素餐兮。**素空也。箋。彼君子者。斥伐檀之人。仕有功乃肯受祿。**坎坎伐輻兮。寘之河之側兮。河水清且直猗。**輻檀輻也。側猶厓也。直直波也。衡案。上疏引爾雅。直作徑。郭璞曰。徑言徑涎。案。徑直也。涎長貌。又平也。然則直波謂直起橫長。下流與上流平。逆流而風。其狀則然。**不稼不穡。胡取禾三百億兮。不狩不獵。胡瞻爾庭有縣特兮。**萬萬曰億。獸三歲曰特。箋。十萬曰億。三百億。禾秉之數。正義。萬萬曰億。今數然也。傳以時事言之。故今九章算術皆以萬萬爲億。箋以詩書古人之言。故依古數言之。知古億十萬者。以田方百里。於今爲九百萬畝。而王制云。方百里爲九十億畝。是億爲十萬也。故彼注億今十萬。是以今曉古也。獸三歲曰特。毛氏當有所據。不知出何書也。惠棟云。徐岳數術記遺曰。黃帝爲法。數有十等。及其用之也。乃有三焉。十等者。億兆京垓秭壤溝澗正載。三等者。謂上中下也。其下數者。十十變之。若十萬曰億。十億曰兆。十兆曰京也。中數者。萬萬變之。萬萬曰億。萬億曰兆。萬兆曰京也。上數者。數窮則變。若萬萬曰億。億億曰兆。兆兆曰京也。盧文弨云。齊傳曰。三歲曰肩。邠傳曰。三歲曰豣矣。則此三當作四。廣雅之所本也。段玉裁云。鄭司農注周禮云。三歲爲特。四歲爲肩。與毛互異。阮元云。騶虞正義引此傳。亦作三歲。云蓋異獸別名。故三歲者有二名也。衡案。數名有大小二法。自古而然。孔以大數爲今。以小數爲古。然毛氏之說。傳自孔門。九章算術。蓋亦戰國以上之人所著。亦必古數也。王制用小數。爲其易喻也。此詩刺貪。故毛用大數。不必較其實。鄭嫌其大多。故易爲小數。反暗於詩人立言之旨矣。盧云。三當作四。是也。古者四字積畫。誤脫一畫。譌爲三耳。騶虞正義。蓋後人依既誤之傳改之。未足以爲據也。

彼君子兮。不素食兮。

坎坎伐輪兮。寘之河之漘兮。河水清且淪猗。

檀可以爲輪。漘厓也。小風水成文。轉如輪也。

釋文。韓詩云。順流而風曰淪。淪文貌。正義。郭璞曰。淪言蘊淪也。

不稼不穡。胡取禾三百囷兮。不狩不獵。胡瞻爾庭有縣鶉兮。

圓者爲囷。鶉鳥也。

焦循云。山井鼎七經孟子考文作小鳥也。鶉之爲鳥。人所共知。此獨訓小鳥。明其爲鴿鶉之鶉。莊子徐無鬼云。未嘗好田。鶉生于宎。本是詩以爲說也。

彼君子兮。不素飧兮。

熟食曰飧。箋。飧讀如魚飧之飧。

正義。傳意以飧爲飧饔之飧。客始至之大禮。其食熟致之。故云熟食曰飧。如魚飧之飧者。宣六年公羊傳曰。晉靈公使勇士將殺趙盾。入其門。則無人焉。上其堂。則無人焉。俯而窺之。方食魚飧。是其事也。易傳者。鄭志答張逸云。禮飧饔大多。非可素。不得與不素餐相配。故易之也。衡案。卿大夫聘於他邦。主國先致館。次致飧。此伐檀之人。堪任使命。故詩人賛之曰。不空飱兮。上二章謂在國不空食。此章謂使於四方。不辱君命。以刺在位者不能然。傳義至當不易。鄭欲以素飱配素飱。可謂執滯不通矣。

碩鼠三章。章八句。

碩鼠。刺重斂也。國人刺其君重斂。蠶食於民。不修其政。貪而畏人。若大鼠也。

碩鼠碩鼠。無食我黍。三歲貫女。莫我肯顧。貫事也。箋。碩大也。大鼠大鼠者。斥其君也。女無復食我黍。疾其稅斂之多也。我事女三歲矣。曾無教令恩德。來顧眷我。又疾其不修政也。古者三年大比。民或於是徙。釋文。貫古亂反。徐音官。正義。貫事釋詁文。釋獸於鼠屬有鼫鼠。孫炎曰。五技鼠。郭璞曰。大鼠頭似兎。尾有毛。青黃色。好在田中食粟豆。關西呼鼩鼠。音雀。舍人樊光同引此詩。以碩鼠爲彼五技之鼠也。許愼云。碩鼠五技。能飛不能上屋。能游不能渡谷。能緣不能窮木。能走不能先人。能穴不能覆身。此謂之五技。惠棟云。魯詩貫作宦。外傳云。入宦於吳。韋昭曰。宦爲臣隸也。貫當讀爲宦。徐邈音宦。此宦字之誤。傳云貫事也。蓋本爾雅。而與宦義亦通。妻壽以爲宦卽貫字。恐未然也。李黼平云。傳云貫事也。尙作臣刺其君。箋雖亦云事。而下言三年大比。民或于是徙。則作民刺其君。傳箋宜有別也。衡案。序言國人刺其君重斂蠶食於民。故鄭以爲民刺其君。然以三年大比。解三歲貫女。民之於君。不得言事。未免爲牽强。凡經傳稱國人者。皆兼臣民而言之。傳義是也。又案。此篇比也。

逝將去女。適彼樂土。箋。逝往也。往矣將去女。與之訣別之辭。樂土。有德之國。樂土樂土。爰得我所。箋。爰曰也。碩鼠碩鼠。無食我麥。三歲貫女。莫我肯德。箋。不肯施德於我。逝將去女。適彼樂國。樂國樂國。爰得我直。直得其直道。箋。直猶正也。衡案。傳以作此詩者爲士。故云得其直道。箋以爲民。故云直猶正也。王引之轉直爲職。皆未達傳義耳。碩鼠碩鼠。無食我苗。苗嘉穀。正義。黍麥指穀實言之。是鼠之所食。苗之莖葉。以非鼠能食之。故云嘉穀。謂穀實也。穀生於苗。故言苗以韻句。段玉裁云。生民曰。誕降嘉穀。維穈維芑。穈赤苗。芑白苗。古者謂禾爲苗。故說文禾字。穈芑字下。皆云嘉穀也。此篇一二章言黍麥。三章言禾。何休說春秋曰。生曰苗。秀曰禾。玉裁謂。對文則別。散文則通。衡案。禾卽粱也。古人單稱苗者。皆指粱。孟子曰。惡莠。恐其亂苗。莠狗尾草。其葉及穗。極與粱相肖。古又稱黍粱爲嘉穀。但春秋莊七年。秋大水。無麥苗。傳云。不害嘉穀也。則粱似無嘉穀之稱。然彼經明言苗。則嘉穀無嫌專指黍。不必以彼疑此。三歲貫女。莫我肯勞。箋。不肯勞來我。逝將去女。適彼樂郊。箋。郭外曰郊。樂郊樂郊。誰之永號。號呼也。箋。之往也。永歌也。樂郊之地。誰獨當往而歌號者。言皆喜說無憂苦。釋文。咏本亦作永。同。音永。衡案。傳不訓之字。則讀如字。正義云。永是長之訓。則其本不作咏。鄭訓永爲咏。後人遂改經爲咏耳。陸本非也。毛意蓋謂。樂郊之地。人皆喜說。誰是長呼訴憂者。鄭雖訓永爲歌。亦以爲歌號泄憂苦。猶園有桃。心之憂矣。我歌且謠之歌。故云。誰獨當往而歌號者。孔以歌號爲喜說得所。非鄭意也。又案。伐檀既賦而賢者隱。碩鼠既賦。而民心離。而魏遂爲晉所滅。此二篇之所以殿魏風也。噫。

唐蟋蟀詁訓傳第十　國風

唐國十二篇。三十三章。二百三句。

蟋蟀三章。章八句。

毛詩輯疏卷五　二　崇文院

蟋蟀。刺晉僖公也。儉不中禮。故作是詩以閔之。欲其及時以禮自虞樂也。此晉也。而謂之唐。本其風俗。憂深思遠。儉而用禮。乃有堯之遺風焉。箋。憂深思遠。謂宛其死矣。百歲之後之類也。

正義。欲其及時者。三章上四句是也。以禮自娛樂者。下四句是也。季札見歌唐曰。思深哉。其有陶唐氏之遺風乎。不然。何其思之遠也。是憂思深遠之事也。情見於詩。詩爲樂章。樂音之中。有堯之風俗也。陳啓源云。大全載。劉瑾語。謂君子欲絕武公於晉。故不稱晉。而稱唐。晉詩名唐。見武公滅宗國之罪。魏風首晉。又見獻公滅同姓之惡。噫。瑾所謂君子者何人邪。季札觀樂時。詩未經刪定也。然先歌魏。後歌唐。則晉之稱唐。唐之繼魏。非仲尼筆也。以一字寓褒貶。春秋教也。非詩教也。卽使唐繼魏。晉稱唐。定自仲尼之筆。亦未必如瑾所謂。況魯樂工所歌已爾邪。又唐之名昉於帝堯。而爲晉之本號。未嘗劣於晉也。仲尼欲絕武公。何獨靳一晉名。而於唐則無所惜邪。蟋蟀序論稱唐之故。以爲有堯之遺風。吳季子聞歌唐。亦歎其思深憂遠。有陶唐之遺民。二語不謀而合。可見古義不誣也。是稱晉爲唐。乃以美之。瑾以爲刺。何其悖邪。至於魏風七篇。唐風十三篇。其爲獻武二公詩。僅無衣已下四篇耳。安得兩風之次第名稱。爲二公而定邪。衡案。魏先於唐者。以葛屨之作。在蟋蟀之前也。正義引襄二十二年季札之語。作陶唐氏之遺風。是也。今本風誤民。陳據今本作遺民。蓋不知其爲誤也。

蟋蟀在堂。歲聿其莫。今我不樂。日月其除。蟋蟀。蛬也。九月在堂。聿遂。除去也。箋。我我僖公也。蛬在堂。歲時之候。是時農功畢。君可以自樂矣。今不自樂。日月且過去。不復暇爲之。謂十二月。當復命農。計耦耕事。釋文。聿允橘反。莫音暮。正義。蟋蟀蛬。釋蟲文。郭璞曰。今趨織也。陸璣疏云。蟋蟀似蝗而小。正黑。有光澤。如漆。有角翅。一名蛬。一名蜻蛚。楚人謂之王孫。幽州人謂之趨織。里語曰。趨織鳴。懶婦驚。是也。當九月。則歲未爲暮。而言歲聿其暮者。言其過此月後。則歲遂將暮耳。謂十月以後爲歲暮也。遂者從始向末之言。衡案。九月也。而言歲聿其暮者。所謂思深憂遠也。

無已大康。職思其居。已甚。康樂。職主也。箋。君雖當自樂。亦無甚大樂。欲其用禮爲節也。又當主思所居之事。謂國中政令。正義。傳不解其居之義。二章其外。傳以外爲禮樂之外。則其居謂以禮樂自居。則職思其外。謂常思禮樂。無使越於禮樂之外也。已訓止也。物甚則止。故已訓甚也。

好樂無荒。良士瞿瞿。荒大也。瞿瞿然顧禮義也。箋。荒廢亂也。良善也。君之好樂。不當至於廢亂政事。當如善士瞿瞿然顧禮義也。正義。荒爲廣遠之言。故爲大也。衡案。好樂大甚。則至廢亂於政事。傳解文義。箋說其事。義兩通。蟋蟀在堂。歲聿其逝。今我不樂。日月其邁。邁行也。無已大康。職思其外。外禮樂之外。箋。外謂國外至四境。好樂無荒。良士蹶蹶。蹶蹶。動而敏於事。正義。釋詁云。蹶動也。釋訓云。蹶蹶敏也。蟋蟀在堂。役車其休。箋。庶人乘役車。役車休。農功畢無事也。正義。庶人乘役車。春官巾車文也。彼注云。役車方箱。可載任器以供役。然則收納禾稼。亦用此車。故役車休息。是農功畢無事也。今我不樂。日月其慆。慆過也。無已大康。職思其憂。憂可憂也。箋。憂者。謂鄰國侵伐之憂。衡案。國之可憂者甚多。鄰國侵伐。特其一端耳。好樂無荒。良士休休。休休。樂道之心。陳啓源云。爾雅云。瞿瞿休休儉也。蓋儉是有節制。而休休爲恬靜之義。良士之心恬靜。而不囂浮。所以爲儉也。毛傳云。休休樂道之心。樂道則無欲。亦儉意也。與瞿瞿蹶蹶。皆形容良士之心耳。輔廣以休休爲瞿瞿蹶蹶之效。誤矣。衡案。秦誓曰。其心休休焉。其如有容。與傳義合。

山有樞三章。章八句。

山有樞。刺晉昭公也。不能修道以正其國。有財不能用。有鐘鼓不能以自樂。有朝廷不能洒埽。政荒民散。將以危亡。四鄰謀取其國家。而不知。國人作詩以刺之也。釋文。樞本或作蓲。烏侯反。昭公。左傳及史記作昭侯。樂音洛。埽蘇報反。本又作掃。下同。正義。四鄰謀取其國家者。三章下二句是也。四鄰卽桓叔謀伐晉是也。故下篇刺昭公。皆言沃所并。沃雖一國。卽四鄰之一。故以四鄰言之。

山有樞。隰有榆。興也。樞荎也。國君有財貨。而不能用。如山隰不能自用其財。釋文。荎田節反。沈又直黎反。正義。樞荎釋木文。郭璞曰。今之刺榆也。段玉裁云。釋文櫙本或作蓲。烏侯反。爾雅。櫙荎。釋文。櫙烏侯反。本或作蓲。地理志山櫙。師古曰。樞音甌。聲攷曰。詩山有樞。字本作櫙。烏侯反。刺榆之名。或不加反音。讀如戶樞之樞。則失之矣。按魯詩作蓲。毛詩作櫙。亦作蓲。相承烏侯反。唐石經訛爲戶樞字。而俗本依之。

子有衣裳。弗曳弗婁。子有車馬。弗馳弗驅。

婁亦曳也。宛其死矣。他人是愉。宛死貌。愉樂也。箋。愉讀曰偷。偷取也。釋文。宛於阮反。本亦作苑。正義。走馬謂之馳。策馬謂之驅。山有栲。隰有杻。栲山樗。杻檍也。正義。並釋木文也。郭璞云。栲似樗。色小白。生山中。因名云。亦類漆樹。俗語曰。櫄樗栲漆。相似如一。陸璣疏云。山樗與下田樗略無異。葉似差狹耳。吳人以其葉爲茗。方俗無名此爲栲者。似誤也。今所云爲栲者。葉如櫟。皮厚數寸。可爲車輻。或謂之栲櫟。許愼正以栲讀爲椩。今人言栲。失其聲耳。杻檍也。葉似杏而尖。白色。皮正赤。爲木多曲少直。枝葉茂好。二月中葉疏。華如練而細。蕊正白。蓋樹。今官園植之。正名曰萬歲。既取名於億萬。其葉又好。陳啓源云。疏引俗諺云。櫄樗栲漆。相似如一。案栲山樗也。樗臭櫄也。櫄乃杶之或體。書作杶。禹貢杶榦栝柏是也。左傳作櫄。襄十八年平陰之役。孟莊子斬雍門之櫄以爲公琴。是也。俗書爲椿。椿樗栲三木同類而微分。本草綱目云。椿皮細肌實而赤。嫩葉香甘可食。樗皮粗肌虛而白。其葉臭。栲生山中。亦虛大。爪之如腐朽。陸元恪亦云。山栲與下田栲無異。葉似差狹。然陸又謂山樗不名栲。栲葉如櫟。可爲車輻。或謂之栲櫟。此特方俗語耳。栲之爲山樗。爾雅毛傳說文皆同。不誤也。又案說文栲作柷云。从木尻聲。苦浩切。陸疏云。許愼栲讀爲椩。則徐鉉此切非許意矣。子有廷內。弗洒弗埽。子有鐘鼓。弗鼓弗考。洒灑也。考擊也。釋文。鼓如字。本或作擊。非。灑色蟹反。又所綺反。正義。洒謂以水溼地而埽之。故轉爲灑。灑是散水之名也。今定本弗鼓弗考。注云。考擊也。無亦字。義並通。

也。王引之云。案一章之衣裳車馬。二章之廷內鐘鼓。皆二字平列。字各爲義。廷與庭通。庭謂中庭。內謂堂與室也。序曰。有朝廷不能洒埽。朝謂寢。廷謂寢之庭也。周官寺人。王之正內五人。鄭注曰。正內。路寢。夏小正傳曰。燕操泥而就家。入人內。此皆兼堂室而言之者也。亦有專謂室爲內者。明堂位正義引尚書大傳曰。天子堂廣九雉。三分其廣。以二爲內。五分其內。以一爲高云云。廷內謂廷與堂室。非謂廷之內也。段玉裁云。說文。灑。汛也。汛。灑也。洒。滌也。古文以爲灑埽字。按毛詩及論語皆作洒。曲禮於大夫曰。備灑埽。則作灑。蓋漢人用灑埽字。經典相承。借用洒滌字。毛傳及韋昭注國語皆云。洒。灑也。言假洒爲灑也。衡案。今本弗鼓弗考。傳。考。擊也。陸本也。陸以鼓作擊爲非。故定本從之。如孔本。則經作弗擊弗考。傳。作考亦擊也。兩通。段玉裁訂本改從孔本矣。

宛其死矣。他人是保。 保安也。箋。保居也。 正義。上云。他人是愉。謂得己之樂以爲樂。此云。他人是保。謂得己之安以爲安。故傳訓保爲安也。

山有漆。隰有栗。子有酒食。何不日鼓瑟。 君子無故。琴瑟不離於側。 **且以喜樂。且以永日。** 永引也。 正義。言永日者。人而無事。則長日難渡。若飲食作樂。則忘憂愁。可以永長此日。衡案。人徒憂愁。不知所下手。則百慮聚於胷。常苦日不足。飲食歡樂。則百事皆忘。悠然若坐於春風之中。此之謂永日耳。

宛其死矣。他人入室。 惠周惕云。敬爾威儀。所以昭其文也。弗曳弗婁。則下民易之矣。修爾戎兵。所以詰其武也。弗馳弗驅。則四鄰侮之矣。夙興夜寐。洒埽庭內。所以無廢事也。弗洒弗埽。則門內無謦省矣。琴瑟酒食。燕樂嘉賓。所以無遺賢也。弗飲弗鼓。則在位皆解體矣。性嗇者愛及壺醬。好儉者不事邊幅。至于客坐生塵。宮縣不設。自謂減衣節口生殖日繁矣。豈知死從其後。而終身勞攘。卒爲他人地邪。衡案。詳考經意。昭公庸主。不能修政散財以結人心。徒保嗇貨財。以爲有國之策。而不知民心既離。其所蓄藏。反肥仇人之腹。國人閔之。故探其病根而諷之。易曰。納約自牖。詩人其知之矣。序云。有財不能用。經云。他人是愉。卽弗馳弗驅。猶弗鼓弗考。謂不能自樂。惠以爲不修戎兵。舛矣。

揚之水三章。二章章六句。一章四句。

揚之水。刺晉昭公也。昭公分國以封沃。沃盛強。昭公微弱。國人將叛而歸沃焉。

箋。封沃者。封叔父桓叔于沃也。沃曲沃。晉之邑也。

正義。桓二年左傳云。初晉穆侯之夫人姜氏。以條之役生大子。命之曰仇。其弟以千畝之戰生。命曰成師。師服曰。異哉君之名子也。嘉耦曰妃。怨耦曰仇。古之命也。今君命大子曰仇。弟曰成師。始兆亂矣。兄其替乎。惠之二十四年。晉始亂。故封桓叔於曲沃。師服曰。吾聞國家之立也。本大而末小。是以能固。故天子建國。諸侯立家。今晉甸侯。而建國。本已弱矣。其能久乎。惠之三十年。晉潘父殺昭侯。而納桓叔。不克。是封桓叔於沃之事也。李黼平云。左氏不言封桓叔者。爲何人史記晉世家。昭侯元年，封文侯弟成師于曲沃。而年表晉昭侯元年注云：封季弟成師于曲沃。曲沃大于國。君子譏其亂自曲沃始矣。如年表，則是文侯封之。君子譏其亂自此始。實未亂也。世家及揚之水序則云：昭侯分國以封沃，沃盛強，昭公微弱，國人將叛而歸焉。合左傳觀之，竊謂文侯薨時，桓叔必有爭立之事，故左傳曰晉始亂。曰故封桓叔于曲沃。因亂故封，實不得已而分國。昭侯在位七年中，曲沃當有伐翼事。以在春秋前，故左氏略其事，而以始亂二字該之。衡案：李以左傳晉始亂爲桓叔有爭立之事，近是。謂昭侯在位七年中，有曲沃伐翼之事，則恐未必然。年表書封成師於昭元年，則亦以爲昭侯封之。其不言叔父而云季弟者，下將言晉亂自曲沃始，故本諸左傳兄其替乎之語，係之文侯耳，非謂文侯封之也。

揚之水，白石鑿鑿。興也。鑿鑿然，鮮明貌。箋：激揚之水，波流湍疾，洗去垢濁，使白石鑿鑿然。興者，喻桓叔盛強，除民所惡，民得以有禮義也。

陳啓源云：揚之水，謂湅水也。水經注云：湅水自左邑城西注，水流急濬，輕津無緩，故詩人以爲急揚之水。水側狐突遇申生處，觀此益信揚水是激揚，非悠揚矣。湅音粟。段玉裁云：鑿同糳，子洛反，謂鮮白如聚米也。阮元云：監本、毛本脫傳然字，箋使字，岳本、考文古本激流作波流。今從之。又案：陳說輕津不可通，疑輕當作經，姑依原本。

素衣朱襮，從子于沃。襮，領也。諸侯繡黼丹朱中衣。沃，曲沃也。箋：繡當爲綃。綃黼丹朱中衣。中衣以綃黼爲領。丹朱爲純也。國人欲進此服。去從桓叔。正義。郊特牲云。繡黼丹朱中衣。大夫之僭禮也。大夫服之。則爲僭。知諸侯當服之。彼注云。繡黼丹朱。以爲中衣領緣也。繡讀爲綃。綃繪名。引詩云。素衣朱綃。彼注此箋。皆破繡爲綃者。以其黼之與繡。共爲中衣之領。案考工記云。白與黑謂之黼。五色備謂之繡。若五色聚居則白黑共爲繡文。不得別爲黼稱。繡黼不得同處。明知非繡字也。故破繡爲綃。惠棟云。鄭箋從魯詩。段玉裁云。白與黑謂之黼。五采備謂之繡。傳合爲一者。對文則二。散文則互訓也。爾雅黼領謂之襮。孫炎曰。繡刺黼文以褗領。詩此章言襮。下章言繡。祗是一事。魯詩繡作綃。不若毛長。既見君子。云何不樂。箋。君子謂桓叔。揚之水。白石皓皓。皓皓。潔白也。釋文。皓胡老反。素衣朱繡。從子于鵠。繡黼也。鵠曲沃邑也。既見君子。云何其憂。言無憂也。焦循云。成十三年左傳。焚箕郜。蓋卽鵠。李黼平云。水經涑水篇注云。涑水又西經仲郵郹北。又西經桐鄉城北。竹書紀年曰。翼侯伐曲沃。大捷。武公請城于翼。城當作成。至洞庭乃返者也。漢書曰。漢武帝元鼎六年。將幸緱氏。至左邑桐鄉。聞南越破。以爲聞喜縣者也。如酈注則聞喜乃左邑之桐鄉也。又曰。涑水又西南逕左邑縣故城南。故曲沃也。晉武公自晉陽徙此。秦改爲左邑縣。詩所謂從子于鵠者也。如酈注。則左邑乃爲曲沃。而鵠卽其所都。鵠與曲沃一耳。若如正義聞喜爲曲沃。鵠爲曲沃旁邑，則桓叔方在曲沃，國人何乃從之于鵠邪。傳以曲沃爲大名，鵠是其都，故曰曲沃邑也。

揚之水，白石粼粼。粼粼，清澈也。釋文：粼，利新反，本又作磷，同。澈，直列反，或作徹，誤。陳啓源云：粼從《，不從巛。說文粼，水生厓石間粼粼也，从《粦聲。玉篇、廣韻皆同。今詩本惟石經及呂記、嚴緝作粼，嚴緝辨之甚悉，餘本皆从巛。

我聞有命，不敢以告人。聞曲沃有善政命。

不敢以告人。箋：不敢以告人而去者，畏昭公謂已動民心。衡案：不敢以告人者，恐曲沃爲翼所疑也。言人心皆歸於曲沃如此，若不悛，將爲其所幷。言此以諷翼侯耳。傳意當如此。

揚之水三章，二章章六句，一章章四句。

椒聊二章，章六句。

椒聊，刺晉昭公也。君子見沃之盛彊，能修其政，知其蕃衍盛大，子孫將有晉國焉。

椒聊之實，蕃衍盈升。興也。椒聊，椒也。箋：椒之性，芬香而少實。今一捄之實，蕃衍盈升，非其常也。興者，喻桓叔晉君之支別耳。今其子孫衆多。將日以盛也。正義。釋木云。檓大叔。郭璞曰。今椒樹叢生。實大者名爲檓。陸璣疏曰。椒聊。聊語助也。椒樹似茱萸。有針刺。葉堅而滑澤。蜀人作茶。吳人作茗。皆合煮其葉以爲香。今成皐諸山間有椒。謂之竹葉椒。其樹亦如蜀椒。少毒熱。不中合藥也。可著飲食中。又用蒸雞豚。更佳香。段玉裁云。傳不以聊爲語詞。椒聊疊字疊韻。單呼曰椒。纍呼曰椒聊。阮氏元云。箋以捄釋聊。爾雅科者聊科卽捄也。焦循云。一捄二字。訓聊字也。經言椒聊。是言椒之捄。故依其文解之。爲一捄之實。傳言椒聊椒也。固不以聊爲語助。李黼平云。箋言一捄。當是梂字之誤。說文。梂。櫟實也。爾雅。櫟。其實梂。菉爲椒樧實。梂爲櫟實。音義正同。衡案。傳椒聊椒也。是以實解樹。箋恐後人不解傳意。故申之曰。一梂之實。梂毬也。其形如毬。而子實於中。故名梂。正義云。梂謂椒之房裹實者。是也。彼其之子。碩大無朋。朋比也。箋。之子。是子也。謂桓叔也。碩謂壯貌佼好也。大謂德美廣博也。無朋。平均不朋黨。釋文。比。王肅孫毓申毛。必履反。謂無比例也。一音必二反。申毛作毗至反。正義。以碩下有大。不宜復訓爲大。故以碩爲壯佼貌。大謂大德。段玉裁云。比傳讀必履反。孫毓是也。椒聊且。遠條且。條長也。箋。椒之氣日益遠長。似桓叔之德彌廣博。正義。尚書稱。厥木惟條。謂木枝長。故以條爲長也。焦循云。樂記感條暢之氣。暢之義爲長。故條有長義。衡案。正義引尚書厥木惟條。證條所以訓長。非以此條爲椒之枝條也。椒聊之實。蕃衍盈匊。兩手曰匊。釋文。匊本又作掬。九六反。陳啓源云。毛傳但言兩手曰匊。不言升匊之大。小宋董氏引崔集注。以爲匊大於升。云。古升上徑一寸。下徑六分。深八分。陳氏呂氏亦言二升曰匊。案周禮考工陶人疏。引小爾雅云。匊二升。二匊爲豆。豆四升。今小爾雅云。兩手謂之匊。宋咸注云。匊中升。與賈疏所引不同。陳呂之說。應本於此。又考工記㮚人疏云。粟米算法。方一尺。深一尺六寸二分。容一石。縱橫十截破之。一方有十六寸二分。容一升。百六十二寸容一斗。千六百二十寸容一石。據此。容一升之量。立方一寸。積方分者千。十得萬。六得六千。爲一萬六千分。平方一寸。積方分者百二。則倍之得二百分。律呂新書云。合龠爲合。兩龠也。積一千六百二十分。十合爲升。二十龠也。積一萬六千二百分。正合十六寸二分。容一升之數。所言相符。當不謬也。若據董引集註之言。以立方之法計之。則容升之數。僅得積方五百二十二分有奇。不能及一龠。多寡相縣。殆不然矣。三代嘉量之制。則賈疏近之。衡案。古量一升。當我九勺八撮有奇。約略與兩手所掬相當。彼其之子。碩大且篤。篤厚也。椒聊且。遠條且。言聲之遠聞也。段玉裁云。此總釋二章也。汪氏龍曰。此六字當在條長也之下。後人移傳入經。誤析之耳。此解興體。喩桓叔政教。愚案。聲當作馨。芬芳條暢之意。衡案。首章箋云。椒之氣日益遠長。而正義釋經。不別言傳義。是鄭申毛義也。以此推之。此六字在首章傳條長也下。而聲作馨甚明。二說皆是也。

綢繆三章。章六句。

毛詩韓疏卷五　三二　崇文局

綢繆。刺晉亂也。國亂則昏姻不得其時焉。箋。不得其時。謂不及仲春之月。衡案。傳以秋冬爲昏姻之時。此篇述昏姻正法。以刺今不能然。則其時指秋冬。故解經三星爲參。此箋非序意也。

綢繆束薪。三星在天。興也。綢繆。猶纏綿也。三星。參也。在天。謂始見東方也。男女待禮而成。若薪芻待人事而後束也。三星在天。可以嫁娶矣。箋。三星。謂心星也。心星有尊卑夫婦父子之象。又爲二月之合宿。故嫁娶者以爲候焉。昏而火星不見。嫁娶之時也。今我束薪于野。乃見其在天。則三月之末。四月之中。見于東方矣。故云不得其時。正義。漢書天文志云。參。白虎宿三星。是也。二章在隅。卒章在戶。是從始見爲說。逆而推之。故知在天謂始見東方也。詩言昏姻之事。先舉束薪之狀。故知以人事喻待禮也。毛以秋冬爲昏時。故云。三星在天。可以嫁娶。王肅云。謂十月也。衡案。薪芻各別植。束之則合而爲一把。猶男女各別居。配之則合而爲一體。故以束薪喻嫁娶也。鄭據周禮媒氏仲春會男女之無夫家者。以二月爲正昏之時。故以三星爲心。不知二月農事方起。過此不復暇昏嫁。先王恐男女失時。故使媒氏會計其無夫家者。貧不能備禮者。許不行六禮而嫁娶耳。

其實霜降嫁娶。禮之正法也。參七星。但兩股兩肩。相離差遠。不如三並列易認。故古者稱參爲三星。今則嘴星亦移入其中矣。**今夕何夕。見此良人。**良人。美室也。箋。今夕何夕者。言此夕何月之夕乎。而女以見良人。言非其時。正義。傳以三星在天。爲昏之正時。則此二句。是國人不得及時。思詠善時得見良人之辭也。王肅云。婚姻不得其時。故思詠嫁娶之夕。而欲見此美室也。說苑稱。鄂君與越人同舟。越人擁楫而歌。曰。今夕何夕兮。得與搴舟水流。今日何日兮。得與王子同舟。如彼歌意。則嘉美此夕。衡案。傳訓下句子兮爲嗟茲。則亦嘉美此夕也。**子兮子兮。如此良人何。**子兮者。嗟茲也。箋。子兮子兮者。斥嫁娶者。子取後陰陽交會之月。當如此良人何。段玉裁云。茲當作嗞。說文曰。嗟嗞。今俗作嗟咨。王引之云。嗟茲卽嗟嗞。說文。嗞嗟也。廣韻。嗟嗞。憂聲也。秦策曰。嗟嗞乎司空馬。管子小稱篇曰。嗟嗞乎。聖人之言長乎哉。或作嗟子。楚策曰。嗟乎子乎。楚國亡之日至矣。儀禮經傳通解續引尚書大傳。曰。諸侯在廟中者。愀然若復見文武之身。然後曰。嗟子乎。此蓋先君文武之風也夫。是嗟子與嗟嗞同。經言子兮。猶曰嗟子乎。嗟嗞乎也。故傳以子兮爲嗟嗞。衡案。傳意蓋謂。男女待禮而成。猶薪芻待人而束。今也。三星在天。正是嫁娶之時。今夕何夕。幸得此可爲美室者。然國亂財欠。不得行嫁娶之禮。嗞兮嗞兮。當奈此良人何。歎不得及時娶也。**綢繆束芻。三星在隅。**隅東南隅也。箋。心星在隅。謂四月之末。五月之中。衡案。日加巳位。謂之隅中。是東南隅曰隅也。今夕何夕。見此邂逅。邂逅。解說之貌。釋文。邂本亦作解。戶懈反。一音戶佳反。逅本又作覯。胡豆反。一音戶冓反。邂覯。解說也。韓詩云。不固之貌。解音蟹。說音悅。李黼平云。毛作傳時。經字當是解覯。解一音戶佳反。即諧字也。艸蟲覯焉。傳云。遇也。箋以男女覯精申之。此詩是思得見之詞。故不訓爲遇。而以說釋之。解說卽諧說。言諧和而說也。首章美室。謂妻之美。此章謂妻之諧說。三章粲者。當作殀。傳云。大夫一妻二妾。則兼姪娣言也。衡案。言見此可解說之人也。然非實見之。乃冀見之辭耳。上章亦然。子兮子兮。如此邂逅何。綢繆束楚。三星在戶。參星。正月中直戶也。箋。心星在戶。謂之五月之末。六月之中。今夕何夕。見此粲者。三女爲粲。大夫一妻二妾。正義。周語云。密康公游於涇。有三女奔之。其母曰。必至之王。女三爲粲。粲美物也。汝則小醜。何以堪之。然粲者衆女之美稱也。子兮子兮。如此粲者何。

杕杜二章。章九句。

杕杜。刺時也。君不能親其宗族。骨肉離散。獨居而無兄弟。將爲沃所并爾。

有杕之杜。其葉湑湑。　興也。杕特貌。杜赤棠也。湑湑。枝葉不相比也。

釋文。比毗志反。正義。釋木云。杜赤棠。白者棠。樊光云。赤者爲杜。白者爲棠。陸璣疏云。赤棠與白棠同耳。但子有赤白美惡。子白色爲白棠。甘棠也。少酢滑美。赤棠子澀而酢。無味。俗語云。澀如杜。是也。赤棠木理韌。亦可以作弓幹。是也。裳裳者華。亦云。其葉湑兮。則湑湑與菁菁皆茂盛之貌。傳於此云。湑湑枝葉不相比。下章言。菁菁葉盛。互相明耳。焦循云。毛讀湑爲疏。故爲不相比。湑之爲疏。猶巾車注讀疏爲揟也。小雅零露湑兮。傳云。湑湑然蕭上露貌。此亦謂疏疏也。瀼瀼則蕃。泥泥則霑濡。濃濃則厚。由疏少而蕃。言露珠也。既溼於蕭。不見珠粒。見霑濡矣。霑濡之始尙薄。既而則厚。知首章以疏言也。曾釗云。此詩實取葉盛爲興。葉喻曲沃也。左傳桓公二年。師服曰。吾聞國家之立也。本大而末小。是以能固。今杜葉既盛。則末大矣。而其樹又杕爲孤生。所謂本之不枝者也。賈子曰。本細末大。弛必生心。又曰。末大必折。殆即其葉湑湑之謂乎。衡案。傳枝葉不相比。即序所云君不能親其宗族。骨肉離散。獨居而無兄弟也。比親比之比。下經云同父。則親兄弟也。故傳以不相親比解之。

獨行踽踽。豈無他人。不如我同父。　踽踽。無所親也。箋。他人。謂異姓也。言昭公遠其宗族。獨行於國中。踽踽然。此豈無異姓之臣乎。顧恩不如同姓親親也。衡案：昭公人君，豈無所與行哉。特其心不相親，雖有從衛，亦猶獨行也。嗟行之人，胡不比焉。箋：君所與行之人，謂異姓卿大夫也。比，輔也。此人女何不輔君爲政令。衡案：行字頂上獨行，則謂行路之人。上傳云：枝葉不相比，預探此比而解之，則比當訓親。比，鄭訓輔，非毛意也。人無兄弟，胡不佽焉。佽，助也。箋：異姓卿大夫。女見君無兄弟之親親者，何不相推佽而助之。釋文：佽，七利反。正義：佽古次字。欲使相推以次第助之耳。非訓佽爲助也。焦循云：次且一聲之轉。佽之爲助，猶趑之與趄。正義謂非訓佽爲助，以佽爲古次字，欲使相推以次第助之，此據箋推佽而助之說以解傳也。然傳明以助訓佽，箋以推佽並言。儒行注云：推，舉也。舉猶與也，與猶助也。以推明佽，正是以助明佽耳。衡案：人，伊人也，謂昭公。箋以爲異姓卿大夫，非傳意也。有杕之杜，其葉菁菁。菁菁，葉盛也。箋：菁菁，稀少之貌。焦循云：鄭讀菁菁爲精精，故爲稀少。廣雅訓精爲小。李善注文選風賦云：精與菁古字通。衡案：下經曰：不如我同姓。傳解之云：同祖。曲沃正與昭公同祖，故此傳解菁菁爲葉盛。曲沃晉之枝葉，以喻其盛耳。卽序所云將爲曲沃所并也。鄭訓稀少，與傳正相反。蓋欲就上章滑滑之義耳。不知傳云不相比，謂其葉不密比，以喻昭公不親兄弟，非稀少之義也。但其訓稀少，應如焦說。曾釗易稀少爲稀弱，謂傳言葉盛，故箋言幹弱，以申傳。然稀少。

稠多之反。不可以爲弱義。且經傳皆言葉。而箋不言幹。則亦謂葉耳。可謂强說矣。獨行睘睘。豈無他人。不如我同姓。睘睘。無所依也。同姓。同祖也。釋文。睘本亦作煢。又作焭。求營反。陳啓源云。睘字从目袁聲。說文云。目驚視也。引此詩。今詩皆作睘。俗人傳寫。妄減其筆畫耳。又毛云。睘睘無所依也。無依之人。多徬徨驚顧。與說文語雖異。義實相通。衡案。姓古訓孫。同孫則同祖也。故傳云。同姓。同祖。嗟行之人。胡不比焉。人無兄弟。胡不佽焉。陳啓源云。兩胡不。非望詞。乃決詞也。言他人決不輔我。正見不如同父也。東萊釋此詩。謂他人如可恃。則行路之人。胡不來相親比。凡人無兄弟者。胡不外求佽助。逸齊補傳解此。亦與呂同。斯說得之矣。若甫言他人不如。忽又望其助。不害於文義乎。鄭以爲求助於異姓之臣。朱以爲求助於行路之人。意異而誤同。惟毛無傳。意當如呂。衡案。行之人。頂上文獨行。訓行路之人是也。行路之人。決不相親比輔助。而云胡不比佽者。詩人代爲觀者述其意也。言此人無兄弟。故踽踽獨行。實可閔傷。路人雖無相比佽之義。胡不哀其獨行。而比佽之。反覆詠歎。以明宗族不可不親之意。陳以爲決詞。未是。

羔裘二章。章四句。

羔裘。刺時也。晉人刺其在位。不恤其民也。箋。恤憂也。釋文。恤本亦作邮。荀律反。正義。俗本或其下有君。衍字。定本無君字。是也。

羔裘豹袪。自我人居居。袪袂末也。本末不同。在位與民異心。自用也。居居。懷惡不相親比之貌。箋。羔裘豹袪。在位卿大夫之服也。其役使我之民人。其意居居然。有悖惡之心。不恤我之困苦。正義。以裘身爲本。裘袂爲末。其皮既異。是本末不同。喻在位與民異心也。直以裘之本末。喻在位與民耳。不以在位與民爲本末也。鄭風羔裘。言古之君子。以風其朝焉。經稱羔裘豹飾。孔武有力。是知在位之臣。服此豹袖之羔裘也。此解直云袪袂。定本云。袪袂末。與禮合。釋訓云。居居究究惡也。李巡曰。居居不狎習之惡。孫炎曰。究究極人之惡。段玉裁云。袪袂末。从定本有末字。玉藻說袂二尺二寸。袪尺二寸。焦循云。此傳箋異義也。毛以裘與袪本末不同。比在位與民異心。鄭以羔裘豹袪。實指卿大夫之服而言。衡案。羔裘豹袪。非禮服。故以喻在位與民異心。若是禮服。不可以喻官民異心。正義引鄭風羔裘豹飾。以證箋卿大夫之服。然飾緣也。與袪自別。不得引彼以證此。定本袂下有末字。今案。下傳本末。自此末字來。定本是也。今從之。

豈無他人。維子之故。箋。此民。卿大夫采邑之民也。故云。豈無他人可歸往者乎。我不去者。乃念子故舊之人。正義。箋以民與大夫尊卑縣隔，不應有故舊恩好。而此云維子之好，故解之。是此卿大夫采邑之民以卿大夫世食采邑，在位者幼少未仕之時，與此民相親相愛，故稱好也。衡案：大夫之於其民，本有恩好。治我既久，亦可稱故。不以幼少之時相親，始有此稱也。序云其在位不恤其民，是序以爲采邑之民，故鄭從之耳。

羔裘豹褎，自我人究究。褎猶袪也。究究猶居居也。段玉裁云：褎袪本義不同，故云猶。豈無他人？維子之好。箋：我不去而歸往他人者，乃念子而愛好之也。民之厚如此，亦唐之遺風。衡案：子之好，猶子之故也，謂舊好。

鴇羽三章，章七句。

鴇羽，刺時也。昭公之後，大亂五世，君子下從征役，不得養其父母，而作是詩也。箋：大亂五世者，昭公、孝公、鄂侯、哀侯、小子侯。正義：言下從征役者，君子之人當居平安之處，不有征役之勞，今乃退與無知之人共從征役，故言下也。陳啓源云：昭公之後大亂五世，鄭箋以昭公、孝公、鄂侯、哀侯、小子侯爲五世，此非也。序既云昭公之後，自不應併數昭矣。緡在位二十八年，視前數君獨久，其時豈得無亂？又滅緡之後，曲沃武公始繼晉而作。無衣之詩。不容言晉亂者。反闕緡而不數也。李黼平云。桓七年左傳云。冬曲沃伯誘晉小子侯殺之。八年春滅翼。其冬王命虢仲立晉哀侯之弟緡于晉。九年秋虢仲芮伯荀侯賈伯伐曲沃。小子侯于七年冬被弒。緡于八年冬立。則八年春滅翼之時。緡已逋竄。至冬始求得而立之也。于時緡雖立。而曲沃正强。虢仲奉王命在先。欲終其事。故復合三國伐曲沃。以定之。他國猶會師。豈本國全無徵發。君子從役。當在此時。左傳序虢仲于三國之上。明此擧亦是王命。故經言王事靡盬。承連年爭戰之後。故有不能蓺稷黍之言。以此經及左傳觀之。則箋數大亂。至小子侯止。序言從役在大亂五世之後。種種皆合矣。衡案。大亂五世。陳說是也。昭公在位七年。曲沃陰謀取晉耳。未嘗伐之也。序必係昭公言之者。五世之亂。自昭公不能脩道散財。以正其國。遂以微弱。始也。此篇當定爲緡詩。正義以爲昭公之詩。故觸處皆謬。

肅肅鴇羽。集于苞栩。 興也。肅肅。鴇羽聲也。集。止。苞。稹。栩。杼也。鴇之性不樹止。箋。興者。喻君子當居安平之處。今下從征役。其爲危苦。如鴇之樹止。然。稹者。根相迫迮梱致也。釋文。鴇音保。似鴈而大。無後趾。稹本又作縝。之忍反。何之人反。沈音田。又音振。

廣雅云。概也。正義。鴇鳥連蹄。性不樹止。樹止則爲苦。故以喻君子從征役爲危苦也。苞稹。釋言文。孫炎曰。物叢生曰苞。齊人名曰稹。郭璞曰。今人呼物叢緻者爲稹。箋云。稹者。根相迫迮梱緻貌。亦謂叢生也。栩杼。釋木文。郭璞曰。柞樹也。陸璣疏云。今柞櫟也。徐州人謂櫟爲杼。或謂之爲栩。其子爲皁。或言皁斗。其殼爲斗。可以染皁。今京雒及河內多言杼斗。謂櫟爲杼。五方通語也。李黼平云。毛傳及爾雅。以栩櫟爲二木。說文栩云。柔也。從木羽聲。其皁一曰樣。柔云。从木予聲。讀如杼。櫟云。木也。从木樂聲。柞云。木也。从木乍聲。如說文。則栩櫟柞爲三木。

王事靡盬。不能蓺稷黍。父母何怙。

盬不攻緻也。怙恃也。箋。蓺樹也。我迫王事。無不攻緻。故盡力焉。既則罷倦。不能播種五穀。今我父母將何怙乎。

正義。盬與蠱字異義同。箋何知不爲身在役所。不得營農。而云王事盡力。雖歸既則罷倦。不能播種者。以不云不得。而云不能。明是筋力疲極。雖歸而不能也。戴震云。按四牡傳又云。盬不堅固也。周禮典婦功。辨其苦良。注云。鄭司農苦讀爲盬。謂分別其縑帛與布紵之麤細。典絲注云。受其麤盬之功。以給有司之功用。其良功者。典婦功受之。以共王及后之用。此可與毛詩相發明。盬卽良盬之盬。王事靡盬。言以王事故。心當無盬。盡力爲之也。曾釗云。正義殆因蠱盬聲近。又皆下從皿。故爲字異義同。然盬从鹽省古聲。說文有明文。不从皿也。盬爲不練之鹽。故天官鹽人云。凡齊事鬻盬。鬻卽練也。鹽不練。謂之盬。引申之。故物不攻緻者。亦謂之盬。蓋不攻緻。亦不練之義也。衡案。不能有二焉。有力不足而不能者。有無暇而不能者。無暇而不能者。意與不得同。此當謂在役所而不能蓺稷黍。箋疏恐非。

悠悠蒼天。曷其有所。

箋。曷何也。何時我得其所哉。

肅肅鴇翼。集于苞棘。王事靡盬。不能蓺黍稷。父

母何食。悠悠蒼天。曷其有極。箋。極已也。肅肅鴇行。集于苞桑。行翮也。正義。以上言羽翼。明行亦羽翼。以鳥羽之毛有行列。故稱行也。段玉裁云。行翮求諸雙聲合韻。詁訓之法如此。羽翼翮以類相從。不釋爲行列也。王事靡盬。不能蓺稻粱。父母何嘗。悠悠蒼天。曷其有常。

無衣二章。章三句。

無衣。美晉武公也。武公始并晉國。其大夫爲之請命乎天子之使。而作是詩也。箋。天子之使。是時使來者。正義。案左傳桓八年。王使立緡於晉。至莊十六年乃云。王使虢公命曲沃伯爲晉侯。不言滅晉之事。晉世家云。哀公二年。曲沃莊伯卒。晉侯緡立。二十八年。曲沃武公。伐晉侯緡滅之。盡以其寶器。賂周僖王。僖王命曲沃武公爲晉君。列爲諸侯。於是盡并晉地而有之。曲沃武公已即位三十七年矣。計緡以桓八年立。至莊十六年。乃得二十八年。然則虢公命晉侯之年。始并晉也。虢公未命晉之前。有使適晉。晉大夫就之請命。其使名號。書傳無文也。衡案。正義是也。李黼平謂。諸侯二軍。一軍則未得列爲諸侯。不知小國一軍。亦得稱諸侯。晉雖大國。新滅宗國。於名義有未安者焉。故王姑以此命之。而晉亦不敢再請也。閩本明監本毛本美作刺。蓋陋儒以武公滅宗國。謂不宜言美。遂以意改之耳。今從足利古本。宋本十行本。

豈曰無衣七兮。侯伯之禮。七命。冕服七章。箋我豈無是七章之衣乎。晉舊有之。非新命之服。正義春官典命云。侯伯七命。其國家宮室。車旗衣服。禮儀皆以七爲節。秋官大行人云。諸侯之禮。執信圭七寸。冕服七章。是七命七章之衣。

不如子之衣。安且吉兮。諸侯不命於天子。則不成爲君。箋武公初幷晉國。心未自安。故以得命服爲安。正義武公以孽奪宗。故心不自安。得命乃安也。及世家稱武公厚賂周僖王。僖王乃賜之命。是於法武公不當賜之。美之者。其臣之意美之耳。

豈曰無衣六兮。天子之卿。六命。車旗衣服。以六爲節。箋變七言六者。謙也。不敢必當侯伯。得受六命之服。列於天子之卿。猶愈乎不。正義典命云。王之三公八命。其卿六命。其國家宮室車旗衣服禮儀。亦如之。是毛所據之文也。云車旗者。蓋謂卿從車六乘。旌旗六旒。衣服者。指謂冠弁也。飾則六玉。冠則六辟積。鄭答趙商云。諸侯入爲卿大夫。與在朝仕者異。各依本國。

如其命數。晉之先世。不得有六章之衣。實無六章之衣。而云豈曰無衣六者。從上章之文。飾辭以請命耳。非實有也。衡案。或內或外。或七或六。唯王所命。不敢執一以强請。有求於上者。固當如此。故上章言七。此章言六也。言我制之則有。但不如王所賜之安且吉兮。故請之。經言子之衣。以別我所制。不必問舊有此衣與否。箋疏近拘。

不如子之衣。安且燠兮。燠煖也。釋文。奧本又作燠。於六反。

有杕之杜二章。章六句。

有杕之杜。刺晉武公也。武公寡特。兼其宗族。而不求賢以自輔焉。正義。言寡特者。言武公專任己身。不與賢人圖事。孤寡特立也。兼其宗族者。昭公以下爲君於晉國者。是武公之宗族。武公兼有之也。陳啓源云。武公以莊十六年。命爲晉侯。至十七年卒。有杕之杜。其卽繼無衣而作乎。武公以不義得國。賢者恥立其朝。譬猶特生之杜。人罕託足。雖內致其誠。外盡其禮。猶恐不足枉君子之駕。況不求乎。故云。噬肯適我。望君子之來。而惟恐其不來也。

有杕之杜。生于道左。興也。道左之陽。人所宜休息也。箋。道左。道東也。日之熱。恒在日中之後。道東之杜。人所宜休息也。今人不休息者。

以其特生陰寡也。興者。喻武公初兼其宗族。不求賢者與之在位。君子不歸。似乎特生之杜然。正義。王制云。道路。男子由右。婦人由左。言左右。據南嚮西嚮爲正。在陰爲右。在陽爲左。故傳言道左之陽。箋以爲道東也。

彼君子兮。噬肯適我。噬逮也。箋。肯可。適之也。彼君子之人。至於此國。皆可求之我君所。君子之人。義之與比。其不來者。君不求之。釋文。噬市世反。韓詩作逝。及也。正義。噬逮釋言文。逮又別訓至。故箋云。君子之人至於此國。訓此逮爲至也。惠棟云。爾雅釋言云。遾逮也。與毛傳合。从辵不从口。方言云。噬逮也。北燕曰噬。逮。通語也。段玉裁云。噬逮。謂假借。衡案。逮及也。謂與及。肯心可之也。心冀其來。而不敢必也

中心好之。曷飲食之。箋。曷何也。言中心誠好之。何但飲食之。當盡禮極歡以待之。衡案。愛之欲飲食之。人之情也。曷飲食之。言將以何飲食之。若求其品而未獲。愛之至也。此二句陳待賢者之心。若詩人自述其意。實以誨武公也。

有杕之杜。生于道周。周曲也。釋文。周。韓詩作右。衡案。韓詩非也。

彼君子兮。噬肯來游。游觀也。

中心好之。曷飲食之。

葛生五章。章四句。

葛生。刺晉獻公也。好攻戰。則國人多喪矣。箋。喪棄亡也。夫從征役。棄亡不反。則其妻居家而怨思。正義。數攻他國。數與敵戰。其國人或死行陳。或見囚虜。是以國人多喪。其妻獨處於室。故陳妻怨之辭。以刺君也。陳啓源云。此篇嚴坦叔爲悼亡之作。而以次章之塋域。及末二章之于居于室證之。此非也。蘞蔓于域。傳雖以爲塋域。然與上章之于野。及葛蒙之棘楚。一例語耳。不必目其夫所葬也。于居于室。猶大車篇之同穴。不必死後方可言也。況次章之于域。固可爲死亡之證。而三章之錦衾。獨不可爲生存之證邪。衡案。喪亡也。國人多亡。故此婦人慮其夫亦亡。特作不知死生之辭。以寓其怨。鄭恐後人爲悼亡。故訓棄亡。恐不必。

葛生蒙楚。蘞蔓于野。興也。葛生延而蒙楚。蘞生蔓于野。喩婦人外成於他家。正義。此二者皆是蔓草。發此蒙彼。故以喩婦人外成他家也。陸璣草木疏云。蘞似括樓。葉盛而細。其子正黑如燕薁。不可食也。幽州人謂之烏服。其莖葉煮以哺牛馬。除熱。

予美亡此。誰與獨處。箋。予我。亡無也。言我所美之人。無於此。謂其君子也。吾誰與居乎。獨處家耳。從軍未還。未知死生。其今無於此。戴震云。既言其夫今不在此。而又曰誰與。非義也。誰與獨處。與當音餘。誰與。自問也。誰與獨處。與檀弓誰與哭者語同。其夫從征役。不歸。生死未可知。婦嗟無所依託。故以葛蘞之必得所依為與。而言予所美之人不在此。留誰獨處哉。反顧歎傷之辭。明其為一婦人。隻身無託也。衡案。戴亦思之矣。然留誰獨處。竟屬不了。經意蓋謂。予所美之人不在此。將與誰共處也。徒獨處耳。反覆陳獨處之苦。非謂欲與他人共處。不以文害辭。此類是也。葛生蒙棘。蘞蔓于域。域塋域也。衡案。塋諸本作營。今從岳本。予美亡此。誰與獨息。息止也。角枕粲兮。錦衾爛兮。齊則角枕錦衾。禮夫不在。斂枕篋衾席。韣而藏之。箋。夫雖不在。不失其祭也。攝主主婦。猶自齊而行事。釋文。韣本亦作獨。又作櫝。徒木反。正義。傳以婦人怨夫不在。而言角枕錦衾。則是夫之衾枕也。夫之衾枕。非妻得服用。且若得服用。則終常見之。又不得見其衾枕。始恨獨旦。知此衾枕是有故乃設。非常服也。家人之大事。不過祭祀。故知衾枕齊乃用之。故云。祭則角枕錦衾。予美亡此。誰與獨旦。箋。旦明也。我君子無於此。吾誰與齊乎。獨自潔明。衡案。獨旦。獨寢至旦也。夏之日。冬之夜。言長也。箋。思者。於晝夜之長時尤甚。故極言之。以盡情。衡案。足利古本作言之。無極字。十行本作極之。無言字。諸本並與此本同。今案古本似長。百歲之後。歸于其居。箋。居墳墓也。言此者。婦人專一。義之至。情之盡。衡案。日夜憂思。而君子之歸。不可得而期。獨願百歲之後。葬於同穴耳。怨極而無奈何之辭。冬之夜。夏之日。百歲之後。歸于其室。室猶居也。箋。室猶冢壙。衡案。傳言猶某者。必猶上傳。則上箋居墳墓也。乃傳文。非箋也。今本作箋者。蓋轉寫誤耳。傳以室爲墳墓。以墳墓表冢壙也。鄭以其不切室字。易之爲冢壙。益信上文居墳墓之爲毛傳也。

采苓三章。章八句。

采苓。刺晉獻公也。獻公好聽讒焉。釋文。苓力丁反。郎甘草。葉似地黃。好呼報反。

采苓采苓。首陽之巔。興也。苓大苦也。首陽。山名也。采苓。細事。首陽。幽辟也。細事。喻小行也。幽辟。喻無徵也。箋。采苓采苓者。言采苓之人。衆多非一也。皆云采此苓於首陽山之上。首陽山之上。信有苓矣。然而今之采者。未必於此山。然而人必信之。興者喻事有似而非。正義。苓大苦。釋草文。首陽之山。在河東蒲坂縣南。讒言之起。由君暱近小人。故責君數問小事於小人。所以讒言也。箋易之者。鄭答張逸云。篇義云。好聽讒。當似是而非者。故易之。衡案傳意謂。讒人說人細小無徵之事。而獻公輒信之。正小序好聽讒焉之意也。箋兼稱薦人而言之。顯與序義反。非也。

人之爲言。苟亦無信。舍旃舍旃。苟亦無然。苟誠也。箋。苟且也。爲言。謂爲人爲善言以稱薦之。欲使見進用也。旃之言。焉也。舍之焉。舍之焉。謂訽訕人。欲使見貶退也。此二者且無信受之。且無答然。釋文。爲言于僞反。或如字。下文皆同。本或作僞字。非。爲言謂爲人。並于僞反。正義。敎君止讒之法。人之詐僞之言。有妄相稱薦。欲令君進用之者。君誠亦勿得信之。若有言人罪過。令君舍之者。誠亦無得答然。君但能如此。不受僞言。則人之僞言者。復何所得焉。既無所得。自然讒言止也。人之僞言。與舍旃舍旃。文互相見。上云人之僞言。則舍旃舍旃者。亦是人之僞言也。舍旃者。謂訽訕人。欲令見貶退。則人之僞言。謂稱薦人。欲令見進用。是互相明。王肅諸本皆作爲言。定本作僞言。王引之云。正義作僞言是也。序曰。刺獻公好聽讒。則人之爲言。即民之譌言也。說文曰。譌。譌言也。從言爲聲。詩曰。民之譌言。今小雅沔水。正月。並作民之訛言。沔水箋曰。訛僞也。言小人好詐譌。作交易之言。正月箋曰。訛僞也。人以僞言相陷入。晉語曰。僞言誤衆。是其義也。段玉裁云。古爲僞通。苟誠也。謂苟卽果之假借。雙聲假借也。衡案。序云。獻公好聽讒焉。傳云。細事喩小行也。幽辟喩無徵也。皆無稱薦人之義。則人之僞言。亦謂讒人。舍棄。旃之也。棄之讒人。勸君使棄人也。上二句汎言之。下二句切言之。

人之爲言。胡得焉。

箋。人以此言來。不信受之。不答然之。從後察之。或時見罪。何所得。

采苦采苦。首陽之下。

苦苦菜也。

正義。此荼也。陸璣云。苦菜生山田及澤中。得霜恬脆而美。所謂菫荼如飴。內則云。濡豚包苦用苦荼是也。

人之爲言。苟亦無然。

無與。無用也。

人之爲言。胡得焉。采葑采葑。首陽之東。

葑菜名也。

人之爲言。苟亦無從。舍旃舍旃。苟亦無然。人之爲言。胡得焉。

毛詩輯疏卷五終

此卷七月朔起草。三日兒敏雄沒於下總千葉。既而感冒累旬。九月五日移居於三番街。前後亦倥傯累日。以故此日始卒業。明治辛未九月念四　息軒

毛詩輯疏

卷六

毛詩輯疏卷六

日南　安井　衡著

秦車鄰詁訓傳第十一　國風

秦國十篇。二十七章。百八十一句。

車鄰三章。一章四句。二章章六句。

車隣。美秦仲也。秦仲始大。有車馬禮樂侍御之好焉。釋文。隣本亦作鄰。栗人反。始大絕句。或連下句非。

有車鄰鄰。有馬白顛。鄰鄰。衆車聲也。白顛。的顙也。正義。車有副貳。明非一車。故以鄰鄰爲衆車之聲。車既衆多。則馬亦多矣。故於馬見其毛色而已。不復言衆多也。釋畜云。馬的顙白顛。舍人曰。的白也。顙額也。額有白毛。今之戴星馬也。未見君子。寺人之令。寺人。內小臣也。箋。欲見國君者。必先令寺人。使傳告之。時秦仲又始有此臣。釋文。寺如字。又音侍。本亦作侍。韓詩作伻。云使伻。正義。天官序官云。內小臣。奄上士四人。寺人。王之正內五人。則天子之官。內小臣與寺人。別官。燕禮。諸侯之禮也。經云。獻左右正。與內小臣。是諸侯之官有內小臣也。左傳齊有寺人貂。晉有寺人披。是諸侯之官有寺人也。然則寺人與內小臣別官矣。此云寺人內小臣者。解寺人官之尊卑。及所掌之意。言寺人是在內細小之臣。非謂寺人即是內小臣之官也。李黼平云。小雅巷伯篇。寺人孟子。釋文云。寺如字。又音侍。此詩釋文云。寺如字。又音侍。本亦作侍。然則毛作傳時。經文是侍人。故以內小臣釋之。如作寺人。則鄭必據周禮以易之。箋不易傳。知鄭箋詩時。亦作侍人。序云。有車馬禮樂侍御之好。即據經侍人爲說。孟子亦云。寺人瘠環。不必定如周禮寺人之官也。阪有漆。隰有栗。興也。陂者曰阪。下溼曰隰。箋。興者。喻秦仲之君臣。所有各得其宜。正義。言阪上有漆木。隰中有栗木。各得其宜。以興秦仲之朝。上有賢君。下有賢臣。上下各得其宜。既見君子。並坐鼓瑟。又見其禮樂焉。箋。既見。既見秦仲也。並坐鼓瑟。君臣以間暇。燕飲相安樂也。今者不樂。逝者其耋。耋。老也。八十曰耋。箋。今者不於此君之朝自樂。謂仕焉而去在他國。其徒自使老。言將後寵祿也。焦循云。秦仲有車馬禮樂之盛。秦人極言其樂耳。逝謂年歲之逝。言時易去而老也。以樂爲仕。以逝爲去國。此鄭之說也。非毛義也。衡案。今者與逝者對言。今者今日。逝者去日也。謂從今逝去之日。

阪有桑。隰有楊。既見君子。並坐鼓簧。簧笙也。衡案。簧笙舌也。吹則鼓動作聲。故亦言鼓也。

今者不樂。逝者其亡。亡喪棄也。

駟鐵三章。章四句。

駟鐵。美襄公也。始命。有田狩之事。園囿之樂焉。箋。始命。命爲諸侯也。秦始附庸也。正義。諸侯之君。乃得順時游田。治兵習武。取禽祭廟。附庸未成諸侯。其禮則闕。言園囿之樂者。還是田狩之事。于園于囿。皆有此樂。故云園囿之樂焉。獵則就於囿中。上二章囿中事也。調習則在園中。下章園中事也。有蕃曰園。有牆曰囿。園囿大同。蕃牆異耳。本或秦下有仲。衍字。定本直云秦始附庸也。

駟鐵孔阜。六轡在手。鐵驪。阜大也。箋。四馬六轡。六轡在手。言馬之良也。正義。鐵者言其色墨如鐵。故爲驪也。每馬有二轡。四馬當八轡矣。諸文皆言六轡者。以驂馬内轡納之於觼。故在手者唯六轡耳。大叔于田言。六轡如手。謂馬之進退。如御者之手。故爲御之良。此言六轡在手。謂在手而已。不假控制。故爲馬之良也。阮元云。釋文云。驖驪馬也。考說文。驖馬赤黑色。从馬𢧜聲。詩曰駟驖孔阜。是毛氏詩作驖。釋文本與許合也。正義本當是鐵字。鐵爲驖之借。如鶮爲鳱之借。衡案。釋文正義不言驖有異文。則孔本亦作驖。孔以鐵釋驖。後人遂改作鐵。猶以揚釋楊。後人遂改楊州爲揚州耳。

公之媚子。從公于狩。能以道媚于上下者。冬獵曰狩。箋。媚于上下。謂使君臣和合也。此人從公往狩。言襄公親賢也。正義。卷阿云。媚于天子。媚于庶人。謂吉士之身。媚上媚下。知此亦不是己身。能上媚下媚者。以其特言公之媚子。從公于狩。明是大賢之人。能和合他人。使之相愛。非徒己身能愛人而已。謂之媚子者。王肅云。卿大夫稱子。錢大昕云。詩三百篇言媚于天子。媚于庶人。媚玆一人。思媚周姜。思媚其婦。皆是美詞。論語媚奧媚竈。亦敬神之詞。非有詔瀆之意。唯晚出古文尚書冏命。有便辟側媚字。而傳訓爲詔諛之人。古文尚書多僞。此亦其一證也。衡案。公之媚子。從公于狩。稱君臣之盛。以美之。言所以得列爲諸侯者。以君明臣賢。相敬親也。媚。愛也。媚於上下。爲上下所愛也。

奉時辰牡。辰牡孔碩。時是。辰時也。冬獻狼。夏獻麋。春秋獻鹿豕羣獸。箋。奉是時牡者。謂虞人也。時牡甚肥大。

言禽獸得其所。正義。冬獻狼以下。皆天官獸人文。所異者。彼言獸物。此言羣獸耳。王引之云。獸人獻獸。以供膳。四時各其所宜也。謂虞人驅禽以待射。必無冬但驅狼。夏但驅麋之理。然則辰牡非謂時牡也。辰當讀爲愼。周官大司馬。大獸公之。小禽私之。鄭注云。鄭司農云。大獸公之。輸之於公。小禽私之。以自畀也。詩曰。言私其豵。獻肩於公。一歲爲豵。二歲爲豝。三歲爲特。四歲爲肩。五歲爲愼。玄謂。愼讀爲麎。爾雅曰。麋牝曰麎。案。愼獸五歲之名。非牡麋之名也。愼卽此詩辰牡之辰。衡案。田獵之法。固不得但驅時物。然虞人爲君所奉。冬必狼。夏必麋。貴時物也。何妨辰訓時。王說似是而非。

公曰左之。舍拔則獲。拔矢末也。箋。左之者。從禽之左射之也。拔括也。舍拔則獲。言公善射。正義。以鏃爲首。故拔爲末。公曰左之。是公命御者。從禽之左逐之。欲從禽之左而射之也。逐禽由左。禮之常法。

遊于北園。四馬既閑。閑習也。箋。公所以田則克獲者。乃遊于北園之時。時則已習其四種之馬。正義。此則倒本未獵之前。調習車馬之事。夏官校人。辨六馬之屬。種馬。戎馬。齊馬。道馬。田馬。駑馬。天子馬六種。諸侯四種。鄭以隆殺差之。諸侯之馬無種戎也。此說獵事。止應調習田馬而已。而云四種之馬皆調之者。以其田獵所以敎戰。諸馬皆須調習。故作者因田馬調和。廣言四種皆習也。衡案。傳不解四馬。則以爲一乘之馬矣。田獵固須衆馬。而特言一乘之馬者。一乘旣調。則衆乘皆調可知矣。鄭蓋謂。詩詠馬盛。多言其色。否則言四牡。以美其不雜牝。未有言四馬者。而此獨言四馬。

毛詩輯疏卷六

則非一乘之馬。故以爲四種之馬耳。然他篇詠馬者。皆調良之馬。故言其色。及不雜牝。以美之。此則詠未獵之前。調習其馬。故言四馬已閑習而美之。不得不舉馬數而省其色言。各有當也。

輶車鸞鑣。載獫歇驕。

輶輕也。獫歇驕。田犬也。長喙曰獫。短喙曰歇驕。箋。輕車。驅逆之車也。置鸞於鑣。異於乘車也。載始也。始田犬者。謂達其摶噬。始成之也。此皆遊于北園時所爲也。釋文。歇本又作猲。許謁反。說文音火遏反。驕本又作獢。同許喬反。正義。長喙獫。短喙歇驕。釋畜文。夏官田僕。掌設驅逆之車。注云。驅。驅禽使前趍獲。逆。御還之。使不出圍。釋訓云。哉。始也。哉載義同。故亦爲始。陳啓源云。後儒謂。以輶車載犬。其說始於文選張銑注。五臣多謬誤。不足信也。犬馬皆畜。犬本以能走見長。何反用馬力載之乎。惠棟云。載獫歇驕。朱子謂以車載犬。休其足力。恐非。重人賤畜之義。張衡西京賦云。屬車之簉。載獫歇驕。賦說初出獵時事。爲以副車載此田犬而行。故薛綜與李善。皆不引箋義爲解。張在鄭前。鄭不依用者。賦家引經。類多假借。且此是既獵之後。四馬既閑。傳云。習也。彼閑爲閑習田馬。則此載當爲習田犬。鄭故望傳爲此解也。段玉裁云。歇驕。卽猲獢之假借。衡案。載犬於輕車。驕奢之甚。與鶴乘軒何擇。詩人將刺之之不暇。而序何言美襄公也。不唯序爲美。詳考經文。皆讃美稱歎之言。而忽挿此亡國之事。乃不倫之甚。必不然矣。四馬既閑。閑習田馬也。此二句蒙上閑字。則亦謂始閑習田犬與驅逆之車。箋訓載爲始。深得經傳之旨矣。置載字於車犬之間者。兼上下而言之。惠以此章所詠之事。爲既狩之後。以其於卒章言之耳。然詩人言國之所以存亡興替。多遡其始。未若正義倒本末獵之前也。

小戎三章。章十句。

小戎。美襄公也。備其兵甲。以討西戎。西戎方強。而征伐不休。國人則矜其車甲。婦人能閔其君子焉。箋。矜夸大也。國人夸大其車甲之盛。有樂之意也。婦人閔其君子。恩義之至也。作者敍內外之志。所以美君政教之功。陳啓源云。幽王亡於襄公之七年。秦救周有功。十二年。伐戎至岐而卒。此數年中皆征伐之時矣。

小戎俴收。五楘梁輈。小戎。兵車也。俴。淺。收。軫也。五。五束也。楘。歷錄也。梁輈。輈上句衡也。一輈五束。束有歷錄。箋。此羣臣之兵車。故曰小戎。正義。俴淺釋言文。收軫者。相傳爲然。無正訓也。軫者。車之前後兩端之橫木也。蓋以爲此軫者。所以收斂所載。故名收焉。五楘是轅上之飾。故以五爲五束。言以皮革五處束之。因以爲文章歷錄然。歷錄。蓋文章之貌也。輈從軫以前稍曲而上。
至衡則居衡之上。而𩊚下句之。衡則横居輈下。如屋之梁然。故謂之梁輈也。考工記
云。國馬之輈。深四尺有七寸。注云。馬高八尺。兵車乘車。軹崇三尺有三寸。加軫與轐。
七寸。又并此輈深。則衡高八尺七寸也。除馬之高。則餘七寸。爲衡頸之間也。是輈在
衡上。故頸間七寸也。考工記又云。輿人爲車。輪崇車廣衡長參如一。參分車廣。去一
以爲隧。注云。兵車之隧。四尺四寸。鄭司農云。隧謂車輿深也。則兵車當輿之內。前軫
至後軫。惟深四尺四寸也。車人云。大車牝服。二柯。有參分柯之二。注云。大車。平地任
載之車。牝服長八尺。謂較也。則大車之輿內。前軫至後軫。其深八尺。兵車之軫。比之
爲淺。故謂之淺軫也。衡案。服馬牽車。其力在輈。而其形上曲。恐其
伸折。故五束固之。因以爲飾。轐。伏兎也。左右有二。安軸上以承輿。**游環脅驅。**

陰靷鋈續。游環。靷環也。游在背上。所以禦出也。脅驅。愼駕具。所以止
入也。陰揜軓也。靷。所以引也。鋈。白金也。續。續靷也。箋。游環在背上。無常
處。貫驂之外轡。以禁其出。脅驅者。著服馬之外脅。以止驂之入。揜軓在
軾前。垂輈上。鋈續。白金飾續靷之環。釋文。靷音胤。靷環居覲反。本又作靳。沈
云。舊本皆作靳。游靳者。言無常處。游在
驂馬背上。以驂馬外轡貫之。以止驂之出。左傳云。如驂之有靳。居釁反。無取於靷也。
愼或作順。義亦兩通。正義。陰揜軓者。謂輿下三面材。以板木横側車前。所以陰映此

靷。故云揜靷也。靷者以皮爲之。繫於陰板之上。令驂馬引之。釋器云。白金謂之銀。其美者謂之鐐。然則白金不名鋈。言鋈白金者。鋈非白金之名。謂鋈此白金以沃灌靷環。非謂鋈爲白金也。劉熙釋名云。游環在服馬背上。驂馬之外轡貫之。游移前卻。無定處也。戴震云。釋文靷環作靳環。引沈重云。舊本皆作靳。今考下言陰靷鋈續。傳曰。續。續靷也。箋曰。鋈續。白金飾續靷之環。然則靳環與靷環乃二物。詩並言之。轉寫訛溷。後人遂莫之辨。車前揜板。其上不堪任。今時車騑馬之靷。繫於軸。古亦宜然。以其自下而出揜軓之前。故稱陰靷耳。衡案。靳固也。所以固制驂馬。使不出也。故鄭以貫驂之外轡申之。與靷覓別。但外轡當作內轡。若是外轡。從驂馬頜下貫之游貫。令馬首俯。從背上貫之。令其首向外。皆非御馬之法。下經鋈以觼軜。傳云。軜驂內轡也。駟鐵。正義云。諸文皆言六轡者。以驂馬內轡納之觖。故在手者唯六轡耳。是也。釋文驂馬背上。亦當作服馬。皆轉寫誤耳。靷。說文引軸也。戴說得之。蓋靷著驂馬之胷。繫其末於軸。然軸在輿下。每駕縛之。煩不可爲。故別爲一靷。縛之軸。置環其末。將駕以著馬胷之靷末。結之環中。以便駕稅。故謂縛於車軸者。爲續靷也。鄭知續靷有環者。經云鋈。革不可鋈金。且兩靷相結而使馬牽之。稅駕之時。牢不可解。故知有環以續之也。

文茵暢轂。駕我騏馵。 文茵。虎皮。暢轂。長轂也。騏綦文也。左足白曰馵。箋。此上六句者。國人所矜。正義。考工記云。兵車之輪。崇六尺六寸。椁其漆內。而中詘之。以爲之轂長。注云。六尺六寸之輪。漆內六尺四寸。是爲轂長三尺二寸。考工記又說。車人爲車。柯長三尺。轂長半柯。是大車之轂。長尺半也。兵車之轂。比之爲長。故謂之長轂。釋畜云。馬後右足白驪。左足白馵。然則左足白者。謂後左足也。段玉裁云。傳不釋茵者。以人所易知也。
許愼則云。茵車中重席。衡案。諸本作騏騏文也。正義云。色之青黑者爲綦。馬名爲騏。
知其色作綦文。是其本下騏作綦。
段焦諸儒皆以作綦爲是。今從之。**言念君子。溫其如玉。**箋。言我也。念
君子之性。溫然如玉。玉有五德。**在其板屋。亂我心曲。**西戎板屋。
箋。心曲。心之委曲也。憂則心亂也。此上四句者。婦人所用閔其君子。
衡案。此篇詩人代述一國之情。國人矜車馬之盛。
婦人憫其君子。外强而內睦。秦之所以日興也。**四牡孔阜。六轡在手。**
騏騮是中。騧驪是驂。黃馬黑喙曰騧。箋。赤身黑鬣曰騮。中中服
也。驂兩騑也。**龍盾之合。鋈以觼軜。**龍盾。畫龍其盾也。合合而載
之。軜。驂內轡也。箋。鋈以觼軜。軜之觼。以白金爲飾也。軜繫於軾前。
正義。言鋈以觼軜。謂白金飾皮爲觼。以納物也。四馬八轡。而經傳皆謂六轡。明有二
轡當繫之。馬之有轡者。所以制馬之左右。令之隨逐人意。驂馬欲入。則偪於脅驅。內
轡不須牽挽。故知納者納驂內轡。繫於軾前。其繫之處。以白金爲觼也。李黼平云。說
文軜云。驂馬內轡繫軾前者。从車內聲。詩曰。鋈以觼軜。與毛傳合。傳未解軜繫于何

處。故箋以繫于軾前申之。非讀軜爲納也。說文觼云。環之有舌者。从角夐聲。或作鐍。然則驂之內轡名軜。軜之環名觼。以白金飾觼。故謂之觼軜。衡案。鋈以觼軜。言鋈以爲觼軜也。傳解軜而不解觼。觼有舌環。時人所俱知也。且施觼於軜。是軜爲主。觼則軜中一物。解其所重也。軜者納也。驂馬內轡。收所餘於觼。以繫於軾前。故名之爲軜。傳文簡。唯言內轡。而不言末。李遂以軜爲內轡總名。未免微誤。轡末必置觼者。以便繫脫也。言念君子。溫其在邑。在敵邑也。方何爲期。胡然我念之。箋。方今以何時爲還期乎。何以然了不來。言望之也。衡案。閩本。監本。毛本。然了誤倒。今從古本。岳本。小字本。俴駟孔羣。厹矛鋈錞。蒙伐有苑。俴駟。四介馬也。孔甚也。厹三隅矛也。錞鐏也。蒙討羽也。伐中干也。苑文貌。箋。俴淺也。謂以薄金爲介之札。介甲也。甚羣者。言和調也。蒙厖也。討雜也。畫雜羽之文於伐。故曰蒙伐。釋文。錞。徒對反。舊徒猥反。一音敦。正義。成二年左傳。說齊侯與晉戰云。不介馬而馳之。是戰馬皆被甲也。曲禮曰。進戈者。前其鐏。後其刃。進矛戟者。前其錞。是矛之下端。當有鐓也。彼注云。銳底曰鐏。取其鐏地。平底曰鐓。取其鐓地。則鐓鐏異物。言鐓鐏者。取類相明。非訓爲鐓也。傳以蒙爲討。箋轉討爲厖。皆以義言之。無正訓也。段玉裁云。禮記進矛戟者前其鐓。說文鐓。下垂也。錞。

矛戟柲下銅鐏也。詩曰。厹矛沃錞。是其字以秦風爲正也。說文討訓治也。猶亂訓治也。取其紛亂而理之曰討。討羽猶言亂羽。此鄭以尨釋蒙。以雜釋討之意。伐或作䍐。䍐是正字。伐是假借字。衡案。討訓治。謂治其罪。亂訓治。則取義相反。其意自別。毛訓蒙爲討者。蓋亂則討之。故古謂凡物雜亂無次者爲討。此語在鄭時已稍費解。故以尨釋蒙。以雜釋討。以申毛意。使後人易通曉耳。

虎韔鏤膺。交韔二弓。竹閉緄縢。虎虎皮也。韔弓室也。膺馬帶也。交韔。交二弓於韔中也。閉紲。緄繩。縢約也。箋。鏤膺有刻金飾也。正義。釋器說治器之名云。金謂之鏤。故知鏤膺有刻金之飾。交二弓於韔中。謂顚倒安置之。既夕記說明器之弓云。有柲。注云。柲。弓檠也。弛則縛之於弓裏。備損傷也。以竹爲之。引詩云。竹閉緄縢。然則竹閉一名柲也。言閉紲者。說文云。紲。繫也。謂置弓柲裏。以繩紲之。因名柲爲紲。考工記弓人注云。紲弓柲也。角長則送矢不疾。若見紲於柲矣。是紲爲繫名也。所紲之事。卽緄縢是也。

言念君子。載寢載興。厭厭良人。秩秩德音。厭厭安靜也。秩秩有知也。箋。此既閔其君子寢起之勞。又思其性與德。釋文。知音知。本亦作智。正義。釋訓云。厭厭安也。秩秩知也。陳啓源云。載寢載興。箋云。閔君子寢興之勞。集傳云。思之深。而起居不寧。鄭指君子言。朱指念君子者言。皆可通。但上二章。温其如玉。温其在邑。皆言君子。不應此章獨異。則箋義優矣。

蒹葭三章。章八句。

蒹葭。刺襄公也。未能用周禮。將無以固其國焉。箋。秦處周之舊土。其人被周之德教日久矣。今襄公新爲諸侯。未習周之禮法。故國人未服焉。焦循云。蒹葭考槃。皆遯世高隱之辭。而序則云。考槃刺莊公。蒹葭刺襄公。此說者所以疑序也。嘗觀序之言。如氓靜女。刺時。簡兮。刺不用賢。芄蘭。刺惠公。匏有苦葉。雄雉。刺衞宣公。君子于役。刺平王。叔于田。大叔于田。刺莊公。羔裘。刺朝。還。刺荒。著。刺時不親迎。葛屨。刺褊。汾沮洳。刺儉。十畝之間。刺時。伐檀。刺貪。蟋蟀。刺晉僖公。山有樞。椒聊。刺晉昭公。有杕之杜。刺晉武公。葛生。采苓。刺晉獻公。宛丘。刺陳幽公。蜉蝣。刺奢。鳲鳩。刺不壹。祈父。白駒。黃鳥。刺宣王。賓之初宴。衞武公刺時。魚藻。采菽。黍苗。隰桑。瓠葉。刺幽王。抑。衞武公刺厲王。求之詩文。不見刺意。惟其爲刺詩。而詩中不見有刺意。此三百篇所以溫柔敦厚。可以興。可以觀。可以羣。可以怨也。後世之刺人。一本於私。雖君父不難於指斥。以自鳴其直。學詩三百。於序既知其爲刺某某之詩矣。而諷味其詩文。則婉曲而不直言。寄托而多隱語。故其言足以感人。而不以自禍。卽如節南山。雨無正。小弁等作。亦惻怛纏綿。不傷於直。所以爲千古事父事君之法也。若使所刺在此詩中。卽明白言之。不待讀序。卽知其爲刺某人之作。則何以爲主文譎諫而不訐。溫柔敦厚而不愚。人之多辟。無自立辟。洩冶所以見非於聖人也。宋明之人。不知詩教。士大夫以理自持。以倖直抵觸其君。相習成風。性情全失。而疑小序者。遂相率而起。余謂。小序之有裨于詩。至切至要。特詳論于此。

蒹葭蒼蒼。白露爲霜。興也。蒹薕。葭蘆也。蒼蒼。盛也。白露凝戾爲霜。然後歲事成。興國家待禮然後興。箋。蒹葭在衆草之中。蒼蒼然彊盛。至白露凝戾爲霜。則成而黃。興者。喻衆民之不從襄公政令者。得周禮以敎之則服。釋文。蒹音薕。正義。郭璞曰。蒹似萑而細。高數尺。蘆葦也。陸璣疏云。蒹水草也。堅實。牛食之。令牛肥彊。青徐州人謂之薕。兗州遼東通語也。祭義說養蠶之法云。風戾以食之。注云。使露氣燥。乃食蠶。然則戾爲燥之義。下章未晞。謂露未乾爲霜。然則露凝爲霜。亦如乾燥然。故云凝戾爲霜。探下章之意。以爲說也。衡案。露爲霜。其質凝。其形戾。觀黑壤得霜墳起者。可見矣。故云凝戾。非戾有燥義也。祭義風戾。掛桑葉於物。風拂戾之。露氣乃乾。故注云。使露氣燥。孔偶失考。

所謂伊人。在水一方。伊維也。一方難至矣。箋。伊當作緊。緊猶是也。所謂是。知周禮之賢人。乃在大水之一邊。假喻以言遠。釋文。緊於奚反。正義。伊維釋詁文。傳以詩刺未能用周禮。則未得人心。則所謂維是得人之道也。箋以上句言用周禮敎民則民服。此經當是勸君求賢人。使知周禮。故易傳。以所謂伊人。所謂是知周禮之賢人。

衡案。序言未能用周禮。將以無固其國焉。則此詩所重。在用周禮。周禮卽治人之道。故傳以伊人爲維治人之道。是時周室東遷未久。遺禮成式。人能誦習之。特襄公不用之耳。不必更求知周禮者。然後始能行之也。水一方。傳云。難至矣。言如襄公所爲。維治人之道。猶在水一方。未易至也。下文乃述求治之法。此詩通篇皆興也。

遡洄從之。道阻且長。逆流而上曰遡洄。逆禮則莫能以至也。箋。此言不以敬順往求之。則不能得見。正義。王肅云。水以喻禮樂。

遡游從之。宛在水中央。順流而涉曰遡游。順禮未濟。道來迎之。箋。宛坐見貌。以敬順求之則近耳。易得見也。衡案。道。治人之道也。言順禮治民。治道自至。猶涉水未濟。在水一方之人。來迎於中流也。毛本未濟作求濟。非。

蒹葭萋萋。白露未晞。萋萋。猶蒼蒼也。晞。乾也。箋。未晞。未爲霜。釋文。萋本亦作凄。

所謂伊人。在水之湄。湄。水隒也。釋文。隒魚檢反。又音檢。正義。釋水云。水草交爲湄。謂水草交際之處。水之岸也。釋山云。重甗隒。隒是山岸。湄是水岸。故云水隒。

遡洄從之。道阻且躋。躋。升也。箋。升者。言其難至如升阪。

遡游從之。宛在水中坻。坻。小渚也。正義。釋水云。小洲曰渚。小渚曰沚。小沚曰坻。然則坻是小沚。言小渚者。渚沚皆水中之地。小大異也。以渚易知。故繫渚言之。段玉裁云。小渚當作小沚。乃合爾雅。坻渚同訓。不可通。聲之誤也。

蒹葭采采。白露未已。采采。猶萋萋也。未已。猶未止也。阮元云。段玉裁云。下猶字衍。衡案。已止常訓。傳不必解。蓋原文未止作未晞。故言猶。今本誤耳。所謂伊人。在水之涘。涘厓也。

遡洄從之。道阻且右。右出其右也。箋。右者。謂其迂廻也。正義。若正與相當。行則易到。今乃出其右廂。是難至也。箋云。右言其迂廻。出其左。亦迂廻。言右取其與涘沚爲韻。衡案。出其右。言所至非所志也。以喻求治反得亂。箋云迂廻。非傳意也。

遡游從之。宛在水中沚。小渚曰沚。陳啓源云。雍。戎狄之墟也。周秦皆興焉。公劉以下諸君。變戎狄而爲周。襄公以下諸君。復變周而爲戎狄。一用禮。一不用禮之故也。自襄公不用周禮。以成風俗。秦遂終於爲秦。但周之用禮。詳見豳風。二雅。周頌諸詩。秦之棄禮。僅蒹葭一篇及之。又全篇託興。語意深遠。必得序而始明。此讀詩所以貴論世。而論世之不可無序也。朱子不信序說。故終不得此詩之解。

終南二章。章六句。

終南。戒襄公也。能取周地。始爲諸侯。受顯服。大夫美之。

故作是詩。以戒勸之。 李黼平云。駰鐵序言始命。此序亦言始爲諸侯。得不是同時者。彼是襄公以兵送平王。在雒邑受命。

此在駰鐵小戎之後。已取岐豐之地。襄公爲諸侯久矣。至是始受顯服。序故以能取周地表之。衡案駰鐵序云始封。蓋封子若男也。既而征伐西戎。封境益大。平王賞其功。進之封伯。子男雖亦列五等中。伯以上乃稱列侯。此云始爲諸侯者。蓋進封伯也。駰鐵序云始封。此序云始爲諸侯。語自有分寸。序意恐當如此。

終南何有。有條有梅。 興也。終南。周之名山。中南也。條。稻。梅。柟也。宜以戒不宜也。箋。問何有者。意以爲名山高大。宜有茂木也。興者。喻人君有盛德。乃宜有顯服。猶山之木有大小也。此之謂戒勸。 釋文。條本又作樤。音同。柟如鹽反。正義。地理志稱。扶風武功縣東有大山。古文以爲終南。其山高大。是爲周之名山也。昭四年左傳曰。荆山中南。天下之險。是此一名中南也。釋木云。稻山榎。陸璣曰。稻今山楸也。亦如下田楸耳。皮葉白。色亦白。材理好。宜爲車板。能溼。又可爲棺木。梅樹皮葉似豫章。豫樟葉大如牛耳。一頭尖。赤心。華赤黃。子青不可食。柟葉大可三四葉一聚。木理細緻於豫樟。子赤者材堅。子白者材脆。江南及新城。上庸。蜀。皆多樟柟。終南山與上庸新城通。故有柟也。焦循云。爾雅釋木云。柚條。說文亦云。柚條也。似橙而酢。夏書曰。厥包橘柚。毛傳作稻。以詩考之。詩爲秦風。宜詠其土地所出。柚貢於揚州。渡淮而北。即化爲枳。作稻爲是。段玉裁云。傳宜謂言山所宜。以戒不宜也。說起興戒勸之意。

君子至止。錦衣狐裘。錦衣。采色也。狐裘。朝廷之服。箋。至止者。受命服於天子而來也。諸侯狐裘。錦衣以裼之。正義。狐裘朝廷之服。謂狐白裘也。白狐皮爲裘。其上加錦衣。以爲裼。其上又加皮弁服也。玉藻云。君衣狐白裘。錦衣以裼之。

顏如渥丹。其君也哉。箋。渥厚漬也。顏色如厚漬之丹。言赤而澤也。其君也哉。儀貌尊嚴也。釋文。渥於角反。淳漬。丹如字。韓詩作沰。音撻各反。沰。赬也。淳之純反。又如字。本亦作厚字。

終南何有。有紀有堂。紀基也。堂畢道平如堂也。箋。畢也。堂也。亦高大之山。所宜有也。畢終南山之道名。邊如堂之牆然。正義。案集注本作屺。定本作紀。以下文有堂。故以爲基。謂山基也。釋丘云。畢堂牆。李巡曰。堂牆名。崖。似堂牆曰畢。郭璞曰。今終南山道名。畢。其邊若堂室之牆。以終南之山。見有此堂。知是畢道之側。其崖如堂也。定本又云。畢道平如堂。據經文有紀有堂。便是二物。今箋唯云畢也堂也。止釋經之有堂一事者。以基亦是堂。因解傳畢道如堂。遂不復云基。焦循云。爾雅釋丘。畢堂牆。謂畢爲堂之牆。毛云。畢道平如堂。據其平處。解經之堂也。箋因傳言畢。故用爾雅。解畢爲兩邊如牆。云道平如堂。云邊如堂之牆。互相發明。王引之云。案。紀讀爲杞。堂讀爲棠。條梅杞棠皆木名也。紀堂假借字耳。考白帖終南山類引詩。正作有杞有棠。唐時齊魯詩皆亡。唯韓詩尚存。則所引蓋韓詩也。且首章言有條有梅。二章言有紀有棠。首章言錦衣狐裘。二章言黻衣繡裳。紀堂之皆爲木。亦猶錦衣黻衣之皆爲衣也。自毛公誤釋紀堂爲山。而崔靈恩本紀終作屺。此眞所謂說誤於前。文變於後者矣。段玉裁云。箋畢也。當作基也。據正義所釋。其本已誤。遂爲之遷就其說也。衡案。紀杞堂棠。古皆同音。音同義通。況有白帖可據。王說似可從矣。然詳考序傳。此篇宜以戒不宜。襄公既受顯服。是已基矣。當益修其德。以安其國。是猶構成其堂。傳既訓紀爲基。基堂相將之物。其宜以戒不宜之意自明。故止云。道平如堂。不復釋其義耳。且梅枏大木。大山所宜有也。杞棠則皆小木。恐非所宜取喻。王說未是。

君子至止。

黻衣繡裳。 黑與青謂之黻。五色備謂之繡。 正義。黑至繡。考工記繢人文也。鄭於周禮之注。差次章色。黻皆在裳。言黻衣者。衣大名。與繡裳異其文耳。陳啓源云。集傳用孔氏書傳釋黻曰。黻之狀亞兩己相戾。案。己字誤。吾友楊令若云。當作弓。不成字。無音可讀。非戊己之己。斯言當矣。又案。亞字亦誤。當作𢎘。古弗字。因謂之黻。見漢書韋賢傳師古注。又見顧野王玉篇。則此字上下兩畫中斷。文作𢎘。與亞夫亞字異。衡案。唐楊之水。素衣朱襮。傳云。襮領也。諸侯繡黼丹朱中衣。黼既領中衣。則黻亦必有所用於衣矣。況此經衣與裳對言。禮文殘缺。未可以古典無文。而遽斷其非衣矣。

佩玉將將。壽考不忘。

黃鳥三章。章十二句。

黃鳥。哀三良也。國人刺穆公以人從死。而作是詩也。三良。三善臣也。謂奄息。仲行。鍼虎也。從死。自殺以從死。正義。文六年左傳云。秦伯任好卒。以子車氏之三子。奄息。仲行。鍼虎。爲殉。皆秦之良也。國人哀之。爲之賦黃鳥。

交交黃鳥。止于棘。興也。交交。小貌。黃鳥以時往來。得其所。人以壽命終。亦得其所。箋。黃鳥止于棘。以求安已也。此棘若不安則移。興者。喻臣之事君亦然。今穆公使臣從死。刺其不得黃鳥止于棘之本意。正義。黃鳥。小鳥也。故以交交爲小貌。桑扈箋云。交交猶狡狡。飛而往來貌。則此亦當然。故云。往來得其所。是交交爲往來狀也。箋以鳥之集木。似臣之仕君。故易傳也。言若得鳥止之意。知有去留之道。則不當使之從死。衡案。往來猶去留也。傳從三良立說。故云。往來得其所。箋從穆公立說。故云。不得黃鳥止于棘之本意。雖所從言異。其義則同。是箋申傳。非易之也。疏非。

誰從穆公。子車奄息。子車氏。奄息名。箋。言誰從穆公者。傷之。正義。左傳作子輿。輿車字異義同。傳以奄息爲名。仲行亦爲名。箋以仲行爲字者。以伯仲叔季。爲字之常。故知仲行是字也。然則鍼虎亦名矣。或名或字。取其韻耳。衡案。左傳不用韻。亦曰仲行。則仲行是名。非字也。春秋之時。有以伯仲叔季爲名者。桓四年。天王使宰渠伯糾來聘。傳云。父在。故名。是也。

維此奄息。百夫之特。乃特百夫之德。箋。百夫之中。最雄俊也。李黼平云。鄘風柏舟。實維我特傳云。特匹也。此詩次章。百夫之防。傳云。防比也。徐仙民云。防毛音方。則爲比方之比。三章百夫之禦。傳云。當也。以比之訓例之。則爲相當之當。非抵當之當。此章特亦當訓匹。言奄息之德。可匹百夫。衡案。傳云。乃特。是特字活讀。李說是也。正義云。箋申傳。非也。

臨其穴。惴惴其慄。惴惴懼也。箋。穴謂塚壙中也。秦人哀傷此奄息之死。臨視其壙。皆爲之悼慄。陳啓源云。箋語甚明。朱傳觀臨穴惴慄之言。謂是康公生納之於壙。罪有所歸。恐非是。史記秦本紀正義引應劭云。穆公與羣臣飲酒酣。公曰。生共此樂。死共此哀。於是奄息仲行鍼虎許諾。及公薨。皆從死。竊意此三人者。定是然諾不苟。俠烈輕生之士。何至臨穴惴惴。待人迫而納之壙邪。但康公不特爲禁止。聽其自殺。則亦不能無罪。要之康公與三良。迫於君父之亂命。不能以義決從違。雖有罪。當從末減。若穆公。要人從死。乃昏君暴主之所爲。應爲首惡也。左傳及詩序專罪穆公。信是定論。焦循云。箋謂三良自殺從死。故以惴惴爲臨視其壙者。爲之悼慄。然序稱穆公以人從死。則殺三良者乃穆公。左傳亦言。以子車氏三子爲殉。與序合。毛訓惴惴爲懼。自謂三良。若秦人臨三良之壙。止宜哀。不必懼。誠是三人許諾自殺。且已死而臨其壙。何欲百身以贖之。衡案。陳主鄭。以生納三良於壙爲非。焦本朱。謂秦人臨三良之壙。止宜哀。

不必懼。皆是也。而均未得詩人之意焉。凡以死從君者。平日寵遇。必絕於人。故君以此要之。臣以此甘之。非有罪以殺之也。爲嗣君者。應棺斂盡禮。以報其志。必不裸葬以辱之九泉。況敢生納之於壙中哉。若果生納之。左傳小序。當深罪康公。而未嘗一言及康公。以此推之。其說不攻自破。序言哀三良。惴惴當屬三良。故毛訓懼。鄭謂。三良既死。不宜言其懼。故易訓悼慄。爲秦人臨三良之穴悼慄。然通章哀三良之死。而以秦人臨壙揷於其間。於文爲不詞。於義爲不通。而字又失其正訓。非也。蓋詩多溢美溢惡之詞。而死者人之所畏。此篇哀三良。而刺穆公。故詩人探三良之情。言其臨穴惴惴之狀。所以深罪穆公也。其實三良自殺從之。未嘗臨其穴。亦不生納之。然據實迹之。是義之。非哀之。乃班史所云田橫義過黃鳥之屬。非詩人溫柔敦厚之旨也。孟子曰。說詩者。不以文害辭。不以辭害志。以意逆志。是爲得之。苟通此義。此詩不難解也。

彼蒼者天。殲我良人。殲盡。良善也。箋。言彼蒼者天。愬之。如可贖兮。人百其身。箋。如此奄息之死。可以他人贖之者。人皆百其身。謂一身百死猶爲之。惜善人之甚。衡案。人百其身。言人皆爲已有百身也。人只有一身。故愛其死。若得死以贖三良。人皆以爲已有百身。言樂爲之死。

交交黃鳥。止于桑。誰從穆公。子車仲行。箋。仲行。字也。

維此仲行。百夫之防。防比也。箋。防猶常也。言此一人當百夫。釋文。防。徐云毛音方。段玉裁云。此謂防卽比方字。臨其穴。惴惴其慄。彼蒼者天。殲我良人。如可贖兮。人百其身。交交黃鳥。止于楚。誰從穆公。子車鍼虎。維此鍼虎。百夫之禦。禦當也。臨其穴。惴惴其慄。彼蒼者天。殲我良人。如可贖兮。人百其身。

晨風三章。章六句。

晨風。刺康公也。忘穆公之業。始棄其賢臣焉。陳啓源云。穆公雖不爲盟主。然寘晉救荆。覇西戎。亦嬴之雋也。而得士力爲多。如由余。百里奚。蹇叔。公子縶。公孫枝之徒。謀臣濟濟然。傳謂賢人歸之。駛疾。如晨風之入北林。信有之。已康公嗣立。秦業遂衰。終春秋。見擯於中國。士會之歸也。繞朝謂之曰。子無謂秦無人。可見康公棄賢。有人而不用也。卒爲晉所紿。詒笑於諸侯。非自取之乎。序云。忘穆公之業。棄其賢臣。非無稽之談也。

鴥彼晨風。鬱彼北林。興也。鴥疾貌。晨風鸇也。鬱積也。北林。林名也。先君招賢人。賢人往之。駃疾如晨風之飛入北林。箋。先君謂穆公。

正義。晨風鸇。釋鳥文。郭璞云。鷂屬。陸璣疏云。鸇似鷂。青黄色。燕頷勾喙。嚮風搖翅。乃因風飛。急疾擊鳩鴿燕雀食之。

未見君子。憂心欽欽。思望之。心中欽欽然。箋。言穆公始未見賢者之時。思望而憂之。

衡案。欽敬也。敬慕賢者。故毛以思望釋之。

如何如何。忘我實多。今則忘之矣。箋。此以穆公之意責康公。如何如何乎。女忘我之事實多。

衡案。傳之字。指穆公思望賢者之事。即序所云忘穆公之業也。故箋以忘我之事申之。或曰。我。賢者自我。大謬。

山有苞櫟。隰有六駮。櫟木也。駮如馬。倨牙食虎豹。箋。山之櫟。隰之駮。皆其所宜有也。以言賢者亦國家所宜有之。

正義。釋木云。櫟。其實梂。孫炎曰。櫟實橡也。有梂彙自裹也。陸璣疏云。駮馬。梓榆也。其樹皮青白駮犖。遙視似駮馬。故謂之駮馬。下章云。山有苞棣。隰有樹檖。皆山隰之木相配。不宜云獸。此言非無理也。但箋傳不言。錢大昕云。詩中山有隰有對舉者。皆草木之類。此六駮必草木之名。其非獸審矣。釋木云。駮赤李。謂李之子赤者也。其即詩之六駮乎。又釋草云。馰九葉。樊光本馰作駮。段玉裁云。説文駮駁異字。此傳云。倨牙食虎豹之獸。是駮字也。東山傳云。騂白駁。是駁字也。陸璣云。梓榆樹皮如駁馬，則此宜作駁。陸意六駁與苞櫟爲類。案鷸巢言苕甓，旨鷊之等，不必駁與櫟不爲類也。李黼平云：詩人託物起興，隨觸卽言，非如後世詞人艸木禽蟲斤斤相配。況上章以歍疾之鳥，入鬱積之林，已是一鳥一林，則此章一木一獸，何甞不相配邪。衡案：獸與木對舉，陸孔既疑其誤，以其與常例違也。梓榆駁馬，係後世俗名，不必辨駁駁異字。至駁赤李，載在釋木，毛何不知，而必訓食虎豹之獸者，蓋謂穆公不獨貴賢者，并畜敵愾之臣，猶終南有紀有堂，勸襄公以德行，當有始有終，取其義而喻之，不取其類也。

未見君子，憂心靡樂。如何如何，忘我實多。山有苞棣，隰有樹檖。棣，唐棣也。檖，赤羅也。正義：釋木有唐棣常棣，傳必以爲唐棣，未詳聞也。釋木云：檖，赤羅。郭璞曰：今楊檖也，實似李而小，酢可食。陸璣疏云：檖一名赤羅，一名鼠梨，今人謂之楊檖，實如梨，但小耳。未見君子，憂心如醉。如何如何，忘我實多。

無衣三章，章五句。

無衣，刺用兵也。秦人刺其君好攻戰，亟用兵而不與民同欲焉。正義：康公以文七年立，十八年卒。案春秋文七年，晉人秦人戰于令狐。十年，秦伯伐晉。十二年，晉人秦人戰于河曲。十六年，楚人秦人滅庸，見於經傳者已如是。是其好攻戰也。

豈曰無衣。與子同袍。與也。袍襺也。上與百姓同欲。則百姓樂致其死。箋。此責康公之言也。君豈嘗曰。女無衣。我與女共袍乎。言不與民同欲。王于興師。修我戈矛。與子同仇。戈長六尺六寸。矛長二丈。天下有道。則禮樂征伐。自天子出。仇匹也。箋。于於也。怨耦曰仇。君不與我同欲。而于王興師。則云修我戈矛。與子同仇。往伐之。刺其好攻戰。

正義。毛以爲古之朋友相謂云。我豈曰子無衣乎。我冀欲與子同袍。朋友同欲如是。故朋友成其恩好。以興明君能與百姓同欲。故百姓樂致其死。至於王家於是興師之時。百姓皆自相謂。修我戈矛。與子同爲仇匹。而往征之。由上與百姓同欲。故百姓樂從征伐。今康公不與百姓同欲。非王興師而自好攻戰。故百姓怨也。

豈曰無衣。與子同澤。澤潤澤也。箋。澤褻衣。近汚垢。釋文。澤如字。說文作襗。惠棟云。說文襗絝也。絝爲脛衣。非褻衣也。釋名曰。汗衣。近身受汗之衣也。詩謂之澤。作之用六尺。裁足覆胷背。汗衣滋液。故謂之澤。毛說是也。釋文不云鄭異字。正義謂易傳爲襗。非也。段玉裁云。潤澤。毛時古語。故鄭申之曰。褻衣。衡案。澤如口澤之澤。故毛云潤澤。是釋其義。未釋其名。故鄭擧其物而示之。因釋其所以名澤。今本箋澤皆作釋。今據釋文訂之。

王于興師。修我矛戟。與子偕作。作起也。箋。戟車戟。常也。正義。車戟常。考工記廬人文。常長丈六。

豈曰無衣。與子同裳。王于興師。修我甲兵。與子偕行。行往也。

渭陽二章。章四句。

渭陽。康公念母也。康公之母。晉獻公之女。文公遭麗姬之難。未反而秦姬卒。穆公納文公。康公時爲大子。贈送文公于渭之陽。念母之不見也。我見舅氏。如母存焉。及其即位。思而作是詩也。正義。以秦國夫人。而其姓姬。故謂之秦姬。案齊姜麗姬皆以姓繫所生之國。此秦姬以姬繫所嫁之國者。婦人不以名行。以姓爲字。故或繫於父。或繫於夫。事得兩施也。李黼平云。僖二十四年。秦納文公。康公送之。至文七年。康公即位。經十有七年。而詩始作。亦非無故。文七年左傳云。秦康公送公子雍于晉。曰。文公之入也無衞。故有呂郤之難。乃多與之徒衞。是時晉人迎立公子雍。雍爲文公之子。康公發兵送之。念及文公之入。因思渭陽贈別。見舅如見母。今日舅且不存。更送其子。而我更不得以見舅者見母。經所謂悠悠我思者此矣。序言及其卽位思而作是詩。確不可易。衞案。渭陽送別之時。康公已有是情。而不卽作者。是詩專於念母。當時穆公猶存。有慕死母而輕生父之嫌。非禮也。故必父卒已卽位。而述舊情以作是詩。所謂發於情而止於禮義也。序云。及其卽位。思而作是詩。深得孔子所以采是詩之意矣。

我送舅氏。曰至渭陽。母之昆弟曰舅。箋。渭。水名也。秦是時都雍。至渭陽者。蓋東行送舅氏於咸陽之地。

正義。雍在渭南。水北曰陽。晉在秦東。行必渡渭。今言至於渭陽。故云蓋東行送舅氏于咸陽之地。李黼平云。水經渭水篇云。又東逕美陽縣南。雍水從北來注之。酈注。雍水合鄧公泉。水出鄧艾祠北。故名曰鄧公泉。數源俱發于雍縣城南。雍縣故秦德公所居也。雍水又合杜水。漆水。岐水。中亭川諸水。南流入渭。此下渭水又東逕郿塢南。又東逕槐里縣南。又東逕槐里縣故城南。又東北逕渭城南。渭城卽秦咸陽也。是雍在渭北。由雍至咸陽。皆循渭水北岸東行。不須渡渭。故箋直言東行送舅氏于咸陽。

何以贈之。路車乘黃。贈送也。乘黃。四馬也。

我送舅氏。悠悠我思。何以贈之。瓊瑰

玉佩。瓊瑰，石而次玉。正義：瓊者玉之美名，非玉名也。瑰是美石之名也。以佩玉之制，唯天子用純，諸侯以下則玉石雜用。此贈晉侯，故知瓊瑰是美石次玉。

權輿二章，章五句。

權輿，刺康公也。忘先君之舊臣，與賢者有始而無終也。

於我乎，夏屋渠渠。夏，大也。箋：屋，具也。渠渠，猶勤勤也。言君始於我厚，設禮食大具，以食我，其意勤勤然。正義：屋具，釋言文。案崔駰七依說宮室之美云：夏屋渠渠。王肅云：屋則立之於先君，食則受之於今君，故居大屋而食無餘，義似可通。鄭不然者，詩刺有始無終，上言於我乎，謂始時也；下言今也，謂其終時也。始則大具，今終則無餘，猶下章始則四簋，今則不飽，皆說飲食之事，不得言屋宅。若先君爲立大屋，今君每食無餘，則康公本自無始，何責其無終也。陳啓源云：案近本爾雅屋作握。邢昺云：李本作幄。屋握幄三字，必有一是。而屋具與箋義合，當以爲正矣。始則大具，今則無餘，文義相應。斯解爲長。或云：夏屋即食俎，猶閟宮詩云大房也，亦可通。然箋義出爾雅，較有本。焦循云：傳不解屋字，謂屋宇也。夏屋謂寢廟。古燕食之禮，行於寢廟，言夏屋，舉燕食之地也。正義謂言飲食之事，不得言屋宅，不知徒言飲食，轉無以見其爲燕食也。衡案：傳例經字異本義者必釋之今不釋屋字則讀如字焦說是也但以爲寢廟轉爲燕食則其所見與鄭陳諸人同且謂燕食爲夏屋文義晦澁雖古今異辭恐不當如此今案序云忘先君之舊臣是經中必當帶說先君王肅云屋則立之於先君深得序傳之意矣序又云與賢者有始而無終卽二章每食四簋是其有始也康成氏而下皆疑屋字之與食不相類然人之處世衣食宅三者最爲切要之物而衣依爵命服之故人君加恩意者因宅與食而見之如齊景公於晏子是也此經云夏屋渠渠則每食有餘可知故下經云今也每食無餘以至薄承至厚以影出昔之每食有餘句法神品何不類之有屋讀如字則渠渠亦當讀爲亘亘大貌也

今也每食無餘。箋此言君今遇我薄其食我纔足耳。于嗟乎不承權輿。承繼也權輿始也。正義權輿始釋詁文衡案說文權輿者天地之始也天圓而地方因名云案圖謂權方謂輿俗說作衡者先造權作車者先造輿故訓權輿爲始不知古者一車經數工之手而成輪人爲輪輿人爲輿輈人爲輈又有車人掌其長短大小之度各守其度不謀而合豈有先造輿然後取法於輿以造輪輈蓋軸若後世所爲之理哉作衡經傳無文然亦必攻金之工造權攻木之工造枰大小長短各有其法必不取法於權而後制其枰也此理易明然幼所習聞遂溺難除故爲一辨之

於我乎每食四簋。四簋黍稷稻粱。釋文內方外圓曰簋以盛黍稷外方內圓曰簠用貯稻粱皆容一斗二升正義秋官掌客注云簠稻粱器也簋黍稷器也而云四簋黍稷稻粱者以詩言每食四簋稱君禮物大具則宜每器一物不應

以黍稷二物。分爲四簋。今也每食不飽。于嗟乎。不承權輿。

陳宛丘詁訓傳十二　國風

陳國十篇。二十六章。百二十四句。

宛丘三章。章四句。

宛丘。刺幽公也。淫荒昏亂。游蕩無度焉。正義。淫荒謂耽於女色。昏亂謂廢其政事。游蕩無度。謂出入無時。聲樂不倦。游戲放蕩。無復節度也。

子之湯兮。宛丘之上兮。子大夫也。湯蕩也。四方高。中央下。曰宛丘。箋。子者斥幽公也。游蕩無所不爲。正義。箋以下篇刺大夫淫荒。序云疾亂。此序主刺幽公。則經之所陳。皆幽公之事。不宜以爲大夫。隱四年公羊傳。公子翬謂隱公曰。百姓安子。諸侯悅子。則諸侯之臣。亦呼君曰子。山有樞云。子有衣裳。子有車馬。子者斥昭公。明此子正斥幽公。故易傳也。釋丘云。宛中宛丘。言其中央宛宛然。是爲四方高中央下也。惠棟云。陸氏曰。湯舊音他浪反。案湯本古蕩字。王逸引此詩。正作蕩。云。蕩猶蕩蕩。無思慮貌。古文論語云。君子坦蕩蕩。鄭康成注云。魯論作坦湯。是古皆以湯爲蕩。或他郞反者非。段玉裁云。湯蕩也。謂假借。李黼平云。爾雅釋文。宛有二音。一施博士音。於阮反。說文宛屈艸自覆也。魏風宛然左辟。傳宛辟貌。正義謂左還而辟。是宛有屈還之義。說文宛又作惌。引周禮注云。惌小孔貌。然則宛者屈還而有孔罅。故孫炎李巡皆以爲下。依毛傳爲說也。衡案。序云刺幽公。而傳以子爲大夫者。刺大夫。卽所以刺幽公也。幽公淫荒昏亂。游蕩無度。大夫不見所畏。故亦冬夏游蕩。而幽公不能制。欲國不衰得乎。爾雅恐人不曉宛中宛丘之義。故重釋之曰。丘上有丘曰宛。言丘上四方有丘。其中宛然窪下。故名宛丘。卽上文宛中而毛所云四方高中央下也。郭璞誤解以爲中央隆高。宛豈有隆高之義哉。

洵有情兮。而無望兮。 洵信也。箋。此君信有淫荒之情。其威儀無可觀望而則傚。

坎其擊鼓。宛丘之下。 坎坎。擊鼓聲。

無冬無夏。值其鷺羽。 值持也。鷺鳥之羽。可以爲翳。箋。舞者所持以指揮。

坎其擊缶。宛丘之道。 盎謂之缶。正義。盎謂之缶。釋器文。孫炎曰。缶瓦器。郭璞曰。盎盆也。此云擊缶。則缶是樂器。易離卦九三云。鼓缶而歌。則大耋之嗟。襄九年。宋災。左傳曰。具綆缶。備水器。則缶是汲水之器。然則缶是瓦器。可以節樂。若今擊甌。又可以盛水盛酒。卽今之瓦盆也。

無冬無夏。值其鷺翿。翿翳也。郭璞云。翳。舞者所以自蔽翳。

東門之枌三章。章四句。

東門之枌。疾亂也。幽公淫荒。風化之所行。男女棄其舊業。亟會於道路。歌舞於市井爾。正義。此歌舞於市。而謂之市井者。白虎通云。因井爲市。故曰市井。應劭風俗通云。市恃也。養贍老少。恃以不匱也。俗說市井謂至市者當於井上洗濯其物。香潔及自嚴飾。乃到市也。謹案古者二十畝爲一井。因爲市交易。故稱市井。然則由本井田之中。交易爲市。故國都之市。亦因名市井。案禮制九夫爲井。應劭二十畝爲井者。劭依漢書食貨志。一井八家。家有私田百畝。公田十畝。餘二十畝以爲井竈廬舍。據其交易之處在廬舍。故言二十畝耳。因井爲市。或如劭言。衡案。正義所引諸說。白虎通較近理。然因井爲市而謂之市井。以爲井名。則可。恐不可以爲市稱。今案。周禮云。市朝百畝。蓋畫百畝之地。以爲九區。每區置廛肆。以爲藏物陳貨之處。其間縱横通二道。以便交易。恰爲井字。畫井字於田。以爲九區。故謂之井田。今分市爲九區。自然成井字。故謂之市井。與此誠臆說。姑書以質諸後人云。

東門之枌。宛丘之栩。枌白楡也。栩杼也。國之交會。男女之所聚。

子仲之子。婆娑其下。 子仲。陳大夫氏。婆娑。舞也。箋。之子。男子也。

穀旦于差。南方之原。 穀善也。原大夫氏。箋。旦明。于曰。差擇也。朝日善明。曰相擇矣。以南方原氏之女。可以爲上處矣。 釋文。旦。鄭音旦。本亦作且。王七也反。苟且也。徐子餘反。差初佳反。王音嗟。韓詩作嗟。徐七何反。沈云。毛意不作嗟。正義。春秋莊二十七年。季友如陳。葬原仲。是陳有大夫姓原。是也。上處者。言是一國最上之處也。陳啓源云。差音釵。訓擇。箋謂擇善地而游。下文原氏女家。是也。今以爲差擇善旦。未若箋之當。陰晴未可預期。豈容人擇邪。衡案。上章言男。此章言女。則于差當爲原氏之女自擇其所游處。箋云。男擇女恐非。

不績其麻。市也婆娑。 箋。績麻者。婦人之事也。疾其今不爲。

穀旦于逝。越以鬷邁。 逝往。鬷數。邁行也。箋。越於。鬷總也。朝旦善明。曰往矣。謂之所會處也。於是以總行。欲男女合行。 正義。鬷謂麻縷。每數一升。而用繩紀之。故鬷爲數。王肅云。鬷數積麻之縷也。商頌稱鬷假無言。謂總集之意。則此亦當然。故以鬷爲總。謂男女總集而合行也。焦循云。召南素絲五總。傳云。總數也。商頌鬷假無言。傳云。鬷總也。箋本傳以申之。衡案。以讀爲能左右之曰。以之以。首章言男。二章言女。此章并言男女。故傳訓鬷爲數。言男女數人皆往也。

焦云鄭申毛是也。視爾如荍。貽我握椒。荍芘芣也。椒芬香也。箋。男女交會而相說曰。我視女之顏色。美如芘芣之華然。女乃遺我一握之椒。交情好也。此本淫亂之所由。正義。荍芘芣釋草文。舍人曰。荍一名蚍衃。謝氏曰。小草。多華少葉。葉又翹起。陸璣疏云。華紫綠色。可食。微苦。是也。

衡門三章。章四句。

衡門。誘僖公也。愿而無立志。故作是詩。以誘掖其君也。箋。誘進也。掖扶持也。正義。說文掖。掖持臂也。

衡門之下。可以棲遲。衡門。橫木爲門。言淺陋也。棲遲。游息也。箋。賢者不以衡門之淺陋。則不游息於其下。以喻人君不可以國小。則不與治致政化。正義。門之深者。有阿塾堂宇。此唯橫木爲之。言其淺也。泌之洋洋。可以樂飢。泌。泉水也。洋洋。廣大也。樂飢。可以樂道忘飢。箋。飢者不足于食也。泌水之流洋洋然。飢者見之。可飲以療飢。以喻人君慤愿。任用賢臣。則政教成亦猶是也。釋文。泌悲位反。樂本又作𤻲。毛音洛。鄭力召反。沈云。舊皆作樂字。逸詩本有作疒下樂。以形聲言之。殊非其義。療字當從疒下作尞。案說文云。療治也。𤻲或療字也。正義。泌者泉水。涓流不已。乃至廣大。況人君寧不進德。積小成大。樂道忘飢乎。陳啓源云。傳廣大。正目泉水言耳。蓋波流壯闊。至寂莫也。然可以樂道忘飢。與上衡門雖陋而可游息。兩喻本一意。段玉裁云。或云。樂道忘飢。乃王肅語羼入毛傳。殊爲無事自擾。衡案傳廣大與上淺陋對。言衡門雖淺陋。亦可以游息。以喻國雖小。可以自安治民。泉水雖小。涓流不已。以至廣大。以喻行仁不已。雖國小必至彊大。能以此心從政。可以樂道忘飢矣。此詩通篇譬喻。傳不言興者。可知也。

豈其食魚。必河之魴。豈其取妻。必齊之姜。箋。此言何必河之魴。然後可食。取其口美而已。何必大國之女。然後可妻。亦取貞順而已。以喻君任臣。何必聖人。亦取忠孝而已。齊。姜姓。豈其食魚。必河之鯉。豈其取妻。必宋之子。箋。宋子姓。

東門之池三章。章四句。

東門之池。刺時也。疾其君之淫昏。而思賢女以配君子也。釋文。孔安國云。停水曰池。衡案。此八字。本多爲箋。今訂正。

東門之池。可以漚麻。與也。池城池也。漚柔也。箋。於池中柔麻。使可緝績作衣服。興者。喻賢女能柔順君子。成其德教。正義。考工記㡛氏。以涚水漚其絲。注云。漚漸也。楚人曰漚。齊人曰湊。然則漚是漸漬之名。此云漚柔者。謂漸漬使之柔韌也。彼美叔姬。可與晤歌。晤遇也。箋。晤猶對也。言叔姬賢女。君子宜與對歌相切化也。釋文。叔音叔。本亦作淑。善也。段玉裁云。音叔。猶如字也。以別於作淑。晤遇也。謂晤爲遻之假借。衡案。釋文音叔。乃淑字之訛。故下又申之曰。本亦作淑。善也。段說未是。唐石經以下。皆作淑姬。今從陸本。

東門之池。可以漚紵。釋文。紵直呂反。字又作苧。正義。陸璣疏云。紵亦麻也。科生數十莖。宿根在地中。至春自生。不歲種也。荊楊之閒。一歲三收。今官園種之。歲再刈。刈便生剝之。以鐵若竹挾之。表厚皮自脫。但得其裏韌如筋者。謂之徽紵。今南越紵布。皆用此麻。彼美叔姬。可與晤語。東門之池。可以漚菅。正義。陸璣疏云。菅似茅。滑澤無毛。根下五寸。中有白粉者。

柔韌宜爲索。漚乃尤善矣。彼美叔姬。可與晤言。言道也。

東門之楊二章。章四句。

東門之楊。刺時也。昏姻失時。男女多違。親迎女猶有不至者也。正義。言親迎女猶不至。明不親迎者。相違衆矣。

東門之楊。其葉牂牂。興也。牂牂然。盛貌。言男女失時。不逮秋冬。箋。楊葉牂牂。三月中也。興者喻時晚也。失仲春之月。衡案。盛貌喻男女盛壯未昏嫁。下乃釋興意。故云。言男女失時。不逮秋冬。詳味言字。其意自明。若徒爲楊葉解。乃是賦非興也。昏以爲期。明星煌煌。期而不至也。箋。親迎之禮以昏時。女留他色。不肯時行。乃至大星煌煌然。

東門之楊。其葉肺肺。肺肺猶牂牂也。昏以爲期。明星晢晢。晢晢猶煌煌也。釋文。晢之世反。

墓門二章，章六句。

墓門，刺陳佗也。陳佗無良師傅，以至於不義，惡加於萬民焉。箋：不義者，謂弑君而自立。正義：春秋桓五年，正月，甲戌，己丑，陳侯鮑卒。左傳云：再赴也。於是陳亂，文公子佗殺太子免而代之。公疾病，而亂作，國人分散，故再赴。是陳佗殺君自立之事也。如傳文，則陳佗所殺太子免，而謂之弑君者，以免爲太子，其父卒，免當代父爲君，陳佗殺之而取國，故以弑君言之。惡加於萬民，定本直云民，無萬字。衡案：定本無萬字，是也。

墓門有棘，斧以斯之。興也。墓門，墓道之門。斯，析也。幽閒希行，用生此棘薪，維斧可以開析之。箋：興者，喻陳佗由不覩賢師良傅之訓道，至陷於誅絕之罪。正義：春官墓大夫職注云：墓，塚塋之地，孝子所思慕之處。釋言云：斯，離也。孫炎曰：斯，析之離。是斯爲析義也。箋以傳釋經文，不解興意，故述興意，以申傳也。夫也不良，國人知之。夫傅相也。箋：良，善也。陳佗之師傅，羣臣皆知之，言其罪惡著也。正義：郊特牲云：夫也者，以知帥人者也。注云：夫之言丈夫也。夫或爲傅，言或爲傳者。正謂此訓夫爲傳也。師傳當以輔相人君。故云傳相。衡案。夫傳古通。故郊特牲一本作傳。康成言夫或爲傳者。指一本爲傳者耳。康成注禮時。未覩毛詩。斷無指此傳爲或爲傳之理。孔說非。

知而不已。誰昔然矣。昔久也。箋。已猶去也。誰昔。昔也。國人皆知其有罪惡。而不誅退。終致禍難。自古昔之時常然。正義。昔是久遠之事。故爲久久也。言墓道之門幽閒。由希覩人行之跡。故有此棘。此棘既生。必得斧乃可以開析而去之。以興陳佗之身不明。由希覩良師之教。故有此惡。此惡既成。必得明師乃可以訓道而善之。非得明師。惡終不改。必至誅絕。故又戒之云。汝之師傅不善。國內之人皆知之矣。何以不退去之乎。段玉裁云。夕各本多誤作久。誰夕猶今人云不記是何日也。記云。疇昔之夜。疇誰正同。衡案。毛意。墓門喩佗不明。棘有刺。喩惡師傅。斧以析之。喩宜誅絕之。鄭以下章有鴞集止。爲惡師傅。而此章直言斧以析之。故以爲佗終致禍難。不知此章言棘猶下章言鴞。但此章首句義既全。故次句言宜誅絕之意。下章二句始成義。故蒙此章不復言誅絕之意。毛義精矣。昔夕通。故段以久爲夕誤。以疇昔證之。然此句承知而不已。解爲何夕而然。未如爲自古昔之時常然也。

墓門有梅。有鴞萃止。梅枏也。鴞惡聲之鳥也。萃集也。箋。梅之樹善惡自有。徒以有鴞集其上而鳴。人則惡之。樹因惡矣。以喩陳佗之性本未必惡。師傅惡。而陳佗從之而惡。

正義。鴞惡聲之鳥。一名鵩。與梟異。梟一名鴟。瞻仰云。爲梟爲鴟。是也。俗說以爲鴞即土梟。非也。陸璣疏云。鴞大如班鳩。綠色。惡聲之鳥也。入人家凶。賈誼所賦鵩鳥是也。其肉甚美。可爲羹臛。又可爲炙。漢供御物。各隨其時。唯鴞冬夏常施之。以其美故也。衡案。墓門幽僻之地。枏大樹枝葉蕃茂陰鬱。鴞喜集之。以喻佗幽僻陰晦。故惡師傅留其門而不去也。推首章傳。毛意當如此。疏以箋述傳。非也。箋樹因惡。本多作性因惡。今從古本。岳本。小字本。疏與梟異。梟一名鴟。諸本作與梟一名鴟。阮元云。與下脫梟異二字。今從之。

夫也不良。歌以誶止。誶告也。箋。歌謂作此詩也。既作。又使工歌之。是謂之告。釋文。訊又作誶。音信。徐息悴反。告也。韓詩。訊諫也。戴震云。訊乃誶字。轉寫之譌。毛詩云。告也。韓詩云。諫也。皆當爲誶。音碎。故與萃韻。訊音信。問也。於詩義及音韻。咸扞格矣。段玉裁云。廣韻六至誶字下。引歌以誶止。字尚未誤。今本止譌之。列女傳作歌以訊止。訊字雖誤。止字尚未誤。衡案。戴段是也。段訂本據廣韻作誶止。今從之。王引之博引諸書。以證誶訊通用。然二字音義夐別。不可強同。蓋其人恃才傲物。喜破先儒之說。雖毛傳之精奧。時不免掊擊。其說不足錄也。

誶予不顧。顛倒思予。箋。予我也。歌以告之。女不顧念我言。至於破滅顛倒之急。乃思我之言。言其晚也。衡案。此誶諸本亦作訊。段玉裁據王逸離騷注所引。改作誶。亦從之。

防有鵲巢二章。章四句。

防有鵲巢。憂讒賊也。宣公多信讒。君子憂懼焉。

防有鵲巢。邛有旨苕。興也。防邑也。邛丘也。苕草也。箋。防之有鵲巢。邛之有美苕。處勢自然。興者。喻宣公信多言之人。故致此讒人。正義。防多樹木。故鵲鳥往巢焉。邛丘地美。故旨苕生焉。以言宣公信讒。故讒人集焉。苕之華傳云。苕陵苕。此直云苕草。彼陵苕之草。好生下溼。此則生於高丘。與彼異也。陸璣疏云。苕。苕饒也。幽州人謂之翹饒。夏生。莖如勞豆而細。葉似蒺藜而青。其莖葉綠色。可生食。如小豆藿也。

誰侜予美。心焉忉忉。侜張誑也。箋。誰誰讒人。女衆讒人。誰侜張誑欺我所美之人乎。使我心忉忉然。所美謂宣公也。釋文。侜陟留反。說文云。有壅蔽也。予美。韓詩作娓。音尾。娓美也。忉徒勞反。憂也。正義。侜張誑釋訓文。郭璞云。幻惑欺誑人者。李巡云。忉忉。傳箋俱無。釋下章傳云。惕惕猶忉忉也。則忉忉有傳。釋文云。忉徒勞反。憂也。憂也二字。當是傳文。寫書者脫之。當補入。

中唐有甓。邛有旨鷊。中中庭也。唐堂塗也。甓瓴甋也。鷊綬草也。釋文。令音零。字書作瓴。適都歷反。字書作甋。正義。以唐是門內之路。故知中是中庭。釋宮云。廟中路謂之唐。堂途謂之陳。孫炎引詩云。中唐有甓。堂途。堂下至門之徑也。然則唐之與陳。廟庭之異名耳。其實一也。鷊綬釋草文。郭璞云。小草有雜色。似綬也。陸璣疏云。鷊五色作綬文。故曰綬草。衡案。此亦一五一草。相對爲文。古人不拘如此。夫讀紀爲杞。讀堂爲棠。以六駁爲木名者。將讀此甓爲何草也。

誰侜予美。心焉惕惕。 惕惕猶忉忉也。衡案。忉忉訓憂。人皆知之。故傳不釋。惕訓懼。惕惕訓憂。人或不知之。毛公以易釋難。猶澤陂傳以悒悒釋悁悁耳。李黼平據此傳爲上章忉忉下脫傳文憂也二字。未是。

月出三章。章四句。

月出。刺好色也。在位不好德。而說美色焉。

月出皎兮。 興也。皎月光也。箋。興者。喻婦人有美色之白皙。釋文。皎古了反。本又作皦。正義。大車云。有如皦日。則皦亦日光。言月光者。皦是日光之名耳。以其與月出共文。故爲月光。衡案。如正義所云。其本作皦兮。今本作皎。乃陸本也。**佼人僚兮。舒窈糾兮。** 僚好貌。舒遲也。窈糾。舒之姿也。釋文。佼又作姣。古卯反。方言云。自關而東。河濟之間。凡好謂之姣。正義。舒。遲緩之言。婦人行步貴在舒緩。言舒時窈糾兮。故知窈糾是舒遲之姿容。**勞心悄兮。** 悄憂也。箋。思而不見則憂。月出皓兮。佼人懰兮。釋文。皓胡老反。懰本又作劉。力九反。好貌。埤蒼作嬼。嬼妖也。舒懮受兮。勞心慅兮。釋文。懮於久反。舒貌。慅七老反。憂也。衡案。傳箋不釋懮受夭紹。今案。二句皆雙聲。義與窈糾同。故不釋耳。月出照兮。佼人燎兮。舒夭紹兮。勞心慘兮。釋文。燎力召反。又力弔反。夭於表反。慘七感反。憂也。毛晃云。詩小雅白華。念子懆懆。陸音七到反。又引說文七感反。云亦作慘。北山。或慘慘劬勞。陸音七感反。字亦作懆。蓋俗書懆與慘。更互譌舛。陸氏不加辨正。而互音之。非也。白華懆當作草慥二音。不當音七感反。字作慘亦非。北山慘當作七感反。字不當作懆。又陳風月出。勞心慘兮。亦誤。當作懆。戴震云。慘七感反。方言云。殺也。說文云。毒也。音義皆於詩不協。蓋懆字轉寫譌爲慘耳。懆千到切。故與照燎紹韻。說文懆愁不安也。引詩念子懆懆。今詩中正月篇。憂心慘慘。皆懆懆之譌。衡案。夭和舒貌。紹緩也。

株林二章。章四句。

株林。刺靈公也。淫乎夏姬。驅馳而往。朝夕不休息焉。箋。夏姬。陳大夫妻。夏徵舒之母。鄭女也。徵舒字子南。夫字御叔。正義。說于株野。是夕至也。

朝食于株。是朝至也。昭二十八年左傳。叔向之母論夏姬云。是鄭穆公少妃。姚子之子。子貉之妹也。子貉早死。而天鍾美於是。楚語云。昔陳公子夏爲御叔娶於鄭穆公女。生子南。子南之母亂陳而亡之。

胡爲乎株林。從夏南兮。株林。夏氏之邑也。夏南。夏徵舒也。箋。陳人責靈公。君何爲之株林。從夏氏子南之母。爲淫泆之行。**匪適株林。從夏南兮。**箋。匪非也。言我非之株林。從夏氏子南之母。爲淫泆之行。自之他耳。觸拒之辭。正義。實從夏南之母。言從夏南者。婦人夫死從子。夏南爲其家主。故以夏南言之。以文辭反覆。若似對答前人。故假爲觸拒之辭。非是面爭。王肅云。言非適株林。從夏南之母。反覆言之。疾之也。孫毓以王爲長。定本無兮字。陳啓源云。上二句胡爲乎是問辭。下二句匪字是諱辭。各二句爲一意。適株林。卽是從夏南。非以株林目其母。夏南目其子也。疏云。婦人夫死從子。故主夏南言之。是已。朱傳曰。君胡爲乎株林乎。曰從夏南耳。然則非適株林也。特以從夏南故耳。夫夏南本在株林。既從夏南矣。尚以爲非適株林乎。文義殊有礙。衡案。傳云。株林。夏氏邑。是以株林爲汎辭。夏南夏徵舒。是夏南爲切辭。言旁人爲不知公意之言。相謂曰。君何爲乎之株林之邑乎。一人答云。是從夏南氏耳。非有事而之株林之邑。特從夏南氏。與其母淫耳。鄭爲靈公自答之辭。固失之。朱爲詩人爲公飾過之義。亦未是。唯王肅爲反覆言之以疾靈公。近得毛意矣。今本二南字下無兮字。段玉裁訂本據正義補入。今從之。

駕我乘馬。說于株野。乘我乘駒。朝食于株。大夫乘駒。箋。我國人我君也。君親乘君乘馬。乘君乘駒。變易車乘。以至株林。或說舍焉。或朝食焉。又責之也。馬六尺以下曰駒。釋文。乘驕音駒。沈云。或作駒字。正義。此傳質略。王肅云。陳大夫孔寧儀行父。與君淫於夏氏。然則王意以爲。乘我駒者。謂孔儀從君適株。故作者并舉。以惡君也。傳意或當然。段玉裁云。驕株合韻也。鄭云。馬六尺以下曰驕。卽南有喬木之五尺以上曰駒也。然則喬木亦當作驕矣。皇皇者華。我馬維驕。見說文。衡案。說文馬二歲曰駒。未可以乘服。此駒釋文作驕。參考諸說。作驕是也。段訂本據釋文。改作乘驕。今且依今本。存其說於疏中焉。傳云。大夫乘驕。王肅以爲指孔寧儀行父。是也。鄭以序言刺靈公。以乘馬乘驕爲變易車乘。不知宛丘序亦云刺幽公。而毛以經子字爲大夫。刺大夫卽所以刺公也。況孔儀與君同惡。詩人固不得而遺之也。

澤陂三章。章六句。

澤陂。刺時也。言靈公君臣。淫於其國。男女相說。憂思感傷焉。箋：君臣淫於國，謂與孔寧儀行父也。感傷，謂涕泗滂沱。正義：憂思感傷焉。憂思時世之淫亂，感傷女人之無禮也。鄭以爲由靈公君臣淫於其國，故國人淫泆，男女相說，聚會，則其相說愛，別離，則憂思感傷，言其相思之極也。毛於傷如之何下傳曰：傷，無禮，則是君子傷此有美一人之無禮也。衡案：憂思感傷，自是君子悼時之辭，恐不可以爲男女傷別之事焉。疏以美一人爲女人，亦誤，詳見于經疏。

彼澤之陂，有蒲與荷。興也。陂，澤障也。荷，芙蕖也。箋：蒲柔滑之物。芙蕖莖曰荷。生而佼大。興者，蒲以喻所說男之性，荷以喻所說女之容體也。正以陂中二物興者，喻淫風由同姓生。正義：釋草云：荷，芙蕖，其莖茄，其葉蕸，其本蔤，其華菡萏，其實蓮，其根藕，其中的，的中薏。郭璞曰：蔤，莖下白蒻在泥中者。今江東人呼荷華爲芙蓉，北方人便以藕爲荷，亦以蓮爲荷，蜀人以藕爲茄，或用其母爲華名，或用根子爲母葉號，此皆名相錯，習俗傳誤，失其正體者也。樊光注爾雅，引詩有蒲與茄，然則詩本有作茄字者也。

有美一人，傷如之何。傷無禮也。箋：傷，思也。我思此美人，當如之何而得見之。

寤寐無爲，涕泗滂沱。自目曰涕，自鼻曰泗。箋：寤，覺也。正義：毛以爲彼澤之陂障之中，有蒲與荷之二草。蒲之爲草甚柔弱。荷之爲葉極美好。以興陳國之中。有男悅女。云汝體之柔弱如蒲然。顏色之美如荷然。男女淫泆。相悅如此。君子見其淫亂。乃感傷之。彼男所悅者。有美好之一人。美好如是。不能自防以禮。不以禮可傷乎。無可奈之何。既不可奈何。乃憂思時世之淫亂。寤寐之中。更無所爲。念此風俗傷敗。目涕鼻泗。一時俱下。滂沱然也。李黼平云。正義因傳傷無禮也之句。以別傳箋。是也。但謂此有美一人之無禮。則三章碩大且儼。無禮之人。何有矜莊。恐不可通也。今案。傳有美一人。當謂君子。傳意言。彼澤陂之中。有女譽男。汝之性如蒲然。有男譽女。汝之色如荷然。男女相悅。無禮如是。有美善之一人見之。雖一己歎傷。當可如何。時事如此。亦惟寤無爲。涕泗俱下。滂沱然已耳。衡案。二章有美一人。碩大且卷。三章有美一人。碩大且儼。皆二句一意。則此有美一人。傷如之何。亦必二句一意。若以美一人爲淫婦。以傷如之何爲君子。支離既甚。又與下章句法相乖。李說是也。又案。正義釋傳以蒲荷爲皆男悅女之詞。至釋箋。則分屬之男女。蓋謂傳以美一人爲郎上文蒲荷。故爲此說耳。然傳以二物爲興。亦必以喩男女。正義非也。

彼澤之陂。有蒲與蕑。蕑蘭也。箋。蘭當作蓮。蓮芙蕖實也。蓮以喩女之言信。正義。以上下皆言蒲荷。則此章亦當爲荷。不宜別據他草。且蘭是陸草。非澤中之物。故知蘭當作蓮。陳啓源云。蘭雖陸草。亦生水旁。何妨於澤陂詠之。至三章同物。徒取文義完整耳。古人手筆。不必以此法拘也。當以傳義爲正。段玉裁云。鄭箋欲改蕑爲蓮。說詩稍泥。意在三章一律。蓮與荷菡萏。皆屬芙蕖。詩人不必然也。權輿詩亦欲以後章律前章。釋夏屋爲食具。不知首句追念始居夏屋。次句言今每食無餘。次章每食二字。又將今昔比較。三每食字。蛸蟬緌綜。最是文章之妙。載驅欲改豈弟爲闓與發夕麗句。然而以韻求之。非矣。盧令二章。改鬈爲拳勇字。亦非。又云。鄭云。蘭當作蓮。易傳也。釋文正義皆不誤。今本改蘭作蕳。非是。鄭知蘭必當作蓮者。鄭風蕳傳已云。蘭也。則例此可不傳。故知蘭必蓮誤。同一蕳。而實異也。有美一人。碩大且卷。卷好貌。釋文。卷本又作惓同。其員反。寤寐無爲。中心悁悁。悁悁猶悒悒也。正義。俗本多無之。彼澤之陂。有蒲菡萏。菡萏。荷華也。箋。華以喻女之顏色。釋文。菡戶感反。萏本又作菡。有美一人。碩大且儼。儼矜莊貌。寤寐無爲。輾轉伏枕。

檜羔裘詁訓傳第十三　國風

檜國四篇。十二章。四十五句。

羔裘三章。章四句。

羔裘。大夫以道去其君也。國小而迫。君不用道。好絜其衣服逍遙燕而不能自强於政治故作是詩也。箋以道去其君者三諫不從待放於郊得玦乃去。正義曲禮下云爲人臣之禮不顯諫三諫不聽則去之是三諫不聽於禮得去君而猶未絕春秋宣元年晉放其大夫胥甲父于衛公羊傳曰近正也其爲近正奈何古者大夫已去三年待放君放之非也大夫待放正也是三諫不從有待放之禮

羔裘逍遙狐裘以朝。羔裘以遊燕狐裘以適朝。箋諸侯之朝服緇衣羔裘大蜡而息民則有黃衣狐裘今以朝服燕祭服朝是其好絜衣服也先言燕後言朝見君之志不能自强於政治。正義大蜡之祭與息民異也息民用黃衣狐裘大蜡則皮弁素服二者不同矣以其大蜡之後始作息民之祭息民大蜡同月其事相次故連言之耳知者郊特牲云蜡也者索也歲十二月合聚萬物而索饗之也皮弁素服而祭素服以送終也葛帶榛杖喪殺也是大蜡之祭用素服也郊特牲既說蜡祭其下又云黃衣黃冠而祭息田夫也是息民之祭用黃衣也逍遙翱翔是遊戲燕樂故言燕耳非謂行燕禮與羣臣燕也衡案狐裘無傳序云好絜其衣服黃裘不足稱絜蓋以爲狐白裘也正義云若檜君用狐白以朝則違禮僭上非徒好絜而已序不應直云好絜以此知非狐白裘也然黃裘以朝亦是違禮諸侯朝天子服狐白裘則服此以朝亦唯違禮非僭上也

不爾思。勞心忉忉。國無政令。使我心勞。箋。爾女也。三諫不從。待放而去。思君如是。心忉忉然。正義。以道去其君。則此臣已棄君去。若其已得玦之後。則於君臣義絕。不應復思。故知此是三諫不從。待放而去之時。思君而心勞也。衡案。傳云。國無政令。使我心勞。是傳以爲述去國之意。蓋謂我今去君。其形似不思君者。然我豈不爾思。但國無政令。使我勞心忉忉。故不得已而去君耳。孟子曰。有故而去。則君使人導之出境。又先於其所往。去三年不反。然後收其田里。則三年待放於境。公羊妄言耳。箋釋勞心忉忉。爲臨放思其君。不若傳義之精也。

羔裘翱翔。狐裘在堂。堂公堂也。箋。翱翔猶逍遙也。正義。上言以朝。謂日出視朝。此云在堂。謂正寢之堂。人君日出視朝。乃退適路寢。以聽大夫所治之政。二者於禮同服羔裘。今檜君皆用狐裘。故二章各擧其一。

豈不爾思。我心憂傷。

羔裘如膏。日出有曜。日出照曜。然後見其如膏。衡案。傳云。日出照曜。然後見其如膏。是日未出。而既出城翱翔矣。蓋至此。專事美服遊戲。不復聽朝。故不言狐裘。所以中心是悼也。

豈不爾思。中心是悼。悼動也。箋。悼猶哀傷也。正義。哀悼者。心神震動。故爲動也。與箋哀傷同。

素冠三章。章三句。

素冠。刺不能三年也。箋。喪禮。子爲父。父卒爲母。皆三年。時人恩薄禮廢。不能行也。

庶見素冠兮。棘人欒欒兮。庶幸也。素冠。練冠也。棘急也。欒欒。瘠貌。箋。喪禮。既祥祭。而縞冠素紕。時人皆解緩。無三年之恩於其父母。而廢其喪禮。故覬幸一見素冠急於哀戚之人。形貌欒欒然膄瘠也。釋文。覬音冀。膄本亦作瘦。所求反。正義。庶幸釋言文。傳以刺不行喪禮。而思見素冠。則素冠是喪服之冠也。若練前已無此冠。則是本不爲服。不得云不能三年。若在大祥之後。則三年已終。於禮自除。非所當刺。今作者思見素冠。則知此素冠者。是既練之後。大祥之前冠也。素白也。此冠練布使熟。其色蓋白。是以謂之素焉。實是祥前之冠。而謂之練冠者。以喪禮至期而練。至祥乃除。練後常服此冠。故爲練冠也。棘急也釋言文。彼棘作悈。音義同。鄭以練冠者以練布爲之。而經傳之言素者。皆言白絹。未有以布爲素者。則知素冠非練也。且時人不行三年之喪。當先思長遠之服。何得先思其近。乃思其遠。又不能三年者。當謂三年將終。少月日耳。若全不見練冠。便是期即釋服。三年之喪。纔行其半。違禮甚矣。何止刺於不能行三年也。故易傳。以素冠爲既祥之冠。玉藻曰。縞冠素紕。既祥之冠也。王肅亦以素冠爲大祥之冠。孫毓以箋說爲長。李黼平云。布。

枲織也。縉。帛也。素。白緻繒也。練。湅繒也。素既爲繒。繒又爲湅。傳意蓋謂。湅此白緻之繒。以爲冠紕。卽箋所謂縞冠素紕。其意亦指大祥後而言。非謂練祭之冠。湅布爲冠。固名練。湅繒爲冠。亦名練也。昭三十一年左傳云。季孫練冠麻衣。于時季孫初無喪服。且得稱練冠。則大祥後稱素紕之冠爲練冠。亦自無嫌。觀卒章之末。引子夏閔子三年喪畢。見于夫子事。知毛此章斷非思既練之人矣。段玉裁云。欒欒瘠貌。謂假欒爲臠也。臠臞也。衡案。素爲繒稱。衣裳則然。仲尼曰。麻冕禮也。今也純儉。古未有以繒爲冠冕者。雖稱素冠。無嫌於其用繒。故對玄冠立文。以見其爲喪冠耳。鄭說拘甚矣。李以箋義爲長。云。傳練冠。亦謂縞冠素紕。引說文及季孫練麻衣以證之。然小祥練冠。禮有明文。既謂之練冠。不得釋爲縞冠素紕。季孫練冠麻衣者。時爲晉所責。故服喪服以謝罪。祗足以證爲小祥之服。而李引之以證練冠之爲縞冠素紕。牽傳以合箋。可謂强說矣。案喪服記云。衰三升。三升有半。其冠六升。以其冠爲受。受冠七升。蓋喪自始死至小祥。隨節變更。如絲有紀。故謂之喪紀。既練至大祥。不復變更。雖不能三年之人。亦必因變更之節而釋服。若能練冠。則亦能三年矣。故傳以幸見素冠。見不能三年之義。箋以下蓋未達此義也。

勞心慱慱兮。

傳慱慱。憂勞也。箋。勞心者。憂不得見。

庶見素衣兮。

素冠。故素衣也。箋。除成喪者。其祭也。朝服縞冠。朝服緇衣素裳。然則此言素衣者。謂素裳也。

正義。除成喪者。其祭也朝服縞冠。喪服小記文。衡案。素衣卽素布衣。故傳云。素冠故素衣。鄭泥經傳稱繒爲素。謂指朝服之裳。然直舉朝服之裳。何以見其爲除喪之服哉。素白也。經傳以素爲素衣素裳之素則訓繒。其餘訓白訓空。此素衣蒙上章素冠。禮未有以素繒爲冠者。素冠爲素布冠。則素衣爲素布衣可知矣。毛恐後人或認爲素繒衣。故釋之曰。素冠故素衣也。可謂簡而盡矣。

我心傷悲兮。聊與子同歸兮。 願見有禮之人。與之同歸。箋。聊猶且也。且與子同歸。欲之其家。觀其居處。

正義。傳訓聊爲願。同歸謂同歸己家。箋以庶見其人。則是欲觀彼行。不宜共歸己家。故易傳以爲歸彼人之家。觀其居處。衡案。聊鄭訓苟且。義亦可通。但未見庶見素衣之誠。訓願爲長。與子同歸。傳蓋讀歸如殊途而同歸之歸。卽下章與子如一兮之意。故不復釋。下章其意可見矣。若之彼家。觀其居處。是未悉其爲人。欲以他行觀察之。非聖人見人一善。忘其百惡之義。況此篇專刺時人不能行三年喪。未暇觀其他行也。

庶見素韠兮。 箋。祥祭朝服。素韠者。韠從裳色。

正義。案喪服。斬衰。有衰裳絰帶。而不言有韠。檀弓說旣練之服云。練衣。黃裏。縓緣。要絰。繩屨。角瑱。鹿裘。亦不言有韠。則喪服始終。皆無韠矣。衡案。傳不釋素韠。禮又無其文。未詳其故。然經言素韠。則古必有其禮矣。韠者服之始也。古者人先知蔽前。然後知蔽後。凡喪服亦象常服爲之。況韠服之最古者。祭服謂之韍。則喪亦必有之。禮經殘闕。未可以無其文而疑此經矣。韠有赤蘊爵之別。唯大夫素韠。此稱喪服爲素韠。對三韠立文也。

我心蘊結兮。聊與子如一兮。 子夏三年之喪畢。見於夫子。援琴而絃。

衎衎而樂。作而曰。先王制禮。不敢不及。夫子曰。君子也。閔子騫三年之喪畢。見於夫子。援琴而絃。切切而哀。作而曰。先王制禮。不敢過也。夫子曰。君子也。子路曰。敢問何謂也。夫子曰。子夏哀已盡。能引而致之於禮。故曰。君子也。閔子騫哀未盡。能自割以禮。故曰。君子也。夫三年之喪。賢者之所輕。不肖者之所勉。箋。聊與子如一。且欲與之居處。觀其行也。正義。檀弓云。子夏既除喪而見。夫子與之琴。和之而不和。彈之而不成聲。作而曰。哀未忘也。先王制禮。而弗敢過。彼說子夏之行。與此正反。一人不得並為此行。二者必有一誤。鄭以毛公當有所憑據。故不正其是非。

隰有萇楚三章。章四句。

隰有萇楚。疾恣也。國人疾其君之淫恣。而思無情慾者也。箋。恣謂狡狭淫戲。不以禮也。釋文。狡古卯反。狭古快反。本亦作獪。古外反。

隰有萇楚。猗儺其枝。興也。萇楚。銚弋也。猗儺。柔順也。箋。銚弋之性。始生正直。及其長大。則其枝猗儺而柔順。不妄尋蔓草木。興者。喻人少而端愨。則長大無情慾。釋文。猗於可反。儺乃可反。銚音遙。正義。萇楚銚弋釋草文。郭璞曰。今羊桃也。或曰鬼桃。葉似桃。華白。子如小麥。亦似桃。陸璣疏云。今羊桃是也。葉長而狹。華紫赤色。其枝莖弱。過一尺。引蔓於草上。今人以爲汲灌。重而善沒。不如楊柳也。近下根。刀切其皮。著熱灰中。脫之。可韜筆管。夭之沃沃。樂子之無知。夭少也。沃沃。壯佼也。箋。知匹也。疾君之恣。故於人年少沃沃之時。樂其無配匹之意。釋文。夭於驕反。沃烏毒反。正義。知匹釋詁文。下云無家無室。故知此宜爲匹也。陳啓源云。爾雅釋詁知匹語。殆專爲此詩注脚。故康成用之。宋儒以其驚俗。仍解爲知識義。衡案。凡字義艱險。及不用本義者。傳必釋之。今傳不釋知字。則亦以爲知識義也。宋儒未可遽非。隰有萇楚。猗儺其華。夭之沃沃。樂子之無家。箋。無家。謂無夫婦室家之道。正義。桓十八年左傳曰。男有室。女有家。謂男處妻之室。女安夫之家。夫婦二人。共爲家室。故謂夫婦家室之道爲室家也。隰有萇楚。猗儺其實。夭之沃沃。樂子之無室。

匪風三章。章四句。

匪風。思周道也。國小政亂。憂及禍難。而思周道焉。正義。若使周道明盛。必無喪亡之憂。故思之。上二章言周道之滅。念之而怛傷。下章思得賢人。輔周興道。皆是思周道之事。

匪風發兮。匪車偈兮。發發飄風。非有道之風。偈偈疾驅。非有道之車。正義。蓼莪云。飄風發發。下云。匪風飄兮。知發發爲飄風。偈偈。輕舉之貌。故爲疾驅。陳啓源云。毛傳解匪風章。與漢王吉上昌邑語合。吉治韓詩者。而義同毛。則非一家之私說矣。顧瞻周道。中心怛兮。怛傷也。下國之亂。周道滅也。箋。周道。周之政令也。廻首曰顧。衡案。非道之風。發發剽勁。非道之車。偈偈疾驅。下國之亂。所以至此者。以周道已亡也。匪風飄兮。匪車嘌兮。廻風爲飄。嘌嘌無節度也。釋文。嘌本又作票。匹遙反。正義。廻風爲飄。釋天文。李巡曰。廻風旋風也。顧瞻周道。中心弔兮。弔傷也。誰能亨魚。溉之釜鬵。溉滌也。鬵釜屬。亨魚煩則碎。治民煩則散。知亨魚則知治民矣。箋。誰能者。言人偶能割亨者。釋文。亨普耕反。注同。煮也。溉本又作摡。古愛反。鬵音尋。又音岑。說文云。大釜也。陳啓源云。老子曰。治大國。若烹小鮮。意正與傳同。聃爲周柱史。得窺周室藏書。述所聞以立言。斯言正周道也乎。毛公師受最遠。傳語亦有自來矣。

誰將西歸。懷之好音。周道在乎西。懷歸也。箋。誰將者。亦言人偶能輔周道治民者也。檜在周之東。故言西歸。有能西仕於周者。我則懷之以好音。謂周之舊政令。正義。釋言云。懷來也。來亦歸之義。故得爲歸也。李黼平云。首章傳云。下國之亂。周道滅也。言下國自滅周道。故至于亂也。卒章傳云。周道在西。知毛上傳非謂周道已滅矣。詩言誰將從西而歸乎。庶其歸我以好音。望有能以周道治檜國者。傳箋不得同也。衡案。首章傳謂下國自不用周道。當言廢周道。不宜言周道滅。此傳云周道在乎西者。以釋西歸之文耳。言誰將從西歸者。庶幾其歸我以周道復興之好消息。周道復興。下國之亂自息。故願聞之也。譜云。檜國在禹貢豫州外方之北。滎波之南。居溱洧之間。又云。周夷王厲王之時。檜之變風始作。是時周未東遷。是檜在周之東也。

毛詩輯疏卷六終